水滸傳

張啟疆——著

國家圖書館出版品預行編目資料

水滸傳／張啟疆著.－－初版一刷.－－臺北市: 三民,
2019
面; 公分.－－(新新古典)

ISBN 978-957-14-6476-3 (平裝)

857.46 107015569

© 水 滸 傳

著 作 人 張啟疆
責任編輯 陳怡安
美術設計 吳柔語

發 行 人 劉振強
著作財產權人 三民書局股份有限公司
發 行 所 三民書局股份有限公司
地址 臺北市復興北路386號
電話 (02)25006600
郵撥帳號 0009998-5
門 市 部 (復北店) 臺北市復興北路386號
(重南店) 臺北市重慶南路一段61號

出版日期 初版一刷 2019年1月
編 號 S 858580
行政院新聞局登記證局版臺業字第〇二〇〇號

ISBN 978-957-14-6476-3 (平裝)

http://www.sanmin.com.tw 三民網路書店

自序

「反造」的藝術

張啟疆

何謂「造反」？顧名思義，造次逆反。小自聚眾滋事，打家劫舍；大至興兵作亂，顛覆政權。

然而，在人心保守、階級嚴明的封建社會，造反著實大不易。非但要有理（順天理，應民心），也得有名目（弔民伐罪，正義之師）、講謀略（遍地開花或徐圖漸進的大規模軍事行動）……萬事皆備？不！還不夠！最好能夠塑造「天命所歸」、「捨我其誰」的群眾氛圍。

反、叛、戰、亂……圖什麼？一個字，改朝換代的「改」。漢高祖之於暴秦，朱元璋之於元朝，都是循此模式，打下大好江山，奠定百年基業。

如果不是自己想當皇帝呢？造反行動可就另有其「裡」：教外行人不明就裡的政治盤算。

嚴格說，那已不能稱為造反，應該叫做「反造」：以「反」謀「造」，明反實順（歸順），藉戰逼安（招安）；簡言之，打著反旗幌子，營造對自己有利的形勢。

敢問天下英雄，誰是箇中翹楚？被「逼上梁山」的鄆城小吏宋江，以及，口口聲聲「匡復漢室」的草鞋皇叔劉備，也就是中國歷史上「厚黑學」的代表性人物。

自稱「潛伏爪牙忍受」的宋江，因緣巧合，喔不！應該說是遭遇一連串九死一生的刺激：親信背叛、妻子出牆、奸人誣害、身陷囹圄、亡命江湖甚至押赴刑場，不得不改正歸邪，將戶口和老小遷到梁山泊；還莫名其妙當上強盜頭目，統領一百零八將，威震四方。

至此，一吐怨氣不說，曾在潯陽江頭小酒樓的詩詞留證，道盡心中宏願：「他時若遂凌雲志，敢笑黃巢不丈夫。」

三打祝家莊，大破高唐州，攻陷青州城，擊潰曾頭市和大名府……占山就能稱王，梁山好漢的戰功，何等輝煌！若能結合其他在野勢力，一舉推翻貪腐無能的朝廷——個人成敗、歷史功過事小，當時的中原動盪不安，盜賊四起，蠻夷蠢蠢欲動，金兵就要南下……這批水裡來火裡去、擁有豐富實戰經驗的「終極戰士」，應該就是保衛家國的主力軍。後來的岳飛，也許不必戰得那般孤獨與淒涼。

可惜，儒家的忠君思想，限縮了宋江、吳用等「梁山鴿派」的心志和視野：反貪官不反皇帝，反冤屈不反仕途。當宋徽宗向梁山好漢「招」手，三十六天罡、七十二地煞只好各「安」天命。雖然有好些個「鷹派頭領」反對歸順，堅持抗爭到底；但「天意難違」，自由意志的小我齒輪，擋不住「眾星歸位」的大我輪盤。變身朝廷軍隊的草莽英雄再也逃不出奸相佞臣的手掌心，不斷遭陷，飽受迫害，被派去消滅田虎、王慶、方臘等叛軍——今日我對付昨日我，幾經惡戰，戰死的戰死（只剩三十六人生還），病歿的病歿（林沖、張橫等人），被毒斃的毒斃（盧俊義、宋江和李逵被童貫、高俅設計毒死），自縊的自縊（吳用和花榮在宋江墓前上吊身亡），出家的出家（武松、魯智深）……一步一印，一章一回，走向早已譜寫好的悲壯結局。

只剩下「抗金代表」雙鞭呼延灼，在大宋江山保衛戰中英勇陣亡。

權力，從來不是被給予，而是靠爭奪。權利也是。

宋江的盤算和步調，名為「忠君」（所以將「聚義廳」改為「忠義堂」），實則為了一己平反、個人仕途而犧牲了一路挺他的梁山夥伴。不思鵬飛萬里，只想與虎謀皮，下場如何不難想像。

劉備呢？拿不出皇家血統證明書，卻得到漢獻帝親口認證的劉皇叔，又是如何反造？

逆反時勢，自造時局：從一無所有到三國鼎立。

反抗逆賊，造就新朝：你曹家篡漢，我老劉就稱號「蜀漢」。

欠缺天時、地利，單憑人和——收買人心的高超伎倆，就能異軍突起，與曹魏、東吳等強敵分庭抗禮，不能不說是中國歷史上的政治奇蹟。

坦白說，劉備很會作秀（摔阿斗、白帝城托孤都是堪稱千古絕唱的超級大戲），卻不怎麼優秀：胸懷天下而目光短淺，深諳人性卻感情用事。怎麼看，都不像是「天命所歸」的候選人，是信念（漢賊不兩立）、意志（永不服輸）、奇謀（孔明等人的輔助）、野心（扛著「匡復漢室」旗號的問鼎之旅）的協同作戰、完美出擊，讓他辛苦打下西川，在瘡痍的神州蓋上一枚「逆天」的印記。

天意已定，定於何人？古人說有「德」者居之，請問是玄德？還是孟德？昔有三家分晉，今有三家歸晉；所謂「分久必合，合久必分」，劉備不過是趁亂分杯羹的幸運政客。他的「偏安」小朝廷，格局受限，充其量只能仰天嚷嚷：「我乃分裂時代一方梟雄。」

相形之下，滿腦子「招安」的宋江，就顯得器小、鄙陋。劉備若生在北宋末年，宋徽宗的帝位恐怕不保；宋江坐時光機到三國，幫劉皇叔拎草鞋都會被嫌棄。時勢造英雄，可惜宋江選錯邊，糟蹋了一手好牌；英雄反時勢，從天下大亂殺出一條血路的劉備，當他被曹操大軍追得無路可逃，可曾偷偷想過，坐上龍椅的滋味？

在「煮酒論英雄」的丞相府中，曹操理該後悔那句：「今天下英雄，惟使君與操耳！」讖語既出，神龍乍現，風雲驚走，雷霆急奔；一個始料未及的嶄新時代（包括他在赤壁的慘敗），就此展開。

古代中國有兩座山，是政治登山客必須朝拜的「聖峰」。其一，終南捷徑：以「退」（隱）為「進」（階），從「山林」站開往「鐘鼎」驛的迂迴直達車。

其二，梁山仕途：以「進」（逼）為「退」（預留退路），強盜換穿官服的變臉戲法。前者利用矯作的人性，後者掐準利害的心理；君與民，官和賊，彼此算計，互相成全。幾千年來，知識分子、綠林草寇絡繹不絕，將這些庶民或豎子仰望的「高處」，開發成史冊、經書、詩詞中的熱門景點。

還有一座人跡罕至的高山，叫做「六出祁山」。瞧！一詞裡藏著三座大山，峰峰相連，構成世局的重巒、歷史的疊嶂。那是鞠躬盡瘁的蜀道，難於登天的絕頂。「一對二表三分鼎，六出七縱八陣圖。」諸葛亮北伐功敗垂成的次數，不斷提高後人對他的懷念指數；也反映出所謂「不可能的任務」最教人振奮的絕望、最讓人沮喪的壯懷。

目次

下部

導讀

天命所歸的悲情傳奇

南山

作為中國俠義小說的源頭，也是章回首部曲，《水滸傳》一直是目光焦點：「四大奇書」之首，「六大才子書」的小說界代表；也是眾矢之的：大山寨的荒謬締造，抗爭的蒼涼傳奇，淑世的悲情幻滅，「逼上梁山」的自我嘲弄……乃至於，當「聚義廳」改頭換面，掛上「忠義堂」的牌匾，「俠義」一詞，竟而淪為「敢笑黃巢不丈夫」最狹義的注解。

也就難逃歷來論者吁嘆、扼腕、激昂陳詞和點指攻伐。

可惜，明、清時期的科舉主考官，沒能突發奇想，出一道讓滿朝文武譁然、全國考生傻眼的申論題：你，飽讀詩書、胸懷天下、國之棟梁的你，對「秀才造反」有何看法？

或者：如果你是宋江，在完成大聚義，天罡地煞強勢回歸之際，會如何決定梁山的未來攻略？

好一記又快又猛回馬槍，反刺數千年來由儒家文化棉花糖層層包覆的政權更迭、忠義迷思。

所以，這部堪稱「強盜完全實用指南」、「造反懶人包」的血腥鉅作曾被列為禁書。

很難回答？哈！你可以大筆一揮：秀才造反？三年不成；如果這位秀才又以「君子」自居，那恐怕要等更久。為什麼？君子報仇，十年不晚。

「怒」的氣體分子結構

以現代觀點回看那齣君權時代的草莽故事，深具民主或民粹素養的你我，恐怕不大容易釐清這部「怒書」（張潮語）的氣體分子結構：憤世書生的酸氣？不平世道的鳥氣？暗昧時局的濁氣？群魔亂舞的鬼氣？占山為王的神氣？昏君奸臣的沆瀣一氣？歷史鍋爐熊熊的火氣？黎民蒼生的怒氣？

說到重點了。那把「反貪腐」的大刀，劈開「忠良／邪惡」、「冤侮／賊佞」，像摩西分海，讓人赫見黑白二分，卻解不開梁山好漢（以宋江為馬首）一念之執打造的自我困鎖：忠君，就是順天承運。

看《三國》或《水滸》掉淚，是在為古人擔憂？換個輕鬆讀法，那些刀來劍往、攻城掠地，所謂「軍民塗炭，日夕不能聊生，人遭縲線之厄」、「逼上梁山」（嚴格說，應是「殊途同歸上梁山」，真正的苦主只有林沖一人），場面浩大，特效驚人，但在本質上，純屬宣洩：儒家堡壘的廢氣排放，禮教文化的戲劇鬆綁，「替天行道」的一詞多解，以及，神話、邪說的誓必兩立。

神話？是啊！民族的集體潛意識，歷史的回聲；先民口耳相傳，也是古典小說慣用的仙神氛圍、敘事結構。一如女媧補天之於《紅樓夢》，《封神演義》之於商、周對抗；而《水滸傳》原著的開場，比現今任何一部奇幻電影更魔幻：一道從地穴竄出、「掀塌了半個殿角」的黑氣（黑色乾冰？）釋放出三十六天罡、七十二地煞，從此造亂天下。這種戴上反派面具的正派出場，教人不免懷疑：那是汙染塵世的PM2.5[1]？讓整個積弱時代恢復電力的乾淨煤？

梁山好漢的軍事化行動，有一個很好用、合理化的藉口：替天行道。問題是，那個「天」，是指天意？天命？還是昏庸無能的天子？他們的「行道」邏輯：以牙還牙（誰動我兄弟，我就殺他全家；誰碰我全家，我就滅他全城），以毒攻毒（你黑心，我就吃你的心）；以暴制暴（你有千軍萬馬，我有高手猛將），以亂易亂（你欺凌百姓，我禍亂天下）。繼而，以含恨替代冤屈（反奸佞終究被奸佞所害），以殺——卻止不了殺：

「三打祝家莊」殺聲震天，「大破高唐州」哀鴻遍野，「攻陷青州城」死傷慘重，「擊潰大名府」血流漂櫓，「擒王慶」、「滅田虎」、「討方臘」更是屍堆成山——至此，刀戟沉沙，

1 PM2.5：細懸浮微粒，其直徑只有頭髮的二十八分之一，容易深入人體肺部，進而引起肺部發炎反應、心血管病變、氣喘症狀加劇等情形；若附著其他汙染物，將更加深對呼吸系統之危害。

鳥盡弓藏，一百零八條好漢只剩下三十六人，慘勝而歸，等著完成悲壯大結局：童貫、高俅等朝中奸臣，為盧俊義、宋江和李逵費心張羅的毒殺戲碼。

回顧血淚一生，梁山好漢或許明白一件事：逆勢行道不如返鄉，當一株靜觀時勢流變的行道樹。至少，可以行光合作用，化消少許烏煙，吸收若干瘴氣，也算是功德一樁。宋江死後，吳用和花榮在其墓前大哭一場，自縊而亡——沒有樹行嗎？不妨視為抗爭尾聲最寂靜也最極致的抗議，無言的向天詰問，穿時越空的訴願。

神的視野‧四維觀點

若是以神的視野俯瞰哀哀人寰，那些興衰治亂、物換星移、新紀降臨乃至世界末日，不過是一盞熱茗的隱隱浮煙？萬里黃沙的一瀑塵暴？或者，一壺濁酒，神與魔，喜相逢？而在天、人之間，你我高談闊論，饒舌辯證，猶能換轉「觀」點，分說管見：

宏觀：數千年中國歷史，不就是一部血跡斑斑殺戮史？《水滸傳》、《三國演義》是打殺鬥爭濃縮版；漫漫長河中，難得幾回太平盛世，是神的恩寵？無垠荒漠的海市蜃樓？

微觀：梁山好漢的個別際遇，是人類齒輪的連鎖錯動。他們或者身負不平，或者路見不平；在萬能的神啟動「路平專案」前，他們但憑一己之力，打不平或抱不平，具體而微表現出古往今來現實人間的血腥本質：殺伐，迫害，凌辱，暴虐……

客觀：歷史永遠是對的，她說什麼就是什麼。人類史上任何一齣善惡有報或天地不仁，都是真理。她比所有口號、教條、信仰……九流十家的聖言或邪說，更能表現天意。

主觀：既是天意，天最大，誰能逆天？於是，「負嵎頑抗」是姿態？還是選擇？後者代表九死不悔的勇氣，前者呢？可就暗藏驚天撼地、感動鬼神的智慧了。

昏茫世道，該當如何？我們重人道，守天道，卻挖不出脫出困境、通達八方的地道。

改寫的藝術

以上所述，非關筆者淺見，而是新新古典《水滸傳》作者張啟疆循字沿句、埋設鋪陳的現代見解、多維史觀。

閱讀，是一門學問：博覽，精讀，思辨，領會，吸收，化用，端賴讀者的胸襟識見。

改寫，是一項藝術，也是異數：不論你是快手、慢手、代工高手、紅油抄手或無所不能的寫手，切記：你的生花妙筆，是在雜花生樹的森林裡，栽育奇葩。何處接枝？哪裡移植？文字、腔調、形式、結構都得翻新，同時要保住原著的精神與精髓。創意、「古意」並存，讓讀者在老戲碼裡看到新戲法，有所本，卻也無所泊靠：改寫者若不能提出自己的見解，或者說，史觀——不論是對那段歷史，或原著中暗藏的歷史批判，再怎麼長篇累牘、洋洋灑灑，只能稱為：依樣畫葫蘆、鸚鵡式仿說。

虛實交映

從某種角度看，所謂「改寫」，其實是「再創作」。

小說家族不全然是向壁虛構，也不會是單純的現實模擬、史實記寫；或者說，虛構文本不代表毫無根據，取材現實不等於「忠實反映」——創作之妙，就在虛實交錯，相映成趣。

有些作品乍看天馬行空，細究之下，處處可見現實的投影。有些文本現實感十足，讀者按章對號，以為是「純屬真實」之作；殊不知，那是作者神遊「日用常行」，化轉素材的功力展現，或者，借喻寄寓的曲筆用心。

今是昨非、借古諷今，都是此一手法的委婉表現。

簡言之，小說書寫，是在真幻兩端進出折返的虛實辯證。

而脫胎自歷史（實），或者說，若干情節符合史實的章回、戲曲（虛），更容易看出兩者間的比例和錯動。

如《三國演義》之於《三國志》，加油添醋的枝節不少：草船借箭、孔明借東風、空城計等等。

《水滸傳》之於《大宋宣和遺事》之於北宋史，更是大張旗鼓，擴增規模，將一場地方造亂，弄成神、人共憤的中原大戰，很像古裝版《復仇者聯盟》；不但三十六天罡、七十二地煞全員參戰，九天玄女也來湊一腳：賜三杯仙酒，贈三卷天書，引領天魁星宋江率眾歸位——一齣早譜寫好的劇本史話。

新新古典《水滸傳》之於《水滸傳》呢？張啟疆的現代文本，如何虛裡構虛、巧轉虛實，也就是前述帶著雙重虛構性質的「再創作」？

串帶式出場

先看結構：

《水滸傳》人物眾多，情節博雜，如何安排戲分、決定順序、排名先後，頗為「耐人尋味。

瞧！施耐庵先生用了一手不慌不忙的「聯合主演」方式：串帶式出場，大手牽小手，一個帶一個。每一名登場人物，除了交代自身故事，還得負責承先啟後，接棒交棒，讓各自遭遇串連成線，續接如流，合成轟沸亂世的怒潮飛瀑、集體命運。

鑲嵌式結構

以「張天師祈禳瘟疫，洪太尉誤走妖魔」為楔，該書的神話底蘊不揭而露。只是，第一男主角（非指重要性，而是出場序）竟是「浮浪破落戶子弟」高俅，對照故事尾聲的英雄末路、小人得意，實在有些殺風景——也許，作者就是要讓讀者恨得牙癢癢。

張啟疆的「新水滸」，分為上、下兩部，用到和原著迥然不同的形式：鑲嵌式結構，對映性敘事。也就是打造虛、實兩座舞臺，以雙軸分說、時分時合的技法，呈現對照效果、戲劇張力。

有趣的是，上部和下部各有虛界與實境；交纏的指涉、映現的內容，亦大異其趣。

上部採「說書式開場」。也就是「卷首語」：「時窮年荒，赤陸千里」的時代，「朔風吹得正緊，飛雪如絮」的河畔小徑，一間「斜插屋簷、汙漬斑斑酒旗」的茅店，聚集了書生、武者、商賈、拿刀執鞭的江湖人士……你高談，我闊論，七嘴鬥八舌；經由英雄傳說，開啟了「伏魔大殿誤放了早年洞玄真人鎮鎖的一百單八個魔君」的楔引，也預告一齣山雨欲來的江湖風波、政治風暴。

藉由人言包裹神話的「加框」，讓故事穿上故事外衣，也教故事暗藏故事內裡。而在論豪傑、斷魔君的舌劍脣槍中，帶出第一號英雄：「豹頭環眼，燕頷虎鬚，身長八尺，使得一手好鎗法」的林沖。

也就是第一章「林沖夜奔」的內容。

實空・虛影

乍看之下，客棧（茅店）為實，店裡發生的議論，以及後來的高潮反轉，為小說實空：真實的時空舞臺，卷首語、卷中語和卷末語，貫穿敘事主軸。相對地，第一章到第六章的正文部分，反而淪為各說各話的虛影——林沖、魯智深、武松、李逵、宋江等人的事跡，乃是客棧中人說唱擬仿的傳說人物。

真是這樣？

兩者並非涇渭分明的主（實）客（虛）體，也不是老死不相往來的平行線。隨著故事（以及故事中的故事）推展，天地線漸漸傾斜，「實空」、「虛影」變得時遠時近，彼此拉距，互相干擾。第四章「七星聚義」赫見虛中有實：正文中突然插進「卷中語四」，和前後文形成微妙的共振與互補，章末又見「卷中語五」，自成一脈，且呼應著第五章「黑旋風李迹」裡「黑猩猩」打、殺、火、罵加上法場劫囚的轟鬧演出——套用中年文士（梁山要角所扮）的話：「……只是大圖景裡的小拼圖。」

鑲拼、環扣、翻轉、輻輳……合成天書符籙中祕而不宣的讖景。

到了第六章「大宋王朝的江山」，虛實交錯渾似亂針刺繡：山雨欲來的卷中語七、八、九、十，接連跳進兵荒馬亂、駭浪驚濤的正文敘述：宋江殺惜、亡命天涯、再陷囹圄、人肉包子店、法場問斬、殺出重圍……直至上部「青幡白旌；黃鉞皂蓋，緋纓黑纛。山頂一面杏黃大旗，書著『替天行道』血紅大字」的收尾：宋江上梁山。

與此同時——是的，當下時空和過往傳聞愈來愈貼近，終至疊合——客棧裡爾虞我詐的議譚，也到了「卷末」高潮：故事和故事裡的故事共舞，你的張良計，單挑我的過牆梯；最驚險的暗樁，出自最意想不到的敵人。一場惡戰——殺宋、保宋人馬大火併——猝然發動，瞬間結束，徒留重重疑雲：「雲層深處忽忽閃現龍章鳳篆蝌蚪之書」，射人眼目，難以辨識。

梁山諸將的運命，從此踏進地雷區。而外來勢力（此為原著所缺的謎讖，筆者暫不戳破）的入侵，竟是江山爭奪戰的預演；梁山軍師吳用，林沖、武松、王進等「傳說人物」，早已入局，埋伏客棧，智破對手毒計，確保公明回歸，以及，「說唱擬仿」自己的來時路。

真、夢對照

上部如此交纏，下部呢？下部為例？不！張啟疆變出新招：以夢境替換茅店，穿時越空的集體夢識，倒映現實慘烈、前景荒涼。

何謂「倒映」？吉凶倒反，死生易位，成敗相隨，禍福難料卻可觀：像燒盡九重天的大火，烘亮昏茫的未來時空。

藉由「驚夢」之一到之九，反寫迢迢征途的荒謬突梯。這九齣夢，分屬宋江、李逵、戴宗、吳用、柴進、林沖、公孫勝、魯智深、武松等人，連已陣亡的「托塔天王」晁蓋，都還魂登場，敲一段「雙龍搶珠」、「天命所歸」——簡單說，替宋江背書——邊鼓。夢相徵引，夢劇續連，既是私魘，也算共業，小我之夢合為九夢連環（其中，驚夢六又一分為二，驚夢一和九，首尾呼應，夢主都是既想行天道又盼封侯爵的宋江）。他們夢見什麼？堂皇出征前的預示（視）：不是眼前的輝煌戰果，而是遙遠未來的災禍。一挫一揚，一喜一悲，他們該相信何者？現實？夢境？

以第六章的驚夢六之二為例，公孫勝在夢中「預見」：宋江上前，跪伏奏道：「臣等奉旨，平定淮西，將王慶獻俘闕下，候旨定奪。」顯然已到「擒王慶」的階段。真實時空呢？仍在「大破高唐州」前後。

換個角度看，真實與夢域，如前所述，「相映成趣」，也成謎。想像一種詭異至極的場景：梁山好漢齊聚一堂，觀賞歷史大銀幕上最不可思議的分割畫面：現在、未來分據兩側，禍福因果同步完成；中間那道楚河漢界，是牢不可破卻也杳不可尋的時光虛線。

數字玄機

再者，下部的章節排序，有著明顯的數字玄機：第一章九天玄女、第二章八虎會梁山、第三章七星再聚……第七章三山歸附、第八章（上）二龍搶珠（下）二把交椅、第九章一字成書；一至九，九到一，反向而行，有如逆錯的天機與數讖。從「九天玄女」一路倒數，直至「一字成書」，又像是歸零的卷帙、「千算萬算不如天一劃」的奧義。

如果說上部的主題是宋江歸位，締造大聚義；顯然，下部的主調，乃為眾星殞落，完成大演義：一場至死方休的無限之戰。三打祝家莊，大破高唐州，攻陷青州城，擊潰大名府……童貫、高俅傾全國之力組成的水陸大軍，也慘敗於這一批精兵良將。朝廷迫於梁山之強，強可敵國，只好派人招安。

打。打不完的戰爭，殺不盡的敵人。和朝廷、官府、地方惡霸、敵對山寨打；歸順之後，又被派去攻打「四大寇」（宋江為其一）的其他三人：淮西王慶、河北田虎、江南方臘。這有點像，今日我討伐昨日我，曾經反抗貪腐昏庸的，如今站在昏庸貪腐的一方。哪個我，才是真正的我？於是，更慘烈的「自我戰爭」遍地竄燒：「義」與「忠」的激辯、鷹派（主戰）和鴿派（主和，其實是降）的矛盾，乃至於，拋灑熱血，豁拚性命，對抗神諭、預言、夢讖、反覆世局、不測人心……作用力和反作用力，盤據歷史天秤兩端；古有七傷拳，傷敵七分，自損三分。宋江式猶疑瞻顧的「造反」，注定留下斑斑血痕：親人慟傷、世人悲傷、史家感傷、智者神傷、弱者憐傷、勇者挫傷，而後人或讀者，掩卷之餘，心中泛起無由哀傷？

三杯仙酒，釀化萬般滋味；三卷天書，合成三字包袱：忠，君，報……報什麼呢？報國？報仇？報復？

讀《三國》掉淚，是在為古人擔憂；觀《水滸》憂心，是在為今人掉淚。昏亂世道，同樣擁有選擇權的你我，該當如何？這一題，看似輕易可解，卻足以教新新古典《水滸傳》的作者、撰寫本文的筆者、句句拍案字字驚心的讀者你……都陷入比圍棋長考、赴京趕考更遙迢的魔考。

戊戌年仲夏

《水滸傳》一百零八條好漢

天罡三十六星：

天魁星／宋江　綽號呼保義、及時雨
天罡星／盧俊義　綽號玉麒麟
天機星／吳用　綽號智多星
天閒星／公孫勝　綽號入雲龍
天勇星／關勝　綽號大刀
天雄星／林沖　綽號豹子頭
天猛星／秦明　綽號霹靂火
天威星／呼延灼　綽號雙鞭
天英星／花榮　綽號小李廣
天貴星／柴進　綽號小旋風
天富星／李應　綽號撲天雕
天滿星／朱仝　綽號美髯公
天孤星／魯智深　綽號花和尚
天傷星／武松　綽號行者
天立星／董平　綽號雙鎗將
天捷星／張清　綽號沒羽箭
天暗星／楊志　綽號青面獸
天佑星／徐寧　綽號金鎗手
天空星／索超　綽號急先鋒
天速星／戴宗　綽號神行太保

天異星／劉唐　綽號赤髮鬼

天殺星／李逵　綽號黑旋風

天微星／史進　綽號九紋龍

天究星／穆弘　綽號沒遮攔

天退星／雷橫　綽號插翅虎

天壽星／李俊　綽號混江龍

天劍星／阮小二　綽號立地太歲

天平星／張橫　綽號船火兒

天罪星／阮小五　綽號短命二郎

天損星／張順　綽號浪裡白條

天敗星／阮小七　綽號活閻羅

天牢星／楊雄　綽號病關索

天慧星／石秀　綽號拚命三郎

天暴星／解珍　綽號兩頭蛇

天哭星／解寶　綽號雙尾蠍

天巧星／燕青　綽號浪子

地煞七十二星

地魁星／朱武　綽號神機軍師

地煞星／黃信　綽號鎮三山

地勇星／孫立　綽號病尉遲

地傑星／宣贊　綽號醜郡馬

地雄星／郝思文　綽號井木犴

地威星／韓滔　綽號百勝將

地英星／彭玘　綽號天目將

地奇星／單廷珪　綽號聖水將軍

地猛星／魏定國　綽號　神火將軍
地文星／蕭讓　綽號　聖手書生
地正星／裴宣　綽號　鐵面孔目
地闊星／歐鵬　綽號　摩雲金翅
地闔星／鄧飛　綽號　火眼狻猊
地強星／燕順　綽號　錦毛虎
地暗星／楊林　綽號　錦豹子
地軸星／凌振　綽號　轟天雷
地會星／蔣敬　綽號　神算子
地佐星／呂方　綽號　小溫侯
地佑星／郭盛　綽號　賽仁貴
地靈星／安道全　綽號　神醫
地獸星／皇甫端　綽號　紫髯伯
地微星／王英　綽號　矮腳虎
地慧星／扈三娘　綽號　一丈青
地暴星／鮑旭　綽號　喪門神

地默星／樊瑞　綽號　混世魔王
地猖星／孔明　綽號　毛頭星
地狂星／孔亮　綽號　獨火星
地飛星／項充　綽號　八臂哪吒
地走星／李袞　綽號　飛天大聖
地巧星／金大堅　綽號　玉臂匠
地明星／馬麟　綽號　鐵笛仙
地進星／童威　綽號　出洞蛟
地退星／童猛　綽號　翻江蜃
地滿星／孟康　綽號　玉幡竿
地遂星／侯健　綽號　通臂猿
地周星／陳達　綽號　跳澗虎
地隱星／楊春　綽號　白花蛇
地異星／鄭天壽　綽號　白面郎君
地理星／陶宗旺　綽號　九尾龜
地俊星／宋清　綽號　鐵扇子

地樂星／樂和　綽號鐵叫子
地捷星／龔旺　綽號花項虎
地速星／丁得孫　綽號中箭虎
地鎮星／穆春　綽號小遮攔
地羈星／曹正　綽號操刀鬼
地魔星／宋萬　綽號雲裡金剛
地妖星／杜遷　綽號摸著天
地幽星／薛永　綽號病大蟲
地伏星／施恩　綽號金眼彪
地僻星／李忠　綽號打虎將
地空星／周通　綽號小霸王
地孤星／湯隆　綽號金錢豹子
地全星／杜興　綽號鬼臉兒
地短星／鄒淵　綽號出林龍
地角星／鄒閏　綽號獨角龍
地囚星／朱貴　綽號旱地忽律

地藏星／朱富　綽號笑面虎
地平星／蔡福　綽號鐵臂膊
地損星／蔡慶　綽號一枝花
地奴星／李立　綽號催命判官
地察星／李雲　綽號青眼虎
地惡星／焦挺　綽號沒面目
地醜星／石勇　綽號石將軍
地數星／孫新　綽號小尉遲
地陰星／顧大嫂　綽號母大蟲
地刑星／張青　綽號菜園子
地壯星／孫二娘　綽號母夜叉
地劣星／王定六　綽號活閃婆
地健星／郁保四　綽號險道神
地耗星／白勝　綽號白日鼠
地賊星／時遷　綽號鼓上蚤
地狗星／段景住　綽號金毛犬

上部

卷首語

時窮年荒，赤陸千里。皚皚大地，蕭索莫名。朔風吹得正緊。飛雪如絮。迤邐迴繞的小徑，沿著幾近凝凍的河水，一直伸向灰濛濛的寒山。

依山傍水、枕溪靠湖的一間茅店，瑟縮在路的盡頭，一面斜插屋簷、汙漬斑斑的酒旗，惹了一身雪水，在冷風中簌簌顫抖，像一枚不墜的枯葉。

屋內爐火正旺，人聲不斷：有提鎗佩劍的武者，拿刀執鞭的江湖人士；有高聲議論的書生，也有交頭接耳的商賈。

「紛紛五代亂離間，一旦雲開復見天！草木百年新雨露，車書萬里舊江山……」吟詩之人是位文士扮相的中年人。

「說的可不就是大宋一統江山，『天下太平無事日，鶯花無限日高眠』。」另一位黃袍老者接口道：「傳聞太祖武德皇帝正是霹靂大仙降世，英雄勇猛，智量寬洪，自古帝王皆不能及……」他的身後，立著兩名劍童扮相的年輕人，各背一柄紫青寶劍。

「可惜『人無千日好，花無百日紅』。昔年仁宗皇帝得文曲包青天、武曲狄青將軍之輔，天下太平，五穀豐登——這九年好光景謂之一登，歷經『三登之世』，便每下愈況了。」剛進門，忙著大口喝酒，商賈模樣的漢子接著說道：「嘉佑年間的一場瘟疫，便是災難的開端。此後外敵環伺，內政不清……」

「諸位官人可聽說昔年張天師祈禳瘟疫的傳聞？」中年文士見眾人點頭，羽扇輕搖，施施說道：「話說有位洪太尉奉旨前往龍虎山宣請嗣漢天師張真人出面，為世人消災解厄。一路怪事不斷，異象連連，最後在伏魔大殿誤放了早年洞玄真人鎮鎖的一百單八個魔君。」

「咳！這個段子俺聽了不下數十回。」一位方頭大腦宛似活張飛的黑面漢子說道：「那是石碣鎮鎖的萬丈地穴，碣上皆是龍章鳳篆，天書符籙，背面鑿著『遇洪而開』。那洪太尉一知半解，以為天命歸己，堅持破封開挖——一聲響亮，一道沖天黑氣，在空中散作百來道金光，朝四面八方而去。」

「何解？」黃袍老者問道。

中年文士莞爾而道：「那百來道金光正是三十六員天罡星，七十二座地煞星，合計一百零八名魔君。只是，天機已開，那魔君現世是邪是正？亂世還是救世？誰能論斷？所謂『亂世出英雄』，許是應天時而來，救生民於水火。」

「這倒是，如今朝綱不振，金人國運正旺，實乃存亡危急之秋。」黃袍老者喟然而嘆：「只是，誰能力挽狂瀾？」

「單鎗匹馬難行，嘯聚結義便可。」中年文士環顧眾人：「各位官人心中，哪位豪傑堪稱真英雄？」

「九紋龍史進。」

「白衣秀才王倫。」

「托搭天王晁蓋。」

「不！我說是八十萬禁軍教頭，豹子頭林沖。」黑面漢子力排眾議。

「可是那豹頭環眼，燕頷虎鬚，身長八尺，使得一手好鎗法的林沖？」黃袍老者的眼睛一亮。

「正是。諸位看官想聽聽他的事跡？」

暮冬時分，
彤雲密布，朔風野號，
彌天大雪紛紛揚揚，
蕭索大地一望無垠，
唯見漸行漸遠的孤單身影。

第一章

林沖夜奔

1. 以刀入罪

手中沉鐵重逾千金，千貫寶刀竟似亮晃晃的凶器。林沖一陣心悸，蹙眉抬頭，赫見簷前額上四個青字：白虎節堂。

慘！這不是軍機重地嗎？四周不見人影，引他入彀自稱「新近參隨」的那兩人一去不復返，難道真是引君入甕之計？巨大的冷汗自額頭滴落，腦海翻揚：厚顏好色的高衙內，堂堂禁軍教頭卻不得保妻兒的無奈，大哥魯智深的話語：「你卻怕他本官太尉，洒家怕他什鳥……」

仔細想想，為何我林沖剛買到寶刀，隔日即有「太尉商請府裡比刀」的邀約？前來之人又是陌生面孔？還有，那「花花太歲」高衙內當著面猶能調戲我的娘子，背地裡又會使什麼鬼計？

林沖只覺得眼前灰白，正急待抽身，只聞靴履響，腳步鳴，一人昂然而來——不是別人，正是本官高俅高太尉。與此同時，旁邊的耳房、曲迴的長廊、邊門和內室蜂擁冒出數十名持棍配刀的軍校，將林沖團團圍住。

高俅怒喝：「大膽林沖，不待傳喚，持刀擅闖白虎節堂，莫非要來行刺本官？」

林沖趕忙躬身回答：「恩相，不是您差兩名承局叫我前來比刀？」

高俅又喝道：「是嗎？那兩個人在哪裡？」

「恩相，那兩人招呼屬下後，已投堂裡去了。」

「胡言亂語，什麼承局？到哪裡去了？來人哪！將這廝拿下——」

刀架棍抵，橫推倒拽，枷鎖纏身，堂堂八十萬禁軍教頭，就這麼身陷囹圄，本要發監問斬。但見左右在高太尉耳邊嘀咕了幾句，怕是刑出無名，高俅於是喝令左右：「押去開封府，交給府尹審理，弄清楚了罪名就斬；至於這把刀，意圖不軌的罪證，先給封了去。」

案情，或者該說陰謀至此，已昭然若揭；以刀入罪，假林沖行凶之名，遂高俅偏袒義子奪人妻子之實。開封府滕府尹左盱右衡，參酌林沖口詞，只覺此案古怪。而林沖的丈人張教頭亦來買上告下，打通關節，以免女婿遭遇不測。或許是林沖命不該絕，正值一名當案的文官，姓孫名定，為人耿直，樂善好施，極力為林沖周全：「看林沖口詞，應是負屈銜冤。」

滕府尹說道：「只是高太尉批仰定罪，定要問他手執利刃，故入節堂，要怎麼周全他？」

孫定笑瞇瞇地說：「人說這南衙開封府不是朝廷的，是高太尉家的。此語當真？」

府尹怒聲道：「胡說！本府依理據法斷案，豈是高太尉的家臣？」

孫定撚鬚莞爾，話裡卻帶針鋒：「誰不知高太尉當權倚勢，他府裡無般不做。若有人小小觸犯，便發來開封府，要殺便殺，要剮便剮——」

府尹無奈揮手，嘆口氣說：「好吧！你說該怎麼辦？」

孫定說：「這麼吧！著他招認做不合腰懸利刃，誤入節堂，脊杖二十，刺配遠惡軍州。」

滕府尹立即向高太尉回報此案。「發配充軍？」高俅目光閃爍，似有慍色，但情知理短，又礙於府尹稟說詳細，法理有據，只得准了。那天，府尹回來陞廳，當廳除林沖長枷，斷了二十脊杖，喚文筆匠刺了面頰——在流徙犯人臉上刺字，俗稱「打金印」，打造一面七斤半團頭鐵葉護身枷釘，貼上封皮，押了一道牒文，差兩名防送公人監押，前往發配之地：滄州牢城。

2. 含淚休妻

東京八十萬禁軍教頭林沖為因身犯重罪，斷配滄州，去後存亡不保。有妻張氏年少，情願立此休書，任從改嫁，永無爭執；委是自行情願，並非相逼。恐後無憑，立此文為炤。……年……月……日。

州橋下酒店裡，林沖手擬休書一封，標明日期，押下花字，打了手模，誠惶誠恐交給張教頭，語帶哽咽：「自蒙泰山錯愛，將令嬡嫁事小人，三年恩愛，未曾半點差池相爭。今小人遭這場橫事，配去滄州，死生未卜，唯恐誤了娘子青春，又怕高衙內設陷威逼，現立紙休書，任從改嫁，並無爭執。」

張教頭道：「這是什麼話？你是流年不利，而非自惹禍端。我會帶女兒回家，養個三年五載不成問題，等你回來，又是——」

只聞一聲悲號，林沖的娘子正梨花帶雨地趕來送行。林沖見了，起身接著說：「娘子，此去滄州，生死不保，誠恐誤了娘子青春。今已寫下幾字，萬望娘子莫等小人，有好對象……」

那娘子見書，哭倒在地：「我是做錯了什麼？惹得相公休我。」語罷即昏迷聲絕。林沖和張教頭趕忙攙扶施救，半晌方才甦醒。眼一開，淚珠又是撲簌簌落個不停。

張教頭正色說道：「賢婿只管前去，但要活著回來。你的妻小，我會照顧得妥妥貼貼，待你回來完聚，得便，千萬寄些書信回來。」

回得來嗎？

翌日，兩位官差整裝待發時，巷口酒店的酒保來報，說是一位官人有事央請。兩人一進店，見一錦衣端坐之人，頭戴頂萬字頭巾，身穿領皂紗背子，黑靴淨襪，威儀赫赫。正納悶間，已是酒肉菜蔬果品擺滿桌，先吃喝了幾回，那「官人」才從袖裡取出十兩金子，放在桌上，掩口道：「二位端公各收五兩，有小事相煩。」

一人說：「你我素不相識，何故給我們金子？」另一人道：「不敢動問大人高姓？」

「我是高太尉府的陸虞候[1]陸謙。」

「原來是陸大人！小人真是有眼無珠。」二人慌忙站起，喏喏連聲：「怎麼敢與大人同桌共席？」

「欸！快不要這麼說。」陸謙揮手說：「今奉著太尉鈞旨，將這十兩金子送與二位，望你二人領諾，不必遠去滄州，就在前面僻靜處把林沖給——」以手作刀，做了個「結果」的手勢。

這兩人一名董超，另一位叫做薛霸。董超生性謹慎，搖搖頭說：「只怕使不得。開封府公文只叫解活的去，沒說要結果他。他又年輕力壯，武功高強，這……不大好搞吧！」

薛霸趕忙接腔：「我說老董，甭說解決一名囚犯，高太尉若是叫你我去死，也得從命，何況還賞咱們金子哪！前方有座野豬林，人跡罕至，正是猛惡去處，就選那裡『送他一程』唄。」

1 虞候：古官名。隋代東宮有左右虞候，掌斥候與偵察非法行為。唐中葉以後，方鎮皆置都虞候、虞候，負責偵察不法。五代之君，皆起自方鎮，都虞候等遂為禁衛官。宋因襲，至元始廢。

陸謙聞言大喜，說道：「還是薛端公[2]爽利！明日此時，想必已取下林沖臉上的金印，屆時還有後謝金十兩，請務必辦妥，不可誤事。」

炎炎六月天，燋金爍石，酷熱難當。監押上路的一行人，離城數十里路，便有窒悶難行之感。而林沖棒瘡初發，背痛難耐，腳上草鞋又割腳，磨得鮮血淋漓，一路上一步挨一步，速度緩慢。「喂！此去滄州二千餘里，你這種走法，幾時能到？」薛霸手舞水火棍，催聲連連。

「別聽他囉嗦，走不動，你自慢慢的走。」董超在一旁扮白臉。薛霸則是喃喃吶吶，口裡一直唸唸有詞。

再往前，約莫二、三里路，只見一座煙籠霧鎖的林子，正是冤靈啾啾、惡名昭彰的野豬林——傳說公差收銀取命，私下結果囚犯性命的地方。

兩位公人互看一眼，一左一右押著林沖進入樹林。董超忽然說道：「這一天走不得十里路，哪年哪月才到滄州？」薛霸也放緩了腳步，應聲說：「我也走不得了，且就林子裡歇一歇。」

三人走到密林深處，解下行李包裹，林沖靠著一株大樹便要倒下，卻見薛霸放下水火

2 端公：宋時稱衙役為端公。

棍，腰裡解下繩索，將林沖連手帶腳綁在樹上。林沖驚呼：「這要做什麼？」董超一面幫忙收繩繫結，一面安撫林沖：「俺兩個想小憩一回，又怕你趁機逃走，只好委屈你了。」林沖昂然說道：「我林沖怎麼說也是八十萬禁軍的教頭，怎會逃跑？」

「那就好。」董超拉了拉繩頭，確定林沖已動彈不得，臉上忽地漾起猙獰的笑容：「滄州太遠，你這一世也到不了，就在這裡了此一生吧。」

「這……你們要做什麼？」林沖沒命地扭動掙扎，箍緊的繩索反而愈陷愈深。

兩位官差同時舉起水火棍：「不是咱們要結果你，誰教你得罪高太尉呢？你好生記著，明年今日便是你的周年。休要怨我，俺兩個只是奉旨行事──」

黑影一閃，兩根上黑下紅的差棍朝林沖的腦袋劈來──

3. 大鬧野豬林

雷鳴般的轟然一響，一聲怒叱，夾帶咻咻風聲──就在黑棍劈上腦門的瞬間，一條鐵禪杖橫天飛來，將兩根水火棍一隔一撞，震得脫手飛走，而杖頭竟筆直插入樹幹，杖身猶兀自嗡嗡震動。

兩人的身子也被震退好幾步，踉蹌之間，赫見一尊黑羅剎般的和尚，穿皂布直裰，提一口戒刀，揮舞著就要朝兩人砍殺過來。

「來者何人？」兩位官差盡皆失色，連翻帶滾地閃躲。

「你爺爺魯智深是也。」和尚一手拔出禪杖，刀杖齊下，霍霍生威。

林沖連忙阻止：「師兄！不可下手！我有話說！不關他們的事，是高俅使詭計，要害我性命。他倆也只是奉命行事。」

魯智深收住攻勢，一刀將繩索割斷，怒聲說：「兄弟，自從你買刀那天一別之後，俺心裡頭一直感到不對勁。後來聽說你吃了官司，斷配滄州，便知你受了冤枉。為防不測，一路尾隨你們而來，見這兩廝賊頭賊腦，肯定有鬼。果然想在林子裡暗算你，俺一肚子怒火，正等殺這廝兩個撮鳥——」

邊說邊掄杖欲揮，一旁發傻的兩人趕忙哀聲討饒。

「算了算了！師兄就放過他們吧。」林沖緊緊握住魯智深的腕肘。

魯智深喝道：「你這兩個撮鳥，還不趕快攙著俺兄弟，都跟洒家來。」

兩人連聲稱是，依前背上包裹，拾起水火棍，扶著林沖，又替他背行囊，一同跟出林子來。

林沖問道：「師兄欲往何處去？」

黑羅剎瞪著惡狠狠的大眼睛：「殺人須見血，救人須救徹。洒家放你不下，決定帶你去天下英雄聚處——梁山泊。」「不可！我是待罪之身，理當服刑。」「好唄！那俺就一路送你去滄州。」

兩位公人暗自叫苦：「慘了！這下子交不了差，回去怎麼向太尉交代？」

自此，魯智深變成了押官，要行便行，要歇便歇；好便罵，不好便打。遇著客店，早歇晚行，都是由兩位公人打火做飯，燒水給林沖洗腳泡澡，宛似隨行僮僕。

行了十七八日，距離滄州只剩七十來里路程，一路去都有人家，再無僻靜處。在一座松林裡歇息時，魯智深抱拳向林沖告辭：「此去滄州已不遠，俺如今和你暫別，來日再見。」又取出十餘兩銀子交給林沖，再拿出二三兩分給公人，卻是指著一株松樹說：「你兩個撮鳥的頭硬似這松樹麼？」兩人搖頭。魯智深掄起禪杖，朝松樹一點，初見二寸深痕，緊接著兮拉一聲，樹幹竟應聲折斷。

「聽清楚了！你倆再有歹心，當如此樹。」擺著手，拖了禪杖，叫聲：「兄弟，保重！」幾下快步，人影已消失在樹林深處。

董超、薛霸吐長了舌頭，半晌縮不回去：「好個莽和尚，一下打折一株樹。」林沖凝眺前方，淡淡地說：「這不算什麼，相國寺有株柳樹，曾被他連根拔起。」

4. 棒打洪教頭

拔樹連根，力大無窮，這是魯智深的威風。八十萬禁軍教頭林沖又是如何？

話說三人又行了幾里路，但見前方樹林奔出一簇人馬。中間一位官人騎一匹雪白捲毛馬，那人生得龍眉鳳目，皓齒朱脣，約莫三十來歲，頭戴一頂皂紗轉角簇花巾，身穿一領紫團胸繡花袍，腰繫玲瓏嵌寶玉環絛，足穿金線抹綠皂朝靴；一張弓，一壺箭，引領從人，揚長而來。

林沖看了暗忖：「敢是柴大官人嗎？……」這柴大官人不是別人，正是人稱小旋風，大周柴世宗後代，為人豪邁，招集天下往來好漢的柴進。江湖傳言，但凡武士英雄，流配犯囚而來投靠者，無不收容資助。

林沖不好明問。只見那馬上官人縱馬前來問道：「這位帶枷的是什人？」林沖躬身答道：「小人是東京禁軍教頭，姓林，名沖……」

那人滾鞍下馬，飛奔而來，朗聲說：「哎呀！原來是大名鼎鼎的豹子頭林沖，柴進有失迎迓！」便攜住林沖的手，同行往柴莊而來。行了半里多路，過一座大石橋，見到綠柳蔭中一座莊院，正是柴大官人府邸。莊客們遠遠瞧見了，大開莊門，柴進直請到廳前，恭請上座，安排酒食果品海味。林沖一番推辭，坐了客席，兩位公人在林沖肩下。柴進起身，手執三杯，與林沖相互敬酒，閒話江湖，正是好漢惜好漢的惺惺之情。

席間，莊客來報：「教師求見。」柴進聞言大喜：「快快有請，我正要邀他一敘。」只見一名歪戴頭巾、挺著胸脯的漢子昂然而入。林沖起身唱喏：「林沖謹參。」那人不理不睬不還禮，走去上首便一屁股坐下。

柴進趕快引見：「洪教頭，這位便是八十萬禁軍鎗棒教頭，林武師林沖是也。」

林沖再次躬身行禮，洪教頭還是不答禮，卻說：「大官人何故厚待這些倚草附木、騙吃騙喝的流配軍人？滿嘴『我是鎗棒教頭』，誰知手下有沒有真功夫？」

林沖不做聲。柴進說道：「人不可貌相，林師父只是一時落難，休小覷他。」

洪教頭跳起身來，高聲說：「我就不信！有膽和我比劃比劃如何？」

柴進大笑說：「也好，也好，林武師，意下如何？」

林沖道：「小人卻是不敢。」心中忖量，這洪教頭必是柴大官人師父，我若一棒打翻他，柴大官人的顏面恐不好看。

柴進見林沖躊躇為難，趕忙說：「洪教頭來到寒舍不久，難逢對手，林武師休要推辭，小可也想看看兩位教頭的真本事。來唄！不要客氣。」

眾人也跟著起鬨勸進。大夥兒一齊來到堂後空地，莊客們拿一束桿棒放在地上，洪教頭先脫了衣裳，拽扎起裙子，選了根合手的棒，使個旗鼓，威風凜凜地喝道：「來吧！」

柴進叫莊客取來十兩銀，分給兩位公人，請他們暫時為林沖卸枷。又拿出一錠二十五兩重的銀元寶，說是「有能者得之」，便故意甩到地上。洪教頭為圖銀子，果然豁命而來，一招「把火燒天勢」劈向對手。林沖望後一退，就地撿起棍棒，橫棒吐勢，來個「撥草尋蛇勢」，擋下好幾棍子。洪教頭步步進逼，一棒接一棒，直劈橫砍，殺紅了眼。林沖不急不緩，從容閃身，瞄見對方腳步已亂，忽來一招「打蛇隨棍」，將棒打向地面，再順勢一彈，攻向下盤，洪教頭措手不及，和身一轉，那棒已直掃洪教頭的脛骨，哎呀一聲，人倒棒落，勝負已分。

柴進大聲叫好，攜著林沖再入後堂飲酒。洪教頭掙扎起身，在莊客們的哄笑下，滿臉羞慚，自投莊外去了。

至此，「鎗棒教頭」的英名，算是有了見證。

5. 火燒草料場

盛情難卻，柴進硬是將林沖等人留在莊內作客，每日好酒好食款待，直到兩個公人催促要行，柴進只好設宴送行，又寫了兩封信交給林沖，說道：「滄州大尹和柴某交好，牢城的管營、差撥也有些交情，這兩封信可讓你的日子好過些。」隨即捧出銀兩要給林沖，湊近林沖耳邊吩咐：「切莫推辭，這些銀兩必有用處，我告訴你……」

午牌時候，三人已到滄州城裡。牢城營內收管林沖，發在單身房裡聽候點視。不一會兒，只見差撥過來問道：「哪個是新來的配軍？」林沖向前應答：「小人便是。」差撥忽然變臉怒罵：「你這個賊配軍，見本官如何不下拜？你在東京幹的醜事誰人不知？居然一副大剌剌的模樣，你這賊骨頭好歹落在我手裡，教你粉身碎骨，一輩子翻不了身……」

林沖等他發作過了，取出五兩銀，陪著笑臉說：「差撥哥哥，區區薄禮，不成敬意，請勿嫌棄。」

差撥瞄了銀兩一眼，狐疑地說：「我和管營的『薄禮』都在裡面？」

林沖說：「這是送給差撥哥哥的，另有十兩銀子，還要煩請您替小人交與管營。」

差撥的臉色又變了，變成了笑臉：「哪！我就說林教頭是堂堂男子漢，怎地作姦犯科？不可能嘛！想是遭人陷害。沒關係，眼下受點苦，將來一定有發跡的一天。」

林沖又取出柴進的書禮，交給差撥：「總賴照顧。相煩哥哥代小人轉信。」

差撥愈笑愈開懷：「柴大官人的信就值一錠金子。一切包在我身上。一會兒管營來點你，照例要先打一百殺威棒。到時你便推說身體染病未癒，我會在一旁關照你。」

有錢可以通神——林沖在「仁義道德」之外，學到的教訓。果不其然，管營對他也是禮遇有加，解除他的枷鎖，一百殺威棒自然是免了，還給他一個好差事：在天王堂內安排食宿，每日只要做些燒香掃地的閒活。後來柴大官人又差人送來冬衣，林沖也樂得和其他囚徒分享，頗得人緣。日子也就在平靜中度過。

隆冬將近，忽一日，林沖正在營前閒走，聽見有人喊道：「林教頭，您怎麼在這裡？」回頭一看，那人是東京小酒館的夥計李小二，曾因偷竊被捕，在林沖搭救下免於入獄。後來遠離京城，不知所蹤，沒想到會在天高皇帝遠的滄州重逢。

林沖面露驚喜，說道：「小二哥，你如何也在這裡？」

李小二躬身行禮，回說：「當年蒙您救濟，我一路東飄西蕩，迤邐來到滄州，投靠一家小酒鋪。老闆見我工作還算認真，好心將女兒許配給小人，如今丈人丈母都死了，就剩咱倆夫妻經營店子。今天出來收帳，巧遇恩人，真是蒼天有眼。」李小二又問明了林沖受陷的始末，力邀林沖到家裡坐定，叫妻子出來拜了恩人，溫酒備食，小倆口歡喜地說：「我倆在這遙遠邊城沒親沒故的，如今得見恩人，真是喜從天降。」

林沖苦笑說：「我是罪囚，恐怕玷辱你夫妻兩個。」

李小二趕忙起身作揖，正色地說：「論天下英雄，誰不知恩人大名。閒話少說，今後您的衣服，便拿來家裡漿洗縫補；生活日常，就交代咱們夫妻倆了。」

從此，李小二三不五時前來相請，或送湯送水到營裡；林沖也不時塞些銀兩作為回報。

一日，大雪紛飛，店裡來了位軍官扮相的人，交給李小二一兩銀，請他備好果品酒饌，並前往營裡，請管營、差撥來店裡一敘。待三人會聚，管營眼見陌生人，狐疑地問：「素不相識，敢問官人高姓大名？」那人掏出一封信，低聲說：「有書在此，少刻便知。」隨即吆喝：「喂！夥計，拿酒來。」

吃吃喝喝之間，便是交頭接耳，竊竊私語。李小二只覺那人鬼鬼祟祟，便交代老婆：「那人是東京口音，一來就要找管營、差撥，我又聽見『高太尉』三字，難道是衝著恩人而來？我去伺候他們，妳就躲在閣子後面偷聽——」

妻子依計行事。只是三人刻意壓低音量，聽不清楚內容，她只瞧見那官人從懷裡取出一包東西，遞給管營和差撥，以及，聽見差撥一句：「都在我身上，好歹要結果他性命。」

李小二面露懼色：「帕子裡面莫不是金銀？這不就是花銀買凶？不好了，我得趕緊通知恩人。」

見著林沖後，李小二一五一十敘說經過。

林沖皺眉而問：「那人生得什麼模樣？」

李小二答說：「五短身材，白淨面皮，沒什麼髭鬚，約三十餘歲。」

「陸謙！」林沖一拍桌，怒聲道：「那潑賤敢來這裡害我！我教他來得去不得！」

李小二怕林沖衝動誤事，趕忙勸阻：「休急！小心提防他便是，正所謂『吃飯防噎，走路防跌』。」

林沖怒不可遏，離開小二家，先去街上買了把解腕尖刀，又在前街後巷逡巡。李小二夫妻捏著兩把汗，所幸當晚無事。

第二天，林沖天明即起，又帶刀到處巡視，仍不見仇人蹤影。數天後，管營喚林沖到點視廳上，說是派發他去東門外十五里處的大軍草料場，每月只需納草納料，工作輕鬆，還有例錢可拿。林沖領令，離了營中，先到李小二家商討此事。小二說：「這差使好似天王堂，是肥缺。只是，往常不使錢是拿不到這活兒的。恩人先別疑心，隨遇而安，只是那地方離得遠了，小人就不能經常探望恩人。」

嚴冬時分，彤雲密布，朔風漸起；一早紛紛揚揚，捲起一天大雪來。林沖取了包裹，帶著尖刀、條花鎗，隨差撥來到草料場：一道黃土牆，兩扇大門，七八間搖搖欲墜的草屋充作倉廒，中間則是兩座草廳。到那廳裡，只見原來的看守人老軍正在升火。

差撥說：「管營差這個林沖來替你，你們趕快辦交接吧。」

兩人隨即點撥交接。老軍又吩咐了些瑣碎事，臨行前指著壁上的大葫蘆說：「若要買酒，出草場往東約二、三里處便有市井。」

林沖放下包裹被臥，升火，添炭，環顧弱不禁風的草屋，只覺得冷。於是取些碎銀子，用花鎗挑了酒葫蘆，將火炭蓋了，出了大門，把兩扇草場門反拽上鎖，信步朝東而行。朔風呼呼，雪地裡踏著碎瓊亂玉，那雪正下得緊。

走了半里多路，看見一所古廟，林沖頂禮道：「請神明庇祐，改日來燒紙錢。」又行了一回，看見一間小酒鋪，林沖逕往店裡，買了一葫蘆酒、兩塊牛肉，迎著北風而回。入夜後，那風雪愈來愈大。

回到草場，開門一看，林沖不由得叫苦——那兩間草廳竟被雪壓倒了。這場鬼使神差的大雪……如果還待在房內，這條性命留得住嗎？

「這怎麼辦？天寒地凍的……」放下花鎗、葫蘆，林沖搬開塌壁，探身進去摸尋，火盆內的火種都被雪水浸滅，只拽出一床絮被。啊，對了！忽然想到半里外的那間古廟，「且去那裡暫住一宿，明日再作打算。」捲被，提鎗，挑酒，飛奔向古廟。入得廟裡，掩門，再搬塊大石頭頂門擋風，環顧殿上一尊金甲山神，兩邊一個判官、一個小鬼，都蒙上厚厚灰塵，顯然欠缺廟主照料。

擱下鎗和酒葫蘆，攤開絮被，脫下氈笠，抖了抖身上的雪，正要坐下進些酒食——

忽聞外面必必剝剝地爆響，林沖跳起身來，從壁縫往外瞧——天啊！熊熊火光，草料場無端起了大火。林沖挑鎗準備救火，又聞一陣腳步聲和人語聲：「這下子林沖還不死路一條？」差撥的聲音。「多虧兩位用心，待我回到京師稟明太尉，保你做大官。」這不是賊子陸謙的聲音嗎？差撥又說：「我在草堆點了十來個火把，活烤林沖，他死定了。」「嘿嘿！就算他逃出火場，照料不周，燒了大軍草料場，也逃不了死罪。」

一陣氣血攻心，林沖提著花鎗便踹門而出，大喝一聲：「潑賊討死！」兩人大驚失色，一時間動彈不得，林沖舉手揮鎗，喀嚓一聲撂倒差撥，又追上躡步偷溜的陸謙，後心一鎗，一刺一挑，將五短之軀甩到十來尺遠的雪地上，再用腳踏住胸脯，取出佩刀，抵緊咽喉：「殺人可恕，情理難容！我和你向無過節，為何連番陷害我？」陸謙面色如土，忙不迭顫聲道：「不干我的事，是太尉差遣，有位趙先生來信提點，說是不殺林沖後患無窮，小人只是奉旨辦事，英雄饒命啊！」「不干你的事？」寒寒刀刃朝心口一刺一剜，挖出了奸人心肝，提在手裡，再回頭，一刀割下猶在掙扎蠕動的差撥首級，回到廟裡，全擺在山神面前的供桌上。

此時的林沖，目眶泛紅，臉上青筋虯結，嘴裡唸唸有詞，全身剛硬如石雕，卻有股極沉極重的虛弱疲憊。

蒼白的下脣瞬間染紅，嘴角淌下鮮血。林沖穿上白布衫，繫了搭膊，戴上氈笠，大口喝盡冷酒，提鎗，走出廟門，先是茫然張望，隨即，一步一蹭，踉踉蹌蹌，朝東而去。

6. 逼上梁山

刀光劍影，紅花飛濺，鏗鏘交鳴，人影幢幢；皚皚白雪染成血河赤地——

噩夢乍醒，林沖發覺自己被層層縛綁，吊在一間莊院裡，大叫道：「什麼人敢吊我？」然後朦朧憶起，無垠雪地透骨的冷，自己好像走進一間草屋，向主人討酒喝，酒不夠，主人不答應，討酒變成搶酒……隨後體力不支倒在雪地裡，模糊視線中，彷彿有一群人拖鎗拽棒而來……

「還敢問？」一棍子捅在小腹上，林沖痛得冷汗直流。十幾根棍棒朝他的身子一陣亂打，莊外有人高喊：「大官人來了！」「算了算了！讓大官人發落他。」

朦朧光影中，林沖覷見一位衣著氣派的官人背著手，施然而來，逢人便問：「你們在打什麼人？」「鬼祟胡來的奸賊。」

走近一看，林沖和官人同時啊的一聲；那官人趕忙親自解開繩索，問道：「怎麼回事？教頭為何到此受村夫之辱？」原來那官人正是小旋風柴進。

「唉！一言難盡。」林沖細說原委。柴進邊聽邊搖頭：「兄長如此命蹇，但請放心在我這裡待下，再作打算。」

只是，不出數日，沿鄉歷邑，道店村坊，都貼出了畫影圖形的公文帖：緝拿殺官縱火的正犯林沖，賞錢三千貫。官差更是每日每夜、挨家挨戶搜捕人犯。

林沖在東莊裡聽得消息，如坐針氈。為了不連累柴進，不得不求去。柴進好整以暇地說：「兄長若無去處，又堅持要行，兄弟我倒是有個棲身之處，待我寫封推薦信，請兄長帶去，如何？」

「敢問何處？」林沖露出如釋重負的神情。

「兄長可曾聽聞白衣秀才王倫？摸著天杜遷？雲裡金剛宋萬？」

「皆是天下聞名的英雄。」林沖忙不迭地點頭。「我師兄魯智深曾提過。傳聞他們聚集眾多的好漢，立寨稱雄，也收容冤罪受辱之人投奔避難。」

「不錯！正是方圓八百餘里，山東濟州管下的梁山泊。只是如今滄州道口有重兵把守，待兄弟使個伎倆，保兄長安然過關……」

翌日，柴進以打獵為名，先叫一名莊客背著包裹出關等候，自己和其餘人帶了弓箭旗鎗、駕了鷹雕、牽著獵狗、備二三十匹馬，將林沖混在莊客裡，一行人浩浩蕩蕩而來。

把關軍官是柴進舊識，見到這夥人馬，笑著說：「大官人又去快活？」柴進下馬問道：「軍爺緣何在此？」「還不是為了捉拿要犯？上頭交代，但有過往客商，一一盤問，不得輕放。」

柴進露出捉狹的表情：「不瞞您說，林沖就在我這夥人裡面，你認得他嗎？」軍官大笑：「柴大官人怎可能包庇罪犯？莫再言笑，請尊便上馬。」

一行人就這麼從容不迫地出關，再行十五里，與先行出關的莊客會合，林沖和那人換了衣服裝備，便向柴進辭行。

「承蒙柴兄仗義搭救，他日當效犬馬之報。」

「梁山環境和街市民宅不同，但望兄長盱情度勢，好生珍重。」

暮冬時分，彤雲密布，朔風野號，彌天大雪紛紛揚揚，蕭索大地一望無垠，唯見漸行漸遠的孤單身影。

卷中語一

「身敗名裂，家毀人亡。唉！好一條鐵錚錚漢子，被迫離鄉背井，棲身賊窟。」商賈扮相的漢子嘆道。

「什麼賊窟？梁山可是天下好漢雲集處。所謂『雲從龍，風從虎』。林沖雖是被逼上梁山，倒也不能只作個人遭遇解，想來是有宏圖偉略在後……」黃袍老者撫掌而道。

「老先生見識超卓，氣宇不凡，必是江湖英雄？」中年文士抱拳說道：「敢問尊姓大名？」

黃袍老者笑道：「豈敢豈敢！多年前行走江湖，如今早已封刀歸隱。您瞧我身後兩名劍童，其實是老朽的保鑣。如蒙不棄，就叫我『黃老兒』吧。呵呵！瞧閣下溫文儒雅，敦厚斯文，不知如何稱呼？」

「在下一介書生，既無科名也無官祿，不提也罷！」中年文士揮揮手，忽然正色說道：「黃老先生提到『宏圖偉略』，敢問何解？」

「所謂『雲從龍』的另一意涵便是『一將功成萬骨枯』。如果說個人際遇命數是為小數，則梁山之所以為梁山，當有歷史因緣、天道皇命的『大數』使然。傳聞近年來各地英雄不約而同上梁山，是自主意識？命運所迫？抑或鬼使神差呢？」黃袍老者說道。

「等等，俺給弄糊塗了。」商賈漢子急問：「林沖的故事不就是官逼民反嗎？背後還有『鬼使神差』？為哪樁呢？俺南來北往，聽多了靈異志怪、俠義傳奇，像是倩女還魂的段子、風塵三俠的事跡、《三國志平話》中的神機妙算……你們口中的玄機，可是與那石碣鎮鎖的天書符籙有關？」

中年文士和黃袍老者互看一眼，似沉思，如謀算，竟皆閉口不語。

「客官讓讓，給您沖茶、添酒來了。」灰衣白鞋的店小二提壺托盤來到四面大桌的中間，忙著張羅伺候。

「朱掌櫃人呢？」中年文士問道。

「哦！掌櫃有事外出，說是去去就回，應該快要回來了。」

「喂喂！俺還是不解，林沖之上梁山一如梁山接納林沖，豈非不得不然？難道還有曲折？」商賈漢子再搶回話題。

「照理說，梁山規模初具，打著『號召天下英雄』的旗幟，對林沖這等高手的投奔自當竭誠歡迎，可惜……」黃袍老者說道。

「可惜大頭領王倫心口不一，嫉賢妒能，諸般排擠，事事刁難，先教林沖投名狀殺路人，又和武舉高人青面獸楊志大戰三百回合，不分勝負。」中年文士瞅著商賈漢子，眼神中竟有一絲譴責之意。「而後雖勉強入夥，堂堂林沖卻是屈志難伸，梁山聚義也一度受阻。」

「哦！所以林沖上梁山不只是個人問題，還關係著梁山的發展？」愣在一旁傾聽的店小二問道。

「正是！林沖的使命不只是落草為寇，還扮演著關鍵棋子的角色。而後的『火併王倫』事件，即是由林沖主導，並促成梁山質變的重大轉折。」黃袍老者鏗鏘道來：「重重磨難，諸般考驗，是個人的機遇，也是梁山的天命。」

「管他天命還是機遇，君不見是非成敗轉頭空？我只對英雄氣短，兒女情長感興趣。」黑面漢子忽然舉杯，慷慨陳詞：「諸位萍水之交，咱們就為『身世悲浮梗』的林沖，為其他好漢，為這光怪陸離的年頭，為『永定河邊無名骨』乾一杯吧！」說罷一飲而盡。

店內眾人亦同時乾杯。

清香撲鼻，一股若隱若現的芬芳之氣，像一縷淡煙，纂繞在眾人的口鼻間。

嗯?怎麼不是嬌妻哀號,而是莽漢叫痛?
赫見一絲不掛的魯智深正騎在大王身上,
好一招怒羅漢倒坐蓮花臺,一拳接一拳。

第二章

魯智深大鬧桃花村

1. 醉打小霸王

初更時分，山邊鑼鳴鼓響，遠遠四五十支火把，照耀如同白日。

桃花莊內燈燭熒煌，活生生一齣喜宴，莊客們大盤吃肉，大壺喝酒。

莊內一角，漆黑閨房內，一尊巨大黑影沉沉坐定，不聲不響，像蟄伏暗處伺機出擊的虎豹。

從提轄到怒漢到和尚，現在又變成「新娘」，十分酒意的帳中人影掩著嘴，努力忍住笑。

想那心慌搶路，刀頭舔血的日子，唉！正是飢不擇食，寒不擇衣，慌不擇路，貧不擇妻——哦！不對！現在的他可是貧不擇「夫」了。

如何落到這般田地？想那拳打鎮關西的風光，後來避走文殊院，當了和尚，大鬧五臺山的痛快。呵！興之所至，快意恩仇，才算是不枉此生，不是嗎？

想到鎮關西，又忍不住想笑。賣肉的操刀屠戶，也敢取如此威風的名號？還想強納民女為妾，這種人不是討打是什麼？

說他討打嘛！可又弱不禁打。第一拳打在鼻梁上，鮮血迸流，梁骨歪向半邊，卻似開了個油醬鋪，鹹的、酸的、辣的，一發都滾出來。

第二拳掃向眼眶眉際，眼稜縫裂，烏珠迸出，也似開了個彩帛鋪，紅黑紫靛，都綻將出來。

第三拳打在太陽穴，像做了個全堂水陸的道場，磬兒、鈸兒、鐃兒，一齊響。

再一拳——沒有再一拳，只三拳，那窩囊廢就已經挺在地上，口裡只有出的氣，沒了入的氣。再不到半日，就一命歸了陰。也開啟了我魯達的逃亡之旅。

從堂堂魯提轄變成花和尚魯智深，說是造化弄人，遇見不平之事還是得管——今晚又是山大王強娶民女的段子，看俺怎麼「伺候」他。

一簇人馬飛奔而來。莊主劉太公叫人開了莊門，前來迎接。心裡卻直犯嘀咕：那高僧真應付得了小霸王？他原是來投宿一晚，堅持替我出頭，萬一連累了他該怎麼辦？

前遮後擁，明晃晃盡是器械旗鎗。小嘍囉頭上亂插野花，前面擺著四五對紅紗燈籠，照著馬上的大王：頭戴撮尖乾紅凹面巾，鬢旁插一枝羅帛像生花，上穿一領圍虎體挽絨金繡綠羅袍，腰繫一條稱狼身銷金包肚紅搭膊，著一雙對掩雲跟牛皮靴，騎一匹高頭捲毛大白馬。好不威風！

那大王下了馬，小嘍囉齊聲賀道：「帽兒光光，今夜做個新郎；衣衫窄窄，今夜做個嬌客。」劉太公親捧臺盞，斟下一杯好酒相迎。那大王已有七八分醉，呵呵笑道：「泰山，何須如此迎接？」連飲三杯，入莊來到廳上便問：「丈人，我的夫人在哪裡？」劉太公恭敬回答：「怕是害羞不敢出來。老漢自引大王前去。」「好哇！我且和夫人廝見了，再來吃酒未遲。」

太公拿了燭臺，帶引大王轉入屏風背後，直至新人房前，說道：「此間便是，大王請進。」

那大王推開房門，只見一片漆黑，只好摸索進去，一面輕喚：「娘子，妳在哪裡？休要怕羞，明日妳就是壓寨夫人。」摸來摸去，一手摸著了銷金帳子，另隻手探入帳裡——碰到圓通通的肚皮。「哎喲！娘子好生豐腴，忒大的胸脯……咦？這山陵怎麼少了座山峰？」正納悶間，已被魯智深劈頭巾帶角兒揪住，一拳擊向耳根脖子。那大王慘叫一聲：「喂！怎麼打老公？」魯智深將他拖到床邊，扣著他的下巴，將臉湊近：「看清楚了，教你認得老婆。」拳頭腳尖齊上，打得大王四仰八叉，忙喊：「救人！」

嗯？怎麼不是嬌妻哀號，而是莽漢叫痛？劉太公嚇了一跳，慌忙把著燈燭，引小嘍囉們撞門而入，赫見一絲不掛的魯智深正騎在大王身上，好一招怒羅漢倒坐蓮花臺，一拳接一拳，打得大王面青唇腫，口鼻噴血。「快救大王！」眾嘍囉拖鎗拽棒衝上前，魯智深見狀，撇下大王，反手掄起禪杖，一揮一劈便嚇退嘍囉。那大王趁亂爬出房門，奔到莊門前，摸著空馬，隨手折枝柳條，托地跳到馬背上，用柳條鞭馬，馬卻一動不動。「怎麼連馬也來欺負我？」再一看，原來忘了解開韁繩，連忙扯斷繩子，再抽兩鞭，撥喇喇地騎馬逃走，往山寨而去。

「直娘賊！有膽休走。」赤條條的魯智深昂然站在莊門口。劉太公趕緊送來衣服直裰，請他穿上，才一吐苦水：「師父！你苦了老漢一家兒了，萬一他們再來……」

魯智深拄杖大笑：「休慌！莫說這幾個鳥人，就算千軍萬馬而來，俺也教他們來得去不得。喂！還有酒喝嗎？」

2. 好漢重逢

馬蹄聲由遠而近，自山坡迤邐到平地，揚起漫天塵土。快馬。快速行動。快意恩仇。成百上千的嘍囉，齊聲吶喊而來。當中簇擁之人，正是綽鎗在手的大頭領——打虎將李忠。

正在大碗喝酒的魯智深，聽得莊客來報：「不得了！山上大頭領盡數都來了。」於是脫了直裰，拽扎衣服，帶著戒刀，提了禪杖，大踏步來到打麥場，只見火把叢中竄出一匹駿馬、一挺長鎗，風光叫陣：「那禿驢在哪裡？膽敢欺凌我二弟周通，還不出來送死？」

「有本事就來唄。」掄起禪杖，一陣風捲落葉，魯智深作勢欲攻。

「且慢！」那大頭領逼住鎗，大叫：「你的聲音很熟，可否報個大名？」

「洒家不是別人，原名魯達。如今出家做和尚，喚做魯智深。」

大頭領呵呵大笑，翻身下馬，撲身便拜：「別來無恙？大哥還認得我嗎？」

魯智深跳退數步，收住禪杖，定睛一看：啊！此人不是別人，原為舊識。經歷江湖風波，形貌已大不同從前。

「打虎將李忠？你什麼時候當起山大王了？」

「哥哥又是緣何做了和尚？」

兩人相互攙扶，進入廳上坐定。魯智深坐在上座，喚劉太公出來——那老兒遲遲不敢向前，魯智深道：「不要怕！他是俺兄弟，不會對付你的。」

一番敘舊，才知短短數月，人事已非：魯智深打死鎮關西的前一日，猶在渭州酒樓同打虎將李忠、九紋龍史進等人歡聚飲酒，暢談天下事。之後魯智深被通緝，輾轉出家五臺山做了和尚，這回是持五臺山長老之令，前往東京大相國寺謀事，途經桃花村……；李忠則是行經桃花山遇劫，卻打退了山大王周通。隨後周通千方百計留住李忠，讓出大頭領之位，自己坐第二把交椅。李忠就這麼莫名其妙落草為寇。

「史進呢？史進也是受陷而離鄉背井，後來投哪裡去了？」魯智深問。

「不知道，傳聞有處英雄聚地，號召有志有冤的江湖豪傑，以行俠仗義、替天行道為名……」

「啥地方？」魯智深睜大了圓滾滾的眼珠子。

「梁山泊。」

「俺也聽說過，也許咱們下一回見面，就在那兒了。不過，你們強娶劉太公女兒一事，就此罷手吧。大家交個朋友，日後也有照應。」

「那是當然！日前有滋擾之處，我代二弟謝罪。」李忠抱拳作揖，劉太公喜出望外，連連稱謝，又安排豐盛酒食款待大夥兒，賓主盡歡。

翌日，李忠盛情邀約，魯智深、劉太公等人隨大夥兒回山，向小霸王周通說明原委，只見周通摸了摸腦勺，呵呀一聲，便道：「原來是三拳打死鎮關西的魯提轄，我若認出他，便不吃那一頓打了，有眼無珠。」當眾折箭為誓，絕不再為難桃花莊。李、周二人又聯袂懇請魯智深留寨，坐第一把交椅，魯智深卻是堅辭不受：「你當你的山大王，俺做俺的花和尚，還是行腳江湖適合俺。」

接連數日，山寨裡殺羊宰豬，招待魯智深，滿桌皆是亮晃晃的金銀酒器，好不刺眼。這天酒正酣耳方熱，忽見小嘍囉來報：「山下有兩輛車經過，應該是肥羊。」李忠、周通率點人馬，只留兩人陪侍魯智深，並說：「哥哥慢用，我等下山取些盤纏，就與哥哥送行。」

魯智深心想：這兩人好生慳吝，擺著金銀酒器不送俺，卻去搶別人財物裝大方，這不是慷他人之慨是什麼？當下一計，兩拳打暈身旁的嘍囉，五花大綁，又拿光桌上器皿，打凹踏扁，全塞進包裹裡，提禪杖帶戒刀，便出寨來。先到山後打量，都是險峻地形；若回到前山，又會和李忠等人撞個正著。怎麼好呢？魯智深將戒刀、包裹綁在一起，朝山下丟去，又將禪杖也扔下去，再深吸一口氣，抱頭縮腿，化作圓球，也教自己滾下山去——就這樣骨碌碌滾至山腳邊，毫髮無傷，跳將起來，尋了包裹，帶著傢伙，拽開腳步，揚長而去。

話說李忠、周通劫了財物，回到山寨——赫見金銀酒器遭擄掠一空，趕忙率眾追捕。來到後山，見山坡的荒草劃出一道活似風火輪輾過的痕跡，李忠嘆聲道：「這老禿驢練的什麼功夫？就這樣滾下山去，我們要追嗎？」周通搖搖頭：「罷了！就算追上，咱倆聯手也不一定是他敵手，俗話說『人情留一線，日後好相見』——」

「也好！我有預感，日後還有共聚一堂的時候……」李忠凝望荒草樹叢深處，複雜眼神裡閃過一抹異樣眸光。

3. 火燒瓦官寺

行行重行行。翻越了層層山巒，穿過一座樹林又接上一片草莽。天下之大，何處安身？

終於，在一座大松林的盡頭，赫然浮現一所破落寺院：牆傾梁頹，野草蔓生，空懸的鈴鐸被風吹得冷響，山門上一面舊朱紅牌額，內有四個昏濛的金字：瓦官之寺。

魯智深走進廟內，蛛網纏繞，鳥糞遍地，香積廚的灶頭坍塌，鍋碗全無，好不荒涼。

「有人沒人？大和尚小和尚有毛和尚無毛和尚鳥和尚都好，洒家特來投齋。」

叫喚了半天，無人回應。魯智深繼續往裡走，在廚房後的一間小屋撞見幾位面黃肌瘦、趺坐在地的老和尚。「喂！你們這群鳥和尚，任由洒家叫喚，沒一個應。」居中最年邁的和尚無力地揮了揮手，說道：「不要高聲！這裡已無一粥一飲，我等已三日滴米未進。若要投齋，請往他處。」

魯智深道：「胡說！這等一間大廟，竟然沒有齋糧？怎麼回事？」

原來，不日前有武功高強的一僧一道來此強住，占廟為王，和尚姓崔，法號道成，綽號生鐵佛；道人姓丘，排行小乙，綽號飛天藥叉。他們以住持自居，無惡不作，趕走眾僧，只剩下幾個走不了的老和尚。

你在東時我在西，你無男子我無妻。我無妻時猶閒可，你無夫時好孤恓！

話說一半，忽聞一陣嘲歌聲。魯智深提杖奔出一看，望見一位道人，頭戴皂巾，身穿布衫，腰繫雜色傺，腳穿麻鞋，挑著一擔子荷葉覆蓋的魚肉酒品，正走進後牆的房間。幾個老和尚追出來，低聲說：「小心哪！這人便是丘小乙。」魯智深受不了酒肉香氣，尾隨而入，見到一面大方桌鋪著些盤饌，三個盞子，三雙筷子。當中坐著一個胖大和尚，眉如漆刷，臉似墨裝，一身橫肉，胸脯下露出一球黑肚皮，此人正是生鐵佛崔道成。邊廂坐著一名年輕婦女。那道人放下擔子，正準備坐下，忽見魯智深闖入，跳起身來便說：「師兄請坐，一起吃飯如何？」魯智深眼睛盯著酒菜，卻怒聲道：「你這兩廝，為何把人家寺院廢了？」胖和尚則趕忙起身解釋：「師兄聽說，本寺原先僧眾極多，香火鼎盛，只被廊下那幾個老和尚胡搞亂搞，還偷養女人，長老禁約他們不得，又把長老排擠出去。於是僧眾走散，廟寺荒蕪。小僧和這位丘道長新來住持此間，正欲整理山門，修蓋殿宇。」

魯智深面露狐疑，問道：「這婦人又是誰？在此同你們飲酒？」和尚又說：「師兄容稟，這女子是前村王家之女。她的父親原是本寺檀越，如今家道中落，人口凋零，丈夫又患病，因來敝寺借米。小僧看其父之面，取酒相待，別無他意。師兄休聽那幾個老畜生胡謅。」

這時，躲在門外的一名老和尚伸頭進來，焦急地說：「師兄休聽他言，那女子分明是他倆的禁臠，一直豢養在此，供他們狎弄發洩。他們是見你兵器在手，不敢相爭，正伺機要結果你——」匡噹一聲，崔道成從桌下取出一把朴刀，[3]朝魯智深砍劈過來。魯智深大吼一聲，掄起禪杖就攻，眼角瞄向香噴噴的酒肉和女人，怒氣更盛，攻勢愈猛——崔道成力不能敵，只有架隔躲閃的分。眼見抵擋不住，卻待要走。一旁的丘小乙亦悄悄拔刀，從背後偷襲而來。魯智深聽見背後的腳步聲，轉身一擋，恰與丘、崔兩人形成三角對峙之勢。那兩人互望一眼，默契自成，聯手來攻。魯智深左揮右擋，突覺腿軟，原來是肚裡無食，又兼程趕路，體力早已不濟。怎麼辦呢？卅六計，走為上策。魯智深再鬥幾回，虛晃兩招，拔腿就跑。那兩人殺氣騰騰一直追到山門外、石橋下，才停步叫罵：「狗和尚！有種不要跑，把命留下。」

魯智深狂奔至一座赤松林前，喘息方定，想到包裹還留在寺裡，不知怎麼才好？又覺樹林裡有人探頭探腦，打量幾眼，閃入樹幹後方。「他奶奶的！俺一肚子鳥氣，又遇上個不長眼的翦徑賊，[4]見洒家是和尚，沒錢可搶。」魯智深心想：「算你倒楣，給俺消氣。」隨即大喊：「躲在林子裡的撮鳥，給你爺爺滾出來！」

3 朴刀：刀的一種。窄長有短把。也作「扑刀」。

4 翦徑：指盜匪攔路搶劫。俗稱截短路。也作「剪徑」。

「禿驢！找死！」大喝一聲，刀光一閃，一個烏漆抹黑的漢子拎著朴刀飛躍出來。「好傢伙！」魯智深掄杖迎敵，刀來杖往，一時不分軒輊。那漢子面露狐疑，收刀問道：「和尚，你的聲音好熟，你姓什叫啥？」「關你鳥事！先跟俺大戰三百回合再說。」魯智深鬥性方起，怒氣未消，連砍帶劈，將剩餘氣力全發洩在那人身上。

十數回合後，仍是不分勝負。兩人心裡同時升起一股棋逢敵手的敬意。「魯達！你是魯達！」那漢子再次收手，退出戰圈外，大聲道：「認得史進麼？我是史大郎啊！」

「史大郎？真的是你？怎麼變成這副狼狽相？」魯智深也收住攻勢，持杖拄地，眼睛瞪得像嘴巴一般大：「渭州別後，你到哪裡去了？」

九紋龍史進原本雄霸一方，為了義氣救人，不惜燒了自己莊園，掩護朋友逃亡，自己也步上流亡之旅，而在渭州酒館邂逅魯達。正所謂英雄惜英雄，兩人一見如故，把酒言歡，直到魯達強為金氏父女出頭，三拳打死鎮關西。

「那日與哥哥一別，聽聞哥哥的英雄事跡，卻再尋不著你。小弟也離開渭州，尋找師父王進未果，盤纏又已用盡，只好——」

「正是那禁軍教頭，鎗棍功夫天下第一的王進？」魯智深驚叫起來。

「正是。師父為人正派，一身修為深不可測，卻遭高俅太尉構陷，亡命天涯，機緣來到史家莊，小弟才有幸略習他的武功一二。」史進雙手抱拳，神情恭敬。

「卻不知比起另一位大名鼎鼎的禁軍教頭如何?」「您說的是——」「豹子頭林沖!」語未畢，像洩了氣的大肚皮嘰咕作響，魯智深靦腆地搔了搔腦門，說道:「肚子不爭氣，已經三天——」

「來!邊吃邊談!」史進取出乾肉燒餅，一面聽魯智深說瓦官寺種種，立刻說:「那不簡單!吃飽後，兄弟和你一起去取包裹，討公道。」

半個對時後，吃飽喝足的魯智深再度前來叫陣:「你這廝們，來!來!趕快前來討死。」

生鐵佛崔道成仗著朴刀，不屑地說:「呿!手下敗將，還敢前來現眼?」

魯智深大怒，揮杖怒劈而來。崔道成一接招即感威力萬鈞，鬥過八、九回後，左支右絀，力怯心虛，且戰且退。一旁的丘小乙見情勢不妙，拔刀闖入戰圍，想再以二對一困戰魯智深。這時，匿於林中的史進也飛躍而出，四人形成兩組對戰。魯、史這廂杖猛刀疾，丘、崔兩人血花飛濺，驚呼連連。再不出三五回，驚叫變成哀號，哀號轉為無聲——刀落，人倒，身首飛離。

「欺凌弱小的直娘賊!死一萬回都不夠看。」魯智深、史進將兩個強徒的屍身丟進山澗裡，再趕回寺裡，赫見滿梁吊屍——原來老和尚們怕丘小乙、崔道成的報復，自己結果了性命。再走入方丈後角門內，發現那位來「借米」的婦人也投井自盡。「奶奶的，一屋子死人。」兩人翻搜了半天，找到三四只包裹——有衣裳也有金銀；尋到廚房，見到酒水魚肉，趕忙打水燒火，升火作炊，飽餐一頓。

「梁園雖好，不是久戀之家。」兩人各自背著行囊，灶前縛了幾個火把，點火，先燒後面小屋，再點燃佛殿後簷、邊廂、門窗，狂風大作，刮刮雜雜爆出漫天大火，照亮幽寂的山野。傾圮破敗的瓦官寺就在一夜之間化為灰燼。

天亮後，兩人來到十里外獨木橋邊一個小酒館，不是歡聚，卻是餞別。

魯智深問道：「兄弟準備往哪裡去？」

史進說：「也許繼續尋師，也許改投他處，也許咱們下回見面，是在料想不到的地方。哥哥，你呢？」

「說不定就是在天下好漢會聚處——梁山泊。」

「梁山泊？」史進眼睛一亮，忙問：「哥哥打算投梁山泊？」

「不成！俺剛剛才落髮，現在就去落草？」魯智深搔頭揮手吐舌頭：「俺得先往東京大相國寺走一遭。」

山林邊，野店外，溪澗旁，兩人拱手拜辭，各奔東西。

4. 倒拔垂楊柳

樓宇林立，人聲喧譁，車水馬龍，正是京城風光。

經街坊指點，魯智深穿街越巷，過了州橋，來到一座肅穆森然的寺院前。

經由僧人通報，知客僧引見，魯智深來到大殿會見長老智清禪師。知客向前稟道：「這僧人從五臺山來，有真禪師推薦信在此。」智清禪師莞爾說道：「哦？師兄已很久不曾捎來法帖了。」

展信一觀，眉頭卻是愈皺愈深，心中盤算也愈發困難：原來這人殺了人，落髮避難，又不守清規，大鬧僧堂，五臺山安他不得，才把這燙手山芋丟給咱，留與不留皆不是，這可怎麼好？

只好先派行童安排他去僧堂暫歇，吃些齋飯。再問知客僧：「師兄千萬囑咐，要我們收留他，可是見他模樣……」

知客說道：「實在不像出家人，寺裡僧眾已在議論紛紛，且有幾分疑懼。不如這樣吧！酸棗門外退居廨宇[5]後有片菜園，常被附近的破落戶偷竊侵害，原來的住持老和尚早就招架

[5] 廨宇：官衙；官舍。廨，音ㄒㄧㄝˋ。

不住，只能任人肆虐。何不派這凶神去那惡煞之地，一則有交代，又說不定解除了我們的心腹之患。」

此計妙哉！智清長老以袖掩脣，眉開眼笑。立即引來魯智深，告知差事。魯智深聞言怒道：「本師真長老教俺來討個職事僧做，好歹也給個都寺、監寺，卻教洒家去管菜園？」

「師兄，你新來掛搭，功勞未立，如何做得都寺？這管菜園可也不是尋常名堂。」知客一五一十耐心解釋：「僧門中職事人員，各有名目。像小僧身為知客，只理會管待往來客官僧眾。維那、侍者、書記、首座，都是清職。都寺、監寺、提點、院主等職事主管常住財物。還有那管藏的，叫做藏主；管殿的，叫做殿主；管化緣的，叫做化主；管浴堂的，喚做浴主。還有管塔的塔頭，管飯的飯頭，管茶的茶頭，管東廁的淨頭，管菜園的菜頭……」

「知道了，俺在菜園種苦瓜叫做苦主，閒來沒事打鳥喚做鳥頭。」魯智深揮揮手，無奈地說：「洒家什麼時候動身？」

話說那菜園附近的「惡煞」們聽說魯智深要來，聚在一處商議「見面禮」。有人說：「先毒打他一頓，教他好生怕怕。」有人說：「三更半夜叫他起床小解，每一個對時喚他一回，教他屎、尿、涕、唾『四大皆空』。」又有人說：「咱們假意迎接他，誘至糞坑旁，眾人七手八腳將他丟進糞池嚐鮮——」咦！這個好！阿彌陀佛！妙哉妙哉！眾人無不拍手叫絕，就此議定。

次日，魯智深來到菜園廨宇，安頓了行囊，和先前住持辦妥了交接，獨自步行到菜園裡張望。忽見二三十個黑不溜秋的破落戶捧著果盆酒禮而來，距魯智深十餘步處停下腳步，為首之人笑嘻嘻說道：「聞知師父新來住持，咱們鄰舍街坊特來接風，請笑納。」魯智深不疑有詐，傻楞楞向前數步相迎：「既是接風，都到廨宇裡坐唄。」沒想到眾人拜在地上：「不敢當！小人兄弟們特來參拜師父。」「免禮免禮！眾人進去吃喝便是。」魯智深只好伸手攙扶為首之人，沒想到自己正站在糞窖旁，卻突見眾人神色有異。「嗯？這夥人賊眉鼠目，眼光閃爍……」說時遲那時快，前面二人一個來搶左腳，一個來抬右腳——抬右腳那人正面吃了魯智深的左腳，摔進糞坑；搶左腳那人只見迎面而來的右腳丫子，以及，自己頭下腳上摔進糞窖。眾人頓時目瞪口呆，起身想逃。只見魯住持指著糞窖裡掙扎探出頭來的兩人道：「誰敢動？就下去和他們洗鴛鴦浴。」誰敢動彈？糞坑裡的兩人一身臭屎，頭髮上盤滿蛆蟲，哀聲道：「師父饒命！小人再也不敢了。」魯智深喝道：「你們這些臭潑皮，把那兩隻臭蟲撈上來吧。」隨即呵呵大笑：「你們趕緊洗乾淨狗屎臉臭腳丫髒屁股，乖乖等洒家來『臨幸』你們。」

一個時辰後，菜園廨宇內，眾人聽聞魯住持的「事跡」，無不跪拜伏侍，喏聲連連。菜園裡的種地道人說：「知道厲害了吧？還不好好伺候師父。」翌日，眾潑皮湊錢買豬沽酒，齊來孝敬師父。「哎呀！怎好意思教你們破費？」魯大師佛心大動，口水直流。眾人道：「是我們三生有幸，得大師在此，與我等眾人做主，今後天王老子也不怕。」

正當酒酣飯飽，笑語喧譁，門外傳來哇哇噪啼。有人驚呼：「赤口上天，白舌入地。」魯智深問：「外面鳥叫，你們也做什麼鳥亂？」眾人解釋：「所謂『赤口白舌』，正是是非之兆。老鴉聒叫，怕有口舌。」魯智深說：「有這等事？洒家拆了那烏鴉的老巢，看牠叫不叫？」

一旁吃喝的種地道人說：「牆角綠楊樹上新添了一個老鴉巢，每天從早叫到晚，樹高梯矮，怕是搆不著，拆不掉。」

「這簡單！」魯智深乘著酒興，走到樹前，抬頭望見了鴉巢，彎身向下，右手扣住樹根附近，左手扳住上截，兩腳紮馬，腰一沉，手一提，身一挺，竟活生生將綠楊樹連根拔起。眾潑皮拜倒在地，齊聲叫道：「師父非凡人，正乃真羅漢。」魯智深順手一扔，那株楊樹已飛越牆外，他拍拍手上灰塵，笑道：「拔鳥樹拆鳥巢算哪門子鳥事？明日洗乾淨你們的臭腳丫髒屁股小眼睛，看洒家耍兩套功夫。」

那日起，菜園子變成酒肉會。眾人輪番備酒食供大家享用。三杯黃湯，二個豬頭下肚，魯大師豪性大發，每天一套拳法，耍得眾潑皮目瞪口呆，連聲叫好。一個月後，魯智深吃得腦滿腸肥，覺得不好意思，也派人沽了三擔酒，殺翻一口豬、一腔羊，還請眾人。那時正是暮春三月，天氣初熱，魯智深叫道人在綠槐樹下鋪蘆蓆，請大夥兒團團坐定，大碗喝酒，大塊吃肉，又取了山果當佐食。酒興正濃時，有人說：「這段日子只見師父拳腳，不見使刀舞棍的功夫。好不好請師父露兩手，教咱們開開眼？」

魯智深仰天笑道：「有啥問題？你們最好閃遠些，免被洒家的罡氣煞到。」自去房內取出渾鐵禪杖，頭尾長五尺，重六十二斤，隨手扔向眾人，就有兩人被壓倒在地。眾人又是驚嘆：「若非犀牛肩老虎背壯熊腰水牛力，怎使得動這法器？」魯智深接回禪杖，颼颼揮舞，但見風捲殘雲，地上落葉驚竄而起，眾人衣袂飛揚，步伐不穩，而魯大師泰山立定，渾身上下紋風不動。連環三十六飛龍盤天式後，魯智深單手拄杖，傲然而立。

「好！好哇！」一片喝采聲中，牆外忽傳清脆雄渾的讚賞聲：「好棍法！端的使得好。」眾人轉頭一看，牆缺邊立著一位器宇軒昂的官人：頭戴一頂青紗抓角兒頭巾，腦後兩個白玉圈連珠鬢環，身穿一領單綠羅團花戰袍，腰繫一條雙獺尾龜背銀帶，腳穿一對磕爪頭朝樣皂靴，手執一把摺疊四川扇。生得豹頭環眼，燕頷虎鬚，身長八尺，約三十四五年紀。舉止斯文，言笑動作隱含著內家高手的神氣。

魯智深看得呆了。一腔子莫名的熟稔感，反覆沖刷他的心窩。

「師父好武功，不愧當世真英雄。」那人啟齒抬腿，步態輕盈，三二步就到眾人跟前。

「既是林教頭說好，咱師父絕對是當之無愧。」有人高聲附和。

魯智深猶陷溺在對方的神采中，竟然靦腆笑道：「小僧獻醜，敢問看官尊姓大名？」

「他不就是東京第一人，堂堂八十萬禁軍鎗棒教頭林——」眾人一起搶答。

「林沖！豹子頭林沖？」魯智深驚喜而道。

那人點頭，展扇，微笑。

「洒家姓魯——」不待魯智深說完，林沖立即接口：「大師原名魯達，後出家法號智深。曾在渭州救金氏父女，又在桃花村痛打小霸王周通，剷除瓦官寺雙惡，憑雙手之力倒拔綠楊柳。魯智深大名，誰人不知？不才正為結識英雄而來。」

槐樹下。菜圃邊。畬田樂。間關漸。

兩人相視而笑。

卷中語二

「好個魯智深，仗義行善，扶弱鋤強，乃真英雄也。」商賈漢子擊缶拍案，叫道：「在下雖非江湖人士，若有幸結識魯英雄，自當邀他大醉三日夜。」

「後來呢？魯智深護林沖發配後，往哪裡去了？他沒去梁山報到嗎？」中年文士問道。

「不是不『報』，時辰未到。」黃袍老者笑著說：「老朽聽聞這位花和尚大鬧野豬林，教兩名公差失手後，遭高俅通緝，離開了大相國寺。後來在孟州十字坡結識菜園子張青和母夜叉孫二娘——嘿嘿！賣人肉包子的那位，打算往二龍山安身。不料二龍山頭領鄧龍和王倫一般，鳥肚雞腸，容不下大菩薩。眾人進退無據時，巧遇弄丟生辰綱也在跑路的楊志，索性一起殺上山，宰了鄧龍，自立為主；又因其背上刺有花紋，『花和尚』之名便在江湖上傳開。再來呢？就看梁山何時號召他們來歸。」

「說到母夜叉孫二娘、菜園子張青，雖然開的是黑店，倒也算是重情講義的江湖好漢。」黑面漢子說道：「傳聞他倆是傳奇人物武松的知交，武松在孟州闖禍——所謂的『血濺鴛鴦樓』後，也是走投無路，張青夫婦幫他易容改裝，建議他投奔二龍山的魯智深。」

「為何不投奔梁山？」商賈漢子問道。

「不急不急！梁山路遠，又無舊識，而且追兵甚急；當時的武松只能就近前往二龍山。」中年文士羽扇輕搖，神似諸葛，侃侃說道：「亂世出英雄。真英雄自當脫穎，定不埋沒。梁山軍師吳用已修書一封，祕密知會武松：前來與其兄長會合，共謀大計？」

「兄長？死掉的武大郎？」紫劍童子插口問道。

「非也非也！天下之大，人才之眾，能教武松心悅誠服，肝腦塗地者，唯其義兄宋公明也。」紫劍的主人黃袍老者回答：「皇圖霸業無我謀，天下蒼生非吾願。能撼動武松者，唯一字『情』而已。殺金蓮斬西門，出自兄弟之情；若來梁山，也是非關投奔，而只為護守一人——及時雨宋江。」

「宋江也來梁山了嗎？何時來的？」像接力發問般，輪到青劍童子開口：「傳說那廝俠名滿天下，卻不見其仁行義舉，難道是眾口鑠金，瞎吹虛捧？又說他善與人交，卻和各山各寨保持距離，既怕壞其官路，又恐沾鍋染黑，可謂盡得劉備真傳矣。」

黑面漢子聞言大笑，話語若有所指：「你們將那宋公明說得太輕，又看得太重了。」

「諸位看官，你們東一言，西一語，可是在馬背上釘掌——離題太遠？俺還想聽故事呢！」商賈漢子抗議道：「說完林沖、魯智深，再來呢？輪到哪位英雄？」

「啥故事？俺最愛聽說書，也好學人講古。」嘎吱一響，店門開啟，進來一位風塵僕僕的大漢：頭戴氈笠帽，身著皂直裰，腰跨兩戒刀，頸掛一串人頂骨數珠（如細心點數，將發現正好是一百零八顆），端的是一副行者裝扮。那人向左右一抱拳，脫笠，坐在黑面漢子旁的空桌（店小二瞟了中年文士一眼，進到內裡重新備杯盤酒菜上桌），繼續說道：「各位說的可是梁山英雄？」

「我們正要說另一位頂天立地的好漢。」黑面漢子左看黃袍老者，右瞄中年文士，一字一字清晰說道：「打—虎—英—雄—武—松。」

大蟲狂吼一聲，雷霆霹靂，
震得山動地搖、林鳥驚飛，
鐵棒似的虎尾倒豎翻捲，
活像惡僧滅天棍，又如五毒喪門鞭，
直劈曲掃而來。

第三章

武松打虎

1. 三碗不過崗

陽穀縣示：為景陽崗上新有一隻大蟲傷害人命，見今杖限各鄉里正並獵戶人等行捕未獲。如有過往客商人等，可於巳午未三個時辰結伴過崗；其餘時分，及單身客人，不許過崗，恐被傷害性命。各宜知悉。

政和……年……月……日。

申牌時分，紅日低垂。破敗的山神廟廟門上，貼著這紙印信榜文。

醉眼迷濛的武松，只瞧得一行字竄出三道影，搖晃不定。待站穩身子，定睛一瞧：「大蟲傷害人命」的字跡清楚分明，心一驚，酒也醒了大半。現在回頭還來得及吧？不成！現在轉回酒店會被人恥笑。怕什麼鳥？人來殺人，虎來打虎。

「三碗不過崗！」回想晌午時分烈酒下肚的豪氣。那時的店小二好說歹勸：「本店的酒，叫做『透瓶香』，又喚『出門倒』，凡人一碗即醉，酒鬼二碗亦倒，從沒有人喝下三碗沒事的。客官若要過景陽崗，就絕不可喝過三碗。」

「甭說三碗，三十碗也掛不倒你大爺。快！上酒來！我還要趕路回去見阿兄。」當時的武松正在回味柴進的恩情、新拜義兄宋江的風采，只覺酒入豪腸，溫心暖肺。

十月天，日短夜長，天色倏忽即暗。一陣酒力上湧，五臟焦熱。隻手提哨棒的武松拉開衣襟，將氈笠掀在脊梁上，踉踉蹌蹌，直奔樹林。「哪有什麼大蟲？怕是膽小之徒入夜不敢上山。」嘀咕兩聲，見一塊光滑平整大青石，忽覺眼皮沉重，將哨棒倚在一旁，翻躺上去，便要入睡。

一陣莫名的寒意襲來，緊接著狂風大作。武松背脊一涼，陡地坐起，只聞樹叢深處劈撲爆響，跳出一隻吊睛白額大虎——啊呀！我的媽！武松從青石上翻摔落地，順手拎起哨棒，閃向一旁。那大蟲前爪按地，縱情一撲，一副毀天滅地萬物皆誅的惡猛神態。武松縮身一躲，鑽到老虎背後。那虎背後看人最難，便把前爪搭在地上，腰胯一掀，後腳利爪橫掃；武松又一閃、一躍，爪子就在胸前一分掠過，心想：「好險！這臭蟲也會掃堂腿？」大蟲連續兩招落空，狂吼一聲，雷霆霹靂，震得山動地搖、林鳥驚飛，鐵棒似的虎尾倒豎翻捲，活像惡僧滅天棍，又如五毒喪門鞭，直劈曲掃而來，變幻帶勁。武松又是縱身一閃，避開殺招，雙手順勢掄起哨棒，以高空剖竹式劈砍而下，喝道：「會獅吼功了得嗎？虎鞭很威風嗎？吃你爺爺一記二郎打虎棍——」

一撲一掀一捲掃，三招盡現，崗虎技窮。只見那大蟲氣喘吁吁瞪著天降神棍——一聲裂響，枝葉簌簌飛散，棍法淩厲但棍頭欠準，那一棒竟打中身旁大樹樹頂，將樹幹垂直劈成兩半，餘勁直襲樹根地面，再反彈而回，長棍亦斷成兩截。林沖握著半截棍，張口結舌；那大蟲鼻孔噴氣，齜牙咧嘴，獸性再起，咆哮一聲，飛撲而來。武松趕忙凝氣提勁，一滑步倒退十步遠，老虎爪子又是只差半步，老虎牙尖則是氣得猇猇嘶咬，徒呼負負。武松趁大蟲力盡一瞬，一棍子敲中虎頭，喀地一響伴隨混濁悶呼。大蟲氣急敗壞挺身反擊，但利爪不及棍法，尚未攫撕獵物即遭連環棍擊，爪一癱，頭一沉，武松又順勢勒住虎頸，正是絕招「頸箍揍」——右臂捺定不放，左拳痛擊，虎額、虎眼、虎鼻、虎頷被連環拳打得歪曲凹陷，金星直冒。

好力氣！酒意又借膽三分。否則當初怎會酒醉一拳打死劉王八？大蟲四肢狂舞，死命掙扎，掘起兩堆黃泥，做了一個土坑。怎奈要害被制，脫身不得。武松也沒閒著，右臂愈箍愈緊，心情愈發亢奮，左手打酸了便換左腿——左膝直頂虎鼻，左腳猛踹虎下巴。腳也累了再換手——左臂勒頸，右手右腳照樣踢打，五十拳，七十腳，一百拳……，打得那大蟲七孔迸血，無力掙扎，再使勁一扭一轉，喀擦一聲，大蟲癱軟在地，只剩口裡鼻腔微弱的氣息。

武松鬆了手，又找回兩截哨棒，一陣棒打腳踢，直到確定老虎斷氣，才扔棒癱坐在地。「等等！我已筋疲力竭，萬一……萬一那大蟲的兄弟姐妹、爹娘姥姥忽又竄爬出來，為牠報仇，這該如何是好？」氣喘咻咻、疲倦已極的武松掙扎起身，喃喃自語：「不成！今夜不能在此耽擱，就算用爬的也要爬過崗去。」

酒醒了，仍是踉踉蹌蹌，步步蹭行。行不到半里路，忽見枯草中鑽出兩隻大蟲。「哎呀！牠奶奶的到底有多少親戚？」武松體內殘存的酒水全化作冷汗流。他抹了抹鼻子，吆喝道：「來吧！以後咱武松的段子就叫做『今夜打老虎』。」

等等——那兩隻蟲的體型小了許多，怎麼還會站起來，用後腳走路？難不成還帶刀佩劍？這是哪門子的邪功？

沒有刀劍，卻見亮晃晃的五股叉。

再定睛一看，呿！原來是兩個人，披虎皮，帶兵器，畏畏縮縮而道：「你……你是吃了鱷魚心、豹子膽、獅子腿？膽敢個人空手過景陽崗？你……是人是鬼？」武松頓時癱軟在地，回道：「我是三分像人，七分不似鬼。晚餐吃了點獅子頭，沒吃獅子腿。你們又是誰？」

「我們是本處獵戶，今晚輪派出來獵虎。」兩人望著武松的狼狽相，嘖嘖稱奇：「你沒聽說此處有隻吃人猛虎嗎？過往客人死傷無數，連我們獵戶也折了七八個。我們已做好埋伏，備窩弓[6]藥箭，而由我二人扮虎引牠出來。沒想到撞見你大剌剌而來，又見你衣衫不

6 窩弓：獵人安設在草中以射野獸的弓箭。

渾身血汙，可有遇著那隻大蟲？」

「你們自己去看，是不是趴在地上像皋比[7]的那隻？武松用手指了指後方密林。

不一會兒，樹林裡傳出驚呼：「真是那頭吊睛虎！恁大的老虎竟被那好漢活活打死！」火光熒熒，十數支火把照得樹林透亮，附近村民獵戶聽說武松打虎，團團湧來，將原本生人勿近的景陽崗擠成觀光勝地。眾人你一言我一語，傳說武二的厲害。

夜未央，眾人扛著虎屍下崗，又弄了一乘兜轎抬武松，準備先在一個上戶人家歇息，明日再報知縣，一路上仍是沸沸揚揚，議論不休；獨見武松閉目調息，貌似虛脫。路過另一處告示牌時，武松忽然眼一睜，躍下兜轎，手指蘸虎血，在榜文上塗塗抹抹：

……如有大虎小虎馬馬虎虎等，可於巳午未三個時辰結伴過崗；其餘時分，及獨眼虎跛腳虎三腳貓等，不許過崗，恐被武松傷害性命。

7 皋比：音ㄍㄠ ㄆㄧˊ。虎皮。

2.兄弟重逢

並肩疊背，摩臂接踵，鬧鬧攘攘，屯街塞巷。陽穀縣民無不夾道歡呼，鼓掌喝采，迎接為地方除一大害的打虎英雄。

一夜歇息精神抖擻的武松，披段疋掛花紅，四仰八叉乘坐涼轎，直抵衙門。知縣已在廳上等候。武松下了轎，扛起大蟲，來到廳前，呼通一聲將大蟲卸在甬道上。

知縣看看地上的老虎，又瞧瞧虎背熊腰的武松，微笑問道：「聞說打虎壯士力大無窮，能生裂虎豹，何不說說昨晚的故事，讓本官一飽耳福？」

武松一個大劈腿，兩個連環翻，沉腰紮馬，輕喝一聲，像個說書人般就在廳前口沫橫飛起來。他說得曲折詳盡，添油加醋，手舞足蹈，自創招數：什麼「二郎棍」、「無影腳」、「虎鶴雙形」、「蛇形刁手」、「大馬趴」、「驢打滾」通通冒出來了。聽得眾人一愣一愣，同聲驚嘆。知縣賜了幾杯酒，又將上戶醵資的一千貫賞錢交與武松。武松反而大方辭謝，將賞錢轉贈給諸獵戶。知縣見他仁厚，有心抬舉，說道：「聽說你是清河縣人氏，與兄長失落，和我這陽穀縣只在咫尺之間。我今日就參你在本縣做個都頭，如何？」

「若蒙恩相抬舉，小人終身受賜。」武松趕忙跪謝，心想：太好了！想當初只因強出頭，幫助受欺凌的民女，一拳打死人，落得離鄉背井，混跡江湖。在柴家莊結識宋江、柴進時，雖蒙相惜之情，但柴進口中的「梁山泊」怕是雞鳴狗盜去處，一時不敢領受。此番穿上官服，職配都頭，總算揚眉吐氣，不辱家門，也可風風光光就近尋兄。

知縣隨即喚押司立了文案，武松從此喚作武都頭。眾上戶、獵戶聞訊，都來道賀慶喜，一連擺了三、五天慶功宴。而武松所到之處，無不盛情相迎，儼然是肉身偶像、活轉金剛。

某日，武松到縣外閒逛，忽聞熟悉、沙啞的叫喚聲：「武都頭！堂堂打虎英雄！你總算出人頭地了，我的武二郎！」

驀然回首，但見一名五官醜陋、臉色黝黑、頭似冬瓜、身長不滿五尺的粗漢。武松卻是翻身便拜，聲音激動：「大哥怎麼會在這裡？一年多了，武二想煞哥哥了。」

不是旁人，那漢子正是武松朝思暮想、長兄如父的大哥，人稱三寸丁谷樹皮的武大郎。

武大低身攙起武松，眼眶泛紅，顫聲道：「二郎，你去了許多時，不聞音訊也無書信，大哥又怨你又想你。」

原來，年輕氣盛的武松經常酒醉滋事，吃上官司，弄得武大日日夜夜隨衙聽候，提心吊膽；後來武松遠走他鄉，人矮力拙的武大就成為鄉民作弄欺侮的對象——尤其，武大成婚後，那些曠男色胚眼紅使壞，不是坑陷武大，就是調戲武嫂。

誰教醜男配美妻？武大的媳婦名喚潘金蓮，原是清河縣一個大戶人家的使女，因生得標緻，惹老爺垂涎，意欲染指未遂，記恨在心，故意不要一文錢聘禮，白白「便宜」了武大郎，也教街坊鄰里看笑話，說什麼「鮮花插在牛糞上」、「好一塊羊肉，倒落在狗口裡。」

故鄉待不住，武大只好遷來陽穀縣賃屋居住，每日仍舊挑賣炊餅。日前聽聞打虎傳說，武大喜孜孜巡街逛弄，期盼兄弟再會。「果然是你！我就知道武都頭定是我二弟武松。」武大緊握武松的手，雀躍地說：「來！跟哥哥回家去見你大嫂，咱們好好醉一場。」

武松替武大挑了擔兒，跟著大哥，轉彎抹角，來到一個茶坊間壁。武大叫一聲：「大嫂開門！」只見門簾掀動，脂香拂來，一名姿色豔美、體態婀娜的女子蓮步而出，輕聲應道：「大哥！怎地這早晚便歸？」武大呵呵笑道：「今兒個是黃道吉日，天佑我找到兄弟來！妳的叔叔在這裡，快來廝見。」

3. 嗔痴哀怨痛

抬頭一望，好奇的神情變作美人蹙眉，開朗的笑靨頓時靦腆失措，驚豔的目光竟有些恍惚呆滯：男的英武，女的俏麗；女的嬌媚，男的魁梧。螓首蛾眉，虎背熊腰。嗔痴哀怨痛。風火雷電冰。誰憐溫柔鄉？哪堪英雄塚？

捧心，抑不住的心痛。蹙眉女子明白身為女人斬不斷、割不盡的莫名撕裂。此生無望。

卸擔，放不下的沉甸。血氣漢子五內翻攪，猶利爪，勝虎撲，八方風雨齊奏，黃泉碧落接通，圓睜的黑瞳卻是看不透，關於匹配，關於緣遇，關於因果，關於幽懵業障、恩仇情孽的交纏。前程迷離。

「瞧清楚了吧！我就跟妳說，那打虎英雄肯定是二弟。」武大的聲音劃開了虛實界限：「瞧！二弟開心得臉都紅了。」

潘金蓮輕嘆一聲，低眉斂目，叉手為禮，喚道：「叔叔萬福。」

「呃……嫂嫂請坐。」武松猛然回神，當下推金山，倒玉柱，納頭便拜。潘金蓮向前扶住武松，右手扶銅臂，左手柔荑扣撫鐵腕，嬌聲說：「叔叔，不要！折殺奴家！」武松硬頸低垂，雙手竟似微顫，兩脣翻跳不受指揮，勉強擠出四個岔音：「嫂……嫂……受……禮。」

「好啦好啦！自家人禮多便生分，快快上樓休憩。」武大兩手扶著兩人，同到樓上坐定。潘金蓮眼看武大，神瞟武松，說道：「我陪侍著叔叔坐地，你去安排酒食，慶咱們一家團聚。」

「當然最好！」武大歡天喜地下樓去了。

靜默。短暫的沉默。遙隔如永恆的無言。

「嗯，叔叔來這裡幾日了？」潘金蓮的嬌嫵之聲像蔻丹指尖，沙沙刮刮撩破窒人空氣牆。

「啊！十數日了。」武松趕忙抱拳作揖，恭敬回答。

噗哧一聲，潘金蓮笑得詭譎：「在哪裡安歇？可有嬸嬸照顧？」

「呃，獨自一身，權在縣衙裡安歇，哪有女人照料。」

是啊！昂藏七尺之軀，英姿煥發，血氣正盛，猛虎不敵，哪般女子堪與匹配？想我潘金蓮貌美如花，婆娑人世，卻嫁與那三分像人七分似鬼的三寸丁谷樹皮……

且莫悲嘆，正事要緊，潘金蓮捋起袖子，露出孅孅手腕，搭著武松的虎口，嬌聲道：「衙裡粗人陋室，怎照顧得了叔叔？何不搬回家裡住，奴家也好打理湯水食飲？」

「深謝嫂嫂。武二豈敢叨擾？」武松抽手抱拳，神情一逕恭謹。

「哪裡的見外話！你可知我們四處搬遷，就是因武大忒善，被人欺負。有叔叔如門神在此，誰敢造次？」

「家兄從來本分，不似武二撒潑。」

「瞎說！常言道：『人無剛骨，安身不牢。』」潘金蓮雙掌齊出，合沓般握住武松雙拳。「奴家生平快性，看不得『三答不回頭，四答和身轉』，懦弱怕事之徒，像你哥……」

這時，樓下傳來武大的喳呼：「喂！管家的，快下來擺桌弄菜唷！東西全買回來了，快下來！」

潘金蓮心不甘情不願回應：「瞧那莽夫，不曉得我正在伺候叔叔嗎？何不叫間壁的王乾娘幫忙打理。唉……」幽幽起身，哀怨一嘆，回眸一笑，蓮步一挪、一蹭，搖搖扭扭下樓去了。

4. 殘酒半盞

雲想衣裳花想容。如花的女子又在想什麼？

斑斕的彩緞映得人比花豔，金蓮燦燦。

闔不攏嘴，收不了心，心即馬，意為猿。

怎地不開心？這可是意中人的關心哪！誰管誰表錯了情。

不過是二叔回謝嫂嫂照顧的贈禮；不過是一門三口同桌吃飯，笑談家常；不過是著慌早起（慌什麼呢？），燒湯舀水遞茶送巾，克盡長嫂如母的職分。不過，就是，唉！薄薄板牆，隔不開鼾聲起伏如耳畔細語的召喚……

想著想著，甜在心頭，酸在鼻頭，笑在眉頭：「叔叔這番盛情，怎堪消受？哪得推辭？奴家，奴家只好接了。」

異樣的不安感浮上心頭：嫂嫂的神情舉止，自己的渾懵心思……哎呀！我是不是做錯了？搬回家裡住是不是正確的決定？

雜念未止，香氛噴來，潘金蓮挨近武松，遞來一杯溫酒，說道：「說是無心倒有心，看似有情還無情。」酥胸微露，雲鬢半嚲，朱脣輕啟，目光迷離；那漣漪輕顫的春水，卻是先啜一口，餘下半杯。「你若有心，飲下奴家這半盞殘酒。」

武松慌忙避身，不慎擊落酒杯，溫醪潑濺活似烈焰滿地。「嫂嫂！不可！武松是頂天立地噙齒戴髮的男子漢，不是敗壞風俗沒人倫的豬狗。妳這麼做，怎對得起大哥？」此語一出，腦中卻浮現極不協調的畫面：美女配醜夫，憨直渾樸對上風情萬種。武松又怒又惱又迷惘。

「你……我對你一往情深，怕你孤單憂你無助，你當我是豬狗犯賤。原來你也是個『花木瓜，空好看』！滿嘴仁義道德的臭男人！」

匡噹一聲，潘金蓮掀椅砸壺，氣沖沖下樓去了。

當晚，武松引一個士兵，逕來房裡收拾行李。武大回來見狀，攔著二弟問道：「怎麼了？才搬回來沒幾天，又要搬走，為什麼？」武松咬牙不語。武大踅到廚房問老婆，只聽得尖厲的叫罵聲：「糊突桶！那混沌魍魎調戲你老婆知道嗎？這種『花木瓜』你還要留他住？不如將我休了。」「不可能！二弟不可能是這種人。」武大又繞回房挽留武松，只見武松面露憂色，兩眼潮紅，沉聲道：「哥哥，不要問，若有外人問起，裝你的幌子編個理由即可。大哥！記住！武二不在身邊，你要照料自己，晚，出，早，歸，過去每日十擔餅，今後只賣五擔。多留些工夫陪嫂嫂。」

武大唯唯諾諾，茫然點頭。不捨與不安，交織成上蒼賜臨的詛咒——一如他的身形與命運。瞪大眼睛，眨巴著糊霧的眼眶，望向孤零零的背影：多看一眼，兄弟，慢行，讓哥哥，再，看，一，眼。

5. 竹竿情挑

冬日將盡，天色漸暖。

娥娥粉妝的潘金蓮在樓上晾衣晒被，一不留神，手裡叉竿滑脫，說巧不巧正落在樓下簾邊一名路人頭上。滿腔惱意，抬頭一望，只見孅孅之手道個萬福，妖嬈容顏又是抿嘴，又是吐舌：「哎喲！奴家一時失手，官人疼了？」怒氣消散爪哇國，欲火直上九重天。那路人，哦不，那穿金戴銀的白面官人笑吟吟彎腰還禮，說道：「不妨事，娘子無恙否？」相視一笑，閃爍眼神裡蒙著一層相見恨晚、春來猶遲的曖昧。隔壁王婆眼尖，瞄到這一幕，也探頭出來湊熱鬧：「哎喲！還真是無巧不成書，無『棍』難作媒。這一棍，大官人挨得可好？」

「是啊！都是我不好，『衝撞』娘子，休怪魯莽。」衝撞二字，他特別加了重音。

「哎啊！哪裡的話，官人休要調笑奴家。請問尊姓大名？」

「在下西門慶，排行第一，娘子可喚我作大郎。」

「娘子可曾聽聞西門官人？不曾？」一旁的王婆接腔：「這位翩翩公子可是地道財主：錢過北斗，米爛陳倉，赤的是金，白的是銀，圓的是珠，光的是寶……。」

一雙媚眼由頭瞄到腳，停棲在笑盈盈的口鼻間；一對賊目從三寸金蓮瞧到眼眉風情，最後落腳在豐聳起伏的胸脯。還有一雙旁觀的冷眼、精算的老眼，暗自串連、勾纏這齣情欲大戲的亂線團。

6. 私刑問供

暮春三月，芳草萋萋。棲棲遑遑的武松神色悽悽。

遠去東京送車仗回來，交了差，立刻趕回清河縣紫石街，進門一看，竟是經幡錢垛金銀采繪，一盞玻璃燈，一個靈牌：亡夫武大郎之位。

這一路上神思不安，身心恍惚，即是應此之兆？

不思，不想，無知，無覺。只是瞠目結舌，錯愕驚呆。

怎麼可能，好好一個質樸憨厚、體壯如牛的漢子……

「嫂嫂，武二回來了！」回轉神，武松情急嘶吼：「嫂嫂在哪裡？」

嫂嫂正在天上欲死欲仙，哪管人間冤莫枉曲——等等，那不是武松那太歲爺的聲音嗎？樓上交纏的兩人嚇得臉色發白，慌忙善後——西門慶拎著衣服半裸半爬從後門開溜；潘金蓮應聲道：「叔叔少坐，奴家便來。」洗脂粉，拔釵環，脫紅裙，換鬆髻，再套上孝裙孝衫，哽哽咽咽下樓來。

但凡世人之哭有三樣：有淚有聲謂之哭，有淚無聲謂之泣，無淚有聲謂之號。

一下樓即是跪地乾號。武松問道：「嫂嫂休哭！大哥是幾時死的？怎麼死的？」

潘金蓮一頭哭，一面說道：「自你離後，你哥哥突患心疾，一病不起，求神問卜，尋藥換湯，還是，還是……哇！奴家好生命苦。」

隔壁王婆掀簾而入，幫忙支吾「天有不測風雲，人有旦夕禍福」、「節哀順變」云云。原來，王婆收銀牽線，撮合西門慶、潘金蓮的淫事，隨後東窗事發，武大郎興師問罪，遭西門慶打傷，臥病在床。王婆再出一計：毒殺親夫，了結後患。

「如今埋在哪裡？」不知情的武松低首啜泣。

「我一個婦道人家，哪裡張羅這許多事，幸虧王婆幫忙打理，安排火化了。」

武松沉吟了半晌，再問：「死了多久了？」

「再兩日，便是斷七。」

當晚，武松買了香燭紙錢祭奠武大，又拿了條草蓆，在靈堂前歇息，卻是翻來覆去睡不著。忽然一陣陰風襲來，吹得靈前燈火忽暗忽明，白幡獵獵，紙錢亂飛。武松只覺汗毛倒豎，忽見靈臺下鑽出一個朦朦朧朧的人影，哭聲喊道：「二弟，我死得好苦！」武松看不分明，想趨前拉他，人影倏忽消失；再一眨眼，發現自己仍睡在草蓆上，四周一片死寂。適才的情景，是夢？是真？

翌日一早，武松叫住嫂嫂，盤問整件事的來龍去脈：如何得病、用藥、入殮、火化等等。隨後出門找負責殯殮火化的何九叔，說是請酒，卻見一杯接一杯，一壺又一壺，灌進自己的百結愁腸，變成獨飲悶酒。何九叔心中分明：想那西門慶塞給自己十兩銀，吩咐匆促火化，誰不知是毀屍滅證？但見武松臉繃皆紅，額上項下青筋虬結，倒揑兩把冷汗，卻不知從何開口。時間就在肅殺窒默的氛圍裡點滴流逝。

半醉漢子霍然起身，揭起衣裳，颼地掣出懷裡尖刀，插在桌上。何九叔面色鐵青，不敢吐氣；酒館裡的人也都嚇呆了。武松捋起雙袖，握著尖刀，橫眉怒眼對何九叔說：「冤有頭，債有主。你莫驚怕，只要實說哥哥死因，我便不傷你。倘有半句兒差，我這口刀定教你身上添三四百個透明窟窿。說！哥哥怎麼死的？」

總算開口了。何九叔徐徐吐出一口大氣，掏出一個布袋，裡面裝著兩塊酥黑骨頭、一錠十兩銀子，說道：「都頭息怒，這就是物證。」

武松瞪著泛黑焦黃的骨頭，沉聲道：「怎麼說？」

「那日王婆來喚小人殮武大屍首，途中遇西門慶攔邀飲酒，又交給小人十兩銀，吩咐：『所殮屍首，百事遮蓋。』小人得知事不單純。果然，殮屍時見七竅內有瘀血，脣口上有齒痕。小人不敢聲張，當場自咬舌尖，假裝中邪，離開現場。三天後火化，小人假意祭奠，偷了這兩塊骨頭——骨頭酥黑便是中毒而死的見證。」

「這麼說來，凶手除了姦夫淫婦，還有那王婆？」握緊的雙拳，彷彿可以穿牆破壁，擊殺虎豹。

「這……小人不敢多說。不過，聽說有位小廝，名喚鄆哥，曾撞見他倆人的好事，後來又陪同武大捉姦。只可惜武大不是那淫賊敵手，當場被踢成重傷……」

語未畢，武松一溜煙奔出酒店，尋找人證。那鄆哥原本就和王婆有過節——到王婆處尋西門慶兜生意，卻被王婆兩巴掌趕出來，也因此目擊姦情——見武松盛怒而來，還不添辛加醋，火上倒油？說什麼「恩情似漆狗男女，心意如膠姘夫婦」、「街坊鄰居盡掩脣，唯獨武大懵不知」……

午後，武松邀鄆哥、何九叔為證，告上衙門。不料縣吏非但不受理，反而掰出一番道理：「武松你身為都頭，豈可不省法度？所謂『捉姦見雙，捉賊見贓，殺人見傷』。如今屍首沒了，捉姦無憑，只聽這兩廝言語便問他殺人公事，莫非偏私？」

武松拿出骨頭、銀兩，知縣又說：「聖人有云：『經目之事，猶恐未真；背後之言，豈能全信？』片面之詞，不知哪裡弄來的狗骨斷骸，焉能當真？」一旁的獄吏也幫腔：「都頭，但凡人命之事，須要屍、傷、病、物、蹤，五件俱全，方可推問。」

武松一言不發離開衙門。當晚，突然買豬頭，備雞鵝，擔酒果，籌菜餚，大宴街坊——何九叔、鄆哥、王婆等人當然在座，說是治喪期間，感謝大家鼎力協助。潘金蓮知武松告官不成，也就忐忑下樓，與席張羅，仍不時與王婆眼神照應。酒過三巡，武松拿出紙筆，交給身旁一位識字的鄰人：「懇請代筆。」然後捲起雙袖，從腰間抽出一把尖刀，右手四指籠著刀靶，大拇指按住掩心，嘎聲說道：「諸位高鄰莫驚慌，冤有頭，債有主，我武松今日要請各位做個見證。」

一把抓住嫂嫂，右手的刀尖指定王婆。眾人早已目瞪口呆，如今更是面面相覷。武松瞪著王婆，喝道：「老豬狗聽著！妳是怎麼謀害我哥哥？給俺一五一十招來。」轉過臉來罵嫂嫂：「妳這淫婦，是如何毒殺親夫？從實招來！」

王婆當然不認，潘金蓮邊掙扎邊狡辯：「你哥哥是害心病死的，干我啥事？」「是嗎？妳自己去跟大哥說。」一刀插在桌上，武松揪住潘金蓮的頭髻，另隻手將整個婀娜身軀提起，一腳踢翻桌子，將犯婦押在靈前，怒喝：「我先宰了妳，再去找那淫媒老畜生算帳。」

潘金蓮嚇得魂不附體，唯唯諾諾招認。潘金蓮說一句，武松便請鄰人寫一句。王婆見情勢至此，只好原原本本細說從頭……

7. 血濺獅子樓

「你們可聽過一條棍磨得十分光？呵！那王婆保證是孫武子教女兵，十捉九著。」市街另一頭的獅子樓雅座，風流人暢談風流事：她吩咐小生：「大官人，你買一疋白綾，一疋藍紬，一疋白絹，再用十兩好綿，交給老身。我故意過去對她說道：『有個施主官人送我一套送終衣料，特來借曆頭。請娘子與老身揀個黃道吉日，請裁縫來做。』她若不睬我，此事便休了。她若說，『我替妳做』，這便有一分光了。我便請她來家做。她若說，『我在家裡做』，不肯過來，此事便休了。她若歡天喜地來，這光便有二分了。若是肯來，我安排些點心請她。第一日，你不要來。第二日，她若說不方便，定要回家去做，此事便休了。她若依前而來，這光便有三分了。到第三日晌午前後，你整整齊齊打扮了來，咳嗽為號。我便出來，請你入房裡來。若是她見你人來，便起身跑了歸去，此事便休了。不動，這光便有四分了。坐下時，我會說：『這個便是送我衣料的官人，還記得西門大郎嗎？』你便誇她的針線。若是她不來兜攬應答，此事便休了。她若開口說話，這光便有五分了。你再取出銀子來央我買點心，若是她抽身便走，此事便休了。若是不推卻，這光便有六分了。我拿了銀子，臨出門，對她道：『有勞娘子相待大官人坐一坐。』她若也起身回家，此事便休了。若不其然，這光便有七分了。等我買東西回來，她若不肯和你同桌共飲，此事便休了。若是她口裡說要走，卻不動身，這光便有八分了。等到三分酒意，我推說沒酒，再叫你買，你又央我去買。就把門拽上。她若焦躁，跑了回去，此事便休了。她若是……呵呵呵！這光便有九分了。大官人，你在房裡，說幾句甜言蜜語，不可動手動腳，猴急壞事。待她臉紅微醺，先將筷子不經意拂落地面，再鑽到桌下拾箸，趁機捏她的三寸金蓮。她若叫鬧起來，我自來搭救，此事也便休了。若是她不做聲……」

「怎麼樣？那騷貨可有給你西門兄一巴掌？」鄰座友人搓著手急問。

「怎麼不叫不嚷？整個下午不是『哥哥饒我』，便是『官人我要』。」西門慶涎流三尺，口若懸河：「正所謂天雷勾動地火，巫山雲雨枉斷腸。」

「叔叔饒命！不說我那口子和西門冤家，奴家心裡面始終……」紫石街的小屋裡，眾人失聲掩臉的目擊下，正上演鮮血飛濺的戲碼：問訊完畢，武松拖著哀求討饒的潘金蓮，灑淚道：「哥哥靈魂不遠，兄弟為你報仇了！」再一揪一翻，兩隻腳踏著玉藕般的胳膊（隱隱傳出骨頭碎裂聲），扯開衣裳，露出渾聳白皙的胸脯，一刀刺入——刀尖破膚的瞬間，血氣漢子的虎口、紅眼頓了一頓——隨即全力一捅一剜，劃開那本是男性夢寐以求的溫柔鄉。

嬌聲悶哼，微不可辨的輕煙飛散；血泉濺染復仇者一臉一身，茜紅朱紅紺紅深紫，包覆血仇如溫香凝脂，而香已消，玉正殞。男人殺狂了性，拔出凶器（滴出嘴角的溼鹹和順頰而下的熱液混為涇渭同流的滋味），銜在口裡，雙手撐開胸部傷口，在裡面抓揑搜掘，挖出心肝五臟，供在靈前，再一刀刎頸，喀擦一聲，人頭落地……

「哎呀！小生一時痴狂，沒弄疼娘子吧？哈！想擺平這種騷娘們，可不能只憑『光棍』一條。」獅子樓的情色說書亦正步入高潮階段。

「還得吹拉彈唱，風流俊俏，就像勾搭宋江小老婆的那位小張三張文遠？」摟著歌妓的友人答道。

「不成，俗話說『小娘愛俏，老娘愛鈔』，有錢有閒才是正經。」另一位酒客說道。

「成！你們說的都是，但還不夠。但凡捱光調情、淫人妻女者，得具備五字訣……」

西門慶得意地自飲一杯。

「哪五個字？快說快說！」周圍識與不識的酒客愈攏愈多。

「潘、驢、鄧、小、閒。」搖扇輕揮，比手畫腳，一字一抑揚，一語一頓挫：「潘是潘安之貌，我西門慶號稱賽潘安。驢是指驢兒大的傢伙，大到教娘兒嘴裡討饒身子不放，你們有嗎？鄧是鄧通之財，閒是閒工夫，也就是有錢有閒。」

「小是什麼？」

「嘿嘿！此招最難。得像綿裡針忍得，耐她千般撒潑耍賴不動聲色；又如不倒金鎗撐著，任她繞指柔烈火功翻天覆地倒坐蓮花……」

驀地，一顆血淋淋的人頭從天而降，砸翻桌上杯盤。湯汁灑水四處噴濺。眾人驚愕不及回神的瞬間，殺意如狂風捲至，來人手持尖刀，奔跳如飛，吼聲悲愴：「俺不管你這姦夫小不小鬧不鬧，只要你五樣行貨：心、肝、脾、肺、腎——」

西門慶猝逢打虎英雄武松，哎呀一聲，倒翻兩轉，跨上窗檻，轉身就逃。武松一躍而至，持刀便砍，但情急立足不穩，被西門慶的迴旋踢正中手腕，那尖刀飛出窗口，直落街心。西門慶見一擊得逞，掄拳抬腿再攻，只可惜長年縱情聲色，體虛力薄，花拳繡腿怎敵伏虎降龍？武松順手接拳，一拉一推，對手便如風中燭火顫顫晃動，肩胛再一提一帶，右拳猛揮，西門慶的身體便如斷線紙鳶般，頭下腳上摔落街心。

武松緊跟著躍出窗外，跳到街上，拾起掉落一旁的尖刀，對頸一切，便割下淫嫂弒兄的仇人頭。

8. 天涯何處

殺嫂滅奸，為兄報仇固然大快人心，但畢竟是人命官司，而且是一日兩命，想要法外施恩的官府也頭痛萬分。知縣與令史幾番斟酌，將「蓄意報仇」的供詞改為「靈前爭執，叔叔失手錯殺嫂嫂；又與前來強護的西門慶鬥毆而自衛殺人」。方案既定，刑罰即下：罪魁禍首王婆凌遲處死，武松脊杖四十，發配孟州充軍。

塵埃落定。當年為義出頭的漢子離鄉背井，輾轉回鄉後，又不得不亡命天涯。陽穀縣的父老紛紛贈銀送食，聊表慰問。知縣亦交代押解小吏沿途謹慎，小心周護。唯見當事人異常冷靜：不抗辯，不喊冤，罪刑定讞後不發一語，默默承受光怪已極的命運捉弄。如今至親凋零，孑然一身，下一步，走向何方？不語不言是心死，抑或旁人不能體會的哀痛？（世人之哭可有第四樣，無聲無淚謂之悲，至痛無語的悲？）可有想到義兄宋江的遭遇？（那忍辱負重的黑面漢子一逕清風明月），禁軍教頭林沖的沉冤難雪？（愛妻被殺，他連設靈祭奠的機會都沒有。）

或者，直腸血性的靈魂深處，仍有一絲人世倫常、道理義氣管不著的蒙昧：大仇得報後的落寞，以及，那娘兒（他不想再用「嫂嫂」、「淫婦」等字眼）最後一口氣迸出的顫音：奴家心裡面，始終，對叔叔……

卷中語三

「唉！後主詞云：『剪不斷，理還亂，是離愁。』豈止離愁，盡是悲歡離合傷，嗔痴哀怨痛。好個武松！」黃袍老者喟然而嘆。

「人生三大關：名利、情愛、生死，誰能勘透？」黑面漢子說道：「溫柔鄉即是英雄塚。人說千金一笑、紅顏誤國，將興衰成敗繫於女子，豈稱公允？俺以為教多情劍客死無葬身、無所依歸者，唯『溫柔』一念而已，起心動念之際，所有忠孝節義只是一座蜃樓虛坊。」

「我又聽不懂了，先生是在為那淫婦潘金蓮叫屈？」商賈漢子問道。

「合謀弒夫，當然可誅。但請各位看官想想，一介女流，出身為婢，國色天香，惹人垂涎，不從主命，被迫下嫁，委身於極醜極拙的武大郎……從頭至尾，那女子可有選擇的機會？若說認命便是美德，那些梁山好漢何不認分？只因手中有刀，渾身是勁？俺大膽推測，武松揮刀斷首的瞬間，猶疑恍惚，也切斷自己永遠說不分明的糾葛，情字關可不比打老虎。」黑面漢子舉杯，不知是酹江月還是祭空茫，一飲而盡。

行者裝扮的男子低頭垂臉，不發一語。

「喂喂！咱們在這裡說三道四，大發議論，撥弄情節，加油添醋，可能悖離了故事？偏離了原旨？」中年文士笑問。

「有人愛說書，有人愛聽書；有人述而不作，有人向壁虛構；有人粉飾太平，有人舌粲蓮花。」黃袍老者以問代答：「各聞所欲，各取所需。人生家國天下宇宙，不就是一部言人人殊的大書？」

「大殊？說得好，俺就是愛聽一齣段子的各種說法。」商賈漢子拍掌而道：「各位大——叔，甭在這兒唬弄了，再來呢？可有故事下文？」

「有！在下一路而來，聽聞托塔天王、智多星等人劫生辰綱事跡，各位可有興致？」沉默行者忽然抬頭，黯然神情倏忽消逝，變為朗朗星月。

「有！有！咱們都在洗耳恭聽哪。」異口同聲地附和。

削斂之財，人人得而取之。
七人決心共取那不義之財以濟蒼生，
大圖景裡的小拼圖至此初成。

第四章

七星聚義

1. 智取生辰綱

「赤日炎炎似火燒，野田禾稻半枯焦。

農夫心內如湯煮，公子王孫把扇搖。」

焦石鑠金的三伏天，密林深處傳來粗獷高亢的歌聲，以及一響接一響的叫賣：「好酒吔！五貫錢一桶的好酒吔！快來買好酒唄！」

運送隊伍不自覺地停下腳步，放下擔子，你看我，我覷你，有人因不耐炎熱飢渴而猛舔嘴脣。

「不要停！咱們須趕路。這生辰綱得在太師大壽前送到。」領頭的楊志催促眾人。唐、宋時期，成幫結隊運送貨物叫做「綱」，生辰綱就是生日禮物，是北京大名府留守梁中書送給岳父蔡京的壽禮：價值十萬貫錢的金銀珠寶。

去年此時，梁中書曾備大禮欲孝敬岳父，卻在路上遇劫。今年不想重蹈覆轍，特地委請武功高強的青面獸楊志護鏢。

楊志的武功有多高？曾在梁山泊外與林沖大戰三百回合，未分勝負；又在大名府打敗副牌軍周謹，而深得梁中書器重。

只是，個人修為再高，也強不過強人環伺。「今歲途中盜賊眾多，此去東京又都是旱路：紫金山、二龍山、桃花山、傘蓋山、黃泥岡、白沙塢、野雲渡、赤松林等地盡是山大王強盜窩。」對於運鏢，楊志竟也躊躇不前：「正所謂『猛虎難敵猴群』、『強龍不壓地頭蛇』。恩相若執意要送，必得依小人一計。」

梁中書說道：「此事非你不可，有何計策？快快獻來。」

「過去由廂禁軍高車大馬地運送，太過招搖；不如化整為零，小人扮作商賈，再精選十餘名健壯廂禁軍充當腳夫挑擔，日行夜息，與一般商旅無異。如此低調行事，或可避人耳目。」

就此議定，一行十五人，離開梁府，出北京城門，取黃泥岡大路往東京進發。為恐誤事，楊志要求五更即起，趁早涼便行，日中熱時就歇。只是天氣酷熱難當，這些廂禁軍負重趕路，叫苦連天，一見林子就想鑽進去乘涼。楊志深知這一路險阻重重，心急如焚，連打帶罵，逼趕強行。就這麼磨磨蹭蹭來到黃泥岡半坡。

上坡路窄，烈日罩頂，眾軍漢不理會楊志的吆喝，走進路旁的野松林卸擔休息，倒頭就睡。楊志正要揮鞭趕人，隨軍的老都管說道：「楊提轄，且慢！天氣實在太熱，他們肩上重擔又逾百斤，休憩一會兒何妨？」「你可知這裡是臥虎藏龍之地？倒地不起就是躺在棺材等死。」這時，樹林深處人影幢幢，有一人探頭探腦地張望，楊志輕喝一聲：「看！說曹操曹操到！」提著朴刀兩快步竄向前，大喊：「你這廝好大膽，在張望什麼？」趕到裡面，卻見七輛江州車兒一字排開，七名大漢正朝天仰躺，看見殺氣騰騰的楊志，哎呀一聲同時跳了起來。

「你們是什麼人？為何在此？」楊志見這些人是一般商旅裝扮，收刀問道。

「你又是什麼人？」先前張望之人反問。

「你們不是壞人？不是來劫貨的？」話一出口，楊志就發覺自己問了個蠢問題——哪個壞人會承認自己是壞蛋？哪個蠢蛋會笨到承認自己有貨可劫？

那人回答：「你莫要瞎問，看我們的樣子也知道是生意人，運了一批棗子，要去東京販賣。為了避暑才在林子裡暫歇，我們還擔心你是劫匪呢！」

「哦——」總算吐了口大氣。楊志瀏覽眾人，確是小本生意人的模樣。再看一眼，又覺得「老實樸素」的面貌之下隱藏著什麼，一時間也說不上來。也許他們也是暗送紅貨的護鏢師吧。

這時，樹林外傳來「好酒吔！」的叫賣聲。

原本鬆散欲睡的眾軍漢醍醐灌頂般翻躍而起，個個解囊掏錢要去買酒。楊志正欲阻止，那酒販已步入林內，卸下酒擔，脫下斗笠，一逕搧涼，同時掀開蓋子，對眾人說：「各位客官口渴不？買些酒吃吧，一桶只要五貫錢。」一陣酒香飄來，又渴又累的兵士哪裡還按捺得住，七手八腳地湊錢，楊志趕忙喝退眾兵士：「大膽！外面來路不明的酒，能夠隨便買嗎？不怕喝掉一條小命嗎？」兵士們竟也大聲回嘴：「我們自己湊錢買酒，干你啥事？沒日沒夜地趕路，沒被人毒死，已被你操死了。」那酒販也提高聲音說：「喂！客官，你這樣說很傷人哦！你是說我的酒摻有蒙汗藥、迷香散，不能喝是不？呿！咱的祖傳祕方陳年好酒被你說得一文不值，老子我不賣了行唄？」「那怎麼成？別理他！賣給我們吧！」眾兵士圍攏上來，聲似哀求。那酒販的脾氣倒也了得，雙手扠腰，連番搖頭：「哥哥今天我不賣酒，就是不賣酒！」

喧譁爭執間，那幾名販棗客人也提刀趕了過來，見狀說道：「原來是賣酒的，嚇咱們一跳，以為遇上翦徑賊。」其中書卷氣最濃的那位說：「算了算了！和氣生財，他們不要，賣給咱們吧！」那酒販像是吃了秤砣，依舊一臉慍色地嚷嚷：「不賣！不賣！酒裡有藥，用來毒王八，活人不賣。」

其餘之人也上前說項：「好啦！這位小哥，所謂『江湖多凶險』，人家也是怕遭暗算，何必為一句無心之言嘔氣，就賣給咱們吧。」酒販一張緊繃的臉總算和緩下來，還是搖頭說道：「不成！咱的酒本就打算挑到前方村子叫賣，沒準備瓢碗幫你們打酒——」「這個容易！我們有瓢。」那書生氣息的漢子走回林內，從車上取出兩隻椰瓢，其中一隻還裝滿棗子，回來付了酒錢，七個人或坐或站，津津有味地喝酒吃棗，不時發出嘖嘖之聲。要不了一炷香的工夫，一桶酒已被他們喝個精光。

意猶未盡，他們又拿著瓢子請酒販「附贈」一瓢。酒販哪裡肯，忙說：「要喝就再買一桶，哪有送一瓢的道理。」「你的酒是好喝，可實在也貴，咱們——」說這話時，另一名棗販逕自打開另一桶酒，舀了一瓢就喝。酒販趕過去搶瓢，那人往林子裡逃，又有一人走近酒桶舀一瓢酒，酒販立刻回身劈手奪住，倒回酒桶，蓋上酒蓋，罵道：「你們這些戴頭識臉的客人，好不君子相，竟做出偷酒的事來。」一邊收拾擔子就要離開。

旁觀的眾軍漢們早就心癢如焚，嚷嚷著說要喝酒。老都管也勸楊志答應大夥兒的要求。楊志見酒已賣掉一桶，另一桶也被喝過，應無問題，也就勉為其難答應。酒販卻是不肯賣，直言：「給狗吃了也不賣。」所幸幾位棗販在一旁打圓場，一面攔著酒販說好話，一面將酒桶交給眾兵士，幫忙收錢，還好心把兩個瓢都借給他們，又贈送一些棗子佐酒。兵士們千謝萬謝，大瓢喝酒，大口吃棗，好不痛快！連楊志也忍不住喝了兩瓢，那七名棗客始終微笑旁觀，有書卷氣的那位甚至露出難以捉摸的奇異表情……不到半炷香的時間，忽聞拍手叫好聲：「倒了！倒了！十五個吊桶統統倒了！」只見那十五名兵士口張眼直，你看我我覷你，一一癱倒在地。楊志雖拄刀勉力撐持，卻不敵天旋地轉之威，仰天倒下；昏迷前的最後印象，是七名嘴角上揚目露凶光的大漢，朝他兜攏而來……

卷中語四

「好個『智取生辰綱』，削斂之財，人人得而取之。只是，那七人是誰？」商賈漢子拍案叫絕。

「不就是晁蓋、吳用、公孫勝、劉唐和阮小二、阮小五、阮小七等阮氏三兄弟。尤其那托塔天王晁蓋武藝高強，平生仗義疏財，廣結天下好漢，在江湖上的名望不下於及時雨宋江，堪稱七星之首，也是後來，哦不，該說是現今梁山第一把交椅。」黃袍老者說道。

「那位書生氣息的漢子便是吳用？」商賈漢子問道。

「唉！吳用便是一無用處，那人不提也罷！」中年文士忙揮手，像是否認，也像是避開話題。

「這七人原是各方好漢，如何結義？」

「還不就是『官逼民反』、『不打不相識，愈打愈投機』兩齣段子的媒合。這七人在吳用籌劃下，決心共取那筆不義之財，以濟蒼生。」黃袍老者答道。

「老先生果真見多識廣，在下道聽塗說，但聞其事卻不明其義。」行者連連點頭。

「楊志呢？可是命喪刀下？」商賈漢子又問。

「非也！正所謂『英雄識英雄，好漢惜好漢』。謀大事豈能濫殺無辜？他們留下楊志一命。楊志甦醒後，無顏回覆梁中書，只好潛逃，在一家酒店認識林沖的徒弟操刀鬼曹正，又在二龍山腳下意外結識魯智深。如前述，這些好漢在完成梁山泊大聚義前，聯手攻下二龍山，殺掉寨主鄧龍，而成一方之霸。」

「哦？梁山才是這些人的最後歸屬？俺聽聞王倫外表豪爽好客，實則鳥肚雞腸。武功高強的林沖曾遭王倫忌賢排擠，那梁山小廟豈容得下忒多壯和尚？」行者問道。

「所以囉！七星聚義只是大圖景裡的小拼圖。」接口的是那中年文士，微笑撚鬚，不徐不急說道：「大仇摒私，大義滅親，諸位看官猜下一回合是啥段子？」

「啥？」

2. 圍攻石碣村

生辰綱再度被劫，梁中書氣得吹鬍子瞪眼，一面行文濟州府，要求捉拿強盜；同時修書一封，向岳父蔡京稟告始末。蔡京見信大怒，派心腹專程趕往濟州，限令府尹十日內破案，否則烏紗帽不保。府尹則將難題轉移到負責此案的緝捕觀察史何濤身上，他氣鼓鼓地說：「老子進士出身，好不容易爬到今天位置。你若破不了案，我丟官不打緊，你就準備到鳥不生蛋的地方充軍。」語畢，令人先在何濤臉上刺下「迭配……州」字樣，附加一句：「到時候你自己把地名填上去吧。」

千鈞重擔在身，何濤豈敢輕慢？帶了手下明查暗訪，四下打聽。俗語說：「天下沒有永遠的祕密。」由於都是當地人，難免耳語流傳，何濤掌握線索，知道主謀是晁蓋、吳用等人，拿了緊急公文，連夜率公差去鄆城捉拿晁蓋。

越界緝捕，需要地方官吏配合。何濤趕到鄆城時已是上午，早衙剛退，只好先到衙門對面的茶館歇息，打聽值日押司的名姓，請他幫忙。

說巧不巧，當日押司竟是及時雨宋江。「就是那刀筆精通、吏道純熟、武藝多般、古道熱腸又樂善好施的孝義黑三郎宋江？得他之助，何案不破？快快有請！」何濤興奮之情溢於言表。

只是，何濤不知宋江與晁蓋等人原是舊識。宋江一盞茶未下肚，差點噴出半口水來——晁兄犯下這等彌天大罪，該如何是好？一旦被捕，肯定性命不保。表面不動聲色，只對來吏說場面話：「晁蓋這廝無惡不作，本是地方一害。縣老爺早就想繩之以法，只是早衙剛過，大人正在休息。請您稍待片刻，等大人坐衙時，自當來請。」隨即起身，臨走前再三叮嚀：「此案重大，千萬不要對他人提起，以免緝捕行動洩露，放了大魚。」

走出茶館，宋江一面叫親信招呼何濤，自己快馬加鞭趕往東溪村報信。不知大禍將至的眾人正在後園葡萄樹下飲酒，見宋江捨命前來，萬分感激。晁蓋緊握宋江的手，說道：「救命大恩，何以為報？」宋江則面露憂色說道：「此劫未過，哥哥，卅六計，走為上策。爾等速速離開，不可耽誤。」

另一方面，知縣接到何濤帶來的公文，大吃一驚：「既是太師府壓下來的緊急公事，自當火速辦理。」快馬趕回衙門的宋江故意搖搖頭，來一招緩兵之計：「不可，光天化日拿人易走漏消息，還是晚上攻其不備較為妥當。」知縣覺得有理，吩咐尉司和兩位都頭朱仝、雷橫，備妥馬步弓手、繩索軍器和一百多名士兵，天一黑，就動身去抓人。

當晚，大隊人馬直撲東溪村晁家莊。晁蓋非是不走，無奈那十萬貫金銀運送起來頗費工夫，只好先教吳用等人運一部分到石碣村和阮氏三雄會合，自己與公孫勝留在莊裡善後。

一更天，前門人語喧譁、蹄聲雜沓，晁蓋知道官兵來了，命莊客四處點火，故布疑陣，然後與公孫勝打開後門，準備從後方突圍。

殊不知，領軍的朱仝也和晁蓋交情匪淺。大軍未至，便點亮火把，嚷嚷吶喊，存心讓莊內聽見。派兵布陣時，又叫雷橫攻打前門，自己帶少許人去堵後門。等到火舌遍地，箭矢漫天，晁蓋率眾衝出，提刀大喊：「擋吾者死，避吾者生。」朱仝則在黑影裡叫道：「保正快走！朱仝在這裡候你多時。」虛晃兩招，閃出一條生路讓眾人通過，見人走遠，才大呼小叫在後面追趕──藉以隔阻雷橫的追兵。追了約莫半哩路，朱仝見身後無人，才低聲說道：「保正聽清楚了，天下之大，已無你容身之處，只有梁山泊可以安身，快去吧！」晁蓋邊跑邊回身，一抱拳說道：「救命大恩，他日必報，後會有期。」

一場烏龍追逐戰鬧了一夜，一個要犯也沒拿住。天亮後，何濤只好抓幾名來不及逃走的莊客回去拷問，總算問出了晁蓋等人的去向。知縣立即命何濤率五百士兵前往石碣村抓人。

正所謂「天堂有路你不走，地獄無門闖進來」。那石碣村緊鄰梁山泊，深港水汊，蘆葦叢生，非晁家莊可比。官兵進了蘆葦叢，七拐八彎，很快就迷失了方向。何濤領軍登船，沿流搜捕，忽聞意氣風發的嘲歌聲：

打魚一世蓼兒洼，不種青苗不種麻。
酷吏贓官都殺盡，忠心報答趙官家。

何濤等人一聽，大吃一驚，只見遠遠一人一孤舟，獨棹而來。「阮小五！他就是阮氏三兄弟的阮小五！」認得的人大聲呼喊。何濤趕忙一招手，眾人奮力搖櫓，背後的弓箭手亦拽弓放箭，嗖嗖嗖嗖！全部落空，因為那阮小五一個筋斗倒翻入水中，消失不見。另側的蘆葦草叢又傳來尖銳的譏笑聲：

老爺生長石碣村，稟性生來要殺人。
先斬何濤巡簡首，京師獻與趙王君。

轉頭一看，有人叫道：「啊！這個是阮小七。」何濤大吼：「快向前，先捉住這廝再說。」頭戴青箬笠，身披綠簑衣，手裡撚著條筆管鎗，輕輕一點，船身便掉頭駛去。眾官兵追之不及，卻是愈走愈覺水路崎嶇，水港愈來愈窄狹，終至無路可進，只好愣在船上，左顧右盼，上不了岸，亦不知如何前進。

這時，岸邊一位荷鋤漢子走來，何濤上前詢問：「你是何人？這裡是什麼地方？如何出去？」那人笑嘻嘻地說：「這裡喚作斷頭溝，前進無路，後退無門，正所謂『老鼠入牛角』，死定了！」「可曾看見船隻駛入？」那人忽然眨了眨眼，神祕兮兮說道：「你是問阮小七的船？還是追小七的船？」何濤感覺不對，不禁倒退兩步，嘎聲問：「你怎知——」身旁官兵亦拔刀向前，但那漢子的動作更快，左揮右砍，兩名官差應聲落水。

何濤心知中計，縱身一躍，足踏船頭，想來個燕子三抄水輕功上岸，卻見船身偏移，水下鑽出一個人來，抓住何濤的雙腿，往下一拽一轉，堂堂何觀察史便成了落湯雞。其餘士兵更是一鋤頭一個，落水變為魚飼料。

「我怎麼知道？因為我叫做阮小二，摸你腿的正是阮小七。嘿嘿！你猜，等會兒『款待』你的人是誰？」被拖行上岸，五花大綁的何濤只好跪地求饒：「好漢放我一馬，小人只是奉命行事，絕非存心和各位作對。」

阮小七雙手扠腰，阮小二微笑不語，彷彿正在思索如何「發落」何濤。晁蓋、阮小五、公孫勝、吳用等人也漸漸前來會合，順便傳捷報：「哈！那些官兵還在備船傻等，被咱一記『火燒連環船』燒個精光。」「眾兵都在爛泥裡慌做一堆，傷的傷，逃的逃，逃不了的就準備餵魚唄！」

何濤早已嚇得箭穿雁嘴，鉤搭魚腮，出不了聲。只能仰望晁蓋高大的身影和義正詞嚴的訓斥：「你們這些欺壓百姓的官僚，本該將你碎屍萬段。不殺你，是要你回去對那濟州府管事的直娘賊說：『俺石碣村阮氏三雄、東溪村天王晁蓋，都不是好惹的英雄。咱們不去你城裡借糧，你也甭來我這村中討死。』聽清楚了嗎？這裡沒大路小路官路財路，只有死路一條。」

阮小七則是兩刀割下何濤的雙耳，用一隻小船送他出蘆叢，直到大路口，才惡狠狠地說：「痛不痛？」何濤額冒冷汗，鮮血直流，咬緊牙關，頻頻點頭。「繼續往前走，便有尋路處，你的蝦兵蟹將全部葬身魚腹，為什麼只割你雙耳，放你一人回去，明白嘛？」點頭，拚了命的點頭。又是彎腰又是作揖又忍不住摀著劇痛的創口，這位官差連滾帶爬地沿路前進……

3. 投奔梁山

智取鏢銀，計退追兵。晁蓋等七人率領眾莊客和部分漁民投奔梁山。王倫聽說有眾多好漢來奔，立即帶著林沖、杜遷、宋萬等頭領出關迎接，朗聲說道：「小可王倫，久聞晁天王大名，如雷灌耳；今日光臨草寨，誠為萬幸。」晁蓋作揖答道：「晁某不學無術，甘願當頭領帳下一名小卒，但望不棄。」

雙方行過禮後，王倫就在聚義廳上款待眾人：宰了兩條黃牛、十隻羊、五頭豬，大吹大擺筵席。酒過三巡，晁蓋一時興起，便將黃泥岡取生辰綱、石碣村捉何濤等事跡原原本本說出。王倫聽了，不露聲色，內心卻是驚駭萬分，心想：「這七人這等本事，若讓他們上山，我這把交椅還保得住？」表面虛應一番，只說些客氣話，再也不提入夥的事。只教來人招待他們到關下客館內安歇。

回到客舍，晁蓋滿心歡喜，以為有了棲身之處。一旁的吳用卻是冷笑兩聲，一桶涼水澆熄了晁蓋的美夢：「依我看，那王倫面熱心冷，不見得會收留咱們。」晁蓋愣了愣，問道：「何解？」「大哥，咱留心他的臉色變化，先前倒還熱情歡迎，在你提了生辰綱等事後，表情就變了，語氣也冷淡了許多，也不再提收留之事。照說，他若有心招咱們入夥，席間就該議定坐位——」

「這要怎麼辦呢？」晁蓋憂慮地說。

「以我的觀察，林沖貴為禁軍教頭，器識不凡，屈居在杜遷、宋萬等粗人之下，排名第四，實為委屈，恐是王倫忌才有以致之。而我發現王倫態度改變後，林沖直瞪著眼瞅著王倫，心中頗有不平之氣。讓我略施小計，引發內鬥，利用林沖殺王倫，我們才可能在此安身。」

果不其然，翌日一早，林沖隻身來訪，表明對晁蓋等人的欽慕，願意和他們結交，共圖大業。談話間，吳用故意提到王倫：「王頭領待人接物，一團和氣，若非對我等厚愛，我七人恐要流離失所——」不料林沖冷哼一聲，怒道：「此人心胸狹窄，忌賢妒能，難成大事，難以共事。當初柴進引薦我上梁山，即遭他百般刁難，一會兒立投名狀，又要我殺青面獸楊志立功……」吳用哦的一聲，打蛇隨棍上：「這樣呀，那楊志雖曾與我輩敵對，但也是好漢一名，殺之可惜。既然王頭領不容我等，休要教他為難，咱們兄弟另投他處便是。」林沖揮揮手，正色說道：「各位好漢休生見外之心，林沖自然有辦法。今日一早前來，便是怕大家萌生退意。放心！待會兒就看王倫怎麼表現，如果還是虛與委蛇，含混應付……」

晁蓋當頭一拜，說道：「頭領如此錯愛，俺兄弟皆感厚恩。」吳用也說：「落地即兄弟，頭領切莫因為我們而與大頭領反目。若是可容即容；不可容時，小可等登時告退。」林沖雙手抱拳，凜然說道：「先生此言差矣！古人有言：『惺惺惜惺惺，好漢惜好漢。』那個腌臢[8]畜生不值得論交。林沖以為，天下之亂，時歲之荒，你我有緣在此聚義，應是承天景命，救生民於水火，此乃『大業』。」起身告別眾人：「一切依我之計，少間再會，告辭！」

隨即，一名小嘍囉前來相請：「王大頭領請眾好漢去山南水寨亭一敘。」

8 腌臢：即「骯髒」，不乾淨。

晁蓋、吳用互看一眼，阮小二湊近兩人之間，小聲問道：「先生，此會如何？」吳用撚鬚笑道：「放心！今日必有好戲可看。林教頭已有火併王倫之意，就算他不動手，小生憑三寸不爛之舌，不由他不火併。請大家各藏暗器在身，只看我撚鬚為號，便可出手滅那王倫。」

4. 火併王倫

山南水寨亭上，英雄分坐：王倫、杜遷、宋萬、林沖、朱貴等頭領依序坐在左邊主位上，晁蓋等七好漢坐在右邊客席。階下小嘍囉輪番把盞。

酒至數巡，食供兩次，天南地北，無所不聊。但提到「入夥」、「聚義」事，王倫便支吾其詞，避開話題。吳用以眼角偷瞄林沖，只見他側坐交椅，神情緊繃，一雙大眼，直瞪著王倫，一副隨時會掀桌開幹的模樣。

午後，王倫忽然叫身邊嘍囉取出一個大圓盤，上面放著五錠大銀，起身敬酒，對晁蓋說：「君非池中物，怎奈小寨是一洼之水，如何容這許多真龍？聊備薄禮，萬望笑留。」

晁蓋亦起身回敬，說道：「久聞梁山招賢納士，特來投效。若是不能相容，我等自當告退。所賜白金，決不敢領，並非瞧不起大王贈禮，只是旅途盤纏，差堪夠用，小人就此告辭。」

王倫趨前握住晁蓋雙手，滿臉笑意說道：「何故推卻？非是小寨不納豪傑，只是糧少房稀，恐誤了各位大好前途……」

「你胡說！」一旁的林沖再也按捺不住，雙眉剔起，兩眼圓睜，大喝道：「我上山時你也推說房少糧稀，今日眾好漢誠心投靠，你又以此言推托，是何道理？」吳用趕忙打圓場：「頭領息怒。是我等來得不是時候，切莫壞了兄弟情分。我們立刻離開便是。」王倫也怒顏開罵：「你看這畜生，酒言酒語頂撞我，豈非以下犯上？」林沖的火氣也變得一發不可收拾，拍桌怒道：「你這個落第窮儒，偽君子真小人，有何資格當山大王？」

晁蓋等七人一一起身，作態要走。王倫虛情留著：「哎呀！喝完這席酒再走不遲。」砰的一聲，林沖一腳踢翻桌子，從身上抽出一把亮晃晃的利刃，一個弓步逼向王倫。吳用見時機已至，伸手把鬍子一摸，晁蓋、公孫勝便圍上來假意勸架，阮小二拉住杜遷，小五看管宋萬，小七擋著朱貴，眾人一齊嚷嚷：「不要火併，不可傷了和氣！」卻將王倫團團圍住。林沖一把拿住王倫，一拳打得他眼冒金星，哀喊：「來人哪！造反啦！」又一腳踹得他跪地呻吟。以刀抵頸，林沖罵道：「你何德何能？若非柴大官人長期資助，眾多義士共襄盛舉，能有今日地位？梁山是你一個人的嗎？你們說，梁山可是王倫一人之私？」晁蓋等人冷眼旁觀，杜遷等人遭到牽制，難以動彈；小嘍囉們則是嚇得目瞪口呆，不能言語。

一刺，刀入心窩；再一切，人頭落地。林沖右手提刀，左手掄首，杜遷、宋萬、朱貴當場跪地說道：「願隨教頭執鞭墜鐙，永效犬馬。」

吳用就在血泊裡拉過頭把交椅，請林沖坐下，叫道：「願奉林教頭為山寨之主。」林沖急忙叫嚷：「我殺不仁之人，非是謀圖此位。我若坐上第一把交椅，豈不被天下英雄恥笑。請各位聽我一言。」眾人恭謹答道：「頭領所言，誰敢不依，願聞其詳。」

林沖刀尖指天，環顧眾人，昂然說道：「豪傑聚首，以義為先。晁兄仁名遠播，智勇足備，以他為首，當能招納天下英雄，共襄義舉。各位以為可行否？」「好！好呀！」吳用第一個叫好，眾人亦爭相附和。晁蓋本作態推辭，被林沖硬按在頭把交椅上，大聲宣布：「就此說定，切莫推卻，若有不從，先問林沖手上之刃。」

前呼後擁，再擺筵席，聚義廳上大搬風：新任梁山之主為晁蓋，以下是吳用、公孫勝、林沖、劉唐、阮氏三雄以及杜遷、宋萬、朱貴等，共十一位好漢。

大圖景裡的小拼圖初成。至此，梁山才算是初具規模：對抗朝廷、挑戰天下的實力與氣派。

卷中語五

「好一個『對抗朝廷，挑戰天下』。瞧見沒？咱們燕雀安知鴻鵠之志？」黃袍老者轉身，望著兩名劍童笑道：「俗話說『成王敗寇』，成而流芳千古，敗則遺臭萬年。近年來江湖流傳一首讖詩：『耗國因家木，刀兵點水工。縱橫三十六，播亂在山東。落土一扁擔，鵬鳥蹀躞行……』不知該作何解？」

「難不成又要應在『山東梁山泊』？那『縱橫三十六』何解？三十六人？」商賈漢子率先發難。

「這可好！咱小店依蘆傍水，對岸就是梁山。想那刀兵功成之日，便是遊子墨客留跡、羅紈紛汗盈門之時。」店門大開，一陣冷風颼颼捲入，一名高頭大馬的灰衣漢子笑呵呵進來，對眾人躬身一揖，高聲道：「小可忝為這小小酒肆的掌櫃，今日有事外出，適逢各路英雄賞光，齊聚一堂，招呼不周，真是失敬失敬！」

「掌櫃貴姓？敢問名號？」行者一抱拳回禮。

「小姓朱，喚小人『老朱』、『小朱』、『朱哥』、『朱格亮』皆可。」朱掌櫃黑不溜秋的臉上堆滿了笑容。

「老朽聽聞梁山現今有位坐上交椅的好漢，姓朱名貴，可是朱掌櫃舊識？又或者，就是您本人？」黃袍老者也是笑瞇瞇望著掌櫃，但精光閃閃的眼瞳深處卻是毫無笑意。

「哎喲！小人若有旱地忽律朱貴的半分能力，也不至於落魄到替人上菜送酒、添水倒茶了。梁山英雄個個是小人仰重偶像，可惜無緣結識深交。承蒙眾好漢恩情，讓小人在此落戶，賺幾文過往客商的酒水錢……」話鋒一轉，掌櫃忽然壓低音量說道：「這幾天梁山調度頻繁，似有大事發生。」

「啥事？」眾人齊聲問道。

「不知也。」掌櫃抿脣撇嘴，搖頭，又重嘆一口氣道：「前夜小人無意間聽到小嘍囉耳語：『速往江州。』不明其意；但聽說昨天一早連晁天王都親自點撥人馬，率隊南下。」

「哦？目標在江州？『刀兵點水工』，水工合成『江』字，正是應此詩之讖？」商賈漢子問道。

「我看不然。」黃袍老者面向眾人，眼光卻瞟向黑面漢子。「仁兄以為如何？」

「老先生要說，那『江』字影射另一人，也是咱們七嘴八舌，牽引接力，串帶環連故事的真正主角——宋江？」黑面漢子不答反問。

「宋公明？」行者愀然變色，脫口說道：「宋公明怎麼了？」

「宋公明『刺配江州』一事，各位可曾聽聞？」見眾人點頭，掌櫃叫店小二添酒，施施然坐下，一字一句說道：「這些時日，不論山上好漢、往來商旅，甚至偷小差打牙祭的官差府軍，人人口耳交傳，大夥兒異口同聲者，唯有一事……」

「不用賣關子了，何事快說！」行者急問。

「莫急莫急！既是主角，當能高潮不斷，終究化險為夷。」掌櫃居然先飲三杯，徐徐接口：「再說，主角登臺前，必有龍套暖場。」

「掌櫃說的可是宋江身邊的哼哈二將？」黑面漢子笑問：「神行太保戴宗，黑旋風李逵？」

左拳一揮，撂倒三名大漢；右腿一踢，桌面桌腳分家。

第五章

黑旋風李逵

1. 十兩銀子

喀登喀登上樓時，心急氣盛的李逵不明白義兄戴宗為何招他來酒館，還要他拜見什麼「貴人」。說到「貴」字（奶奶的！小張乙賭房的利錢忒貴，怡紅院娘兒的過夜費也不便宜。）誰能比俺大哥戴宗更尊貴？堂堂江州府押牢節級[9]，深諳道術奇門：出行時，將兩隻甲馬拴在腿上，作起神行大法，一日能走五百里；倘若拴四隻甲馬，能日行八百里。正所謂「神行太保」是也。那些刺配發監的囚犯，見其人如見虎。

抬頭一看，義兄竟恭恭敬敬坐在一名黑面漢子身邊，而那漢子一身尋常穿著。戴宗朝李逵招招手，對身邊人說：「這位是小弟手下一名心腹兄弟，力大無窮，但脾氣暴躁，使兩把大板斧，人稱黑旋風李逵，家鄉的人喚他李鐵牛。因在故鄉打死人，流落至江州，跟著小弟混碗飯吃。」那漢子微笑頷首。李逵卻粗聲道：「大哥，這黑猴子是誰？」戴宗滿臉尷尬地訓斥義弟：「休得粗魯！你比他更像黑猩猩。」隨即向那漢子抱拳賠不是：「你看我這兄弟，唉！真是有眼不識泰山，還虧你朝思暮想嚷嚷著要去投奔人家！」

9 節級：本指官階職位的次第等級。至唐、宋為軍吏之稱。

李逵說道：「咦？莫不是山東及時雨黑宋江。」

戴宗氣得跳腳，喝道：「又說『黑』，而且直喚公明名諱，豈非失禮？還不下拜？」

李逵搔搔頭，面露狐疑說道：「若真是宋公明，自當下拜；若是他人，拜他奶奶的雞槌鳥蛋。節級哥哥，不要再開玩笑了。」

戴宗正要發作，那黑漢伸手阻止，指指自己的鼻子，笑著說：「你覺得我不夠黑嗎？」

李逵拍手叫道：「我那爺！不早說，害俺瞎猜胡搞了半天。」說完翻身便拜。宋江趕忙將他扶起，說道：「壯士請坐，一同飲酒。」李逵也一拍腿，大聲說：「撤下小盞換大碗，今天不醉不歸。」

席間，宋江拍撫李逵的肩膀，問道：「剛才見你怒氣沖沖，發生何事？」

李逵眨巴著銅鈴眼，說道：「我有一錠大銀，在當鋪押了十兩碎銀用。適才打算問店主借十兩銀去贖那大銀，說好了贖回以後馬上還他。可那鳥人就是不肯，惹得我火冒三丈。」宋江隨手從身上取出十兩銀子交給李逵，還問：「這樣夠嗎？」戴宗正要阻攔，李逵已伸手接走，一閃身就下樓不見。「兩位大哥慢用，小弟去去就來。」餘音像裊裊輕煙，迴盪在酒肆間。

戴宗搖搖頭，面有愧色說道：「公明怕是被他誆了。這廝哪有什麼大銀，他向來貪杯好色又愛賭，雖然個性耿直，抱打不平，但見他慌忙落跑的猴急樣，肯定是去賭了。」

宋江笑道：「無妨無妨！區區碎銀，何足掛齒？由他去吧！我看他倒是個忠直漢子，曉之以義，日後必有大用。這麼著，咱們酒足飯飽，何妨到街上逛逛，江邊走走？」

「正是！小弟也想一盡地主之誼。」

2. 霸氣凌人

左拳一揮，撂倒三名大漢；右腿一踢，桌面桌腳分家。像隻咆哮山林的黑熊，李逵伸手把賭桌上的銀兩全都搶了過來，用布衫一兜，轉身就走。

眼眶烏青的小張乙搗著哭喪的臉，說：「李大哥，你平時賭性最直，今天怎麼撒潑耍賴？」李逵漲紅了臉，不停眨眼地說：「怎麼樣？以前直今天不直，不行嗎？」

原來，李逵一心想要贏錢回來，做東請宋大哥一回。無奈時運不濟，連續幾把爛牌，十兩銀子輸得一乾二淨。傻了眼，情急無措之際，硬要小張乙吐還銀子，對方哪裡願意？只吐了一口痰，說道：「願賭服輸，俗話說：『賭桌無父子。』自己明明輸了，怎能不算？」結果換來當面一拳。

十餘名賭客圍攏上來，捋袖掄拳罵道：「這算什麼？你要搶就搶小張乙賭房，幹嘛搶我們的賭本？」只見李逵左擋右踹，指東打西，橫掃南北，轉眼間就將滿屋子人打趴在地，哭爹喊娘。這算什麼？十來個人算什麼？他們不知道（李逵竟也不知道），幾個月後，這隻黑猩猩一夜之間殺死四頭老虎。

一腳踢開大門，就這樣大搖大擺走出賭房。眾人尾隨而出，遠遠跟在後面嘟囔叫罵，沒有一個人敢上前。忽然，一個巴掌拍在他背上，有人斥道：「你什麼時候改行當搶匪了？」李逵正要問候對方姑婆祖奶奶，轉頭一看，竟是戴宗，旁邊站著宋江。

奶奶的！丟臉丟到婆羅洲去了。李逵滿臉惶恐，聲音荏弱如游絲：「哥哥……恕罪，鐵牛生平從不強取豪奪，只是輸掉宋大哥的銀子，沒錢還他，所以，所以……」

宋江又是一笑，吩咐李逵把搶來的銀兩全部歸還。小張乙收回其他賭客的銀子，唯獨那「十兩銀子」堅持不收，免生後怨。宋江說：「不要怕！拿回去吧！就當作你的夥計，那些討頭的、拾錢的和那把門的醫藥費。」然後，和戴宗、李逵同往江邊的琵琶亭酒館飲酒。

3. 浪裡白條

潯陽江頭夜送客，楓葉荻花秋瑟瑟。主人下馬客在船，舉酒欲飲無管弦……

千古絕唱〈琵琶行〉，江州司馬的風流餘韻。臨江而建、古色古香的琵琶亭酒館，傳說正是紀念白樂天的古蹟。

兩盞江州名酒玉壺春入喉，菜蔬果品肉類海鮮下腹，三人酒興盎然，宋江卻是意猶未盡，想喝碗辣魚湯。只是，酒保送來的魚湯是隔夜醃魚熬煮的，宋江不解地問：「此地為魚米之鄉，怎麼不用鮮魚來煮？」酒保答道：「今日的鮮魚都還在船艙內，魚牙主人還沒來，誰也不敢賣魚。」李逵大聲地說：「是這樣嗎？俺鐵牛去岸邊買兩尾活魚來孝敬大哥。」

戴宗趕忙說：「你休去！只央酒保去買就好了。」語未歇，李逵又是旋風一陣，消失不見。戴宗搖頭笑道：「這莽漢！此去怕是又要惹禍。」宋江說：「我倒敬他真實不假。莫煩憂，咱們繼續喝。」

果不其然，不消半個時辰，江邊碼頭就爆發一場混戰。

原來，行有行規：漁船到岸，須有碼頭上的魚牙主人在場，燒過紙錢，才能開艙賣魚。李逵快步來到江邊，只見八九十隻漁船一字排開，停靠在綠楊樹下。漁民們有的在船上織網，有的在水裡洗澡，有的枕著槳睡覺。李逵上來，嚷嚷著要買魚，卻沒人理他；搞不清楚原由，又連吃閉門羹，怒由心生，跳上漁船，想親手抓魚，又不懂船艙設備，東掀西翻，拔掉了攔魚的竹笆篾，一船活魚都被他放走了。他不死心，又跳到另一艘船，要拔竹篾。

這還得了？七八十個漁民提了竹篙衝上船喊打，卻見李逵兩手一架、一捲、一拉，五六根竹篙竟似扭蔥都給扭斷了。漁人大驚失色，解了纜繩，把船撐開，作鳥獸散。李逵仍不肯罷手，拿著截折的竹子，上岸來趕打行販。只見整個碼頭狼竄豕奔，兵荒馬亂。

混亂中，有一人正從小路上走來。眾人見救星來到，大叫：「主人來了，這黑大漢在此搶魚，把咱們的漁船都給驅散了。」那人怒道：「何人如此大膽，敢在我的地頭上鬧事？」

「你爺爺黑旋風李逵是也！」一腳踹人下水，一拳打翻菜攤，轉頭一看：那人六尺多身材，三十出頭年紀，三綹掩口黑髯；頭裹青紗萬字巾，身穿白布衫，腰繫一條絹搭膊，手裡提條行秤，足下是一對青白㲲腳多耳麻鞋。李逵愣了愣，直覺此人頗有氣派，但還是粗口罵道：「你奶奶的又是什麼雜魚鳥人？跑來送死！」掄起竹篙便朝那人劈打。那白衫漢子也非池中物，將行秤交與旁人，身子一轉，手一伸，奪下竹篙，但頭髮被李逵抓住，只好順勢用頭撞對方——不撞還好，這一衝撞，宛如撞上銅牆鐵壁，眼冒金星。且被李逵按住頭，掙脫不得；李逵則是掄起鐵拳，擂鼓般朝那人背脊猛打。

打得過癮時，忽然有人在背後攔腰一抱，說道：「使不得！打死人怎麼辦？」不用回頭也知道是兩位大哥，只好鬆手。那人乘機掙脫身子，一溜煙走了。

戴宗也拉著李逵離開，一邊埋怨道：「說是買魚，又跟人打架，你真是！不怕鬧出人命？」李逵挺起胸脯說道：「好漢做事好漢當！打死人我自會去投官，絕不連累大哥。」宋江則在一旁勸說：「以賢弟資質，足堪大用，何必折煞在小事細故……」

這時，江面傳來叫罵聲：「黑殺才，有膽和你爺再拚個勝負。」

轉頭一看，呵！原來是那個落跑的魚牙主人，脫得赤條條，露出一身雪白肌肉，獨自撐一艘船趕過來。李逵不甘示弱回罵：「狗奴才！有種你就上岸來。」那人不肯上岸，只用長竹篙撇李逵的腿，繼續叫陣：「有種你就上船來。」

請神不易，激將何難？李逵托地跳到船，那人將竹篙朝岸邊一點，雙腳一躍，漁船便箭也似地駛向江心。李逵雖略諳水性，但總不及水上人家；何況力從地起，如今雙足不穩，熊軀搖晃，如何使出真功夫？就在倉惶之際，那人一腳將船晃翻，船底朝天，噗通一聲，英雄落水，兩個身影在江裡翻滾浮沉。

宋江和戴宗趕到岸邊，船已翻覆。江岸邊擁上三五百人，在綠楊樹下觀看，齊聲吆喝叫好：「哈！那黑大漢即便逃得了性命，也少不了喝一肚子水。」兩人在清波碧浪中搏鬥，一個顯渾身黑肉，一個露遍體雪膚，哪堪神魔交戰，活像妖精打架。打成一團，絞做一塊。幾個回合下來，李逵明顯落居下風：被那人揪住頭髮，提起來，按下去，上下左右淹了十幾次，嗆得他兩眼發白。戴宗見苗頭不對，問旁邊之人：「那白大漢是何人也？」「咱的魚牙主人，名喚張順。」宋江緊接著問：「可是綽號浪裡白條，水裡工夫極為了得的張順？」

「正是正是！」宋江對戴宗說：「趕快制止他們，說張順胞兄有封信留在我這裡。」
戴宗對江面大喊：「張二哥請住手，饒了我這兄弟。令兄有封家書在宋公明手裡，請上岸一敘。」
張順聞言，便放開李逵，游向岸邊，爬上碼頭，對戴宗唱個喏，說道：「得罪了。」
戴宗見李逵猶在水中浮沉掙扎，彷彿氣空力盡，趕忙說：「足下可否看我薄面，救我兄弟上來，我再為你引見一位朋友。」
張順二話不說，翻身又跳進水中，托住李逵一隻手，兩條腿踏著水浪，踩水而行，水只到他臍下，穩穩地回到岸邊。岸上圍觀的群眾一陣鼓掌叫好。
換裝入座，四個人在琵琶亭上房擺下英雄宴。戴宗說道：「真是不打不相識。來！以後大家就是至交兄弟，先乾了這一杯。」一向不服輸的李逵說：「你淹得我好慘。」張順回一句：「你打得我夠狠。」李逵又說：「以後休在路上衝撞我。」張順且回：「我便在水裡等你。」四人相視大笑。
戴宗又介紹張順和宋江認識。張順一聽及時雨大名，納頭便拜，宋江連忙回禮道：「有緣千里來相會。前日途經潯陽江，有幸結識令兄張橫，他特別修書一封，託小弟帶給足下，現在營內，不才回去後，立刻為您送來。」言談間，張順得知宋江想喝辣魚湯，拍拍胸脯說道：「那不容易？包在我身上。」李逵插嘴道：「我和你去討。」戴宗一筷子敲在李逵頭上，說：「又來了！你吃水還吃得不夠多嗎？」張順笑將起來，拉著李逵的手說：「來，我們一起去吧！」

半個對時後，兩人帶回四條特大號的金色鯉魚。宋江謝道：「何須許多？相賜一尾讓我解饞便夠了。」張順答道：「些小微物，何足掛齒？一時間吃不完，兄長可帶回營內，另行料理。」就這樣，一條做湯，一條清蒸，並吩咐酒保切鱠；另二條由宋江帶回。宋江再喚酒保重整杯盤，備餚饌，歡宴再開。

4. 一日三罵

酒興正濃，四人各敘胸中事。當話題轉到嘯聚稱王的梁山泊，眾人神色一凜，戴宗正色說道：「聽聞諸多落難英雄聚義在此，一心替天行道，倒是個去處。」宋江沉吟道：「可那占山為王，終非正途。」李逵則說：「聽說八十萬禁軍教頭也在梁山，俺的大板斧早就想單挑他的鎗棒。」戴宗說道：「別一開口就是打打殺殺。大哥，張兄，日前小可的好友吳學究吳用傳出一則消息：林沖手刃王倫，七星聚義梁山，如今是由托塔天王晁蓋坐第一把交椅，正廣開大門，招募英雄，二龍山的魯智深等人也準備前往投靠。小可雖在官府當差，也不免心動。」宋江、張順互看一眼，陷入沉思。面有異色的宋江暗自嘆息：「這事我豈能不知？梁山……唉！又是梁山。」李逵又想表示意見，忽聞一陣錚錚鏦鏦的弦音，一位年方二八的女子來到跟前，深深道了四個萬福，輕攏慢撚，幽幽撫琴，開嗓便唱。李逵正要大發議論，被這姑娘一攪和，斷了話頭，氣得跳起身來，用中指在那姑娘額上一點——意思是要她閉嘴。不料那嬌嬌女子驚叫一聲，驀然倒地，桃腮似土，檀口無言。一旁的酒店主人見狀，趕忙率酒保過賣[10]而來，又是噴水，又是揉按，只要救得醒，千好萬好。

宋江等人也圍攏上來，戴宗忍不住訓斥義弟，正是一日漫漫連三罵：「瞧你！憐香惜玉無情緒，煮鶴焚琴惹是非。又闖禍了你！」

女子的爹娘也衝上樓，看見「凶指」黑旋風李逵，驚呆半晌，哪敢多言？所幸，那女子已睜眼甦醒，娘母拿出手帕，幫女兒包住頭傷，收拾釵鐶，兩行豆大的淚珠撲簌簌落下……

宋江問道：「請問貴姓？哪處人家？」

老婦人答道：「老身夫妻兩口兒姓宋，京城人士，小女小字玉蓮。他爹自教得她幾個曲兒，胡亂來這琵琶亭上賣唱維生。小女不懂事，不看場面就開口，對不住客人！」

宋江見婦人說話得體，便說：「你我也有同宗之誼。這樣吧！你找人跟我回營取二十

10 過賣：宋代指店鋪裡的夥計。也稱「顧賣」。

兩銀，不要再賣唱了，幫她找個好婆家。」老夫婦兩人拜謝道：「深感官人救濟。」

戴宗用手肘頂觸李逵，埋怨道：「你的『一陽指』，價值二十銀。還好對方識大體，惹上官司看你怎麼辦？」李逵也壓低聲音回嘴：「誰知那姑娘恁地嬌嫩，一碰就倒，你就在我臉上打一百拳也無妨。」「誰像你這般皮厚？萬一我和公明大哥不在身邊，誰來搭救你？」

「放心！」李逵的「一陽指」指向自己的鼻子。「有朝一日兄長落難，就輪到俺黑旋風挺身來救……」

5. 情義相挺

李逵沒有說錯。

一個月後，江州法場上，一尊鐵塔似的黑大漢手持板斧，大吼一聲，從二樓茶坊淩空躍下，衝散人群，手起斧落，先將兩名劊子手砍倒，再惡狠狠殺向知府蔡九，連珠炮似地罵道：「你這天殺狗養雞槌鳥蛋臭婊子，吃了熊心豹膽狗狼心驢肝肺，竟敢斬我大哥——」

卷中語六

「李逵果真救了宋江？」商賈漢子問道。

「哈！先生是在裝傻嗎？」黃袍老者仰天大笑：「江州法場一案，弄得驚天動地，誰人不知？先生不正是從南方做完了『生意』北返，會不知道此事？」

「咳咳！」朱掌櫃趕忙接過話題：「不說江州，現今大江南北、京師境外皆在流傳宋江事跡。有人談論宋江遇武松的段子，有人議論宋江殺閻婆惜的是非，有人探討公明權衡進退之猶疑反覆；也有江湖人士將宋江的連番劫數渲染為天神降凡，經歷傷痛哀悲、生死離別的考驗……。」話語頓停，黝臉上的三角眼斜睨眾人：「諸位看官又是如何看待公明？今兒個齊聚一堂，也是為遠在千里的宋江而來？」

「朱掌櫃說得活靈活現，宛如公明舊識。」黃袍老者笑對掌櫃，全身蓄勁待發，卻是將注意力放在黑面漢子身上。「想那黑宋江曾途經梁山，造訪貴店？」

「小人豈有這般福分？」朱掌櫃回了個風馬牛：「多少英雄為他出生入死，一無怨尤。小人也望有朝一日，能效犬馬……」

「宋公明究竟發生何事？人在何處？」行者霍然起身，彷彿那板凳坐成了針氈。

「看樣子，在座各位皆有一本宋江經。」沉默許多的黑面漢子忽然開口：「誰來主講？如何分說？」

「從頭說起。想那宋押司在鄆城……」商賈漢子說道。

「不！俺只想聽結局。誰能告訴俺公明安危，是否無恙？」行者立刻搖頭否決。

「應從精彩處或轉捩點說起。」中年文士又在搖羽扇，撚髯鬚。「正所謂一波三折，高潮迭起，禍福相倚，柳暗花明。」

「老朽倒覺得，應從『詩號』說起。」黃袍老者說道。

「詩號？」

退至一旁的朱掌櫃眼巴巴瞪著黃袍老者和黑面漢子，濃眉深鎖，目露惑色。

「敢問其詳？」黑面漢子直視黃袍老者，對周遭異樣氛圍，似無所覺。

「君不見奇人高士、大羅神仙登場，先吟詩以自譬，或留詩以明志。『大風起兮雲飛揚』乃劉邦之志，『力拔山兮氣蓋世，時不利兮騅不逝』誠項羽之嘆，『我本楚狂人，狂歌笑孔丘』為太白之風；至於那長袖善舞、玲瓏八面的黑宋江……」

心在山東身在吳，飄蓬江海謾嗟吁。
他時若遂凌雲志，敢笑黃巢不丈夫。

第六章

大宋王朝的江山

1. 詩詞留證

自幼曾攻經史，長成亦有權謀。
恰如猛虎臥荒丘，潛伏爪牙忍受。
不幸刺文雙頰，哪堪配在江州。
他年若得報冤仇，血染潯陽江口。

一盤烤羊、一碟嫩雞、一盆釀鵝、兩斤精肉，搭配一樽藍橋風月美酒，一闋龍飛鳳舞詞作〈西江月〉。

把酒臨風，倚欄暢飲；思前想後，平添悵惘：想我生在山東，長在鄆城，舉吏出身，交遊滿天下。雖浪得虛名，但三十已過，功未成，名不就，反被文了雙頰刺配至此，前途不著，後路難測。家中父兄不知何時能再相見？

酒意上湧，詩興遄飛，向酒保借來筆墨，仿前賢賦詩留字，也在雪牆上大作文章，紓憂解懷，並尋思道：「倘若他日顯貴，再經此坊，舊地重遊，可有『巴山夜雨』之趣？」

薄暮漸凝，橘紅蛻為深紫。秋末冬初的潯陽江頭忽來一陣輕霧，一種幽冥詭譎的氛圍。

順著胸臆間的異樣感，宋江大筆揮就，在那〈西江月〉後接續四句詩：

心在山東身在吳，飄蓬江海謾嗟吁。
他時若遂凌雲志，敢笑黃巢不丈夫。

寫罷，署上自己的大名：鄆城宋江作。

2. 前塵舊夢

渾渾噩噩間，寤寐半醒，宿醉不退，只覺倏忽彈指，歷歷過往竟同時呈現：親信背叛、妻子出牆、投奔柴進、邂逅武松、義助晁蓋、結交戴宗李逵……

幡然轉醒，宋江只覺顫抖的身軀盜出一片冷汗。此夢何解？是大難之兆？異變之徵？胸臆之痛又隱隱發作，壓抑不住的銘心往事哪，一連串流離顛沛的第一項變數。

3. 宋江殺惜

原來，宋江任押司期間，娶了一位小妾，姓閻，名婆惜。那閻婆惜為京城人士，隨父母來山東投親，親戚沒找著，流落到鄆城，父親又染病死了。宋江見母女倆無依無靠，幫忙葬父，又接濟兩女生活。閻婆見宋江出手大方，為人豪爽，又無妻室，就串通媒婆千方百計撮合這門親事。為此，宋江特地買樓置產，安頓這對母女，自己則因公務繁忙，隔三差五才去婆惜那兒一次。

只是，這閻婆惜正當妙齡，又好男女之事，對宋江沒什麼感情，經常和東莊男西家漢眉來眼去。一天，宋江帶同僚張文遠去婆惜那兒喝酒，喝出一齣地火撩動天雷，郎情妾意的勾當。那張文遠生得俊俏風流，吹拉彈唱，哄撫調弄無一不精。平日就喜流連三瓦兩舍，飄蓬浮蕩；如今美女投懷，豈可推卸？兩人一拍即合後，張文遠便常藉宋押司名義到婆惜處「走動」。兩人姦情傳遍大街小巷，宋江豈會不知？一則顧及顏面，再想那閻婆惜本非明媒正娶，當初純粹出於照顧之心，她若感情有了著落，只要不過分張揚，倒不妨睜隻眼閉隻眼，得過——身子一轉，耳一閉，氣一吞——也就過去了。

宋江「臨幸」婆惜的次數漸漸少了，久而久之，連吃頓飯喝盞茶問暖噓寒的工夫也都省了。

此舉正中婆惜下懷，正好日日與那小狼犬蜜情郎廝混。閻老娘卻是不樂意，俗話說：「小娘愛俏，老娘愛鈔。」張文遠中看能幹卻沒錢用。閻老娘暗忖：「情郎風流，只妳一人受用；老身我的養老送終怎麼辦？」她不斷去找宋江，希望小倆口言歸於好。只是，恩未斷，情已絕；「落花有意，流水無情」的道理，宋公明焉能不察？只能閃躲推辭，避開閻老娘的擺弄。

那天——他一生命運的轉捩點，老友劉唐急急捎來驚動江湖的消息：梁山風雲變，天王坐交椅，劉唐帶來晁蓋的感謝信和 一百兩黃金，再三拜謝宋江。「大宋江山何屬？非托塔天王和公明不能受。」酒館裡，劉唐發出驚人之語：「梁山一出，雲從龍、風從虎，天下英雄爭相歸附，正是滅奸除惡、拯生民於倒懸的大好時機。」宋江一時語塞，心想：宋某固然痛恨汙吏貪官，但聚眾造反，對抗朝廷，這……劉唐見宋江遲疑，趕忙轉了話題：「那日若非公明私放，豈有今天梁山好漢？晁頭領再三拜謝大恩人，信和金子請務必收下。」宋江則說：「信我收下，厚禮就心領了。爾等初到山寨，正要金銀使用，宋某也頗有些家私，足堪自用，他日若有急需，自當上梁山討取。」兩人一陣推拒，宋江只好禮貌性地收下一條黃金，免得劉唐交不了差。

送走劉唐，正要返回住處時，忽聽得後面有人叫他，轉頭一看，哎呀！竟是攔路閻王，哦不，是閻老娘。是禍躲不過，只好硬著頭皮打招呼。那閻婆踏破鐵鞋無覓處，哪裡肯放過他？死請活纏硬將宋江拉往女兒住處，直嚷嚷：「小女日夜盼望押司，望穿秋水，思久生怨，有什麼使性處，請押司哄哄她就好。近來有些風風雨雨，那是外人眼紅心妒，造謠生事，放屁辣臊，押司都不要聽……」拗不過閻婆，宋江半推半就地來到此生第一個災禍現場——琵琶別抱的床頭。

到了閻家，見著「望穿秋水」——巴望著小張三、冷目以對的閻婆惜，宋江悶著一肚子氣，不發一語坐在床邊。老娘熱心張羅，一桶盤山珍海味托來樓上，擺滿金漆桌子；小娘子則是冷言冷語，說什麼「我是陪酒賣笑的嗎？不把盞敬酒便怎地？難不成飛劍來取了我頭？」滿桌的嫩雞肥鮓、溫釀熱湯折騰成涼餚殘酒，而酒難入腹，食不下咽。

二更天，閻老娘開始勸睡：「夜深了，我叫押司倆口兒早睡。」邊下樓邊吩咐：「今夜多歡，明日晚起無妨。女兒啊！好生伺候押司。」

伺候這黑面老鬼？閻婆惜滿懷委曲，和衣上床，倚了繡枕，扭過身，面壁而睡。宋江坐在椅子上逡視四周：一頂紅羅幔帳，側首立座衣架，搭著手巾；金漆桌上放一個錫燈臺，邊廂兩個板凳。正面壁上掛一幅仕女圖，對床排著四把一字交椅。

床。三面稜花大床，兩邊是雕紋欄杆。曾是滿頭珠翠，遍體綾羅，魚水歡愛之地。床！三人身影雙人床。

唉！宋江重嘆一口氣，兀自寬衣解帶，脫去絲鞋淨襪，上床去那婆娘的腳後躺下。女人依舊不搭不理，不時用鼻孔哼氣。自古道：「歡娛嫌夜短，寂寞恨更長。」眼望燈影幢幢，耳聽梆鑼鳴響，三更交四更，四更捱五更。酒醒，心冷，情絕，夢斷，宋江起身，穿衣離開，忍不住罵道：「妳這賊賤人好生無禮！」婆惜也不曾入睡，立刻扭過身回罵：「你才是短命鬼老不羞！折煞奴家伺候你？去死吧！」

出得門來，只覺頭暈目眩，遇上前來趕早市，賣湯藥的王老頭，要了一碗「醒酒二陳湯」喝。喝完時猛想起，曾答應要送給王老頭一具壽材，遲未兌現，正好將劉唐的那條金子轉贈給他。順手摸了摸腰間的公文袋，哎呀！怎麼不見了？不妙！肯定是剛才匆忙離開，將隨身不離的公文袋、解衣刀遺忘在閻婆惜的床邊。金條事小，那晁蓋的信不是鬧著玩的，而那婆娘平時愛看唱本，倒也認得幾個字。萬一信落在她手中……

三步併兩步，回到房內，卻見床頭欄杆上空無一物。宋江的內心如十五個吊桶，七上八下，還是得忍氣吞聲，輕輕搖動閉目假寐的婆娘，說道：「看在過去一場情分，把公文袋還我吧！」對方不應，只好低聲下氣地說：「醒醒！娘子，聽我一言。」

「老娘一夜伺候王八，睏得很，正睡哩！」閻婆惜一翻身，滿臉不悅叫道：「死黑三！你幹啥？」

「將公文袋還我吧，每日辦公可少不了它。」

婆惜起先裝糊塗，後來眼見賴不過，柳眉踢豎、杏眼圓睜說道：「老娘拿是拿了，就是不還你，怎麼樣？你叫官府的人把我當賊抓了吧！」心想：我只道「吊桶落在井裡」，沒想到井也會落在吊桶裡，我和張三雙宿雙飛，單單多了你這個黑面宋，看老娘怎麼消遣你？一面提高音量：「老娘再怎麼賊性，最多偷人，也不比某人私通劫賊盜匪。」

宋江趨前低聲說道：「好姐姐！不要叫！驚動了街坊鄰舍。要怎麼樣妳才肯還給我？」

婆惜提出三個條件，第一件：將典身文書還她，任憑改嫁，絕不過問。

宋江立刻點頭同意：「這件依得。」

「第二件，老娘頭上珠翠，身上綾羅，屋裡的家具擺設都是你買的，也立字據一張，都歸我有，日後不許來討。」

宋江不假思索回答：「這也容易。第三件呢？」

閻婆惜見宋江如此痛快，認定他作賊心虛，獅口一張，說道：「簡單！將梁山泊晁蓋送你的一百兩黃金交出來，我便饒你這場天字第一號官司。」

宋江面露難色地說：「一百兩金子我沒有收，如何給妳？這樣吧！他日若有機會取得，再交給妳，可以嗎？」

「騙鬼呀你！常言道：『公人見錢，如蚊子見血。』到手的銀兩不要？你相信哪隻貓兒不偷腥？」

「妳知道我是老實人，以前可曾虧待妳母女倆？」宋江苦著臉辯說：「妳若不信，給我三天時間，我變賣家產，湊足一百兩給妳，好不好？」

婆惜卻是冷笑以對：「你當我是三歲小孩？『棺材出了討挽歌郎的錢』。老娘是一手交錢，一手交貨；不拿出金子，休想老娘將信還你。」

宋江急了，指天為誓：「我發誓，真的沒拿那一百兩金子。只是禮貌性收下一條，已在妳手上。」

婆惜毫不退讓，語帶威脅：「是嗎？明日到了公堂上，你敢說沒收下金子？」

「公堂」二字像緊箍咒般觸動宋江最敏感的神經。宋江漲紅了臉，瞪大眼睛說：「妳還是不還？」

婆惜也抱緊被子，搖頭大吼：「不還！一百一千一萬個不還！你要袋子，去衙門裡討。」

宋江動手去掀棉被，一陣扯拉後，公文袋和解衣刀從被裡掉出。宋江一把搶回袋子，又將刀拿在手中。婆惜見狀大喊：「殺人哪！宋江要殺人——」早已怒氣攻頂的宋江再也壓不住爆發的火山，左手按住那婆娘，右手刀尖狠狠刺下，鮮血飛濺，那婦人猶在掌下掙扎嘶吼。宋江再補上切頸一刀，喀啦一聲，閻婆惜的頭顱伶伶仃仃落在枕頭旁，臉朝天，扭曲的五官擠成一團，兀自顫動，像罵街，也似詛咒……

4. 亡命天涯

宋家地窖裡的幽暗情境讓他沉濺反思：我怎麼失手殺人了呢？是我一時衝動？命中注定？時窮年荒，官逼民反事件時有所聞。可俺仕途平順，頗得人緣，怎麼也步上逃亡路？

宋江殺惜，閻老娘告上衙門，倉促間追緝四起，不及遠走，只好暫避當時大戶人家必備的設施——偷偷挖構的避難地窖。話說大宋期間，「為官容易，使吏最難」。何故？因為讒佞專橫，奸臣當道，非親不用，非財不取；至於押司這般小吏一旦犯罪，輕則刺配充軍，重則斷送生命，抄家滅族。只要不是身居高官要職，幾乎都得替自己留下這條退路。

為免禍及父老，先請宋太公告他忤逆不孝，逐出家門。等到風頭暫緩，再趁夜逃出宋家莊，投奔號稱當世小孟嘗的柴進。

「昨夜燈花，今早鵲噪，不想卻是貴兄降臨。」莊門大開，柴進見了宋江，拜在地下稱道：「端的想煞柴進，天幸今日什風吹得到此，大慰平生渴仰之念。」

柴進的熱情款待，讓宋江體會到江湖弟兄的豪情。

「大漢，你認得宋押司不？」莊內，柴進調解宋江和某大漢的誤會：宋江酒醉，腳步不穩，不小心踩到火鍬柄上，炭火飛濺，灑到那大漢臉上，險些引發一場拳腳肉搏戰。

那大漢說道：「雖不曾見面，久聞他是天下聞名的好漢。」

「你想見他嗎？」

「當然！只待行得方便，千里迢迢便也去投奔他。」

「兄弟，英雄來會，何須千里？遠在天邊，近在眼前……」

大漢驚呼：「此人便是宋公明？」

宋江抱拳，微笑說道：「小可就是宋江。」

又是撲地一拜，慷慨陳詞：「有眼不識泰山，萬望恕罪。如蒙不棄，我武二願拜公明為義兄。」

結識武松，讓宋江對自己的「大名」驚訝之餘，萌生一腔子錯綜難辨的情懷：介於江湖義氣、天道正理的朦朧自覺。

那時他還未想到上梁山，只覺得對悠悠世道、鴻濛人間有分使命感。

思鄉情切的武松與宋江暫別，獨自去完成他的「打虎－殺嫂－鴛鴦樓」三部曲。

宋江也接受小李廣花榮的邀約，離開柴家莊，轉往清風寨作客。

清風寨附近有座清風山，山勢險峻，林木稠密，宋江一路觀賞美景，錯過宿頭，天黑時仍深陷密林中，進退不得。正在著急時，不小心踩到一條絆腳索，樹林裡銅鈴響動，殺出一群嘍囉，將他抓上山，綁在將軍柱上，等候大王下令處決。

山上有三位頭領：老大錦毛虎燕順，身披一領棗紅紵絲衲襖，頭上綰著鵝梨角兒，一出來便坐在廳堂中央的虎皮交椅上。老二矮腳虎王英，五短身材，一雙銳利三角眼，令人不寒而慄。老三白面郎君鄭天壽，生得細皮嫩肉，留得三牙掩口髭鬚，身軀瘦長，一副風流俊俏模樣。

三位頭領一出場，開口便是：「孩兒們，快動手取下這牛子心肝，煮一鍋醒酒酸辣湯來給俺漱口。」

小嘍囉們提水的提水，拿刀的拿刀，負責料理的趕忙準備鍋鼎作料。其中一名舀了一瓢冷水直澆宋江心窩，何故？原來人心浸裹在熱血裡，先用冷水潑散熱氣，挖出的心肝才會清脆爽口——這一招是矮腳虎多年來的實驗心得，他還打算寫本「人肉十八吃」，高價賣給各地的山大王。

一瓢水潑到宋江臉上——這又是哪種吃法？人腦豆花嗎？宋江嘆聲道：「唉！可惜我黑面宋竟淪落為盤中飧。」燕順聞言，起身而道：「黑面宋？哪裡的黑面宋？」宋江答道：「濟州鄆城縣的黑三郎宋江。」燕順快步向前，嚷道：「及時雨宋江？殺了閻婆惜而流落江湖的宋公明？」順手奪過嘍囉的尖刀，割斷繩索，把棗紅衲襖脫下裹在宋江身上，再抱起宋江，放在虎皮交椅上，叫兩位兄弟下來，三人納頭便拜：「好險！小弟讓尖刀剜了自己的眼，竟不識大名鼎鼎的宋公明，險些錯殺天下真主。」宋江答禮道：「黑三郎何德何能？教頭領如此掛心錯愛？」驚魂未定，「掛」字不小心讀成「剮」。燕順再叩首，抱拳說道：「仁兄禮賢下士，結納豪傑，名聞寰海，誰不欽敬？近來梁山泊人才濟濟，六畜興旺，傳言皆出自公明之賜，各路英雄正待公明登高一呼，齊上梁山，共襄盛舉。我等有幸拜會公明，該是天意如此。」

想不到「宋江」這塊招牌挺管用的。死劫雖免，豬馬羊可就災禍難逃了。小嘍囉們霍霍磨刀，呼呼起灶；清風山連夜筵席，每日好酒好食款待。三位頭領不斷詢問晁蓋、武松等人事跡，跌腳扼腕，恨不相識。

吃香喝辣的宋江則有些食不知味：「天意」為何？此生該當如何？

某日，矮腳虎王英從山下擄來一名婦女，想留作壓寨夫人。宋江對這種擄掠婦女的行為不以為然，又聽說那女子是清風寨知寨的夫人，以為是花榮之妻，頗為著急。後來知道知寨共有兩位，文的是劉高，武的是花榮，此女為劉高之妻。儘管如此，劉高也是好友同僚，同僚之妻有難，焉能不救？於是費盡唇舌勸色心大動的矮腳虎放人，並保證日後幫他找位更正點的女子，燕順和鄭天壽也在一旁曉以大義，總算教矮腳虎鼓著腮撇著嘴涎著臉放人。「呼！好險！若強娶那劉知寨恭人[11]，我有何面目見花榮？」宋江尋思道：「圓滿收

[11] 恭人：古代官吏妻、母的封號。宋制，封中散大夫以上官吏之妻、母；元制，封六品官以上之妻、母；明、清封四品官以上之妻、母。宋元時，廣義上也用作對官吏之妻的尊稱。

場，也算功德一件。」

真是「功德」嗎？

5. 再陷囹圄

天下無不散的筵席。隆情厚意，終有告別的時候。

燕順三兄弟一心留宋江長住，或追隨他上梁山，但皆非宋江當下之願：上清風寨會花榮。金銀為贈，餚饌沿道，這齣依依不捨的餞行迤邐到山下二十餘里。「望自珍重，再得相見。」相見在何處呢？

久候的花榮見到宋江，喜出望外，大擺宴席洗塵。酒席上，宋江說起救劉高妻子的事，花榮聽了，反而皺起眉頭說：「兄長，沒來由救那婦人做什？那劉高窮酸餓醋，貪汙賄賂，殘害良民，我一直想找他算帳；他老婆更是刁潑頑劣，常唆使劉高為非作歹。兄長恐怕救錯人了。」

宋江勸花榮以和為貴，既為同僚，自當隱惡揚善，彼此照應。花榮搖頭嘆道：「兄長不了解這倆口子……」

臘盡春回，轉眼間元宵節至。家家門前紮起燈棚，賽懸燈火。土地大王廟前更是用燈籠紮縛起一座小鰲山，上面結綵懸花，張掛五七百盞花燈。正所謂「月上柳梢頭，人約黃昏後」，身邊雖無麗人，只有幾名花家親隨，宋江仍喜孜孜東張西望看熱鬧。不料，劉高夫婦也在酒樓上看燈，那婦人遠遠認出宋江，指著他說道：「那黑矮矬子就是在清風山擄走我的賊頭。」劉高立刻命人捉拿要犯，五花大綁，押回廳上嚴刑逼供。救人反成擄人，宋江哪裡肯招？一連數頓，打得宋江皮開肉綻，鮮血迸流，被麻索吊在梁上，用鐵鎖關在耳房裡。

花榮得到消息，連忙修書一封，說宋江是他親戚，「誤犯尊威，萬乞情恕放免。」劉高不領情，將信撕碎，大罵花榮勾結強盜，要一併治罪。這還得了？文場不行，就來武鬥吧。「來人，備馬。」花榮拴束弓箭，披掛綽鎗上馬，帶著三五十名兵丁，直殺向劉高的寨子。那劉高向來畏懼花榮的武功，聽聞大軍來到，嚇得魂飛魄散，伏縮床下。花榮闖進門院，登堂踏室，從耳房中救出遍體鱗傷的宋江，臨行前撂下句話：「劉知寨！誰無親眷？我好端端的表哥，被你強扭做賊，真是欺人太甚！有話，對我的『百步穿楊』說吧。」

劉高又羞又怒，也命新來的兩位教頭，連夜率兵去衝花榮的寨子。此時天色將明未明，眾人拖鎗拽刀簇擁在大門，探頭探腦朝裡頭張望，誰也不敢踏進半步。兩扇大門開敞如展懷，像迎接，也似嘲弄。幽濛微光中，但見正廳端坐著一道人影，左手拿弓，右手挽箭，朗聲道：「冤有頭，債有主。誰要替劉高賣命，先問問花知寨的神箭。」起手揚弓，指了指左邊大門，說道：「這一箭先射左邊門神手上的兵器。」灰影一閃，門神手上多了一枚箭。眾人一陣驚呼，紛紛後退。花榮接著說：「第二箭，再射右邊門神的頭纓。」颼的一聲，又是不偏不倚正中目標。「這第三箭嘛……就射你們中間穿白衣那位教頭的心窩好了。」隨即搭上箭拽滿弓，虛指了指。「哎呀」一聲，那教頭和兵丁爭先恐後地退逃，一陣鬧哄哄後，已經溜得一乾二淨。

花榮固然神威赫赫，宋江卻憂心忡忡表示：「事情鬧大了，官司若強壓下來，大家都要受連累。不如我先去清風山避風頭，我人不在，劉高也不好找你麻煩。」說得也是，花榮當晚就派人將宋江送出寨子。

劉高武的不行，玩計弄詭堪稱一流。他早料到這著棋，派人伏在半路，又把宋江抓了回去，祕密關在後院，然後，一紙公文急送青州府。

青州府府尹派都監黃信去查核此事。這位黃都監武藝高強，好大喜功，揚言掃平強人占據的清風山、桃花山和二龍山，當地人稱鎮三山。他老兄到了清風寨，接受劉高的酒色款待，相信一面之詞，便以調解為名，設酒宴誘花榮隻身前來，再以「連結強賊，背反朝廷」的罪名拘捕。然後偕同劉高，押解兩名要犯往青州府而去。

為恐途中生變，劉高帶著三五十個軍士，一百多個寨兵，大隊人馬浩浩蕩蕩出發。只是，清風山就在離寨三十里處，是通往青州的必經之路。當押解人馬行至清風山腳旁的樹林，忽聞二三十面大鑼同時爆響。眾兵士慌了手腳，拔腿就逃，黃信大聲喝止：「不准走，擺開陣勢。」同時吩咐劉高：「知寨，你看好囚車，小心被劫。」

那劉高兀自在馬上碎唸：「救苦救難天尊！哎呀呀！九天神佛都來救！」臉色如成精的東瓜，青一回，黃一回。

這時，四面八方湧出數百個嘍囉，個個身長力壯，面惡眼凶，頭裹紅巾，身穿衲襖，腰懸利劍，手執長鎗，將眾官兵團團圍住。為首三人正是錦毛虎燕順、矮腳虎王英、白面郎君鄭天壽。

鎮三山雖猛，怎敵三名好漢的前後輪攻、合力拚搏？幾個回合下來，黃信已是氣喘吁吁，手忙腳亂，心想萬一失手被擒，丟了性命不說，還會淪為江湖笑談。於是作勢欲攻，虛晃兩招便殺出重圍逃去。眾軍見狀，也跟著一哄而散，只剩膽怯力拙的劉高，被小嘍囉的絆馬索絆倒，剝衣拔靴，赤條條擒回山寨。

大火煮鍋，大刀伺候，小嘍囉吆喝，大王當中坐。

燕順望著嚇到昏厥的劉高說：「咱們壞，這牛子比咱們更壞。不知壞蛋的心肝肺是啥滋味？」一刺一剜，悶哼一聲，一命歸西。

那顆心獻在宋江眼前。宋江皺眉說道：「這劉高固然可惡，但真正使壞的是那婦人……」

「這不成問題，咱派人將那淫婦抓來供大哥使用。」燕順笑道：「只怕公明吃不得生人血活人心。」

「要先下鍋是不？」矮腳虎接著說：「交給俺，保證先『煎』後殺，殺完再煎，奶奶的，一想那婆娘滋味俺就口水直流……」

眾人一陣大笑。

6. 霹靂火秦明

黃信敗逃後，連夜派人飛報知府。知府得知花榮造反，大吃一驚，遣派青州兵馬總管秦明前往清風山鎮壓討逆。那秦統制善使狼牙棒，有萬夫不當之勇；因性格急躁，聲若雷霆，人稱霹靂火秦明。當大軍浩浩蕩蕩來到清風山下，擺開陣勢，吶喊叫陣。山上也響起震天鑼聲，一彪人馬殺下山來，為首者正是花榮。秦明掄棒就攻，花榮舉鎗回刺，兩人大戰數十回合，不分勝負。這時，花榮露出空門，回馬就走，秦明緊追上來，卻吃一記「回馬箭」：花榮回身一箭，正中秦明頭上的紅纓。秦明驚叱一聲，收手勒馬，不敢再追，眼巴巴望著敵人策馬上山。

「叵耐這草寇無禮，竟敢戲弄俺的小紅帽？」愈想愈氣，喝令鳴鑼擂鼓，全面進攻。

不料剛轉過兩個山頭，來到一個險隘處，只見檑木、滾石冰雹般砸下來，眾軍急退之間，已傷亡過半。氣急敗壞的秦明領軍繞山尋路，迷陷樹林；一下子東邊金鼓齊鳴，一會兒西方搖旗吶喊，等官兵衝過去時，卻又不見人影。折騰了一整天，眾軍累得人仰馬翻，秦明也已有氣無力。

天色漸暗，秦明打算退兵回營。這時，嗖嗖聲起，慘叫連連，一陣亂箭又射傷若干軍士。山頂上亮起數十支火把，照見花榮、宋江等人微笑捻鬚，悠哉飲酒。秦明破口大罵：「死賊惡逆王八羔子膽小豎子，快下來受死。」花榮答道：「秦統制，你累了，且回去將息著，明日再來單挑如何？否則天下英雄笑我勝之不武——」「反賊！你爺爺今天就要收拾你！」秦明氣得「豬腦乍裂腦漿迸」，想來個「鐵騎突出刀鎗鳴」，馬一拉，沿著旁邊一條小路，搶上山去，跑不到百來尺，轟的一聲，連人帶馬掉進陷阱裡。其餘殘存的兵士則慘遭圍殺，一個不留。

兩邊埋伏的撓鉤手，將秦明解甲綑綁，送上山寨。花榮一見秦明，連忙跳離交椅，接下廳來，親自解縛，納頭便拜。秦明受寵若驚，慌忙答禮，說道：「我是被擒之人，何故卻來拜我？」後來知道自己要捉拿的鄆城虎張三竟是俠名遠播的宋江，既錯愕又感動，下拜說道：「錯聽一面之詞，誤了多少緣故。容秦明回州去對知府澄清此事。」

回得去嗎？宋江和花榮互看一眼，燕順則是極力勸留：「總管差矣！此番交戰，青州兵馬可說是全軍覆沒，知府怎會不降罪？不如權在荒山草寨暫住，大碗喝酒，大塊吃肉，論秤分金銀。」

秦明一聽，掉頭就走，邊走邊說：「秦明生是大宋人，死為大宋鬼。朝廷待我不薄，如何肯做強人，背反朝廷？你們不如殺了我吧。」花榮趕下廳來拉住秦明，說道：「兄長息怒！我也是食君之祿，為勢所逼，無可奈何。不願留下無妨，懇請作客數日，讓我等招待，再親送下山如何？」說罷，席開數桌，酒肉伺候。眾好漢輪番把盞，陪話勸飲，三巡五回下來，早已氣空力盡的秦明不勝酒力，昏昏入睡了。

當夜，宋江、花榮、燕順等人商略議計，又兼調度遣撥，各自行事……最重要的是，確定了「梁山大聚義」的方向。

7. 逼上梁山？

秦明一覺醒來，急著離開。眾人留他不住，只好交還馬匹、軍器，親送下山。秦明策馬飛奔，到得十里路頭，只見遠方煙塵竄起，一無人蹤。正感納悶時已臨近城外，舊有的數百人家竟成殘垣斷柱，瓦礫場上橫七豎八布滿屍體。來到城邊，發現大門緊閉，吊橋高高拽起，城頭擺列著軍士、旌旗、檑木、砲石。秦明勒馬大叫：「放下吊橋，度我入城。」

鼓聲大作，慕容知府立在女牆邊喝道：「反賊！你昨夜引人馬來攻城，今日又兀自來叫陣。朝廷不曾虧負你，竟如此不忠不義。早晚捉拿你碎屍萬段。」秦明一頭霧水，說道：「公祖差矣！我折了兵馬，又被捉上清風山，方纔僥倖脫出，昨夜何曾帶兵來攻？」知府愈罵愈生氣：「我認得你的馬匹軍器，哼！昨夜你蒙面耍狼牙棒的狗模樣好生威風，城上眾人都看見你指揮山賊，到處殺人放火。即便你真的被擒，帶去的五百人馬怎麼沒一個逃回來報信？你還想騙本府開城門？先看看你妻子的『顏面』……」

身旁兵士高舉鐵鎗，鎗尖赫然挑著秦明妻子的首級——天哪！頭暈目眩，氣破胸脯，分說不得，弩箭已如雨點般射來。野地火未滅，心頭恨難消，前進無門，只好回馬避走。行不得十來里，樹林裡轉出一夥人馬，正是清風山五好漢。宋江在馬上欠身道：「總管不是要回青州？獨自一騎，欲投何處？」

秦明氣急敗壞說出冤屈：「不知是哪個天不蓋地不載殺千刀的活王八裝我模樣，去殺人毀屋，害死我一家老小。奶奶的！閃得我上天無路入地無門……」正說時，忽覺得氣氛有異，眼前這些人笑得鬼頭鬼腦，還有，他們出現的時機會不會太巧？宋江尤其像隻老狐狸，擠眉弄眼地說：「總管息怒！小人有個見識，這裡不方便說，先與咱們回寨如何？」

還能如何？家破人亡，天涯飄零，注定走上不歸路。

翌日，大軍壓境清風鎮，非是屠城，而是勸降：秦明力勸黃信入夥奏效。眾好漢不費一兵一卒便入寨，殺盡劉高一家老小，搜刮金銀物寶，擄其馬匹牛羊；至於姿色不差的劉夫人——「嘿嘿！當然是俺的戰利品囉！」王矮虎第一個衝進臥房，關窗閉戶，眾人只聽得一連串碰撞翻滾、輕叱狂笑乃至悶哼嬌喘的聲音。

夜裡，眾人把酒議商，都以為清風鎮易遭大軍圍困，清風山也非久安之地，在花榮、燕順的慫恿下，宋江不得不提出「上梁山」的大計：「那梁山泊方圓八百餘里，中有宛子城、蓼兒洼，易守難攻，晁天王聚集著三五千軍馬，朝廷忌憚，官府色變。我等何不收拾人馬，前往入夥？」眾人齊聲叫好，推舉宋江為首，帶領大家浩浩蕩蕩出發。

8. 九條好漢在一班

約莫五六天後，眾人來到對影山。那山是兩座一樣高的山，宛如對照之影，中間是一條寬闊驛路。行至半途，忽聞前方鑼鼓喧天。花榮擔心中伏，取弓搭箭，與宋江率領二十餘人前往探路。走了約半里多路，看見一名少年壯士，披大紅色盔甲，橫戟立馬，在山坡前叫陣，背後跟著一百多名紅甲紅衣的小校。對面山崗也竄出一彪人馬，白衣白甲，為首的少年一身銀白盔甲，手上也持天方畫戟，騎一匹大白馬，不甘示弱衝下山來，和紅衣少年纏鬥數十回合，勢均力敵。兩邊山上紅白旗幡招搖，鳴鑼擂鼓，喊聲震天。宋江、花榮亦勒馬觀戰，連連叫好。這時，兩枝畫戟上的絨絛結在一起——正是金錢豹子尾糾纏金錢五色幡，難分難解，怎麼扯也扯不開，但聞嗖的一聲，花榮射出一箭，正中絨絛打結處，兩枝利器頓時分開，山上山下的眾人無不喝采叫好。

戰鬥中止，兩名少年策馬而來，欠身聲喏，同時問道：「願求神箭將軍大名？」互報姓名後，兩人立即下馬，推金山倒玉柱拜道：「原來是及時雨宋公明和小李廣花榮，聞名久矣！」

紅衣少年姓呂名方，因景仰呂布武功，習得一手天方畫戟，人稱小溫侯呂方。白衣少年名為郭盛，也是使戟高手，號為賽仁貴郭盛。兩人皆因遭逢變故，回鄉不得，想占山為王，而大打出手，已連戰十數日，不分勝負。

宋江充作和事佬，力勸兩人化干戈為玉帛，大夥兒一起上梁山。

好漢愈聚愈多，軍容愈來愈壯：宋江、花榮、秦明、黃信、燕順、王英、鄭天壽、呂方、郭盛——正是九條好漢在一班。這等軍威，甭說併夥投靠，就算自立門戶，占山為王，誰能說不？

卷中語七

「可不？天機示意：遭逢坎坷皆天數，際會風雲豈偶然。這一路而來的買馬招兵、義士趨附，豈不就是一波三折的考驗？」黃袍老者頷首說道。

「大聚義形勢已成。君不見那梁山大殿聚義廳上，左邊一帶交椅坐著晁蓋、吳用、公孫勝、林沖、劉唐、阮小二、阮小五、阮小七、杜遷、宋萬、朱貴、白勝；右邊卻是花榮、秦明、黃信、燕順、王英、鄭天壽、呂方、郭盛和後來在客棧邂逅的石將軍石勇。中間焚香設誓，殺牛宰馬大吹大擂擺盛宴。」掌櫃亦是搖頭晃腦，津津樂道。

「且慢！這等重要場面，怎不見宋江人影？難道那晁天王也和王倫一般，容不下鴻鵠真龍？」青劍童子插嘴問道。

「非也？蛇無頭而不行。誰是真龍？留與後人分說。宋江途中巧遇石勇，得知家中生變，不得不回鄉奔喪，以致又生變數。當下親修一封備細書札，交待原委，便教花榮等人帶上梁山。」黃袍老者回答。

「俗話說：『一著錯，滿盤輸。』宋太公自作聰明，假死騙公明回家，誰知惹來官兵圍捕，成為刺配罪人。那橫生的變數會不會改寫棋局？」中年文士問道。

「唉！『山窮水盡疑無路』又如何？幾番折騰只為修成正果。宋太公打著朝廷大赦的算盤，讓宋江了結殺人案，錯在哪裡？命定之數、歷史之讖，終將回歸天道常軌。咱們不分東西，千里來相會，不就是為了完結此局？」黑面漢子顏色難辨的臉上交錯著複雜的意味。

一聲破空銳響，讓屋內眾人霍然起身。屋外，一枝亮晃晃的響箭飛掠水泊，沒入對岸蘆葦中。語畢，一聲長嘆，黑面漢子顏色難辨的臉上交錯著複雜的心事。

9. 梁山一日

脊杖二十，刺配江州——已是從輕發落的最好下場。只是，上梁山之路又變得曲折多變。

臨行前，宋太公置酒宴招待官差，對宋江殷切叮嚀：「江州是魚米之鄉，你要好生待在那裡。齎發官府的銀兩、你的盤纏不用掛慮，為父的自會張羅。此去會途經梁山泊，倘或他們下山來劫你入夥，切莫依隨，以免做了不忠不孝之人……」

那時起，宋江心中再起波瀾；落草為寇，上違天理？勾結賊莽，下逆父教？只是，讖言般的詩句，也在漩渦中忽晦忽明，若藏若現：心在山東身在吳，飄蓬江海謾嗟吁……接下來呢？

為避開梁山，宋江吩咐官差繞小路而行。只是，九拐十八彎之後，還是被一夥人馬逮個正著。宋江見帶頭好漢正是赤髮鬼劉唐，心中暗自叫苦。只見對方蜂湧而上，提刀就要殺官差，嚇得他橫身擋刀，大叫：「兄弟！你要殺誰？」劉唐理所當然地回答：「不殺這兩個直娘賊，難道要和他倆洞房不成？」宋江手一伸，說道：「把刀給我，不要汙了你手。」劉唐將刀遞給宋江，兩位官差已嚇得面色如土。不料宋江手一翻，刀刃對頸，竟要自刎。一夥人拉胳膊抱大腿，慌忙阻止，劉唐顫聲問道：「哥哥，你這是做啥？」宋江昂然說道：「我知道你等特意前來相救，但殺人劫囚不是抬舉宋某，倒要陷我於不忠不孝。千古罪名難洗，我不如一死了之。」

「好！好！一切依你，慢慢商量。」劉唐趁機奪下那柄握得不十分嚴實的朴刀。

「當我是兄弟，就容我去江州牢城服刑期滿，再和眾好漢相聚，如何？」

「這個嘛……」劉唐面露為難之色說道：「晁天王正在大廳恭候尊駕，花知寨、吳用軍師亦在前方不遠處。好歹先和我們回山一敘，再作打算，也教劉唐有個交待。可好？」

蘆岸邊、白哨船、鑼鼓響、幡旗招、斷金亭、聚義廳——梁山之行初體驗。只是，待不了一日夜，在宋江的堅持下，眾好漢依依不捨送他下山。臨行時，吳用告訴宋江，江州兩院押牢節級名喚戴宗，人稱神行太保，能日行八百里，是他的舊識。並修書一封，作為引薦，讓宋江帶給戴宗。宋江見眾人情義相挺，猶豫之心再添困思愁緒。前程茫茫。回眸一瞥，這嵯峨的山巒水寨，映著日影，煥出異樣光采。暈朦視線裡竟似浮現一行天書：他時若遂凌雲志，敢笑黃巢不丈夫。

他不知道，等在前方的，卻是鬼門關。

10. 人肉包子

半個月後，三人來到揭陽嶺下，一間小酒鋪進食飲酒。

店主是個赤色虯鬚、紅絲虎眼的大漢，一副皮笑肉不笑的神情，招呼宋江等人。「咱小店只有熟牛肉和渾白酒。」一名官差問道：「只有牛肉嗎？」那大漢嘻嘻笑道：「官人還想吃什麼肉？人肉好不？」另一位官差則說：「傳聞十字坡的母夜叉孫二娘擅使蒙汗藥烹人宰肉，大塊切做黃牛肉賣，零碎小肉做餡子包饅頭。我只是不信，哪裡真有這等事？」大漢朝官差眨眨眼，紅絲虎眼頓成通紅血眼：「咱的酒肉裡摻有麻藥，人心哪！咱的鋪子專賣人肉包子。」

三人同聲大笑，舉杯一飲而盡──只是，酒入喉，笑未止，神情已有些異樣：兩個公人瞪直了雙眼，口角邊流下三尺長的涎水，你揪我扯，往後倒下；宋江說道：「你倆怎麼一杯酒就……」頓覺頭暈舌麻，說不完一句話也撲倒了。

搜身劫財，磨刀霍霍，再將三人拖到後面的人肉作坊，準備剮人做餡。這時，門外匆匆進來三人，領頭的是混江龍李俊，另兩位是出洞蛟童威和翻江蜃童猛。店主則是令人聞名喪膽的催命判官李立，和那三人算是同夥；李俊主外，橫刀搶劫，李立主內，負責下藥下鍋。李立見三人神色疑惑，詢問何事？李俊說：「聽聞及時雨宋江刺配江州，此地為必經之路，特來迎接。只是，奇怪？我在嶺下等了四五日，不見有官差押解人犯而來。」

「等等！是不是兩名官差押一名人犯？那囚犯生得黑矮肥胖？」李立心頭一懍，脫口而出。

「應該是吧！我也沒見過宋江本人。怎麼著？你把他『處理』了嗎？」

「差一點，我正打算推出新菜單『黑豬三吃』……」

四人衝入人肉作坊，東看西認，取出隨身公文一看，果然是鄆城縣宋江。趕忙調了解藥，將人救醒。

四大寇又是賠罪，又是揖拜，又是擺酒設宴。渾渾噩噩的宋江不知是心有餘悸？神魂飛馳？口裡喃喃唸著：「好險！」

翌日，宋江忙著上路。李俊等人慰留不成，只好寄望「梁山再會」。在揭陽鎮，宋江眼見一賣武大漢身手了得，心生惺惺之情，奇怪的是，舞完鎗棒使盡拳法後，圍觀群眾竟無一人打賞錢。宋江掏出五兩銀，正要交給大漢，卻遭一名惡徒喳呼嚇阻：「你這鳥漢賊配軍，竟敢在這裡賣弄銀兩——」原來，那漢子名為病大蟲薛永，隻身流落到此，想靠街頭賣藝籌措盤纏，只因未拜碼頭，開罪地方惡霸，明壓暗阻，想斷其生路。那惡相之人揮手就要打宋江，只見人影一閃，鐵臂一橫，高大的薛永擋在宋江身前，信手一翻，便將惡徒打趴在地。

「你……你們，有種不要走。」那惡人踉蹌而逃，還不忘撂下狠話，薛永將白花花五兩銀托在手裡，向宋江一拜，說道：「如此聞名的揭陽鎮上，沒有一個曉事的好漢抬舉咱家！難得這位恩官，本身見自為事在官，又是過往此間，顛倒齎發五兩白銀！正是『當年卻笑鄭元和，只向青樓買笙歌！慣使不論家豪富，風流不在著衣多』。這五兩銀子強似別的五十兩，咱家拜揖。願求恩官高姓大名，使小人天下傳揚。」宋江答道：「區區心意，何足掛齒，敢問教頭大名？」

互報姓名後，薛永驚喜之情更溢言表：「原來是及時雨宋公明，真是因緣巧合，讓我在此與閣下結識。」

可不是嗎？當時的宋江不能預料沿途邂逅的好漢日後皆成兄弟，只知此景此情當浮一大白。只是，走遍揭陽鎮的客店酒坊，就是沒有人肯賣酒給他們。天色漸暗，宋江只好和薛永告別，並約好二日後江州再見。

當晚，宋江三人在鎮郊樹林後的一間莊院投宿，正要入睡時，聽到大廳一陣喳呼聲，原來是少莊主回來。宋江正打算出來拜見——等等，那廝聲音恁地耳熟，不就是那位街頭惡霸嗎？奶奶的，真是冤家路窄。「那個什麼病大蟲已被咱們逮著了，就剩那名黑面短腿的矮子，抓到他們一起丟到江裡餵魚。」聲音愈來愈清晰。天哪！此時不走，更待何時？宋江三人收拾細軟，掩口躡足，悄悄從後院翻牆開溜。大約一個更次的摸黑夜行，來到了江邊，而後方不時傳來人語喧譁聲。三人正進退不得，面面相覷，蘆葦叢後搖出一隻小船，宋江喜出望外，大聲呼救。那艄公面露微笑，讓三人上船，輕輕一點，船就蕩離了岸邊。宋江眼見一夥人一堆火把湧至江邊，大呼小叫，又詛又罵，心中暗道：「呼！好險好險！」不料那笑容可掬的艄公用粗嘎嘈雜、五音不全的嗓開起了演唱會：「老爺生長在江邊，不怕官司不怕天。昨夜華光來趁我，臨行奪下一金磚。」慘！剛避開強梁，又誤上賊船。這回可真是船上跑馬——走投無路了。艄公還是一臉笑意，愈笑愈溫柔，用哄女人上床的涎相對宋江說：「你們三人要吃板刀麵還是餛飩湯？」背脊發冷，頭皮顫麻，宋江還是賠著笑問：「請問大哥，何謂板刀麵？啥是餛飩湯？在下已用過晚餐——」「你當大爺在說笑嗎？」艄公臉色一沉，喝道：「板刀麵就一刀一個，剁你們下鍋；想吃餛飩，就自己脫光衣服跳下江去，省得老爺動手。」

這時，一隻快船飛也似地駛來，船上站著三名大漢，為首之人喊道：「哪個破划船的，敢在俺地頭上作買賣？見者有分……」艄公又恢復笑臉，立刻回應：「原來是李大哥，我這裡有三頭肥羊，兩官差和一名黑面鬼，正打算送過去孝敬您。」

「黑面？莫不是我兄長宋公明？兄長！是你嗎？」好熟悉的聲音，恰似黃鶯出谷，猶勝乳燕歸巢，真是天籟哪！宋江又叫又跳，只差沒有涕泗縱橫：「正是黑面宋江，李俊兄，一日不見，險些隔世，可想煞哥哥了。」

那三人正是李俊、童威和童猛，和艄公船火兒張橫是結拜兄弟。追殺他們的惡霸叫做沒遮攔穆弘，其弟小遮攔穆春，和這些人也都是一夥兒的——地痞流氓蛇鼠窩。上岸，免不了一頓賠罪宴、壓驚酒，李俊不忘調笑穆弘：「幸好公明大人大量，否則，你『沒遮攔』就要改稱『有肚兜』了。」病大蟲薛永自然也在席間。後來，當宋江被千呼萬擁推上第一把交椅，事業顛峰、萬般得意的一瞬，猛然浮現腦海的意象，竟不是刀起刀落的法場驚魂，而是此刻，魂不守舍的自己，一面擠笑應酬，一面在內心嘶吼：「真他娘祖奶奶小阿姨大妹子的好險好險好險好險……」

11. 玉帝女婿

很久很久以後，有人問宋江：「公明此生最堪得意之日，是在那使鬼差神聚義廳？抑或功成名就時？」

微笑不語。是在那潯陽樓上留詩明志？還是，披頭散髮屎尿潑身胡言亂語裝失心？

「你是什麼鳥人，敢來問我？我是玉皇大帝女婿，引十萬天兵來殺盡你江州人馬！閻羅大王做先鋒，五道將軍做合後。你有命就閃，否則死無葬身之地。」又跳又叫，活似神怪上身，叫知府皺眉，官兵迴避。

「大膽瘋漢，放肆至此，來人哪！將他拿下。」神行太保戴宗假裝惡狠狠地吆喝下令，但宋江滿身糞便，惡臭難聞，誰敢上前？

這本是戴宗欲助宋江脫身之計。原來，宋江平安來到江州後，結識了戴宗、李逵和張順等人。雖說配軍，但日子過得和樂愜意，進而有些得意忘形，乘著酒興，在潯陽江邊酒樓上留下「反詩」，而驚動官府。戴宗為保宋江，出了一條餿主意：裝瘋避禍。

知府蔡九也愣在當場，不知如何是好？這時，站在一旁的黃文炳（江州對岸無為軍的通判，嫉賢妒能，欺壓百姓，無所不為。也是舉報反詩之人。）表示意見：「看牆上留字，不似有癲症之人，怕是裝瘋。再者，近日京城迭有傳聞：耗國因家木，刀兵點水工……不就是證在『江』州？大人不可讓他矇混過關。」同時暗忖，日前北方捎來師命：查出讖詩所指何人，務必殺之。

是啊！近日太史院司天監奏道：夜觀天象，罡星照臨吳楚，敢有作亂之人，隨即體察剿除。

黃文炳捻鬚冷笑：「哼！喚營內的差撥、牌頭前來作證：若是來時已瘋，便是真瘋；倘若近日才瘋，必為詐瘋。」

這回輪到宋江呆住，心中叫苦。結果可想而知：被水火棍打得一佛出世，二佛涅槃，皮開肉綻，喊爹叫娘。再被一面二十五斤死囚枷牢牢鎖住，收禁大牢。

正所謂「送佛送上天，殺人殺到斃」，黃文炳極力主張此事速辦速決。蔡知府立即修書一封，差神行太保戴宗星夜送至京師，請蔡丞相做生殺定奪。戴宗不敢不依，抓破了腦袋也想不出搭救之道，只好換上腿絣護膝，穿上八搭麻鞋，口唸神行咒語，兼程趕路。一日夜後，又飢又渴疲憊不堪的他來到一座傍水臨湖的酒肆，點了一碗豆腐、兩碟菜蔬、三大碗酒，稀里呼嚕吃乾抹淨，正要多添一碗飯時，忽覺天旋地轉，兩眼昏花，仰天倒下……

卷中語八

霍然起身的眾人忽覺頭昏眼花，一個接一個倒下。文士扮相的、行者裝扮的、商賈模樣的……乃至一旁的店掌櫃和小二，你看我、我看你，動彈不得。只剩下始終微笑的黑面漢子、黃袍老者和旁邊兩位劍童，也是你瞧我，我覷你，似在打量，也是找尋出手之機。

「怎麼啦？老朽的故事尚未說完，你們恁的不賞光？吳用軍師，這不就是你們取生辰綱的伎倆，不過是以其人之道還治其人之身，這也看不透？」黃袍老者望著中年文士，冷哼道：「還有行者武松、摸著天杜遷、雲裡金剛宋萬、大掌櫃朱貴，你們的威風哪裡去了？」

原來，中年文士是吳用，匆匆回來的掌櫃是朱貴，宋萬扮作商賈，店小二是杜遷；而武松改裝為行者，前來會合。

「可是，你……是什麼時候下的毒？這裡上上下下……」吳用顫聲問道。

「都是梁山的人？哼！梁山酒肆的蒙汗藥天下聞名，不知坑殺多少過路商旅。我敢隻身深入，豈會無備而來？你沒有想到下藥的朱貴竟然第一個倒下？」老者用手杖點了點昏厥在地的掌櫃，掄掃收化之間，異香再現，吳用不禁掩鼻驚呼：「塞外奇毒『一縷香』，讓人癱瘓一對時，又可解百毒的東北奇花，難怪你不怕咱們的蒙汗藥，你就是十年前朝廷通緝的要犯……」

「我只是好奇，有人能聞『一縷香』而不倒？」老者的目光又轉向黑面漢子，問道：「你非梁山人，究竟是誰？」

黑面漢子莞爾一笑，說道：「我本是關外之人，因仰慕中原文化而來，曾忝為大宋教頭；雖遭構陷，不妨賞山遊水，交友授徒，風流快意。『一縷香』就種在我家鄉的後山上……」

老者雙目圓睜，失聲道：「你……怎麼會是你？朝廷辜負，奸臣高俅迫害，你又是為何而來？傳聞你十八般武藝精通，如今竟是赤手空拳而來，憑什麼阻止我，殺——宋——江？」

雙手一攤，手指修長、勻稱，透著上乘內功的氣勢。黑面漢子不急不徐地說：「為了完納你這國賊的劫數而來。憑著天道，履行既定的天命。」

12. 弄巧成拙

從昏迷中幽幽轉醒，戴宗茫然望著眼前牛鬼蛇神般的一群大漢，心想：「此地可是地獄光景？咱已一命嗚呼？」

「好漢可是神行太保戴院長？先前不識，多有得罪，請海涵。」站在最前方的店掌櫃作揖賠禮，晃了晃手中書信：「俺正是梁山好漢朱貴，從信中得知公明遇難，正與眾人商量搭救之事。」

還好是在梁山地盤，若是在他處，弄丟自己性命不打緊，宋江也將萬死無一生。戴宗明知是廢話，還是忍不住問道：「朱兄如何得知在下身分？」

「實不相瞞，梁山軍師吳學究常誇讚神行太保身懷絕世奇功，且為人豪爽，與他結為生死至交。適才粗魯，用蒙汗藥迷昏閣下，再比對閣下裝扮、隨身之物，嗯……」朱貴露出尷尬笑容：「不難看出……」

「吳學究在哪裡？快帶我與他面商。」戴宗霍然起身，與眾好漢回轉梁山。晁蓋和吳用親自下關迎接，聽戴宗道明原委後，晁蓋便要差將點兵，下山劫囚。吳用搖頭諫道：「不可造次，大軍出動，必定打草驚蛇，反而誤了公明性命。如今蔡九知府差院長送書上東京，討蔡太師回報，咱們將計就計，寫封假回信，說是『立即將犯人押解上京』云云，咱們再於途中奪人……」

晁蓋說道：「好雖是好，怕是沒人會寫蔡京筆跡。」

吳用回答：「這個不愁。如今天下字體不脫四家：蘇東坡、黃魯直、米元章、蔡襄，號稱『宋朝四絕』。小生認識一名秀才，姓蕭名讓，喚作聖手書生，練得四大家筆跡，可委他寫封假家書。至於印記方面，濟南城有位金大堅，人稱玉臂匠，堪稱當世第一名雕蟲高手。我們用重金買通這兩人造假，再由戴宗攜回交差……」

此計雖妙，進行得也算順利——有誰不見錢眼開呢？只是，就在大功告成，神行太保取甲馬飛奔回報時，正在飲酒慶功的吳用大叫一聲：「不好！我害了公明和院長性命！」眾頭領大驚，連忙問道：「什麼不好？哪裡出錯？」吳用又是搥胸又是頓足，自怨道：「我顧前不顧後，那信中迸出個老大脫卯[12]、天大破綻——」

12 脫卯：門窗及木器等接連處，凸出的叫榫頭，凹進的叫卯眼，「脫卯」即榫頭脫出卯眼。也比喻事物的破綻、漏洞。

13. 大鬧法場

江州府犯人一名宋江，故吟反詩，忘造妖言，結連梁山泊強寇，通同造反，律斬。犯人一名戴宗，與宋江暗遞私書，勾結梁山泊強寇，連同謀叛，律斬。監斬官，江州府知府蔡某。

近午時分，熱浪翻騰。大街小巷人群雜遝[13]，壓肩疊背，擠滿看熱鬧的群眾。十字路口的法場，團團鎗棒、層層刀盾，圍住即將行刑的犯人，只等午時三刻監斬官到來開刀。「立斬宋江、戴宗，免致後患。」黃文炳百般慫恿，教蔡知府當廳判下斬字決。兩名死犯頭綰鵝梨角兒，各插一朵紅綾子紙花，離牢時吃過長休飯，飲了永別酒，搭上木驢，前推後擁遊街示眾。

面南背北的宋江在想什麼？天亡我也？滔滔亂世誰來救贖？面北背南的戴宗呢？死不瞑目？技差一著，卻又有些不明不白？

13 雜遝：即「雜沓」，眾多而紛雜的樣子。

數日前，就在他興沖沖揣著假書信回江州時，遠在梁山的吳用大叫一聲，吐出滿嘴苦酒：「筆跡確可矇混過關。問題出在玉筋篆文的『翰林蔡京』四字。」晁蓋問道：「有何不妥？」吳用又是唉聲連連：「蔡京是蔡九的父親，哪個父親寫信給兒子會蓋上官用圖章？」

「也許蔡九一時不察……」晁頭領試著安慰吳用。

「蔡九或許糊塗，但那奸人黃文炳心思縝密，定不放過如此卯眼。」

果不其然，黃文炳一眼瞧出關竅，當場教知府活逮戴宗，一陣嚴刑拷打，逼出真相，並力主速審速決，定下五天後的刑期。

「何不押回京師議處？」

「古云：『謀逆之人，決不待時。』如今已有招狀，為防夜長夢多，應儘速押赴市曹[14]斬首，然後寫表申奏，即是大功一件。還有，梁山草寇必來劫囚，咱們必得出動大軍，將他們一網成擒。」黃文炳掐指謀算，布計連連。「即使他們惡行得逞，教官兵束手，大人放心，下官還有最後殺招……」

梁山草寇會來嗎？如何救人？

14 市曹：舊稱市中商店聚集處，或市中四通八達的大道。古代常在此行刑，因此小說中多稱刑人的地方為市曹。

卷中語九

「殺得了我？救得了宋江嗎？」語未畢，雙袖拂動，竟是一片烏星掃向黑面漢子。此為虛招，黃袍老者趁黑面漢子閃身之際，抽出長劍——呵，好一柄異芒閃閃的血紅寶劍——豁命一刺。黑面漢子臉微仰，身一滑，倏忽已至桌下，雙手急點，點住兩名劍童的膝下要穴。「啊！」的一聲，黃袍老者旋身上桌，反手向下一刺，劍穿桌面，卻如嵌入銅牆鐵壁般動彈不得——劍尖被黑面漢子夾在食指、中指間。「金剛指！涅槃指掌間，無明無無明。沒想到王大教頭練就佛門高招。」老者怒喝一聲，左手運勁劈桌——轟然爆響，杯盤木片碎散，兩掌交接，但見老者退身三步，劍斷，骨折，嘴角滲血。

黑面漢子仍是不動如山，一派玉樹臨風模樣。

「大金國的酒色生活，教你體衰力弛。」黑面漢子收勁合掌，笑道：「你已經沒有十年前的威風了，還不知難而退？」

吳用掙扎起身，說道：「不可縱放此人，務必殺之。」行者扮相之人則怒道：「再留他一陣，待武二毒解，親自割他首剝他皮剜其心。」

「殺得了嗎？」老者從懷中掏出一支赭黑細管，吹出一連串尖音，獰笑說道：「我的『黃道十二宮劍陣』埋伏在四周，本是用來對付梁山追兵，現在——」神色忽異，笑容凍結——因為他期待的破門穿窗掀頂透壁等經典畫面並未出現，而是店門輕啟，施施而來的竟是一柄血淋淋的銀鎗。

14. 四方混戰

刀鎗閃爍，軍陣森嚴。時辰將近。

法場東邊起了一陣騷動。一夥弄蛇的丐者，強要挨入法場裡看熱鬧，被官兵硬擋橫架，僵持不下。法場西邊，一群使鎗賣藥的壯漢也在人群中推擠吆喝：「我們衝州撞府，什麼世面沒見過？便是京師天子殺人也不稀奇。你們在殺什麼鳥人？竟不准咱們看，咱們就偏要瞧一瞧。」居中的監斬官左瞄右瞥，大聲喝道：「且趕退去，休放過來。」

南邊也有了動靜。數十名挑擔的腳伕企圖強行穿越法場，和官兵爆發肢體衝突。北邊的兵士也沒閒著，正和七八名推車的客商周旋：「要趕路就繞道而過，今天有大事，通衢大道都已管制。」客商說：「咱們是京城來的人，誰管你大路鳥路……」索性連人帶車賴在原地不走。

「午時三刻！」宏亮的報聲響起，整個法場頓時安靜下來。監斬官高喊：「斬！」開枷，鬆鍊，確定刑犯；兩名劊子手將法刀高高舉起——

一陣噹噹鑼響，一名客商躍上車頂，敲鑼為信。（宋江抬頭一看，咦？那不是晁天王嗎？）四面八方同時爆出殺伐聲：東邊的丐者同時掣出尖刀，惡狠狠殺向士兵。西邊則是鎗棒齊舞，殺聲震天，不敵的官兵紛紛倒下，嚴實的陣勢瞬間被衝散。南邊的挑夫力拔山河兮氣蓋世，横七豎八，東劈西砍，打翻對抗的兵士和無辜圍觀的群眾。北邊的客商則是巧妙避開官兵，鑽過人堆，挨近法場中央——監斬官和一旁的黃文炳同時高喊：「來人哪！小心有人劫囚。」士兵立刻朝客商方向圍攏。但見為首二人一個持鎗橫掃，正是黃信；另一名取弓射箭，其名花榮，横擋者無不倒地。但接踵而上的官兵愈來愈多，這時——

「你這天殺狗養雞槌鳥蛋臭婊子，吃了熊心豹膽狗狼心驢肝肺，竟敢斬我大哥——」一接串霹靂似的吼叫，十字路口的茶坊樓上躍下一尊黑羅剎，手握板斧，逢人便砍，身手矯健，步伐輕盈，三兩個箭步已閃過兵陣，來到劊子手前，手起斧落，便是兩顆人頭落地。黑大漢殺得興起，又衝向監斬官和知府蔡九，兵士們舉刀持鎗硬擋，只聞慘呼連連。花榮和黃信趁隙背了宋江和戴宗，在其他客商飛箭鏢石的掩護下，奪路而逃。「撤！」晁蓋居高一呼，四路人馬漸漸靠攏，卻是尾隨黑大漢殺出一條生路。那黑大漢不問軍官百姓，殺得屍横遍地，血流成渠，推倒仰翻，不計其數。晁蓋露出讚嘆之色，問道：「前方好漢莫不是黑旋風李逵？」那漢子忙著砍人，哪裡肯應。戴宗說道：「正是李逵。」等到四周淨空，遍體浴血，猶持斧傲立，左盼右顧，又想殺向層層人牆後的目標——知府蔡九。「老弟，放過知府，捉黃文炳。」宋江虛弱的喊聲。順著戴宗手指的方向，花榮搭弓一箭，不偏不倚射中黃文炳大腿；黃文炳不及喊痛，只覺眼前一黑，自己已被一陣旋風颳走。花榮再率領小嘍囉放箭擲鏢斷後，只見蝗蟲般箭矢撲天蓋地而來，官兵哪裡敢再前進一步？

15. 白龍廟小聚義

隨著李逵的腳步，眾好漢離城急退，沿江走了五七里路（在江邊又有張順、薛永、李俊、童威、童猛和張橫等人加入，合力退敵），來到一間大廟前，牌額上刻著四個金書大字：白龍神廟。眾人入廟、閉戶，小嘍囉也將宋江、戴宗背到廟裡歇下。

神魂甫定的宋江，睜開紅腫雙眼，瞧見晁蓋、花榮、黃信、呂方、阮氏三兄弟……等人，痛哭流涕說道：「我是在夢中和諸位相會嗎？若非各位哥哥仗義——」這時，李逵拖著半死的黃文炳進來，問道：「這賊胚子怎麼處理？」宋江不言，花榮搭腔：「一刀了結他算是便宜了，挖出黑心肝來下酒才是。」黃文炳啐出一口血痰，尖聲道：「爾等賊子還不速速放我，本官的恩師早就測算出你們是危害『江山』的罪魁禍首，等他老人家出馬……」

「唉！死到臨頭，還是如此嘴賤。」宋江搖搖頭，手一揮，「且慢！」晁蓋出聲阻止，來不及了。只見斧一落，李逵已當場將黃文炳開膛，破肚，挖心。「我師父『黃袍加身』不會放過爾等……」迸出最後一串尖顫音，黃文炳終於瞪目斷氣。

「『黃袍加身』是啥意？」李逵問道。晁蓋面色凝重地說：「十年前，縱橫大江南北的絕頂高手，姓趙名應，人稱『趙詎淫』，性好色，善使毒，熟諳易容使詐，打遍江湖無敵手。十年前遭朝廷通緝，投奔金國。沒想到……唉！至少替公明報了仇。」

大仇得報，但積恨卻已難解，如今還有路可走嗎？「管他是黃鳥人黑鳥蛋，就算趙匡胤領兵殺來也不怕。」李逵啐口痰說道。是啊，宋江環顧惺惺相惜的眾好漢：晁蓋、花榮、李逵、黃信、呂方、石勇、白勝……有舊雨有新知，無不肝膽相照心思相通。一陣天旋地轉，眼前光景翻變，卻是個個兜鍪披甲、佩紫懷黃，齊喊：「保我大宋江山。」（唯獨不見晁天王。）異時異地勾串此情此景，人世間千迴百折，終究回歸法門天道；宋江到位，眾星歸位。一念豁然，宋江眼眶噙淚，雙手抱拳，跪地一拜說道：「我黑面宋願追隨眾兄弟上梁山，從此大塊吃肉，大秤分銀；不求同年同月同日生，但願同年同月同日死。」

廟外人馬雜遝，喊聲喧譁。從窗口望去，沿江大路旗幡蔽日，刀劍如麻；前方都是帶甲馬軍，後面盡是擎鎗兵將。追兵正蜂湧而來。

卷中語十

「前無退路，後有追兵。不是公明處境，而是你黃袍難逃。宋公明一行已行至入山泊口，所以才有那聲響箭。你率幾隻蝦兵蟹將就想來梁山殺人？真是好膽量。」不急不徐的聲調，不怒而威的身影，豹頭環眼，燕頷虎鬚，身長八尺，手持銀鎗，掄翻舉刺，血花飛濺，來人竟是豹子頭林沖。

「端的是如意算盤：他料準眾好漢回山必定兵分多路，晁蓋先回坐鎮聚義廳，花榮、黃信等人斷後；而我吳用會在酒肆接駕。但這酒鋪屬梁山暗樁，不宜人多勢眾，正是戰力空虛、趁隙殺人的空檔。」吳用爬回桌面，繼續捻鬚暢論：「即使半途有武松介入，『一縷香』在手，有何顧忌？錯就錯在漏算了一人。」

「你用『一縷香』非關殺人取命，只是想牽制梁山眾人行動，好讓你搶片刻之機，為什麼？」黑面漢子忽然問：「為什麼眾多好漢之中，偏偏挑上宋江？」

「天知地知你知我知，不是嗎？」黃袍老者環顧面面相覷的眾人，流轉目光裡閃爍著猜不透的意涵，沉聲道：「殺公明可滅大宋，救宋江可保江山。咱大金國國師早已測出天機。你們這些被逼造反的好漢還不明白嗎？你們的曲折、不幸、肝膽相照、殺孽造業，只為成就一人功業；迎宋江回山，就等著他將爾等出賣吧！」

武松面露疑惑，林沖現出慍色（心想：「立功造業我不管，只要手刃高俅。」）吳用則怒道：「莫聽此人挑撥離間，咱們梁山好漢不為造反，也非保宋，而是替天行道。何況，我等自有晁天王做主……」

「所以，不殺宋江，將留下大金國的後患？殺宋江而不動其他好漢，則梁山將成大宋的內憂？這才是你『黃袍加身』趙應的算盤？唉！」黑面漢子嘆出一口大氣。

「什麼？他就是奸賊趙應？百般唆使高俅陷害我一家之人就是他？」林沖手一揚，銀鎗霍霍如長蛇吐信。

「趙應？在俺家鄉姦淫擄掠，又勾結貪官殘害忠良的趙詛淫？害俺回不了鄉的人就是你？」坐在地上的朱貴同時大聲咆哮。武松則說：「宰了這賊子，用他的心肝祭山川拜鬼神消民怨。」

吳用一拍桌，說道：「這麼說，這些年來朝綱不振，貪官橫行，民不聊生，以及我等被逼上梁山，皆是有人背後搞鬼？正是內憂不止，外賊難防？」

黑面漢子不答腔，但神情黯然，似有千憂百慮難解。

「我錯了！看來是我為惡不卒。」黃袍老者緊盯著黑面漢子，一字一句說道：「我解錯了讖詩：『耗國因家木』確是指『宋』，『刀兵點水工』是指『江』，但江上刀兵指梁山好漢，既可『耗宋』也能『保宋』。下兩句『縱橫三十六，播亂在山東』，指禍源就在梁山泊。再來的『落土一扁擔，鵬鳥蹀躞行』，我一直以為是那宋江一肩挑起國難，大鵬之志，卻是徘徊逡巡。如今得證，另有深意，那土上加一乃為『王』，蹀躞之行終須前進……」冷不防一旋身，黃袍飛離，夾帶烏星銀芒射向眾人。林沖趕忙掄鎗急掃，一陣錚錚鏦鏦，盡是暗器落地、入桌、嵌梁、破窗聲。而趙應再一閃身，雙袖迸出黃霧黑煙，煙霧罩上兩名劍童背上的紫青寶劍——紫焰竄燒，青光閃跳——黑面漢子大驚失色，喝道：「眾人快退出酒鋪！」於是連滾帶爬，連拖帶提，飛身縱跳，梁山眾人幾乎是破屋而出。

16. 殺出重圍

「我再日你姑媽大舅小姨和妹子，剛才殺得不過癮，你們這班鳥人還敢來送死？」第一個破門而出的當然是黑旋風李逵，掄斧劈砍，仰天長嘯，氣蓋山河。花榮長鎗在手，橫掃千軍，再搭配神弓利箭，擋者無不哀號倒地。阮氏三兄弟身輕如燕，穿梭軍陣如入無人之境，左揮右劈，意在殺出一條血路。晁蓋居中指揮，燕順、王矮虎、鄭天壽、白勝等人一旁掠陣，李俊、李立、呂方等人再從北面破敵。兵分五路，竟殺得赫赫眾軍人仰馬翻，丟盔棄甲……

「小可不才，自小學吏。初世為人，便要結識天下好漢。奈緣力薄才疏，不能接待，以遂平生之願。自從刺配江州，多感晁頭領並眾豪傑苦苦相留，宋江因守父親嚴訓，不曾肯住。正是天賜機會！於路直至潯陽江上，又遭際許多豪傑。不想小可不才，一時間酒後狂言，險累了戴院長性命。感謝眾位豪傑不避凶險，來虎穴龍潭，力救殘生；又蒙協助報了冤讎。如此犯下大罪，鬧了兩座州城，必然申奏去了。今日不由宋江不上梁山。不為私利，不謀江山，但求萬世太平。如今世道，已變為『梁山但容有冤士，牢獄盡是無罪人』，未知眾位意下若何？如是相從者，只今收拾便行；如不願去的，一聽尊命。只恐事發，反遭……」

尖刀掛首，炭火炙心，瞅著黃文炳的碎屍殘骸，宋江慷慨陳詞。

「都去！都去！但有不去的，吃我一鳥斧，砍做兩截便罷！」話未完，李逵先跳起來叫道。

「賢弟休得粗魯，且聽愚兄一言。」宋江說道：「宋江個人遭遇事小，但見那貪官橫行，朝綱不振，百姓不幸事大。此番上梁山，便要大夥兒棄盜從道，行大義，走大路，挽社稷於傾危，救生民於水火，晁兄以為如何？」

「正合我意，我等也是心心念念在蒼生。」晁蓋拍胸說道：「今日有緣齊聚白龍廟，待殺出重圍，回到梁山，自然以公明為馬首……」

眾人一陣叫好。既無異議，宋江和晁蓋擬下突圍之策：朱貴和宋萬先潛行回梁山，預作策應。其餘人馬兵分五路，以李逵為前鋒，燕順等人為後衛，阮氏三兄弟當車，張順、李俊、李立等人為象，護帥前進；花榮、黃信、薛永負責斷後。突圍後再分道回梁山，避開官兵的追緝。

「外頭可是千軍萬馬，各位兄弟定要破敵而出，不可妄作犧牲哪！」朱貴臨行前環顧神色泰然的眾好漢，仍不忘叮嚀：「定要活著回聚義廳。俺朱貴先回梁山酒鋪打點打點，恭迎公明入夥結義。」

「我這個『玉帝女婿』果真一語成讖：『閻羅大王做先鋒，五道將軍做合後……殺盡你江州人馬。』」宋江奮力起身，仰天長嘆：「余豈好殺哉？余不得已也。」

「對！殺盡他祖宗十八代老婊姑奶奶！」李逵一腳踹開廟門，旋風一般衝殺而出：「我日你姑媽大舅小姨和妹子……」

卷末語

轟然爆響，茅店瞬間化為火海。

趙應眼見突圍無望，同歸於盡之策：那劍柄正是殺傷力極強的霹靂彈——傳說威力所及，五丈之內，粉身碎骨。黃霧黑煙乃為引爆藥引。

硝煙漸散，梁山眾人無不灰頭土臉，所幸及時竄出。不及走避的其餘人等，只好賠命枉死城。

吳用搖搖頭，說道：「一個宋公明竟引起金人的重視，看來咱們梁山好漢定要成就大事。幸好有……咦？人呢？」

眾人面面相覷，人呢？救命恩人哪裡去了？

武松問道：「那漢子智深慮遠，武功超絕，究竟何人？」

林沖回答：「正是林某的昔日同僚王進，第一位遭奸人高俅陷害的英雄。多年前林某和他曾有一面之緣，可惜未能深交。」

朱貴從爛泥中掙扎站起，拍拍身上泥土，問道：「如此高手，為保宋江而來，為何不留下共襄義舉？」

「史大官人曾說這位恩師為人正直淡泊，事母至孝。雖是習武之人，倒也深諳兵書韜略、奇門遁甲。當初為避高俅追殺，攜母躲入史家莊。」武松說道：「傳授史進武藝後，又漂泊天涯，不知所蹤。史大官人早就想投梁山，至今未到，想是仍在千里尋師。」

「留在這裡，師徒自然重逢；天下之大，可有棲身之枝？他在想什麼呢？」吳用眼神閃爍，捻鬚抓腮，暗忖：難道是王不見王？可為王者階，而進王之路不由他？還是他窺出機內之機，變外之變？

林沖的神情也變得恍惚複雜。大碗吃酒肉，大秤分金銀；凜凜眾好漢，堂堂聚義廳。神遊念動，畫面翻轉：山東呼保義，河北玉麒麟。青幡白旄；黃鉞皂蓋，緋纓黑纛。山頂一面杏黃大旗，書著「替天行道」血紅大字，但隨風一翻，變成「忠義雙全」抖擻今書。

又是一發響箭。水泊另一端揚起喧天鑼鼓聲，小嘍囉齊口高喊：「公明來也。」

眾人回身一望，笑逐顏開。

綿延迤邐的蘆葦小徑，快步而來的一夥負傷好漢：居中之人蓬頭垢面，臉黑如墨；衣著髒汙破損，處處皮開肉綻，但笑容可掬，神采粲然。見著武松等人，面微仰，眉高揚，雙臂伸展——

朔寒的天空一聲裂響，神龍舞空，冬雷震震。滿天彤雲繚繞，急旋忽轉，迸出一口兩頭尖中間闊如皆眼的罅縫，雲層深處忽忽閃現龍章鳳篆蝌蚪之書……

眾人目瞪口呆，凝視瞅視，但見霍霍毫光，射人眼目，難以辨識。

下部

驚夢之一

祥雲迷鳳閣，瑞氣罩龍樓。含煙御柳拂旌旗，帶露宮花迎劍戟。天香影裡，玉簪朱履聚丹墀；仙樂聲中，繡襖錦衣扶御駕。珍珠簾、黃金殿、鳳羽扇、白玉階……

哪番光景？何等盛會？是早朝？還是君臨天下？

畫面翻變，赫現層巒疊嶂，山勢巋巋：

根盤地角，頂接天心。遠觀磨斷亂雲痕，近看平吞明月魄。千峰競秀，萬壑爭流。瀑布斜飛，藤蘿倒掛。左壁為掩，右壁為映。出的是雲，納的是霧。風生谷口虎嘯時，月墜巒腰猿啼處。

「哈！恰似青黛染成千塊玉，碧紗籠罩萬堆煙。別有天地非人間。」吟誦輕嘆，彳亍[15]徘徊，猶止不住滿腔狐疑，正待細看，忽聞：

「太尉要救萬民，休生退悔之心。只顧志誠上去。」

太尉是誰？但見一身新鮮布衣，腳穿麻鞋草履，肩負黃羅包袱，手提御香銀爐之人仰

[15] 彳亍：音ㄔˋ ㄔㄨˋ。小步地走。也指欲行又止的樣子。

天浩嘆，口誦天尊寶號，縱步上山。盤坡轉徑，攬葛攀藤，翻峰越嶺，猶見層層高山疊高山。「我乃朝廷命官，重裀而臥，列鼎而食，[16]何曾這般折騰？」是啊！太尉大人，你所為何來？

風雲捲動，山凹林間竄出一隻吊睛白額錦毛虎，奔雷也似朝太尉狂吼。「哎呀！」太尉倒摔在樹根底下，三十六顆牙齒捉對廝打，心頭十五個吊桶，七上八下。那大蟲銜著來人左盤右旋，咆哮幾聲，轉身跳走，消失於後山坡。太尉怯怯起身，氣虛腳軟，舉步維艱，又聞山邊竹藤裡簌簌地響，一陣毒氣襲來，赫現一條水桶粗、雪花似的巨蟒，朝太尉嗤嗤吐信。「哎喲！動蕩則折峽倒崗，呼吸則吹雲吐霧。鱗甲亂分千片玉，尾梢斜捲一堆雲。」那太尉——不是太尉，是屏氣旁觀的自己——喃喃唱誦，大蛇逕占前路，盤作一堆，兩眼迸出金光，巨口噴射臭氣，作勢欲撲——可憐太尉三魂蕩蕩，七魄悠悠，渾如中風麻木，一似鬥敗公雞，「天師救命！」這話竟也不是太尉喊出，那巨蟒似懂人語，身一溜，往山下迤邐而去，長逾十丈。

「呼！好險好險！」再轉眼，已是名山洞府，光明仙境：青松屈曲，翠柏森鬱。門懸敕額金書，戶列靈符玉篆。前排二十八宿星君，後立三十二帝天子。階砌下流水潺湲，牆

[16] 重裀而臥二句：形容生活豪華富貴，或指身分顯赫。裀，雙層的墊席，重裀而臥，即身覆兩層厚軟的墊褥。鼎，古代盛食器，列鼎而食，表示飲食極為豪奢。

院後好山環繞。鶴生丹頂，龜長綠毛。三清殿上，擊金鐘道士步虛；四聖堂前，敲玉磬真人禮斗。

一行真人、道眾帶路，太尉遊山。「太尉寬心，天師早已乘鶴駕雲，趕赴京城禳災。」

「天災盛行，軍民塗炭。參知政事范仲淹大人奏請皇上，設三千六百分羅天大醮，奏聞上帝。再命本官前來商請天師，祈禳瘟疫，佑我同胞。早知天師駕鶴而去，何須此行？」原來是仁宗皇帝期間，疫疾盛行，洪太尉奉旨宣請嗣漢天師張真人來朝消災祈福一事。傳聞，洪太尉歷經千辛萬苦，不負使命，但也窺破天機，洩露異兆；多少年來，「異兆」之說沸沸揚揚，終究應驗不明。如今時空忽轉，往事浮現，正是解「此行」之謎？

「太尉此言差矣！求天問心，祈福待誠。化災解厄非天師能為，而是舉國同心，君民一意。太尉一路曲折，正是上蒼垂憐，考驗大宋天子恤民之心。」住持真人緩緩說道。

巡過三清殿、九天殿、紫微殿、北極殿，再訪太乙殿、三宮殿、驅邪殿。諸宮看遍，而在右廊盡處，赫見一所陰森幽暗、大門深鎖，重重疊疊朱印道符的殿宇：伏魔之殿。

「此處為何地？真能伏魔？」洪太尉命隨從開鎖破門。

「千萬不可！此乃老祖大唐洞玄國師封鎖魔王之地。」住持真人橫身欲阻，急說道：「鎖用銅汁灌鑄，經傳一代天師，便親手添一道封印，使子子孫孫不得妄開。一旦魔王走脫，天下動盪，生民遭殃。」

昏昏默默，杳杳冥冥。百年不見陽光，萬載難逢月影。黑煙靄靄撲人寒，冷氣陰陰侵體顫。人跡不到之處，妖精往來之鄉——這，不對呀！我，一直暗中窺伺的我，分明是人，不是洪太尉，也非殿外真人，而像是一直閉處幽黑之境，閃開雙目有如盲，伸出兩手不見掌。啊！我竟是在伏魔殿中蟄伏，偶開天眼，穿梭時空，等待命中貴人：洪太尉。

好奇心起？鬼使神差？那洪太尉哪聽得進勸阻，揭封印，斷銅鎖，破殿門，還將大殿中央龍章鳳篆、天書符籙的石碑（上頭鑿著「遇洪而開」）搗毀——哈！天摧地塌，岳撼山崩，刮剌剌一聲響亮，從華山，從錢塘，從京師，從塞外，從石碑底下的萬丈地穴，從「我」的喉舌腹腔，驚爆而出。隨即，一道決堤般的黑氣，滾湧奔竄，掀簷廊塌殿角，直衝雲霄，化作一百零八道金光，往四面八方散去。

神州震盪。世人驚愕。此兆凶吉？吉中帶凶？逢凶化吉？

洪太尉面色如土，目睜口呆。住持真人忙不迭地叫苦：「此殿鎮鎖著三十六員天罡星，七十二座地煞星，共一百單八個魔君。昔年共工一怒，撞倒不周山；博浪沙一錘，擊碎始皇輦，都不見這般光景。慘了慘了，群魔亂世，天下蒼生哪！」

飄浮大氣的「我」，左趑右趄[17]，顧後瞻前，也想勘破迷霧，尋得光明指引。但見雲龍隱

17 左趑右趄：欲進又止，躊躇不前的樣子。

約，舞現氣流篆書：

千古幽扃一旦開，天罡地煞出泉臺。
自來無事多生事，本為禳災卻惹災。
社稷從今雲擾擾，兵戈到處鬧垓垓。
……

一種，乍聞天機的異兆、神鬼莫測的不安，瞬間漫捲宋江。

蹎行，忽千里；一步，即，天涯。

第一章

九天玄女

諄諄叮嚀如法相莊嚴，震懾人心卻是奧窔[18]難解；待要豎耳傾聽，那輕細之聲竟水紋盪散，漫漶為嗡嗡碎碎的人馬雜遝、人語喧譁。

「一定是躲在廟裡面，進去搜！」帶隊追緝的趙得高聲道。

天要亡我？龜縮在神廚裡發抖的宋江驀然醒來，發現自己進退無門，心裡不由得暗誦：「南無阿彌陀佛太上老君九天眾神十方菩薩一起來救……」一面偷瞄紗縵外面的動靜：刀棍晃舞，火把閃耀，少說四五十人將這小廟團團包圍，連隻蒼蠅也飛不出去。

唉！該說是自找死路。江州法場沒給人砍頭，已是神魔總動員的高潮好戲：梁山兄弟傾巢而出，殺人遍野，只為救他一命。眾好漢迎他回山，鑼鼓爆響，大吹大擂，烹羊宰牛，酒池肉林，歡宴數日；晁蓋甚至要讓出第一把交椅——「萬萬不可，折煞小弟也。若要堅持，如此相讓，宋江情願在法場上就死。」雖然心花怒放，但此時不宜貿登大位，宋江和晁蓋推讓一番後，暫時坐上第二把交椅。其餘弟兄依年甲次序，左右排位，已是四十位頭領、上萬名嘍囉的壯盛軍容。

義旗既舉，本欲濟弱鋤強，定國安邦，或是鞏固山寨，徐圖天下。黑旋風李逵說中了宋江的癢處：「怕怎地！晁蓋哥哥便做大宋皇帝，宋江哥哥便做小宋皇帝，吳先生做個丞

18 窔：音一ㄠˇ。幽深。

相，公孫道士便做個國師，我們都做個將軍。殺去東京，奪了鳥位，在那裡快活。」

快人快語，叫宋江忍不住回想初識情景：

江州酒館，酒酣耳熱，戴宗指指身旁虎背熊腰的黑大漢說：「這位是小弟手下一名心腹兄弟，力大無窮，但脾氣暴躁，使兩把大板斧，人稱黑旋風李逵，家鄉的人喚他李鐵牛。因在故鄉打死人，流落至江州，跟著小弟混碗飯吃。」宋江微笑頷首。李逵卻粗聲道：「大哥，這黑猴子是誰？」戴宗滿臉尷尬地訓斥義弟：「休得粗魯！你比他更像黑猩猩。」隨即向宋江抱拳賠不是：「你看我這兄弟，唉！真是有眼不識泰山，還虧你朝思暮想嚷嚷著要去投奔人家！」

李逵說道：「咦？莫不是山東及時雨黑宋江。」

戴宗氣得跳腳，喝道：「又說『黑』，而且直喚公明名諱，豈非失禮？還不下拜？」

李逵搔搔頭，面露狐疑說道：「若真是宋公明，自當下拜；若是他人，拜他奶奶的雞槌鳥蛋。節級哥哥，不要再開玩笑了。」

戴宗正要發作，宋江已指指自己的鼻子，笑著說：「你覺得我不夠黑嗎？」

忽地又接上潯陽江頭的精彩畫面——為了替宋江買魚，李逵和浪裡白條張順從岸邊打到水裡：

噗通一聲，英雄落水，兩個身影在江裡翻滾浮沉。

江岸邊擁上三五百人，在綠楊樹下觀看，齊聲吆喝叫好：「哈！那黑大漢即便逃得了性命，也少不了喝一肚子水。」兩人在清波碧浪中搏鬥，一個顯渾身黑肉，一個露遍體雪膚。一個是馬靈官白蛇托化，一個是趙元帥黑虎投胎。哪堪神魔交戰，活像妖精打架。一個是五臺山銀牙白象，一個是九曲河鐵甲夥龍。這個如千千火煉成鐵漢，那個以萬萬錘打就銀人。這個如布漆羅漢顯神通，那個似玉碾金剛施勇猛。打成一團，絞做一塊。幾個回合下來，李逵明顯落居下風：被那人揪住頭髮，提起來，按下去，上下左右淹了十幾次，嗆得他兩眼發白。

宋江看得膽戰而心喜。他知道：坐轎還得轎夫抬。此生功業，不仰李、戴仗何人？上岸後，當然是重整杯盤，備餚饌，歡宴再開。戴宗忍不住數落李逵：「誰像你這般皮厚？萬一我和公明大哥不在身邊，誰來搭救你？」

「放心！」李逵的一陽指指向自己的鼻子。「有朝一日兄長落難，就輪到俺黑旋風挺身來救……」

「此話當真？」宋江微笑的模樣，活似加官進爵又納小妾。

「難不成是煮的？今後哥哥赴湯我就蹈火，哥哥上刀山我就下油鍋；哥哥喝穿腸酒，我就飲忘憂藥。生時服侍哥哥，死了也是哥哥部下一名小鬼。」

李逵一番渾話，雖引起戴宗喝阻，眾人調笑，宋江卻是瞇眼抿脣不語；他時若遂凌雲志，敢笑黃巢不丈夫。轉念一想，唉呀！糟糕，江州一事鬧得全國沸騰，「反」字已大剌剌寫成宋江等人的小名，我的老爹、族人豈不受我連累？

接老父上梁山成了首要之務。但此行危險，晁蓋主張「大軍出動，強取豪奪也要護人上山」。宋江擔心，人多勢眾驚嚇鄉里，反招不便，堅持一人前往。可惜，鐵齒硬頸不能帶來好運，宋江夜宿曉行，兼程趕路，第三天入夜趁黑摸回宋家莊後門，應門的宋清慌忙道：「哥哥，你回來做什麼？江州事發後，縣衙門的趙得都頭日夜派人監視我們，只等江州文書到來，就要捉拿咱父子入獄。你還不快走？趕快回去商請梁山人馬前來救人。」

前莊忽然傳來喧譁聲。大事不妙，自己的行蹤怕是暴露了。宋江趕忙溜進草叢，摸黑前行，後方反而傳來愈發促急的腳步聲。有人高喊：「俺親眼瞧見那黑面宋的鬼祟模樣，就在前面不遠，快追！」慘！這回誰來救我？七彎八繞後，宋江行經還道村，穿過一座林子，乍見一間古廟：牆垣頹損，殿宇傾斜，兩廊畫壁長青苔，滿地灰磚生雜草，彷彿荒蕪已久。宋江推開廟門，閃身而入，想想不妥——這不是正好叫人甕中捉鱉？欲待回身，從門縫往外一瞧，哎呀呀！前方路口已被追兵層層堵住，火把照耀如同白日。怎麼辦？東摸摸，西瞧瞧，到處蜘蛛結網，神帳裡蝙蝠竄飛，無處藏身。「前方無路，一定躲在廟裡，快去抓人。」他聽出趙得宏亮的叫聲，心一急，爬上案桌，掀起帳幔，鑽入神廚裡，不知是抱自己的腦袋還是抱佛腳，全身縮成一團，哆嗦不已，嘴裡喃喃唸著：「神明庇佑……神明庇佑……」

「仔細搜！地皮起三寸也要把他找出來。」眾兵卒東翻西找，沒有人看神廚一眼。趙得接過火把，一隻手用朴刀挑起神帳，往神廚裡一照——「我命休矣！」宋江邊打抖邊構思自個兒的祭文要怎麼寫，乍見火焰沖飛，一片黑塵撲下，正落在趙得眼裡。他瞇著眼，將火把丟在地上，一腳踏滅了，走出殿門外來，對士兵們說：「這廝不在廟裡。奇怪？死到哪裡去了？」「可能躲在村中樹林裡。報告都頭，這村喚作還道村，雖有高山林木，只有這條路出入，只消把住村口，宋江便插翅也飛不了天，待天明再細細搜捉便是。」

宋江搗著心口，又拍拍額頭：「感謝神明庇佑，他日必當重修廟宇……，只是，天亮後怎麼辦？」

「都頭，瞧！廟門上兩個黑手印，一定是才推開廟門，躲在裡面。」一名士兵忽然嚷嚷，趙得回身一看：「哈！快進去再搜。」

宋江倒抽一口氣，險些昏厥。所幸一陣翻搜未果，趙得搔了搔腦袋，說道：「沒道理呀！難道真躲在神廚裡？來人哪！拿火把來。」

火光熒熒，趙得再次揭起帳幔，五七人伸頭來看——一陣惡風捲起，吹滅火焰，伴隨屋瓦掀動、門窗抖響，廟內又是陰森森的漆黑一片。「難道是神明怪罪？也罷，還是退守村口……」趙得搖搖頭，準備退兵。只見一名手持長鎗的兵士不信邪，舉鎗欲刺暗黑的廚內——頓時飛砂走石，廟宇搖動，烏雲兜罩，寒氣入侵。眾人忽覺毛髮倒豎，背脊發冷。「神明生氣了，快退！快退！」眾人一鬨往門外奔逃，有人攧翻摔倒，有人扭腿閃腰，「神明饒命！小的再也不敢了。」有人哇哇哀叫。趙得回身一看，兩三個士兵跌倒在龍墀[19]旁，被樹根鉤住衣服，趕忙丟了朴刀，跪地求饒。

「呼！真是好險！我黑面宋的封號要改了，不喚『及時雨』，改稱『及時風』，如何？」見官兵遠去，宋江仍是不敢妄動，只是以袖輕拭額上冷汗。

「小童奉娘娘法旨，請星主說話。」清脆稚氣的孩兒聲自後廊傳來。咦？哪來的娘娘？誰是星主？誰在對誰說話？宋江屏息發愣，哪敢應聲。「宋星主休得遲疑，教娘娘久等。」宋江探頭出來，看見兩名青衣螺髻女童齊齊躬身，各打個稽首[20]：「奉娘娘法旨，有請星主赴宮。」宋江不解地說：「小可姓宋名江，不是什麼星主，兩位仙童由何而來？娘娘又是何方神聖？」青衣女童道：「星主只管跟來，到時便知，不必多問。」

宋江探頭探腦鑽出神廚，躡步隨行，轉過後殿側首一座子牆角門，赫見星月滿天（兩名女童的背影忒像後殿兩側的青色泥人），香風拂拂，茂林環繞，修竹叢生，中間一道龜背

19 龍墀：指古代宮殿石階。墀，音ㄔˊ。古代殿堂上塗飾過的地面，或指殿前平地。

20 稽首：跪拜叩頭至地。為古代禮儀中最恭敬的行禮法。稽，音ㄑㄧˇ。

大街，迤邐前伸；不禁暗忖：廟後竟有如此洞天，莫非來到桃源仙境？再行一里來路，忽聞潺潺水響，一座朱欄青石橋，接引奇花異草，翠柳天桃；橋下翻銀滾雪，沆沆澗水流入石洞。過橋後，赫見一座大紅欞星門，如天神傲立；進門一看，一座金碧輝煌大殿，飛簷展翅，瓦頂嵬峨。

再細瞧，彩釘朱戶，紅泥牆壁，翠靄樓臺，御柳宮花。若非天上神仙府，定是人間帝王家。「奇了！我生長於鄆城縣，竟不曾聽聞此處？那紅欞星門豈非王謝堂前？抑或孔廟大門？」裹足遲疑，瞻前顧後，不敢向前。青衣女童再三催促：「娘娘有請，星主進來。」踏龍墀，穿繡簾，步月臺，青衣引行，來到燈燭熒煌的大殿。宋江斜瞟朱紅亭柱，回看龍鳳磚階，不覺肌膚戰慄，毛髮倒豎。一種，乍聞天機的異兆、神鬼莫測的不安，瞬間漫捲而來。跬[21]行，忽千里；一步，即，天涯。

「請宋星主上前來，就坐。」御簾傳旨，清音若深谷流溪，但聞琤淙環繞，卻不辨其源頭。宋江亍到簾前御階之下，躬身數拜，俯伏在地，口稱：「臣乃下濁庶民，不識聖上，伏望天慈俯視，神明憐憫。」

「星主不必多禮，別來無恙？」

21 跬：音ㄎㄨㄟˇ。半步。指很短的距離。

宋江抬頭舒眼，仰望龍燈鳳燭，金碧交輝；臺階兩側立著青衣女童，持笏捧圭，執旌擎扇，隨侍左右。此時，珠簾捲起，赫見仙容：七寶九龍床上，正坐著位娘娘，身穿金縷絳綃之衣，手秉白玉圭璋之器，天然妙目，國色——不，應該說是不怒而威，不笑自媚，散發著教人不敢逼視又忍不住偷覷的情韻。宋江恍惚了半晌，心想：如此聖顏，人間絕斷，是應世人卑願？顯我輩陋鄙？再者，未曾謀面，怎堪「別來」？既是初識，緣何熟稔？

「請星主到此。三杯為敬。」兩下女童手執蓮花寶瓶而來，斟在杯內，向宋江勸飲。宋江起身，不敢推辭，兩手捧酒，朝娘娘跪飲了一杯。頓覺那仙酒馨香馥郁，醍醐灌頂，甘露灑心，不正是「天子呼來不上船，自稱臣是酒中仙」？青衣又斟來一杯，宋江戰戰兢兢啜飲細嚐，忽覺高粱粗烈，綠蟻清香，咂嘴品味，竟是酸甜苦辣鹹，喜怒哀樂嗔。百感交集，心頭浮現孟德佳句：「慨當以慷，憂思難忘。何以解憂？唯有杜康。」娘娘法旨，再勸一杯。乘著酒興，宋江這回挺身而起，一飲而盡，頓覺天上地下燈燭旌扇翩翩起舞，化為氣流迴繞龍蟠金字：萬里江山酒一杯。

好句！宋江幾乎要衝口而出。只是，恁地眼生，這詩句渾然天成，又道盡人事，究竟出自何人之筆？

三杯下肚，頭暈體熱，竟有微醺之感。宋江怕酒後失禮，再拜道：「臣不勝酒量，望乞娘娘免賜。」

「宋星主不想嚐嚐那第四杯酒的滋味?」殿上娘娘莞爾問道。

「不了!不了!娘娘恩賜,永銘五內。」酒意竄昇為飛龍,在體內橫衝直撞,俯首的宋江一時站不住腳,顫巍巍跪倒在地。

「既是如此,也罷。取那三卷天書,賜與星主。」

青衣手捧青盤,盤中托出個黃羅袱子,約長五寸、闊三寸,看不出究竟。宋江恭領聖物,一接手只覺厚實沉甸,待要解開時,忽感地動天搖,小小包袱竟有萬鈞之重,內裡又似蓄藏著風火雷電冰。驚愕未止,庭上娘娘正緩緩開口:「星主本為天罡之首。只因魔心未斷,道行未完,暫謫人寰,完成天命方得回歸。他日重登紫府[22]?罪下酆都[23]?全憑星主今生之行、一念之間。先前波折只為考驗原心、淬礪本性。」恍然抬頭,視野全開:慈眉斂目的娘娘容顏乍變,活似被他一刀斷頸的惡婆閻婆惜——捫心自問,宋江殺妾的痛心,多少緣於那女人的美貌。蛾眉再變,巧笑倩兮,竟又翻出另一面絕色姿容:玉貌花顏,價冠青樓的李師師——對宋江而言,那叫做,預支的驚豔。

眼生。心熱。喉頭煙發火出。宋江腦門冒汗,背脊泛冷,瞬間的心猿意馬,如犯天條,教他惶恐不已。「敢問這天書內容……」「尋爾兄弟,共赴天命。」宋江趕忙俯首再拜,謝

22 紫府:道家稱仙人所住的地方。也稱「紫房」。

23 酆都:道教中相傳為冥府所在,人稱「鬼城」。

領天啟：「何謂天命？」

「天機不可洩露。三卷天書務必善觀珍藏，不可轉手他人。功成之後，便應焚之，勿留人世。」娘娘的容顏，又似秋水煙寒，逐漸暈淡。「天凡相隔，難以久留，汝當速回。天明時，自當脫離此村之厄。他日瓊樓金闕，再當重會。」

「娘娘——」一伸手，景物倏變。宋江發覺自己佇立星櫺門石橋邊，憑欄張望：滾滾漭流裡，翻覆糾纏，金鱗熠熠，竟是二龍戲水奇觀。待要細看，又是一陣地動山搖，雲天塌陷——宋江猛轉身，一頭撞在龕壁上，四周又回復幽黑闃寂，自己仍在神廚內。難道，剛才奇遇，乃是南柯一夢？

爬出藏身處，四周早已不見人跡，月影當空，料是三更時分。「夢邪？真邪？若是做夢，言語動作卻是清晰深刻，若是真實……」心裡嘀咕著，嘴齒間卻是酒香四溢，下意識探摸袖子，那厚沉袱子猶在袖中，包覆著鼓盪未知。

揭開帳幔，赫見九龍椅上慈眉斂目的紗面娘娘，如夢中所見。此時的宋江，睡意全消，恐懼頓解，卻又擺脫不了似夢還真的無邊暈眩。五內忽熱，浮滾著翻江蛟、倒海龍。

曙光透窗，在陰暗的廟內鋪寫清晰而晃浮的黃金大道。宋江一步步走下殿來，從右廊下轉出廟前，抬頭一看，舊牌額上刻著四個金字：玄女之廟。「原來是九天玄女娘娘顯靈，看來我老宋連番厄舛，命不當絕，正是天意如此。」趕忙跪地再拜，喃喃唸著：「他日功成，必當來此重修廟宇，再建殿庭，伏望聖慈俯垂護祐。」

稱謝未已，忽聞村外喊聲震天，數名官兵和都頭趙得連滾帶爬奔來，喊著：「神仙救命。」怎麼回事？難道又是追兵？不成！我大難方經，豈能再逢劫數？宋江正準備藏身樹後，又聽見一聲聲如雷巨吼：「鳥楬休走！」然後是利器斷肉切骨的淒厲叫聲。哪位好漢活似土地公放屁——這般神氣？哈！一尊怒目黑金剛如山挺立，兩手掄動夾鋼板斧如龍捲風雲。悶哼、慘叫、血濺、尿流，一夥官兵逃之不及，紛紛倒下。那上身赤條條的黑大漢殺得興起，直追氣虛腳軟的趙都頭，一腳將他踹在地上，踏住背脊，手起大斧，怒喝：「你這鳥楬將我宋哥哥如何？快說！人在哪裡？」「我……我……沒有……」顫聲未已，斧落頭斷。「等等！問清楚再殺！」後面奔來三籌好漢，各挺一條朴刀，正是赤髮鬼劉唐、石將軍石勇、催命判官李立。

正在開膛破胸、宣洩怒氣的黑大漢是誰呢？

「哎喲！我的黑猩猩李逵兄，你當真是殺人不眨眼。」宋江清清嗓子，整整衣冠，從樹幹後施施然步出，卻被松樹根絆了個踉蹌，險些頭下腳上摔倒。

「哥哥！找到你太好了，哥哥！」李逵雙眼一亮，顧不得一身血水肉渣，向宋江撲奔而來。「公明兄沒事便罷，若有差池，咱梁山弟兄不焚村毀城、一日千斬才怪。」劉唐等人也一擁而來，見宋江完整無缺，開懷笑道：「托塔天王早知官府有詐，定要擒公明歸案。

吩咐我等隨行照料。如今化險為夷，咱們也該早早回山，以防再生變故。」

宋江低頭嘆道：「感謝眾兄弟又來救我性命，將何以報大恩？只是，此番驚動官兵，小可兄弟只為父親懸腸掛肚，坐臥不安……」

「放心唄，晁頭領已派戴宗、杜遷、宋萬等人兼程趕往宋家莊，迎令尊、令弟及家眷回山。如今就等公明回去團圓了。」劉唐笑拍宋江肩頭。

宋江吐了口大氣，說道：「得弟兄們如此施恩，宋江死亦無怨。只是……」只是，「尋爾弟兄」是指手足伯仲？異姓金蘭？

李逵也嚷嚷起來：「人說那吳用軍師料事如神，俺起初不信，如今不得不服。哥哥離山那夜，吳先生卜得一卦，解曰：『天不亡宋，弟兄來會。』還說哥哥命格、相貌皆屬非凡，正所謂『龍非池中物』。他日一飛沖天，梁山定有大格局、大事業。」一把攬起宋江，安排上馬。「甭說了，趕緊回去殺牛宰馬，醉他個三日夜。」

眾頭領亦各自上馬揚鞭，離開還道村口。若有所思的宋江忽然勒馬停步，回望九天玄女廟、村落、樹林與遠方峰巒，以手加額，朝空頂禮。雲山千疊，浮世變幻，他是在回想前夜夢境？夢境之前的另一齣夢？

眾人亦隨之頓停，面面相覷，東張西顧。貌似不解，又像冥冥有所感。

那一瞬間，狂風呼湧，初陽照得四野間燦燦爍爍，好一幅斑斕織錦、風雲天地圖。

驚夢之二

紛紛柳絮，片片鵝毛。空中白鷺群飛，江上素鷗翻覆。這千山砌玉、萬戶銀裝的雪景，教人心神一凜，視野大開。

可是……不對呀！俺鐵牛明明是三伏天下山，熱得俺七竅冒煙，褲襠著火，怎麼轉眼就成冬景？而且，景色倏移，風雲幻變，難道我也練成戴宗一日千里神行大法？

轉過那山，進入這村，聽見莊內鬧動：十餘名大漢持棍拿棒，劈桌擊凳，把家具打得粉碎。其中一人罵道：「老頭子，咱公子高衙內要定你女兒了。快叫她出來，否則殺你全家。」搶親？奶奶的，不由分說，衝進屋裡，喝道：「你這夥鳥漢，強搶民女？來！你爺爺的大鳥陪你洞房。」「干你屁事！」十幾根棍棒兜頭砍來。「當然不干俺屁事，是你們的屁眼子有事。」反手取板斧，咦？腰際怎麼空無一物？不管了，赤手空拳，斷棒折棍，一拳撂倒一個，一連六、七拳，打得七顛八倒，屍橫滿地。只剩為首的那名惡漢，奪門而逃。

「哪裡跑？」除惡務盡，一路直追，趕過一個林子，赫見許多宮殿，那惡漢已不見蹤影。殿上有人高聲說：「李逵不得無禮，快來晉見皇上。」皇上？再一看，這裡正是天子所在的文德殿，皇帝坐龍椅，朝臣站兩旁，日前曾隨宋哥哥來此見朝。嗯？不對！俺什麼時候見過皇帝？殿上又說：「李逵！快伏拜！」心不甘情不願拜了三拜。天子問道：「適才為何殺這許多人？」「強占民女，俺看不過去，所以殺了。」天子頷首：「路見不平，剷除奸黨，義勇可嘉。朝廷正需汝等忠義之人。朕封你為值殿將軍。」

這時，滿朝文武中步出四人：蔡京、童貫、楊戩、高俅（啊！公孫勝說這四人奸佞狠毒，是朝廷惡虎。）俯伏奏道：「今有宋江蒙受招安，統領兵馬，征大遼，討田虎，卻是逗留不進，遲未建功，有辱皇恩，伏乞治罪。眼前鬧事李逵，當立斬，以告天下。」招安？征大遼？討田虎？這齣戲演到哪一段了？我只想回家接老娘。「要斬我？」赫！無名火高舉三千丈，隨手搶下侍衛的刀，一刀一個，轉眼間四奸臣人頭落地。「俺早叫宋江哥哥自己做皇帝，他不聽，果有此報。」再揮出一片刀網，阻隔侍衛武士，大踏步離開宮殿。

一步，在朝；一步，旋即在野。走出天子腳下，又見皚皚白雪，巍巍高山，山坡前立著位頭戴折角頭巾、身穿淡黃道服的方士，閒閒問道：「手誅惡臣，將軍可感得意？」「這裡是何處？俺完全迷糊了，俺在做夢嗎？」細看，那眼神，那嘴角，那鬚髭，那抹欠揍的賊笑……不正是軍師吳用？不對！仙風道骨，風輕雲淡，一副得道升天的光景。方士似笑非笑說：「似夢非夢，臨水自照。此地名為『天池嶺』，上有一口天池，映現夢象，鑑照古今，還可覷透未來，你宋江哥哥懷中天書，亦有這般功能。」「見皇上，征大遼，討田虎，是何時之事？」方士笑而不答，卻曼聲輕吟：「八虎會聚四虎沒？梁山好漢震神州。」

「啥？」方士喃喃唸出八個名字，又說：「『八虎』、『四虎』既是實也是虛。『七星』乃聚義初始。『八虎』象徵聚義完成，也是征戰劫難的發端；『四虎』代表難以剷除的奸佞勢力，同時，唉！東征西討，血戰方臘，有幾人能回？」

「皇上說俺『義勇可嘉』，哥哥要我『替天行道』，誰擔心那鳥事？」說話同時，赫見自己的魁梧身軀隨心化變，站成一尊佛像。

「也是！不談未來事，先瞧眼前災……」

猛可一聲巨響，林子裡跳出一頭斑斕猛虎，一剪尾，一聲吼，兜頭兜腦撲來……

一陣電閃。青天霹靂。
殺四虎，添二虎；
出八虎，回四虎。

第二章

八虎會梁山

餓虎撲面而來的瞬間，李逵不由得暗嘆武松的氣魄（他原以為打老虎易如反掌折枝砍人腦袋），說正格的，面對如此龐然大蟲，猶能氣定神閒不閃不逃，要不是喝醉，便是嚇暈。算了，誰教自己不在路上多飲兩罈壯膽？握緊朴刀，啐口痰，怒罵向來瞧不順眼的軍師吳用：「那撈什子[24]的相命嘴，儘說些鳥話觸爺爺霉頭。」

三天前，吵著下山接娘那晚，吳用先生送給他的預言：施為搖天撼地手，來鬥巴山跳澗蟲。

宋江擔心他出意外，開出三個條件，才放他下山：不可喝酒、不可鬧事、不可帶板斧。沒有酒沒有斧，就變成沒牙沒爪的老虎。一路上，李逵確實乖如綿羊，不想惹事，可那事情不肯放過他：先是在沂水縣發現自己名列通緝榜第三名（僅次於宋江、戴宗），又在樹林中遇見自稱「李逵」的翦徑賊：「此山為我開，此樹為我栽，若要從此過……」「奶奶的！誰不學，搞成這副鳥樣辱沒老爺名字。」李逵將那紅絹頭巾、粗布衲襖、手持兩塊破鐵當板斧、臉上搽墨的冒牌貨痛扁一頓，本想一刀教他身首分離，但見那黑面賊哆嗦求饒：「爺爺！殺我一個，便是殺我一家。我人窮志短，豈敢學人翦徑，只因家有九十歲老母待我供養，只好偷了您的名號嚇人，還挺管用的。那些過路客一聽見黑旋風，便嚇得扔下行

[24]撈什子：東西；傢伙。有厭惡、輕視的意思。也作「勞什子」、「僗什子」。

李包裹……」

奶奶的，怎麼所有被打趴的宵小狗賊都是搬這套腳本？不過，「老母」二字還是打動了李逵思母孝親的心。罷了，不但放他一馬，還給他十兩銀子做點小生意。臨走時，李逵正色地說：「若還要打劫，不准用爺爺名號，就說你是吳用。」

難得大發慈悲，可有好報？李逵一朴刀劈向吊睛大蟲的腦門，再一附子正中虎鼻，那老虎血流如注，痛得嘶吼咆哮。放走小賊後，李逵肚子餓得發慌，在山凹草野間尋見一戶草屋，便拿出幾錢銀子，想換頓飯吃。屋裡一位胭脂鉛粉搽滿臉的婦人見他凶煞模樣，再瞧瞧白花花銀兩，哪能說不？趕忙下廚升火洗米準備菜飯。李逵等得無聊，逕往屋後溪邊洗手，忽見一熟悉身影一跛一跛往後門而來——咦？不是那假李逵是誰？趕忙躲在一旁，偷窺究竟。「死鬼，你死到哪裡去了？」婦人嬌嗔的聲音。「哎喲！我的小娘子，今天倒了八輩子邪楣……」原來那脂粉婦人就是他「老母」，奶奶的，再來就要上演亂倫戲了。又聽見那婦人說：「你說的李逵，應是坐在前廳的黑大漢。咱們在菜裡下藥，再將他千刀萬剮……」我的老母！這對狗男女竟想恩將仇報，李逵氣得衝進門就砍人，屋內男女嚇得到處亂竄，男的被李逵按翻在地，女的奪門而逃。李逵舉刀怒問：「撈什子鳥人，喚啥姓名？」「小的……名叫李鬼，請饒命！」「李鬼？你去作鬼吧，死鬼！」一刀割下頭來，舉目四望，廚房傳來飯香，只缺菜蔬佐飯。李逵盛了一大碗飯，一刀割下男人腿肉，嚼一口啐一聲：「呸！狗賊的狗腿果然難吃。」

老虎肉是啥滋味？聽說是滋補聖品，吃腦補腦，吃鞭補……現在哪有工夫想這些？李逵再一踹一摔，按住虎頸一頓猛揍，終於，趴了，軟了，伏地不起。李逵鬆口氣，想到老娘還在松樹邊大青石上等水喝，（好險！萬一遇見大蟲的人不是我，是她老人家怎麼辦？）趕忙連蹦帶跳回去──哎呀！俺老娘哪裡去了？往前尋不到三十餘步，只見草地上一團血跡，李逵眼皮顫跳，背脊發冷，沿著血跡，來到一處洞口，赫見兩隻小老虎正在舐一條人腿。

「奶奶的，俺千辛萬苦揹老娘上山，不是送她『出山』，也不是給大蟲送點心，竟便宜了你們這些畜生。」心火陡生，赤鬚橫豎，握緊朴刀便衝進去左劈右掤，一刀兩命。這時，背後捲起一陣狂風，沙塵漫天，葉落如雨，正所謂「雲從龍，風從虎」，一聲狂吼，又跳出一隻吊睛白額虎，朝李逵急撲而來──

「官兵就要來了，你趕緊走，自個逃命去。」年邁目盲的母親，聽聞憨兒子的問候聲時，又驚又喜又急，只顧趕兒子離家。

「鐵牛這回是要揹您去享福的，跟我走吧！」

「去哪？你要揹為娘的去哪？」不顧老娘的擔驚害怕，李逵扛起老人家便走，避大道，抄小路，攀岩登山，以為是回梁山的捷徑。不料星夜趕路，老母親又餓又渴，李逵放她在青石上，四處找水喝——哀哀老母卻成了虎牙虎爪的盤飧。李逵的火氣又上來了，狂吼一聲，比吊睛虎的咆哮聲更淒厲：「你們殺我娘，俺就殺你全家。」一刀劈中虎額虎鼻，鮮血直冒，那大蟲氣勢頓軟，哀號不已。再反手一刺，整把刀沒入老虎糞門，拔出，再刺，再拔，再砍……直到那龐然大物癱軟在地，了無聲息。

口乾舌燥，眼冒金星，氣喘吁吁，手腳顫抖。累極怒極的李逵持刀再進虎窩，仔仔細細搜查，怕有餘孽未除。「好個巴山跳澗蟲，俺一夜殺掉四隻，教那吳用還敢不服我？可是，俺老娘……」鼻一酸，黑大漢哇啦啦號哭起來，邊哭邊收拾親娘的殘骸骨殖，用布衫包裹，捧在手裡上路，隨後葬在路邊一所大聖廟後山坡。他也因過度疲勞、傷心，忽然不支，倒地昏睡。

「因將老母殘軀啖，致使英雄血淚流……敢問英雄何所恃？八虎會聚……」

窸窣人語聲鑿穿夢壁，明晃晃的光影化為人形。李逵眼一睜，瞧見晶閃閃的日頭和五七個揚弓搭箭、神情戒備的獵戶，正一步步向他踱近。為首之人語露驚訝：「你是何方神聖？山神？土地公？如何敢獨自過嶺？」

豈止過嶺，還過夜呢。李逵大夢初醒，只覺天旋地轉，兀自搔腦又搔頭。眾人見他一身血汙，不明就裡，又想探個究竟：「兄臺可曾遇見那隻……」

「天殺的鳥大蟲，是不？俺沒遇見那隻，俺遇見四隻，奶奶的，殺了一隻又來一隻，教你爺爺氣虛腳軟，要是再來兩隻……」李逵吐出一口大氣。

眾獵戶齊聲驚呼：「怎麼可能？一人殺四虎？便是李存孝和子路，也只能一人打一隻。為了那個虎窩，近三、五個月來都沒有人敢過沂嶺，你一個人就能擺平？我們不信？」

「你們這些鳥人，自己上山去瞧瞧不就明白？」李逵瞪著銅鈴眼，但疲累未消，傷感猶在，說話有氣無力：「你爺爺沒事躲在這裡戲耍你們不成？」

眾獵戶打起胡哨，一霎時聚三、五十人，簇擁著李逵上山。果然，遠遠望見四具虎屍：兩小虎在窩內外，母大蟲在山邊，雄虎倒在泗州大聖廟前。

歡呼，雀躍，眾人抓縛綑綁，將四虎扛下山，先遣人報知里正上戶，並邀李逵同行領賞。大夥兒來到當地大戶曹太公莊上，接受款待。

也教村坊道店，前村後里，山僻人家，大男幼女，成群拽隊，都來看打虎英雄。但見大廳上曹太公舉杯敬酒，動問：「壯士好力氣好身手，敢問高姓名諱？」人言只有假李逵，如今卻教李逵假。黑旋風雖粗獷，也知此時不宜以真名示人，隨口答道：「俺姓張，無名，你可喚我張無名或張大膽。」

「呵呵！還真是大膽英雄。」「不大膽，怎能一人搏四虎？」眾人一陣議論、調笑。不料，假李逵李鬼的女人也在人群中，暗自冷哼兩聲，轉向里正告密：「那黑漢子哪裡是什麼『張大膽』，分明就是衙門通緝在案的黑旋風李逵。」里正一聽，大驚失色，趕忙暗地裡請出曹太公，共商對策。眾人覺得應付李逵不能力取，宜用「酒攻」：酒過三巡，再來三巡；烈酒清酒，拚酒灌酒……果然，李逵醉倒大廳，呼呼大睡。眾人一擁而上，七手八腳將他綁在一條長板凳上，然後火速報官。縣官接獲消息，派都頭青眼虎李雲帶兵前往押解。

消息傳開，整個沂水縣沸沸揚揚。朱貴正巧在東門莊外弟弟朱富的店裡，聽到李逵被捕，急得跳腳：「哎呀！宋公明就是怕這黑廝惹事遭禍，派我前來照應，如今我要怎麼交代？」朱富說：「大哥休急，搭救李逵勢在必行，但那都頭李雲面闊眉濃，鬚鬢皆赤，雙眼碧綠，武功超絕，尋常三、五十人難近他身。」「那該怎麼辦？」「只宜智取，不能力敵。哥哥附耳來……」咕咕噥噥的細語聲中，朱貴蹙緊的眉心漸漸舒緩，而朱富的嘴角眼線微揚，笑得像隻偷窺獵物的老狐狸……

李逵呢？清醒後發現自己被五花大綁的黑大漢在想什麼？「施為搖天撼地手，來鬥巴山跳澗蟲。水滸傳裡添雙虎，聚義廳前慶四人。八虎會聚四虎沒？梁山好漢震神州。」軍師吳用的預言？讖語？完整、清晰浮現在枷鎖上方、暗牢屋頂。而李逵竟一改躁性，不吵、不鬧、不暴跳，睜著黑亮泛紅銅鈴眼，瞋著闇灰背景的異彩浮字。

「這前四句我先不開示，不久你就會有『大展身手』的機會……」皮笑肉不笑的軍師忽然閉了「相命嘴」，一副神祕莫測的鳥模樣。

「那後兩句呢？」被宋江「沒收」拿手兵器板斧的李逵跳得老高，很想一拳打穿相命嘴的臭鼻孔。

「二虎添四虎，四虎成八虎，八虎又如何？嗯……」吳用手捻鬚髭，搖頭晃腦，欲言又止：「可直解又有寓意，虛玄處仍有些不明不白，我也是似懂，非懂，猶如以管窺豹……」

開破這椿，也就封閉那回；小圖象裡赫見斑斕全景。解透天機，即能掌握勝算？囹圄中的李逵似是覷見關竅，卻也目眩，神迷，語塞，詞窮。「吳用在此，當作何解？」但他知道，蓬門今始為君開，此情此景是為他李逵而設，捨此無他，不作第二人想。閉上眼，全黑視幕中忽忽浮現一尊佛陀，身軀臃腫，意態慵懶，斂眉閉目，手捧金樽，行將遷化……心一驚，眼一睜，想瞧個究竟，卻是——

綠水遶青山，迢迢押解途。三十來個士兵掄刀持鎗，團團包圍，都頭李雲坐上一匹高頭大馬，後面還跟著曹太公、里正、李鬼老婆和一干獵戶。來到東門莊外的僻靜路口，朱貴兄弟挑了滿滿兩擔酒肉瓜果，迎面而來。朱富上前攔住李雲，說要為師父接風慶功，就地擺宴，與大夥兒同歡。李雲起初推辭不受，但禁不住再三勸飲，勉強喝一口酒，吃兩塊肉；其他人早已口水直流，開甕取酒，吃他個落花流水，風捲殘雲。李逵看見朱貴，即明白箇中玄機，故意嚷嚷道：「好酒好肉，也給你爺爺吃些。」朱貴瞪眼回罵：「你這個死強盜，只配吃刀，哪裡有酒肉可食？」一面盯著散置地上的兵器。

李雲見士兵們喝足吃飽，下令起程趕路——無人動彈，只見一個個翻白了眼珠，直挺挺倒地。「哎呀！中計！」李雲心知不妙，反手握刀，想先發制人。但才一舉步，便感頭重腳輕，一個跟頭栽倒。朱家兄弟就地取刀，橫三掤四，驅趕未進酒食的隨行眾人，步步接近李逵，要為他鬆綁。這時，一聲暴喝，一響裂帛，李逵自行掙斷繩索，腳一點，一把朴刀入手，上前就要砍殺軟做一堆的李雲。朱富慌忙攔阻，叫道：「不要動他，青眼虎是我師父，也是一位響噹噹的好漢。你只顧先走，我們斷後。」「什麼虎？」李逵心頭一緊，竟放下屠刀。「青眼虎，堂堂沂水縣第一高手，不能殺。」李逵環左顧右，殺性又起，喝道：「好唄！這人交給你。但不殺曹太公老驢，如何出這口氣？」掄刀上前，先砍曹太公，並殺李鬼妻，又把里正劈了，這還不過癮，再耍一套臨時起意的旋風刀法，切菜剖瓜，掤光了那群倒楣獵戶——還不夠，刀光霍霍，哀叫連連，還只顧找人練刀。那些隨行莊客、貪看熱鬧的過路人反應如何？只恨爹娘少生腳，連滾帶爬奪路逃，眨眼間已作鳥獸散。

朱貴一把攔住李逵，大聲說道：「不干那些人的事，休要濫殺。」血腥戲碼總算暫告一段落。三人提刀穿林而行，行至半途，朱富忽然停步，面有難色說道：「此番設計害了師父，他要如何回衙交代？醒後必是沿路追來。你們先走，我要在這裡等他。」朱貴說：「這樣吧，我先前去準備車輛馬匹，令師武功高強，你一人恐應付不來，就留李逵陪你等他吧。」李逵拍手道：「好哇！剛才只用一成功力，殺得不爽俐，這個什麼虎有兩下子？

你爺爺就在此恭候大駕。」

不出半刻，赫見赤髮碧眼的李雲揮刀狂奔而來，罵道：「強賊休走！上前領死。」李逵眼一亮，手一翻，舉刀迎敵：「來吧！用你的破鐵幫你爺爺抓抓癢。」兩人揮劈砍刺，翻躍擊擋，竟是棋逢敵手，一時片刻難分勝負。朱富趕忙出刀將兩人隔開，抱拳彎腰，向李雲賠罪：「師父息怒，小徒並非存心作對，只是兄命難違，不能不搭救李逵。師父應知如今梁山泊正精實壯大，晁蓋、宋公明坐鎮指揮，四海英雄莫不歸附。眼下情勢，您若回去，定吃官司，又無人相救，不如和我們上梁山，共舉義旗。未知尊意如何？」

李雲尋思了半晌，說道：「梁山大寨，只怕不肯收留我。」朱富大笑說：「您可放一百廿個心。山東及時雨，招賢納士，心心念念就是要結識天下好漢。」李雲終於吁出一口大氣：「現下還真是有家難奔，有國難投；所幸光棍一個，並無妻小。也只好和你們結為異姓兄弟。」李逵亦面露喜色：「哎呀！我的哥，早知道會成為自己人，就不鬥那一回了。」忽然壓低音量：「俺到現在還在煩惱：要怎麼打敗你這頭猛虎？」

「是啊！殺四虎，添二虎，聚義廳前，正宜作慶。」備妥車輛的朱貴趕來，正巧插入話題。

「添二虎？」李逵眉頭一皺，心頭一陣猛播。

「不就是青眼虎李雲和笑面虎朱富，我的親弟弟。」朱貴笑看三人。

「你也是虎？」李逵的語氣還是不改驚訝。

「怎麼？你覺得我像病貓嗎？」笑面虎朱富的笑容當然不像貓，像狐狸。

一陣雷閃。青天霹靂。殺四虎，添二虎；出八虎，回四虎——哪來的聲音什麼話？一時呆愣的李逵只感氣血翻湧，腦中快速閃過一串名字：矮腳虎王英、錦毛虎燕順、青眼虎李雲、笑面虎朱富……

再加上，四個未謀其面莫名浮現的大名：插翅虎雷橫、跳澗虎陳達、中箭虎丁得孫、花項虎龔旺。

正是，八虎會聚梁山泊。

驚夢之三

水晶簾捲軸而起，暗香浮動，蓮步輕挪，腰身款擺，走出個婀娜多姿的絕色女子。瞧！黑髴髴鬢兒，細彎彎眉兒，光溜溜眼兒，香噴噴口兒，直隆隆鼻兒，紅乳乳腮兒，粉瑩瑩臉兒，輕裊裊身兒，玉纖纖手兒，一捻捻腰兒，軟膿膿肚兒，翹尖尖腳兒，花簇簇鞋兒，肉奶奶胸兒，白生生腿兒。更有，窄湫湫、緊搊搊、紅鮮鮮、紫稠稠……

鴛鴦燈照亮小軒，犀皮香桌之上，端放著博山古銅香爐，兩壁上掛著四幅名人山水畫，下設一排一字交椅。我這個神行太保不須日行千里，只管心蕩，神馳，瞇覷著眼，跟隨宋江、公孫勝和一位腰細膀闊的俊美少年，魚貫走進室內。

那少年是誰？

六尺以上身材，二十四五年紀；面如冠玉，脣紅齒白。戴一頂木瓜心攢頭巾，穿一領銀絲紗團領白衫，繫一條蜘蛛斑紅線壓腰，著一雙土黃皮油膀夾靴。態度雖恭敬，走路踏步卻是虎虎風生。

絕色女子嬌媚一笑，襝衽為禮：「各位員外官人，大駕光臨，綺閣生輝。奴家這廂有禮了。」眼珠子滴溜溜在俊美少年身上打轉。宋江答道：「山野村夫，孤陋寡聞，得睹花容，生平幸甚。」俊美少年接著說：「芳年聲價冠青樓，玉貌花顏也罕儔。共羨至尊曾貼體，何慚壯士使低頭。今日一見，果不虛傳。」

巧笑伴隨哄堂大笑。那女子邀眾人入座，上茶，備酒。閒話東西。奇了，我等為何在此？但見宋江笑靨裡透著一絲謹慎，七分場面話，三分支吾詞；公孫勝的雙眼若有所思，唯獨那少年談笑風生，鼓動如簧之舌，與那「聲冠青樓」的女子似傳情，若調笑，而宋江神色也漸由戒慎轉趨篤定。他們在說什麼？老子人在現場，為何難辨究竟？只是那茶的滋味，哎呀！細欺雀舌，香勝龍涎，不是大內珍品是什麼？凝神，再凝神，諦聽：「請問這位壯士高名？」「在下浪子燕青，自小失怙，幸蒙盧員外收養，如今是河北玉麒麟身旁的小跟班。」

外圍廊廡一陣騷動，花樹深處，紅牆一角垣壁挪移，露現個地道出口。老鴇子快步進屋，對絕色女子附耳說道：「皇上來了。」

缺一補七，七星再聚。
虛實世道，夢境連環。

第三章

七星再聚

1. 色女欲夢

二八佳人體似酥，腰懸月鐽殺愚夫。
雖然不見人頭落，暗裡教君骨髓枯。

如此絕色女子，當為王侯妾？嫁入將相府？匹配英雄豪俠，行走江湖；春風十里，教世間俗豔捲上珠簾，又羞又恨？

咳！行大義之人，何必理會小男女、薄情愛？我等梁山好漢，身似山中猛虎（李逵的「六加二虎說」，教人敲破腦袋也想不通，管他呢！）性如火上澆油（這個「性」字，嘿嘿！害人不淺。）心雄膽大有機謀（吳用、公孫勝等人，皆是用計高手。）到處逢人搭救（打抱不平正是我等本色。）全仗一條桿棒，只憑兩個拳頭……這「桿棒」嘛，滿山光棍得留神了，油盡髓枯的滋味，可教人樂得心甘情願下地獄。

搖頭，甩不掉夢中殘留的影影綽綽，神行太保戴宗對身旁新結識的錦豹子楊林苦笑。視他為偶像的楊林一定不知道，神行大法，不能食葷，若是見色動念，照樣破功。夜夜春夢，已教他舉步踟躕，氣稍虛，腳微軟。

明明是奉命尋找公孫勝，怎麼老是夢見女色？還是國色天香的等級？

話說李逵迎回李雲、朱富後，聚義廳前又是好酒好肉，好漢齊聚。

「殺四猛虎，添二活虎，真是太好了。」戴宗舉杯為賀。

「不對！不只二虎，是六加二虎。」酒至酩酊的李逵搖頭，揮手，身軀一個踉蹌，摔倒在地，眾人一陣哄笑。

吳用和宋江對望一眼，起身，舉杯一敬晁蓋，朗聲說道：「近來山寨十分興旺，四方豪傑莫不來歸。甭說南山打猛虎，還得北海鬥蛟龍，強敵環伺，朝廷眼紅，咱們更要精實壯大，威震天下。」一陣鼓掌叫好，吳用接著說：「朱貴掌管的山東酒店，本就是梁山的情報站。為因應四方情勢，再設三處酒館，一則偵測敵情，亦可接送往來義士兼傳遞消息。西山地面廣闊，有請童威、童猛兄弟，率十數名夥伴前往開店；南方由李立負責；北方交由石勇兄全權處理。四處皆設立水亭、號箭、接應船隻，一有風吹草動，飛捷報來。杜遷固守本寨，早晚不得擅離。林沖等頭領暫居耳房待命。陶宗旺任總監工，掘港汊，修水路，開河道，整理宛子城垣。蔣敬掌庫藏出納，書寫帳目；侯健管造衣袍鎧甲，五方旗號；馬麟負責監造大小戰船。宋萬、白勝往金沙灘下寨；王矮虎、鄭天壽去鴨嘴灘紮營。宋清專管筵宴……」

「武松日前下山，所為何事？瞧他心事重重……」晁蓋忽然蹙眉問道。

「唉！先是殺嫂報兄仇，隨後在快活林醉打蔣門神，又為了報復陷害他的張督監，而血濺鴛鴦樓。誰經歷這麼些事，心情都會不好。」宋江嘆聲連連。

「奶奶的！這麼過癮的事，怎會心情不好？」李逵笑呵呵插嘴。

一旁的戴宗忽然問：「聽說武松的劫難，和女人有關：嫂嫂潘金蓮和張督監派來色誘他的玉蘭？」

「臉如蓮萼，脣似櫻桃。兩彎畫眉遠山青，一對眼明秋水潤。」吳用瞇眼笑說：「誰不動念？佛都動心！但女人是禍水，若非武松正直，哪下得了手摧花？」

是嗎？戴宗暗想：誰能忍心？

宋江則提出一語成「稱」——稱心如意——的看法：「是福不是禍！遇女恐非禍。咱們的江山，搞不好還得靠女人呢。」

「對了！最近流行看爹接娘，公孫勝回薊州探母，已過期約百日，遲遲不回，會不會有意外？」晁蓋仍是一臉憂色。

「武松說是接獲二龍山邀約，前往一會。倒是李逵和不才都曾遭遇變故，幸好有人接應。」宋江趕忙說：「至於公孫勝……不成不成！得有人前去尋公孫勝一尋，哪位頭領願走一趟？」

當然是「日行千里夜八百」的神行太保囉。正所謂「緊急軍情，時不過刻」、「早向山東餐黍米，晚來魏府吃鵝梨」，四片甲馬拴腿上，風馳電掣三日夜，已至沂水縣界，卻是東尋西訪無消息。

不見入雲龍，邂逅錦豹子。戴宗在一間小酒館巧遇想要投帖上山的楊林，兩人結伴同行，又在飲馬川一帶，結識山大王鐵面孔目裴宣、玉幡竿孟康和火眼狻猊鄧飛，並相約齊上梁山。戴宗心想：「找一個卻牽出三個，尋大將公孫勝未果，眼下倒是可以湊一桌麻將。」再看飲馬川一派山景：茫茫野水，隱隱青山。老樹映殘霞，彩雲飄遠岫。不禁喝采道：「山杳水匝，人間勝境，真乃隱秀。」

只可惜，找不到公孫勝的隱居之境。翌日，戴宗和楊林暫別山寨，進入薊州城尋人。四處打探之際，忽見前方大街上，一位兩眉入鬢、鳳眼朝天的體面漢子昂首闊步而來。前面兩個小牢子[25]，手捧禮物花紅[26]、緞子彩繪，後方一名隨從，擎著鬼頭靶法刀。「原來是押獄劊子，行刑完畢領了掛紅賀喜返家。」戴宗暗忖。這時，一陣人馬雜沓，十數名軍漢將鳳眼男子團團圍住。為首之人嚷道：「楊節級，又拿禮物又收錢，好不過癮！我踢殺羊張保特來問你借百十貫錢用用，如何？」鳳眼漢子眉一挑，怒聲說：「我楊雄和你軍衛有司，

[25] 牢子：看管牢獄的差役。

[26] 花紅：舊俗遇喜慶之事皆插金花、披紅綢，名為花紅。因此賞給僕役的錢物也叫花紅。後來凡犒賞及獎金都稱花紅。

各無統屬，何以前來找碴？」「不給？那就甭想離開。」語一落，那些無賴軍漢，動手的動手，拔刀的拔刀，楊雄一時受困，武藝施展不開。

楊林正欲上前，被戴宗擋住：「旁觀能辨非和是？再瞧瞧！」這時，一位挑柴大漢遠遠而來，看見火爆場面，放下擔子，趕緊上前勸架。不料軍頭張保瞠著三角眼，吼道：「你這餓不死凍不殺的臭乞丐，敢多管閒事？」那大漢神情怒變，一把捉住張保，一拉一推，驚叫中的張保已摔出一丈多遠。其他人見狀，一擁而上，卻被大漢一拳一個，兩腳一雙，眨眼間半數打趴在地上。楊雄亦掙脫束縛，舞動拳腳，施展一身本領。張保見苗頭不對，轉身逃走，楊雄大喊：「有膽留下。」拔腿就追。一直不動聲色的戴宗拍拍楊林後背，楊林問道：「可以動手了？」「嗯！相助安知疏與親。」兩人齊上，三兩下子就打得眾軍漢落荒而逃。

「端的是好漢，真正路見不平，拔刀相助。請問大名？」戴宗抱拳，作揖，心想：「太好了！這種人不拐上梁山，要拐誰呢？」

「不敢！在下姓石名秀，學過幾年鎗棒拳法，一生執意打抱不平，聞聲救苦，捨身相護，別人叫我拚命三郎。」大漢拱手回禮。

好漢相遇，豈能無肉無酒？小巷酒肆裡，三人飲過數杯，無話不談。原來，石秀是金陵人氏，早先隨叔父販馬，叔父亡故後，家業被官府侵吞，一個人流落到此，賣柴為生。

戴宗聞言嘖嘖，罵道：「無官不貪，無吏不惡，這是什麼朝綱？哪種社會？」話鋒一轉，便慫恿石秀隨他上梁山，替天行道。這時，店外一陣鬧哄哄（戴宗夢中影像赫然浮現），原來是楊雄折返，跑來酒肆找石秀，答謝一臂之恩。戴宗見外頭有公人差役，便和楊林先行告辭，臨走時對石秀附耳說：「你和那楊節級有緣，找機會提醒他：當心女禍。」石秀茫然望著戴宗、楊林的背影，以及，從小巷閃出追上兩人的另一具靈活身影。

2. 覆雨翻雲潘巧雲

戴宗沒說錯，楊雄和石秀把酒言歡，當場結拜為兄弟。楊雄見石秀孑然一身，便邀他回家同住，還讓他主管岳父潘公的屠宰作坊。種種際遇，固然教石秀滿懷感激，只是，踏入楊府大門瞬間，石秀竟是一陣心驚肉跳：

布簾捲起，走出個鬒[27]鬒彎彎溜溜纖纖鮮鮮乳乳的婦人，脣如櫻瓣，眼媚如絲……不但心跳，霎時臉紅。此景此情恍若夢境重現。原以為暗夜風韻、自憐自慰是因單身索居，欠缺滋潤。如今浮出現實，該作何解？「當心女禍。」戴宗的話好似寒山寺的鐘聲，

鬒[27]：音ㄓㄣˇ。頭髮烏黑濃密。

敲響他的荒渡客船。禍在哪端？那戴宗是在提醒我？要我提醒即將遭禍的楊雄？

「這是拙荊潘巧雲，快來問候大哥。」楊雄說道。那婦人眼珠子滴溜轉，斂衽為禮，聲音輕柔似嬌喘：「奴家這廂有禮。」石秀忙道：「哎呀！嫂嫂請坐，小弟受當不起。」當下推金山、倒玉柱了四拜，既表尊重，也是遮掩：心理衝擊與生理反應。

潘巧雲笑渦微綻，冷看這拜倒裙下的昂藏大漢，或者說，芸芸悠悠碌碌庸庸的天下男子。

很久以後，梁山忠義堂上，石秀和宋江談到女人與春夢，才驚覺原本不識的兩人同時異地夢見同一名女子，或者說，雷同的女體形象。

寄人籬下，自當盡忠職守，報答兄弟收容之恩。石秀早起晚睡，宵旰辛勞，將屠宰坊的生意弄得大有起色。只是，他發現有名年輕和尚，名喚裴如海，穿山根鞋履，著九縷絲絛，一身松子麝香，經常登門踏戶而來，甚至直闖內室，和潘巧雲擠眉弄目，談笑風生。

尤其是那雙賊眼。直勾勾、滴溜溜盯著潘巧雲嬌笑抖晃的酥胸，怕是美甘甘滿口胡言，專誘良家發情婦，一逞淫行，飽足獸欲。再看看潘巧雲，打情罵俏，扭腰擺臀，花枝狂顫，嬌喘連連……一個是色膽歪斜；一個是淫心蕩漾，這個氣喘聲嘶，卻似牛齁柳影；那個言嬌語澀，渾如鶯囀花間。一個耳邊訴雲情雨意，一個枕上說山盟海誓。闍黎[28]房裡，翻為——

想像翻變，賊僧淫婦的偷情畫面，變成七曲八折的密道，通往花情柳意的後園，洞門乍開，一名穿金戴銀，鑲玉環珮的絕色女子斂衽為禮，語帶羞澀：「您可來了，奴家等得好苦啊！」

睜眼。場景又回到楊府。一縷麝香裊裊不散，那和尚已笑呵呵揚長而去。石秀捏捏自己的臉，猛搔頭，胡思妄想？作白日夢？姑且不論密道後園的事，眼下就有姦情要發生，或許早就暗通款曲。不成！咱兄弟就要當現成王八，得想個法子排解。只是，說？不說？說了破壞人家夫妻感情，不說卻可能害了兄弟性命。

後來，每到四、五更時分，總是聽到後巷傳來報更聲。奇怪，後面是死巷，怎會有人來打更？石秀從門縫裡偷瞄：後門微啟，丫鬟迎兒探頭出來張望，隨即，一道遮頭掩面的黑影從門裡一閃而出，跟著打更頭陀離開。哈！原來是趁楊雄公務繁忙，整夜不歸，前來行淫，打更頭陀應是花錢買通的「通姦報時器」。某日，三杯下肚，石秀借酒壯膽，將所見所想和盤托出。楊雄聞言大怒，拔刀拍桌說道：「這賊人怎敢如此！看我怎麼對付他！」石秀趕忙勸阻：「俗話說『捉姦在床』，暫時不要打草驚蛇，等捉到證據再來辦那個淫

28 闍黎：即「阿闍梨」，梵語的音譯，指佛門高僧。或譯作「阿遮利那」，或省作「闍黎」。

僧。」楊雄點頭接受。

不料，當天下午知府大開筵席，請楊雄當座上賓，敬請拚灌，加上心有抑鬱，不到傍晚，已喝得酩酊大醉，一回家就按捺不住罵人：「妳這賤人賊娘子，背著老爺偷和尚，好歹結果了妳。」潘巧雲心頭一驚，趕忙為他脫靴鞋、除巾幘，招呼入睡，一面尋思：「我和裴如海的事他如何得知？一定是那石秀在搞鬼。」心生一計，兩眼擠淚，便怯憐憐、溼答答坐在床沿。深夜，楊雄酒醒，見老婆可憐樣，一陣心軟夾帶色興，摟著潘巧雲肩膀急問：「娘子，怎麼了？受了什麼委屈？」潘巧雲一擰身，掩淚不應。楊雄的手從雪肩滑到蛇腰，再向上探索：「到底是哪裡不舒服了，嗯？」潘巧雲反手握住楊雄不安分的大掌，貼住嬌顫顫的胸脯，用氣音說道：「我怎敢說，你和你那結拜的情同手足，只差沒穿同一條褲，用同一個女人。」說到「用」時，一屁股坐上老公大腿，用力扭動。「他對妳怎麼了？直說不要緊。」從來淫婦多巧言，丈夫耳軟易為昏。潘巧雲一吸氣，一哽咽，一字一句地說：「你那個兄弟，常趁你晚上不在，跑來說東道西，問奴家是否『孤枕難眠』？有一回，我在廚房洗菜切肉，這廝從背後伸出狼爪，還說：『嫂嫂端的是好身材，可別蹭蹦了。』」「像這樣？」楊雄加重了手部力道。「是這樣。」語帶羞澀，卻將另一手也找過來，形成兩手圍胸之勢。「是啊！可別蹭蹦。」管他那樣這樣，五內如焚的楊雄將嬌妻壓倒……奇異的是，妒意（對裴如海）未消，怨罅[29]（對石秀）再起，左衝右突卻成催情妙藥，直挺挺的楊雄感受到前所未有的舒暢，比花街尋芳、淫人妻女的滋味還要入骨。

他不知道，打從潘巧雲第一回進寺上香，一堂和尚見了，老僧愧見小僧面，小僧不聽老僧勸，班首輕狂唸佛號，闍黎沒亂誦真言。燒香行者，推倒花瓶；秉燭頭陀，錯拿香盒。動鐃的望空便撇，打鈸的落地不知。敲鈺子的，軟成一團；擊響磬的，酥做一塊。滿堂喧哄，色欲暗流。心慌的，擊鼓錯敲徒弟手；眼亂的，叩鎚打破老僧頭。

繾綣入眠後，他夢見布簾起處，走出一個……不，是橫陳一具挺屍，五花大綁，遍體鱗傷。待細看，淡黃面皮，兩眉入鬢，那屍身突然瞠目，正是鳳眼朝天……

噩劫凶兆，終究被蝕骨銷魂的滋味淹沒。翌日起，楊雄刻意疏遠石秀，又忽然結束了肉坊的生意。石秀心知有異，想是枕邊言易聽，背後眼難開，他的大哥又被那狐狸精蠱惑了。只好收拾包袱，在附近巷內的客棧暫住，又感到滿腔子不安：那和尚和妖女絕非善類，通姦事小，萬一謀財害命，暗算親夫……不成，身為兄弟，豈能坐視兄弟枉送性命？他不聽忠言，我便私下幫他了結這樁醜事。

二天後，石秀得知楊雄會在當晚值夜班，便在四更起床，拿了解腕尖刀，踅到楊家後門外，守株待兔。五更時，頭陀挾著木魚，探頭探腦來到巷口，被石秀一刀架住脖子：「那

29 怨罅：仇怨。罅，裂縫；隙縫。

裴如海是不是在裡面？說！你和他怎麼打暗號、通消息？」「我說我說！」小頭陀嚇得魂不附體，忙不迭說：「海闍黎教我每夜來往，見後門有香桌兒為號，便喚他入屋；五更時敲木魚，通知他出來。壯士饒命！」石秀命他脫衣，搶他木魚，將自己扮成頭陀，但沒有饒他一命——一刀斷頸。敲著木魚走近後門，埋伏在陰影裡，見裴如海躡手躡腳出來，悄悄跟蹤到巷口，再一拳一腳將他制服，命他脫光衣服。「壯士饒命！」裴如海跪地求饒。「饒你，便是害我兄弟。」又是一刀斷頸。石秀把和尚、頭陀的屍體堆在一起，衣服帶走，故意將凶刀留在現場。

3. 色即是空

天亮後，大街小巷的氛圍，像一鍋煮沸的魚湯：楊府後門巷子裡，發現一對赤條條的死者，一個和尚，一位頭陀。

「老漢五更出來趕早市，沒注意地上，被絆一跤，一擔糕粥全潑在地上。原以為是兩個喝醉和尚，不意間摸到滿地腥血……」賣糕粥的王公說。

「奇了？是尋仇互砍？怎麼會赤身裸體死抱在一起？」衙門捕快說。

「色即是空，空即是色；色空空色，空色色空。阿彌陀佛。」好遊花街柳巷的李大公子說。

「哎！一絲真不掛，立地放屠刀。諸位看官休要調笑，此乃佛門至高境界。」茶館說書的老張說。

「是啊！大闍黎今朝圓寂了，小禿驢昨夜狂騷。和尚頭陀刎頸交……」七嘴夾八舌，幸災且樂禍，目瞪兼口呆。

楊雄在薊州府裡聽到消息，心想：一定是石秀的傑作。也才明白自己愚昧，誤信奸佞，錯怪兄弟。立即到客棧找石秀道歉：「兄弟酒後壞事，特來負荊請罪。」石秀笑著拿出和尚、頭陀的血衣，拍胸脯說：「小弟非好殺之人，所作所為只為剪除後患。不瞞哥哥，打我見嫂嫂第一眼時，即感應到不祥之兆。」楊雄又是感動，又是氣惱：「那賤人果然是人盡可夫的騷貨。她原是王押司小妾，被休棄，我見她貌美，床上功夫絕佳，一時心軟娶進門。她還說：『指望相公一竹竿打到底。』誰知她那兒都可以種出一片竹林了。這婆娘，我今晚就宰了她。」

「不可衝動，哥哥。」石秀搖頭說道：「別忘你是公門之人，豈可妄動私刑？我來想個法子……」

數日後，楊雄朝服衣冠，穿戴整齊，對潘巧雲說：「昨夜女神入夢，指點迷途，要我往東門外嶽廟燒香還願。妳也隨行吧。」潘巧雲本想說「干我什麼事」，但想到裴如海死因離奇，楊雄對此事亦隻字不提，情況不明，還是先不要忤逆他，於是嬌聲說道：「是，相公。奴家先去沐浴梳妝，也帶迎兒一起去，好唄。」

正午時分，一行三人來到翠屏山上，但見層層坡巒、青草白楊、荒塚亂墳，哪有廟宇寺院。潘巧雲狐疑問道：「相公，這四野無人——」說「無人」時，赫見一提刀背袱漢子從亂草中走出，昂揚而來，不是那眼中釘是誰呢？潘巧雲心頭一驚，未及反應，拚命——不，是要命——三郎已逼到眼前：「嫂嫂拜揖，石秀在此恭候多時。」隨即解開包袱，展露血衣。「妳的姦夫為我所殺，並非死得不明不白。但妳還欠我個清白：為何誣賴我對妳毛手毛腳？」潘巧雲見到血衣，飛紅了臉，低頭不語。「嫂嫂！妳怎麼說？」再三逼問，還是緘口。

楊雄一把揪過丫鬟，按壓跪地，怒道：「妳給我一五一十招來，只要有一句虛言，就把妳剁成肉泥。」迎兒嚇得當場失禁，全盤托出：如何結緣、喝酒、通姦、放香桌敲木魚為號等細節。潘巧雲無從狡辯，也只好招認，並坦承誣賴石秀一事是擔心東窗事發，惡人先告狀。兩個男人將兩名弱女子綁在樹上，迎兒飆淚哀求：「官人饒命！這不干我——」語未畢，刀先落，可憐丫鬟被揮作兩段。潘巧雲也慌了，連聲大叫：「叔叔！叔叔大量，幫奴家說情。」石秀步步欺近潘巧雲（啊！這娘兒永遠是這般香嫩，唉！）面帶微笑，嘆道：「嫂嫂！小弟與妳緣淺，哥哥自來服侍妳。」梨花帶雨。妝雖亂，豔色依舊。石秀想到江湖流傳的武松故事，一刀斷頸瞬間，那漢子想什麼？快意恩仇？一絲惜玉而猶豫？若留活口，自享快活，豈不兩全？一聲慘呼，穿破心猿意馬，楊雄割斷妻子舌頭，指著她鼻子罵道：「妳這賊賤人，壞我家法，誣我兄弟，日後必然害我性命。我倒要看看，妳的心肝五臟生成什麼顏色？」一刀劃破襟帶，兩手剝光衣裳，肚兜落地，酥胸蹦出瞬間，石秀悶哼一聲（叢草後方隱約傳來「哎呀！可惜了。」的惋嘆聲）猛嚥口水，不及細賞，狂刀楊雄已劈砍劉刺，直探心窩，挖出五臟，分別懸吊在五株野柳上，暴殘屍於荒野。然後，冷靜地將兩名女子的釵釧首飾收進包裹裡。跑路，也得弄些盤纏，不是嗎？

4. 夢境連環

怒氣漸消，殺意平息，楊雄頹坐地上，嘆道：「想我一世清白，竟落個如此局面。兄弟，我殺妻，你也殺人，下一步該如何？」石秀說道：「還能如何？天下好漢歸一處——

「七星再聚梁山泊。」草叢後方竄出一個人影，笑嘻嘻地說：「光天化日，朗朗乾坤，你們殺人毀屍，必遭官府通緝，還有哪裡可去？」

腳步輕盈，身手矯健，濃眉大眼，瘦骨嶙峋。楊雄脫口說道：「鼓上蚤時遷！好久不見，怎會出現在此？」

江湖傳言：形容如怪族，行走似飛仙。夜靜穿牆過，更深繞屋懸。偷中之偷，人稱「神偷」的時遷。

納頭便拜，時遷拱手說：「一別經年，哥哥無恙否？小弟是受戴宗之託，暗中跟隨你們，伺機帶你們上梁山。」二年前，這位神偷失風被捕，命在旦夕。楊雄見他身手不凡，運用職務之便，出面搭救。

「戴宗？就是我日前結識的梁山英雄？」石秀面露詫異：「本欲和他們結伴上山，替大哥掌事後，以為從此定居城裡，不料兜了一圈，還是……」

「正所謂『事緩則圓』，也是戴宗說的。」時遷說得眉飛色舞：「小圈圈結成大圈圈，大圓圈結成大團圓、大聚義。戴宗說他們此行本為尋找公孫勝，但軍師吳用卜了一卦，令他不解：『缺一補七，七星再聚』……」

「七星？豈非『智取生辰綱』的七位豪傑？奠定梁山規模的壯舉？」楊雄驚呼道。石秀則問：「你何時遇見戴宗？」

「正是晁蓋、公孫勝等七大天王。」時遷答道：「小弟早就仰慕神行太保大名。那日街上混戰，我也在現場；暗器已上手，但派不上用場，後來尾隨各位前往客棧，找了個機會向戴宗毛遂自薦，本約好齊上梁山：小弟、楊林、鄧飛、孟康、裴宣，加上兩位哥哥，正是七人。但戴宗說楊節級有難，託我暗中策應，必要時出手相助——緊要的是，帶你們上梁山，圓那齣離奇的夢。」

「圓夢？」石秀、楊雄同聲發問，語露驚詫。

「女禍之夢。戴宗說，他連日來心神不寧，一直夢見妖嬈女子、色欲景象，不知是何徵兆，亦不知所應何事？我見節級夫人潘巧雲風韻十足，想到打虎英雄武松之嫂也姓潘——哈！看樣子姓潘或名潘的女子都要避而遠之。呵呵！」時遷乾笑兩聲。

「女色夢？我也有此遭遇……」石秀一拍腦門說道。「昨夜我亦夢見一名詭豔女子，風情萬種，顛倒眾生，我還騙那賤人是女神入夢。」楊雄接著說。

「這就解開了『缺一補七，七星再聚』的下一句：『虛實世道，夢境連環』，只是，那女子是誰呢？小弟可是無福消受幾位大哥的春夢。攀牆懸梁，夜夜春宵已教人食之無味。」時遷扭腰擺臀，說得好不爽俐：「只不過，弱水三千，哪比得上夢中情人，若能和那娘子銷魂一夜，死也甘願。」

「時兄弟說的是……」石秀滿臉好奇。

「京城第一名妓李師師是也。若說沉魚落雁，要論閉月羞花，誰堪敵手？江湖流傳『師師一笑，佛都動心』，據說連皇上都棄三宮六院於不顧，只想一親美人芳澤。」時遷的表情，像初戀少男。

「啊，李師師。」楊雄和石秀的眼神也變得迷濛。

神女生涯原是夢。

夢的原點，得趕回梁山大廳東廂房臥榻之上，枕籍鼾眠的宋江時而悶哼，時而蹙眉，時而咯咯怪笑，時而輾轉呢喃：「師師……師師……」

頸下包藏天書的黃羅袱子，隱隱攢動，彷彿山川鳴響，又似風雲鼓盪。

驚夢之四

凜凜清風生廟宇，堂堂遺像在凌煙。

事刊丹書百萬載，名標史記幾千年。

空中浮字隨風變形，轉瞬即散。荒湮小徑，紅蓼窪邊，一坯新墳赫然入目。

「瞧！咱們身經百戰，無役不勝；機關算盡，巧奪天時。到頭來仍是黃土一堆。」一陣冷風襲來，宋江忽然出現身邊。

「你的模樣，像是顯靈；哥哥口吻，恍如託夢。山寨方興，正要大展身手，何來『身經百戰』？你忘了，咱們正要攻打祝家莊？」不對！這是夢境，宋江何以入我夢？

「可！三打祝家莊、大破曾頭市、二挫童貫、三敗高俅……久遠的回憶，難忘的兄弟情義。可知，愚兄最懷念哪樁？」

「何事？」奇了，曾頭市是何方神聖？打敗童貫、高俅？這是宋公明的遐想？或者，預言？

「你的掐指妙算。瞧你醉心，觀你陶然，彷彿世事俗情、古今歷史，盡在指掌。那是人定勝天的得意。尤其……」

「尤其?」

「你的『六六大順』之數，青紅皂白任你說，縱橫豎直都有理。有些關竅，我直到很多年後才弄清楚究竟，證實你所言不虛。」

「很多年後?哥哥既在很多年後，何以來到今時今刻的吳用夢中?」

一陣氣流狂捲，陰霾蓋天。李逵不知從哪兒冒出，笑容可掬說道：「俺就說哥哥跑錯了地方，『很多年後』的咱們，當然是要託夢給『很多年後』的吳用。」還變得文縐縐：「軍師當知，江山百代，不過彈指。時間這玩意呀!最好捉弄人。切記，很多年後的某晚，若是心神恍惚，寢寐不安，忽見咱兩人來訪——可千萬記得，楚州南門外蓼兒窪深處，英雄埋骨。」

語畢，風起雲湧，兩人身形漸漸湮淡。「等等!兄長和鐵牛何時亡故?亡於何故?依我之算，斷非死於沙場。容我再卜一卦，或可……」

搖頭。介於熠熠燦燦、雲淡風輕的笑靨。身影急退，卻在黃鶴杳然時，留下一句：「自古權奸害善良，不容忠義立家邦。哥哥和俺都吃了御賜毒酒，狗頭軍師，你也要跟來嗎?」

背景翻變，梁山大寨忽起廟宇，大建祠堂，妝塑宋江等歿亡者將佐神像（啊!梁山好漢站成一排）。牌額上御筆親書：靖忠之廟。

色膽能拚不顧身，肯將性命值微塵。
銷金帳裡無強將，喪魂亡精與發人。

第四章（上）

六賊成擒

1. 非法正義

「弟兄們！將這兩個宵小之輩拖出去斬首。」晁蓋拍桌怒喝。

一時間，眾人面面相覷，聚義廳的氣氛為之一滯。

宋江慌忙勸阻：「哥哥息怒，兩位壯士不遠千里來歸，如何要斬？」

吳用也言：「殺這兩人，壞我大局，斷我氣數，萬萬不可！」

晁蓋說：「梁山聚義，行天道做正事，豈容偷雞摸狗之輩？」

原來，時遷、楊雄、石秀尋戴宗等人未果，便自行上梁山。行經一所垂柳當門、梅花傍屋的靠溪客店，大門兩側書著「庭幽暮接五湖賓」、「戶敞朝迎三島客」楹聯。雖偏居荒村野地，卻隱隱透著不凡氣派。

天色漸暗，時遷等人又餓又累，決定投宿一宿。只是，店裡有米待炊，有酒無肉，神偷時先生熬不過手癢，偷宰店裡一隻雞止饞，被店小二抓包又死不承認，還放火燒店，丟出梁山名號，竟引發不可收拾的衝突：遭到以祝氏三傑著稱的祝家莊追緝（他們不知道這小店是祝家莊地盤），時遷失手被擒，石秀、楊雄落荒而逃，途中遇到舊識鬼臉兒杜興（擔任李家莊總管），眾人轉向李家莊莊主撲天雕李應求援，李應慷慨修書一封，希望前嫌盡釋，討回時遷。不料祝家兄弟當眾將信撕碎，並問候李應的祖宗十八代。李應氣得七竅生煙，率莊漢討伐祝家莊，卻兵敗受傷而回。不得已，楊雄和石秀只好上梁山搬救兵。

「唉！楊雄石秀少商量，引帶時遷行不臧。」宋江緩緩分說：「豪傑心腸雖似火，綠林法度卻如霜。子曰：『三人行，必有我師焉。擇其善者而從之，其不善者而改之。』不但要自我警惕，也要幫助兄弟改邪歸正，兩位兄臺雖未偷雞，但見那鼓上蚤行竊而不加以阻止，知罪否？」

那兩人見情勢詭異，撲倒在地，叩頭謝罪：「是！是！都是我等之過。」

「雖是有罪，罪不及死。」吳用和宋江對望一眼，接著說：「梁山高舉義旗，各方英雄來歸，誰不是帶罪之身？哪個免於沉冤待雪？」吳用未說的是，殺人放火有之，淫人妻女有之，濫殺無辜有之，開腔解體剜心下酒有之，謀財害命且將過往商旅做成人肉包子亦有之。偷一隻雞，算是哪門子的「罪」？況且，晁蓋和吳用恐怕不知，這兩人一刀一剜，殺害手不能縛雞的兩名女子。「偷雞賠罪事小，辱我旗號事大。晁蓋哥哥氣不過的是，那小小井蛙祝家莊，也敢削我面子，放話挑釁？」

晁蓋重重點頭，目露凶光，滿臉殺意。

宋江打蛇隨棍上：「非是我等挾眾報怨，而是那廝目中無人，不教之訓之不足以伸張正義。再說山寨人馬日增，錢糧短缺，若打下那莊子，在糧食物資方面，倒是不無小補。」

反之，那廝無禮，我方若是不應，豈非自滅威風？為今之計，暫且安頓石、楊二人，給他倆戴罪立功的機會。小可斗膽，請領一支人馬，攻打祝家莊，揚我軍威。」

晁蓋允然說道：「好！梁山水泊興波浪，祝氏山莊化作泥。這是揚威天下的一戰，看誰還敢冒犯梁山？」

立威揚名？聚眾尋仇？祝家莊可是易與之輩？

當晚，吳用卜了一卦，抓腮苦思：「裡應外合，生門在東；立異標新，六六大順；好事成雙，連三接二。」

2. 石秀探路

天將明，石秀的內心卻有種混沌莫辨的焦灼：祝家莊的通路，彎彎曲曲像個迷魂陣，左趑右趄就是走不出去。放下柴擔，前瞻後顧，不祥預感油然而生。

「打死幾隻蒼蠅，何須大驚小怪？」營帳裡的李逵揮動板斧，不耐說道：「兄弟帶二百人直接破莊砍人，探他個鳥槌子路。」

宋江喝道：「休要胡說！祝家莊防衛森嚴，而且路徑複雜，不可盲攻！不如先派人潛入莊內，探聽曲折，再發兵作戰。」

兩軍對陣，一忌輕敵，二忌躁進。謹慎的黑面宋豈敢造次？這回大軍壓境，分兩撥兵馬：宋江、花榮、李俊、穆弘、李逵、石秀、楊雄、黃信、楊林一路，率三千嘍囉；林沖、秦明、戴宗、張橫、張順、鄧飛、王矮虎、白勝另一路，也帶三千嘍囉。正是刀鎗林立，赫赫軍威，但兵進離祝家莊一里遠的獨龍崗前，下寨柵，紮營帳，宋江坐鎮，議擬戰術。

「此戰因我等而起，時遷也該由小弟營救，就讓我扮作樵夫，一探虛實。」石秀自動請纓。

「我也假扮解魔法師，與你照應。」楊林亦自告奮勇。

就這樣，一個擔柴，一個搖環，一前一後深入敵陣。

卻是自陷迷宮。

石秀暗忖：不得了！若是一夥兄弟沒頭沒腦殺將來，自亂陣腳不說，如何遭陷被戮都不知道。

順著大路前行，只見酒店肉店、家家戶戶門前插著把朴刀，往來之人穿著同一款式黃背心，上面一個大大的「祝」字。石秀挑了名容貌慈祥的老者，假意問路，說自己經商折本，無法回鄉，只好挑柴叫賣，請老丈指點迷津。老先生瞪大了眼，急切地說：「趕快走吧！這裡就要發生大戰了。」石秀故作不解，老先生一五一十解釋：梁山賊子正兵臨莊外，祝家莊二萬人家全員備戰。東西另有兩村接應，東村名為李家莊，是李應地盤；西村喚作扈家莊，傳聞扈太公之女一丈青扈三娘武功高強，生平未逢敵手，已率莊丁前來奧援，管他梁山草寇、水滸英雄，鐵定殺他個落花流水。「還有哇！」老先生瞇覷著眼，滿臉詭笑：「就怕他們不來，你聽過這首詩嗎？」石秀搖頭說道：「什麼詩？」「好個祝家莊，儘是盤陀路。容易入得來，只是出不去。」

心慌情急，石秀突然放聲大哭，撲地拜道：「小人願將柴送給爺爺，只求告知出路，保我一條小命。」老丈好言安慰：「不急！你這擔柴我買下了，先到我那裡休憩用餐……」兩杯白酒、一碗糕糜下肚，石秀又開始哀求：「老爺爺！到底要怎麼出去？」老先生面露微笑，壓低音量說：「祕密就在白楊樹。有白楊處，便是活彎；若是其他樹木，就成死路。記住！見白楊樹便可轉彎，否則，誤入迷林，踩到竹簽機關、木樁陷阱，搞不好還有鐵蒺藜伺候……」

再三拜謝，急著回去通風報信。忽聞屋外傳來吵鬧聲：「捉到奸細了。」往外一看，哎呀！那個被五花大綁的漢子，不是楊林是誰呢？糟了！身分敗露，性命堪慮，村外大軍亦岌岌可危。自己一時間脫不了身。怎麼辦？

又是一陣人馬雜遝聲。從壁縫往外瞄，一隊彎弓插箭的騎士，坐上青白哨馬，簇擁著一位全副披掛、手執銀鎗的白馬少年。「此人是誰？」石秀低聲問。「祝朝奉第三子，人稱神鎗祝彪，武功了得，在祝家三兄弟中排名第一，和西村的扈三娘早有婚約。這位祝公子親自點兵出馬，看來局勢緊繃，一觸即發。你先在這裡過夜，等到明天再說。」這時，一批報馬仔挨家挨戶通知：「大家留神了，今晚以紅燈為號，齊心殺賊，捉拿梁山強盜，重重有賞。」哎呀！今晚，不正是宋江預定發動攻擊的時候？俗話說：「安排縛虎擒龍計，要捉驚天動地人。」我這個甕中鱉，如何幫兄弟逃出天羅地網？

3. 一打祝家莊

夕暮，天色漸暗。陽關大道上搖旗吶喊，擂鼓鳴鑼，使刀舞鎗，波浪般的武者層層逼向祝家莊大門，先鋒大將是位赤條條、火拉拉、猛揮板斧的黑漢子，邊跑邊喊：「祝太公老賊，快出來受死，黑旋風爺爺在此。」

莊門緊閉，吊橋也高高拽起。莊內不見燈火，不聞人聲。宋江鬧空城？不妙！此地無人，必有伏兵。宋江猛想起出兵前翻閱天書乍見一言：臨敵休急暴，忙喊退兵——

炮聲乍響，火光霍亮。獨龍崗上密密匝匝揚起千百支火把，漫天黑點撲面而來——門樓上萬箭齊發，宋家軍走避不及，頓時死傷慘重。待大軍掉頭急退，後路又遇阻：層層疊疊障礙物堆滿小徑。炮聲未絕，四面八方響起吶喊聲，宋江命部隊往大路衝，但衝殺迂繞了半天，又回到原來的地方。宋江再命大夥朝火把亮處突圍，可惜又遇死路，地上布滿苦竹簽、鐵蒺藜和鹿角。眾將連聲叫苦，宋江亦不知如何是好，林外喊殺聲愈來愈近……

4. 天書授機

一燈熒熒，暝色昏暗。廂房一角，斜臥個黑面髭鬚的漢子，手捧形樣古樸的書帙，覷目展卷，神情時緩時繃，似憂似喜，狀如關夫子讀《春秋》。

書中無字，臉上橫紋。書頁翻動如排闥推窗，風起而雲湧，倏忽千古，彈指萬變。漢子目光流轉，終是執迷：「山東呼保義，河北玉麒麟。」何解？又想到明日戰爭，這可是梁山大軍嶄露頭角第一仗，我和晁蓋分庭抗禮的天王之爭。

頁隨風動，風由心生。朦朧如煙篆的浮字翻變為：臨敵休急暴，石破待天驚，裡應兼外合。

5. 破圍之道

「莫非天喪我也！」宋江嚇得魂走九霄，在心裡默唸：「九天十界神明，趕快來救。」

這時，一陣騷動，只見石秀快步奔來，喊道：「哥哥休慌，此地盤陀路[30]有訣竅，命大軍集中一路，遇見白楊樹就轉彎，不管道闊徑狹，只管前進，便能走出迷林。」

總算不再是原地打轉。但行過五、六里路後，前方影影綽綽，彷彿攢動著愈來愈多人馬。宋江狐疑問道：「兄弟！前面可是對方伏兵？他們怎知我們的去處？」石秀抓腦搔腮，恍然說道：「哎呀！我想起來了，他們的行動是以燈燭為號。」一旁策馬的花榮說：「沒錯！瞧見那盞紅燈嗎？咱們往東，它便東移，咱們偏西，它便西向。想來那盞燈便是號令。」宋江忙問：「怎麼應對？」花榮笑說：「簡單！就這麼辦！」張弓搭箭，縱馬向前，一箭射滅燈靶。四周伏兵看不見紅燈，頓失目標，兀自亂攛。宋江命石秀引路，殺出村口，正好遇上林沖、秦明等人帶隊的援軍，裡應外合，總算衝散祝家莊的人馬。

「裡應兼外合……嗯，書中文字即為此意？」宋江脫險後，反復思忖。

「只是，首戰失利，灰頭土臉敗逃，實在是丟人現眼。」

一夜折騰，天色欲曉。梁山大軍退守林口，下寨立柵，整頓兵馬，竟不見鎮三山黃信。宋江大驚，詢問緣故。隨從報告：「黃頭領領將令前去探路，不小心被蘆葦中伸出的撓鉤拖翻馬腳，遭敵生擒而去。」宋江跳起三丈高，正要率隊營救，被林沖、花榮勸住。楊雄

30 盤陀路：曲折迴轉的路。

則說：「獨龍崗前立三莊：祝家莊、扈家莊、李家莊。三村結併，互助協防，經武韜略，固若金湯。盜賊不能侵，宵小難上梁；即連散兵游勇的官軍，也不敢輕犯鋒芒。只是，東村李大官人曾助我等一陣，又吃那祝彪一箭，耿耿於懷。何不利用這點，討些商量，研議破敵之方？」李逵歪著頭，瞠著眼，暗想：「你在寫詩唄？還押韻呢，奶奶的！」

宋江點頭：「好！好！咱們帶一對緞疋，幾罈羊酒，親自造訪李應。林沖、秦明鎮守營寨，楊雄、石秀、王矮虎、花榮隨我一行。」

李應。裡應？啊！一燈霍亮，驅散了心頭迷霧。

6. 一丈青扈三娘

又是門樓緊閉，吊橋收起，不準備迎賓待客的模樣。宋江心想：「怎麼，這一帶的莊子都是『閉門羹』專賣店？」一行人枯候許久，才見鬼臉兒杜興出面應對：「我家主人正臥床養傷，不便見客。各位的好意，李家莊心領了，所賜禮物，不敢祗受。」

話未挑明，但不便與梁山草寇往來之意，不言而喻。宋江也直說來意：「非是叨擾貴府，實在是因攻打祝家莊失利，前來討教破敵之法，也好報李大官人的一箭之仇。」

杜興苦笑說道：「祝李扈三家聯盟，互相救應，這不成文的約定行之有年，我家主人不便造次，主動幫梁山好漢。但近日祝李交惡，各位儘管攻擊祝家莊，李家不會出手，只是，除祝氏三傑武功高強，還須注意一人。」

「何人？」宋江、楊雄同聲問道。

「扈家莊的千金，一丈青扈三娘，一女當陣，千夫莫敵；使兩口日月刀，殺人取首如斬瓜切菜。傳說，她的身手不下於未婚夫神鎗祝彪。至於姿色，雖稱不上傾國傾城，但也算是眉清目秀，能剛能柔，身形曼妙……」

「時緊時鬆？嘿嘿！」王矮虎忽然插嘴：「『一丈青』是很高的意思嗎？人高還是奶子大？娘們再高，也高不過老子的貨辦。看俺的『一條鞭』如何整治那『一丈青』。」

眾人一陣調笑。王矮虎更是瞇眼吐舌、齜牙咧嘴。杜興未發笑也不吭聲，瞪大眼睛瞠著眼下的三寸丁，那眼神，似驚訝，也像憐憫。

7. 活捉王矮虎

「色膽能拚不顧身，肯將性命值微塵。銷金帳裡無強將，喪魂亡精與發人。」領軍出戰之際，王矮虎猛想起吳用送給他的詩讖。當時，吳大軍師捻鬚微笑，字字句句弄玄玩虛：

「切記，色字心頭一把刀，淫念換得枷鎖劫。」

管他呢！窩在牛頭馬面豬哥腦的梁山，不見女色，不聞粉味，你爺爺早就淫蟲蕩漾，坐臥難安。銷「精」喪魂？死也甘願，想那劉高的娘們，端的酥胸蛇腰水濂洞，翻雲覆雨式，縱橫十八招……唉，紅粉已成骷髏，此情只能追憶，而就在你爺爺乍聞扈三娘閨名時，氣血翻湧，五臟易位，口鼻噴泉，神魂顛倒。奶奶的！但求床笫廝守，何妨馬上交戰。

所以，當宋江嚥不下敗戰的鳥氣，決定二打祝家莊：點將馬麟、鄧飛、歐鵬、王矮虎打頭陣，宋江親自作先鋒；再派戴宗、秦明、楊雄、石秀、李俊、張順、張橫、白勝等人走水道，林沖、花榮、穆弘、李逵等人循小徑，分作兩路策應。王矮虎率先點名扈三娘：「那娘們歸我，不准來搶！」

一面大紅帥字旗，千軍萬馬，殺向祝家莊。直到獨龍崗前，宋江勒馬，遙望莊上豎立的白旗紅字：填平水泊擒晁蓋，踏破梁山捉宋江。眾頭領見狀叫罵，黑面宋江氣得鬍鬚打顫，誓言：「攻不下祝家莊，永不回梁山泊。」

生氣歸生氣，宋江安排第二撥人馬攻打前門，自己領軍繞過獨龍崗，襲擊祝家莊後門。自作聰明？大意輕敵？後方比前線守得更為密實嚴整，宛若銅牆鐵壁。觀敵虛實、擬策議計間，忽聞西面殺來一彪人馬，宋江留下馬麟、鄧飛，率領歐鵬、王矮虎迎敵。塵土飛揚，山坡下馬蹄響動，約莫二、三十騎馬軍，簇擁著一位英姿煥發、掄舞日月雙刀的女將：鳳鞋寶鐙斜踏，蟬鬢金釵雙壓。連環鎧甲襯紅紗，繡帶柳腰端跨。「啊！天然美貌海棠花，來者可是一丈青扈三娘？」王矮虎竟一馬當先衝殺出去，淫笑挺鎗，好不神氣。「你是何方狂徒？膽敢前來送死？」雙刀格單鎗，一時間錚錚鏦鏦。「你的好相公王英大人是也。」「無禮狂徒，看刀！」隔鎗擋刀數十回合，嬉皮笑臉的王矮虎陷入左支右絀之境，原來他意在擒不在殺，招有保留，力有未盡。而對方攻勢卻是一波強過一波，打得他手顫腳麻，鎗法全亂。勢頭不對，王矮虎策馬轉身，想要開溜，被一丈青縱馬趕上，一伸手，老鷹捉小雞，懸空提起，扔向齊湧而上的眾莊客，橫拖倒拽，活捉而去。

歐鵬見狀，挺鎗來救，和一丈青戰得不分勝負，遠處的鄧飛也揮舞鐵鍊殺來。祝家莊的人唯恐一丈青有失，放下吊橋，打開莊門，由老大祝龍率領三百莊客，直搗敵陣，要捉宋江。馬麟趕忙揮刀護駕，正面迎戰祝龍，但明顯落居下風。宋江盱左衡右，四面廝殺，喊聲迭起，內心正是十五吊桶，不但七上八下，還碰撞有聲。這時，援軍趕到，霹靂火秦明聽見莊後殺聲震天，前來救應。宋江大叫：「秦統制，接手馬麟。」徒弟黃信被捕，積鬱在心，又見祝家莊囂張模樣，霹靂火拍馬飛起狼牙棍，直取祝龍。馬麟則趁隙搶救王矮虎，一丈青也撇下歐鵬，轉戰同樣使刀的馬麟。正是雙刀會雙刀，鏗鏘交擊，風飄玉屑，雪撒瓊花，殺得宋江頭昏眼花。

十數回合後，四把刀戰況膠著，祝龍卻被秦明壓著打。莊門再開，祝家莊教頭欒廷玉攜錘挺鎗殺出，一個飛錘教歐鵬落馬，大吼：「祝龍閃開，這廝交給我。」狼牙棒對上流星錘，霹靂火大戰欒廷玉，狂砍力擊，棋逢敵手。欒廷玉眼神閃爍，忽然露現空門，勢一挫，落荒而走。秦明舞棒急追，卻在草堆裡誤中絆馬索，摔了個人仰馬翻。鄧飛見秦明墜馬，不假思索快馬而來，同樣被絆倒，撓鉤繩索彌天而來。

「慘！救人不成，又損兩員大將。」宋江暗地叫苦。只能命嘍囉救歐鵬上馬，對馬麟高喊：「撤！」往南疾走。祝家莊人馬當然乘勝追擊，宋江眼見前無退路，後有追兵，不想束手就擒，只好：「南無阿彌陀佛九天玄女四方諸神趕緊來救……」喃喃唸起上達天府下通幽冥屢試不爽的宋江「發神經」——發動神明的奇經咒文。

8. 反擒一丈青

奇了，遠天一道閃電，正南方揚起一陣塵煙——沒遮攔穆弘一馬當先，領上百騎兵，迎面而來。東南方也有援軍：楊雄、石秀率數百嘍囉，狂奔而至。東北角爆出一聲吼叫：「誰敢妄動宋公明？」咻咻急響，聲、箭齊至，射穿兩名追兵的腦門。「哈！小李廣花榮，真是上蒼垂憐，天不亡宋也。」宋江伸臂仰天，喜極而泣。三軍會齊，情勢逆轉，變成梁山軍反包抄祝家兵。欒廷玉、祝龍、一丈青節節敗退。祝家莊後門立刻衝出策馬使鎗的高手祝彪和五百多莊客，闖入戰局，殺得天翻地覆，敵我難分。走水路的張橫、張順被祝家亂箭阻擋，無法馳援；領軍的戴宗、白勝只能隔岸吶喊助陣。宋江見天色已晚，纏鬥不利，急叫馬麟先護歐鵬撤退，其他弟兄且戰且走，自己則拍馬四處巡看，以防有人脫隊走失。不料一丈青忽然冒出，「哎呀！不妙！」大叫一聲，向西——不對，吳用曾言「生門在東」，轉往東急馳，一丈青在背後緊追不捨，八個馬蹄前後律動，配合無間，一路飈進樹林深處——但距離愈來愈近……就在一丈青追上宋江，待要下手之際，山坡上忽聞怒吼：「喂！哪來的婆娘？追我哥哥如此黏緊，是嫁不出去嗎？」轉頭一看，哈！那天神羅剎般的大漢，不是黑旋風李逵是誰？樹林另一側，亦竄出一彪騎兵，為首之人，戴寶盔，披銀鎧，挺丈八蛇矛，坐霜花駿馬，神閒氣定，不怒而威，揚聲說道：「這位姑娘，十招之內，林沖若不能敗妳，便放妳一條生路。」「好個猖狂狗賊，看招！」一丈青飛刀縱馬，直奔林沖，揮砍，不中，橫刺，落空，劈剖掄劃……七招、八招、九招，最後雙刀齊舞，左虛右實，明砍暗刺，至極超絕第十招——鏗鏘一響，丈八長矛斜斜刺出，輕舒猿臂，款扭狼腰，震飛雙刀，鋒抵咽喉。原來，「十招之內」是指一丈青十招用盡後，林沖一招敗敵。不然，八十萬禁軍鎗棒教頭，名從何來？

一番混戰，死傷遍野，各有所獲。宋江麾下，歐鵬受傷，先是楊林、黃信，後有王英、秦明、鄧飛淪為階下囚；若再加上始作俑者的時遷，正是「六將成擒」。祝家莊也不怎麼風光，準媳婦一丈青身陷賊窟，有可能變成梁山的「座上嬪」嗎？

9. 破敵妙計

「真是旦夕可破？如何破法？這『好事成雙』又作何解？」帷帳裡的宋江瞠著紙上黑字，驚喜問道。

帶著呂方、阮氏兄弟前來增援的吳用仍是笑捻髭鬚，一派悠然：「休急！休急！伐祝不順，本是意料中事。且待：空中伸出拿雲手，救出天羅地網人。事緩則圓，先聽小弟說個故事，梁山近日又添頭領……」

裡應外合，生門在東；
立異標新，六六大順；
好事成雙，連三接二。

第四章（下）

六六大順

1. 惡運連番

新來的頭領名喚病尉遲孫立，原是登州府的軍馬提轄，有兩個遠房表兄弟，兩頭蛇解珍、雙尾蠍解寶，武功不凡，隨身武器為混鐵點鋼叉。

解家本是獵戶世家，這對兄弟更是當地狩獵高手。俗話說：「穿山越嶺健如猱，麋鹿見時驚倒。」當時登州山上有老虎出沒，接連傷人，官府召集獵戶，限期捕虎。兩兄弟接了文書，整頓窩弓藥箭、弩子利叉，穿豹皮褲，套虎皮體，拿了鋼叉，便上山埋伏伺候。一連兩天，不見虎蹤。直到第三天夜裡四更時分，守株待虎、睏極累翻的兩人，背靠背打盹，忽聞窩弓發響，林葉竄動，緊接著一聲驚天虎嘯。兩人趕至現場，看見一隻中箭大蟲遍地翻滾，掙扎奔逃，跑到半山腰處，藥力發作，終於不支，骨碌碌滾下山，掉進一所莊園。解寶說：「我認得那裡，是毛太公莊後園。走！咱們登門拜訪討大蟲去。」

「解氏深機捕獲，毛家巧計牢籠。當日因爭一虎，後來引起雙龍。」吳用像足了說書先生，玩玄弄虛賣關子，話至半途，還來個有詩為證。

「什麼『雙龍』？」宋江猛想起九天玄女廟二龍戲水的意象，隨即搔搔頭，問道：「那兄弟討回大蟲了嗎？」

「若是討回，就沒下文了。」

天微明，兩兄弟苦候毛家莊外，又是叫門，又是敲戶，好半天才有人應門。毛太公萬分周到安排茶點，請吃早餐，寒暄應對，談古論今。直到兩兄弟三託四請，才慢吞吞領他們到後花園，開門鎖又花了半個時辰。結果呢？後花園哪裡還有老虎？（毛太公長子毛仲義早在五更天就偷偷解送到衙門領功了。）兩兄弟無意間發現地上拖行痕跡和草上血痕，明白毛太公故意拖延，一時氣不過，打翻了大廳桌椅，而被毛太公誣指「持械搶劫」。他們哪裡服輸，轉身就走，揚言告官。這時，毛仲義帶了一夥人回來，假情假意說道：「一定是莊客搞鬼，瞞騙父親，來！我幫你們找。」一進屋，卻是關門閂戶，眾人圍，棍棒舞，枷鎖上。毛仲義帶回來的人，竟是串通好的官差。解氏兄弟眼見不敵，只好受縛，囚禁登州大牢。

「又是貪官惡紳，可惡！」宋江怒拍桌案：「解家兄弟可有苦頭吃了。」

何止受苦，登州府的孔目[31]王正，正是毛太公女婿，早就偷偷在知府面前參上一本，以「搶擄財物」的罪名發牢待審。毛太公心知此怨已結，一不做二不休，想方設法解決後患。所幸，獄中有位小牢子，聰明伶俐，精通音律，天生好嗓，名喚鐵叫子樂和——他自己則

31 孔目：古官名。掌收貯圖書、考核文書簿籍等事。唐有集賢殿孔目。宋時，於祕書諸館、鹽鐵、度支、戶部三司、都轉運司等，皆置孔目官或都、副孔目官。明、清唯翰林院設置此官。

鍾意歌王封號，是孫立的妻弟，知道兩兄弟蒙冤，一心搭救。幾經密商，樂和偷偷帶信給在城外開店的姑表姐——孫立之弟孫新的妻子——顧大嫂。這位婆娘可不簡單，武藝高超，膽識過人，氣概不讓鬚眉。

「可是眉粗眼大，胖面肥腰，插一頭異樣釵環，露兩個時興釧鐲，人稱母大蟲的顧大嫂？」

正是：生來不會拈針線，弄棒持鎗當女工。怒起時提井欄打老公頭，心焦處拿石錐敲翻莊客腿。樂和登門傳信後，母大蟲果然跳起一丈高，十萬火急，差人叫孫新回來，共商營救之道。這位小尉遲孫新呢，身長力壯，眉目有威，一手鞭法舞得出神入化，嫻熟文韜武略，堪稱，自藏鴻鵠志，只是，呵呵，恰配虎狼妻。

「孫立既已投山，這位好漢是否……」

休急，休急。孫新回來後，問清曲折，眉一皺，認定毛太公必下殺手，而且官府上下早已買通，循法律途徑怕是徒勞。「而今之計，唯有……」小尉遲立下決斷：「劫牢。」「劫就劫，走唄！」顧大嫂捲袖翻桌，提刀就要出門。「喂喂！我的勇猛過人好娘子，妳以為劫囚是去市場買菜嗎？說幹就幹？」「你個男人，這般婆婆媽媽！每晚老娘翻壓上身，騎坐你的腰胯，也不見你如此磨蹭。」孫新對一旁偷笑的樂和苦笑，搖頭，心裡一定在想：傳聞梁山之上有隻黑猩猩，妳這匹母狼，怎不去配他？隨即掏出一包銀子，請樂和打點獄卒，好生周全解家兄弟，莫要苛待。又叫老婆稍安勿躁，他要外出找人相助。

「哦？劫囚乃是重罪，哪路英雄願出援手？」宋江想起自己的「牢獄生涯」，嘆口氣，三分驚訝猶帶七分敬意。

「鞭舉龍雙見。」孫新的援手，是登雲山的一對叔姪強盜頭：出林龍鄒淵、獨角龍鄒閏。兩人輩分有別，年齡相近，情同兄弟，性皆好賭；但豪氣干雲，忠良慷慨，重義守諾，與孫新交好。當日黃昏，孫新帶這二人回店，閉門密商，總覺得強攻不易，智取為先；而自古以來，外敵好避，家賊難防，任他銅壁鐵壁，也擋不了……

「裡應外合。」宋江擊髀驚叫：「不就是先生賜我的卦文？」

「不只如此，呵呵！」吳用愈笑愈得意，一對狐狸眼，瞇成髮鬚縫：「一計連環，妙謀高招。請聽我說來……」

要行此計，就得動用關鍵人物：擔任登州軍馬提轄的哥哥孫立。

鬍鬚黑霧飄，性格流星急。
鞭鎗最熟慣，弓箭常溫習。
闊臉似妝金，雙睛如點漆。
軍中顯姓名，病尉遲孫立。

根據孫新的說法，孫立不只是熟諳鞭鎗弓箭，十八般武器皆有涉獵。他若自稱登州第二，就沒人敢居第一。守城護府，無役不與，四方草寇，聞風喪膽。如此高手，又任職軍營，怎麼使他「改正歸邪」，結夥打劫？

翌日，顧大嫂派人捎了口信到軍營，說是「病重臨危，有事囑咐，請來見最後一面」。果然，不出數個時辰，遠遠望見一騎車隊而來，為首之人八尺身長，淡黃面皮，落腮鬍鬚，配弓箭，握長鎗，腕懸一條虎眼竹箭鋼鞭，果然是教宵小望風披靡的氣概。

那人下馬，攜同妻子樂大娘進屋，急問孫新：「弟妹害什麼病？」卻見顧大嫂大剌剌、悠悠哉走出來，背後跟著兩名大漢，說道：「伯伯，奴家得的是怪病。」孫立更狐疑了，又問：「到底是什麼病？」「兄弟有難，聞聲救苦的『兄弟病』。」「哦？哪位兄弟有難？」孫新和顧大嫂交換眼神，關窗閉戶，驅離隨行人員，然後一五一十細說原委，並言明劫囚計畫，邀兄長入夥，還說：「此行之後，我等不能留在登州，這兩位好漢鄒淵、鄒閏與楊林、鄧飛、石勇等頭領熟識，我們準備齊上梁山。」

2. 登州劫牢

「那孫立作何反應？」宋江長嘆一聲，心長而語重：「怕是趑趄難決，左右不是吧！」

搖頭，皺眉，面有……豈止是難色，簡直是鐵青發黑，由黃轉黛：「我是堂堂軍官，怎能知法犯法，做這等事？」顧大嫂忽地拔出雙刀，叫道：「伯伯既然不肯，反正我們已無退路，就在這裡拚個你死我活。伯伯武功高強，別忘替我轉告解珍、解寶一聲：咱們可是為自己人而死。」鄒淵、鄒閏亦是短刃在手，親弟弟孫新雖未有動作，堅定的眼神，透著血濃於水的懇求。至於髮妻樂大娘，早已嚇得目瞪口呆，大氣不敢出一聲。

「且慢！我沒說不答應，弟妹休急！」勢頭不對，真要發生兄弟火併，自傷性命不說，還要惹出天大笑話。再者，一旦孫新犯法，自己抓也不是，不管，又脫不了牽連。罷了，孫立重嘆一口氣，說道：「這事魯莽不得，得慢慢計議，一擊就要得逞，明白嗎？」「伯伯是答應囉？」粗黑顧大嫂變成斯文顏回——轉怒為喜。孫立則是徐庶進曹營——苦著臉，蹙著眉，一言不發。

計畫擬定，各自行動。第二天，顧大嫂給解珍、解寶送飯，樂和當然放行，但看守牢房的包節級收了毛太公賄賂，故意刁難：「哪來的婦人，怎可私闖大牢？自古獄不通風，你難道不明白？」樂和只好接下飯菜，送進大牢，偷偷為兩人除木枷、開牢門，小聲說：「你姐姐人來了，只等下一著棋。」這時，孫立帶了十幾個親信來到，包節級怒道：「他自是營管，來我牢裡，有何貴幹？不要開門。」外面的小牢子叫道：「不成，孫提轄使勁打門，硬是要進來。」包節級氣不過，走出內門，正要發作。一旁的顧大嫂突然拔出雙刀，大喊：「還我兄弟！」直奔包節級。包節級嚇得轉身就逃，解珍、解寶正好從獄裡衝出，當頭一枷，碎顱濺血，破腦爆漿；顧大嫂手起刀落，戳死幾個獄卒，和解珍、解寶、樂和，衝出大門，與門外把守的孫立、孫新會合，再一起殺向衙門。到了那兒，鄒淵、鄒閏早已取下王正的首級，一行人騎馬、彎弓、使鎗、弄刀，揚長而去。誰敢阻攔？

眾人回到酒店，籌備梁山之行。解珍、解寶痛恨毛太公詭計，揚言非報仇不可。孫立點頭稱是，安排孫新保護家眷、行李先行，自己和解家兄弟、鄒氏叔姪殺上毛家莊，滿門屠盡，雞犬不留，搜括金銀，擄走財貨，再一把火燒掉莊子，星夜奔上梁山。

「忠義立身之本，奸邪壞園之端。狼心狗肺濫居官，致使英雄扼腕。奪虎機謀可惡，劫牢計策堪歡……」吳用又在吟詩作詞，其樂呵呵。

「我倒是聽出些端倪了。」宋江頷首讚賞：「吳用軍師口中的『裡應外合』。」

「哈哈！裡中藏裡，變外有變。但看下一著棋怎麼走？」

「棋子是誰？」

「大『破』猶待大『立』，不是嗎？公明可知，那孫提轄原是祝家莊教頭欒廷玉的同門師兄弟……」

「哎呀！好棋！千糾萬葛諸般難，迎刃而解。」宋江高興得擊掌。

「此局此戰，史家或稗官必有一筆。正所謂『吳學究雙用連環計』……」吳軍師愈笑愈得意。

「宋公明三打祝家莊。」宋江立刻接口。

3. 登門賠罪

「西村扈家莊扈成，牽羊擔酒，特來求見。」嘍囉進帳通報。

「肯定是為一丈青而來，快快有請！」宋江和吳用互望一眼，喜形於色：得孫立投山，已是神助；扈家莊又來輸誠……

「小妹年幼無知，誤犯威顏，身陷縲絏[32]，望乞頭領寬恕，釋放小妹，扈家莊上下同感盛德。」扈成來到中軍帳前，再拜懇告。

「請坐說話。貴莊與梁山向無恩怨，此番爭戰，全是祝家莊那廝好生無禮，騎到俺山寨頭上，才興兵報復。」宋江緩緩說道：「擒下令妹，只因她捉拿王矮虎在前，以禮還禮而已。但請放心，我們不曾動她分毫。」吳用接著說：「你們釋放王矮虎，我們就送回令妹。如何？」

[32] 縲絏：音ㄌㄟˊ ㄒㄧㄝˋ。古代綑綁犯人的黑色大繩。比喻監獄。

「這……」扈成面有難色：「王頭領現在祝家莊，我們曾央請以人換人，但那祝氏三傑好大喜功，不念姻親情誼，只想捉……呃，捉爾等向朝廷領賞。家父憂急萬分，特此懇請眾頭領網開一面，大恩大德來日必報。」

吳用說：「這樣吧！今後祝家莊有事，萬不可馳援；若有祝家人投奔貴莊，一律五花大綁，獻給梁山。至於令妹，不在寨內，而在山上，你且放心回去，時機一到，自當送還，如何？」

「是！是！是！」扈成點頭如搗蒜。

吳軍師又在捻鬚了。切斷祝家莊後路，這個大禮，遠超過牛羊金帛。

4. 孫提轄技退梁山賊

一行十餘人，「登州兵馬提轄孫立」的旗號，威風凜凜，招搖來到祝家莊，說要求見欒廷玉大俠。經通報後，當然是放下吊橋、敞開大門、一頓接風酒伺候，祝太公和欒廷玉親自迎賓。

席間，欒廷玉問道：「賢弟向來鎮守登州，何故到此？」

孫立笑道：「總兵府行下文書，調我擔任鄆州守軍，提防梁山草寇，順道經過祝家莊，特來叨擾。」

「哪裡的話，你的出現，敝莊上下高興還來不及。」祝太公見他攜家帶眷和貼身親信而來，所言應是不虛。

「哦？怎麼說呢？」孫立故作不解，心裡暗笑。

「你瞧咱們人人皆兵的模樣，應知祝家莊正面臨生死交關的戰爭：與梁山泊的廝殺。其實，打從一開始，我就反對和那班土匪結怨，但祝家三兄弟年輕氣盛，目空一切……唉！不說這個，賢弟前來，正如錦上添花，旱苗得雨，協助愚兄擒賊首、破梁山，解官討賞，如何？」欒廷玉的神情透出一絲疲憊。

「當然從命，義不容辭。」一抱拳，二話不說，眼角和脣線，卻是詭異地上揚。

兩天後，又是梁、祝對峙：先是花榮高聲叫陣，祝彪躍馬挺鎗迎戰。兩人鬥了十數回合，不分勝負；花榮故意露出破綻，調頭而走，祝彪正要追趕，莊樓上的孫立大喊：「公子休急！恐防暗器，此人擅長『回馬箭』。」祝彪果然勒馬停步，領軍回莊，拽上吊橋，向孫立道謝：「感謝孫提轄提點，這花榮鎗法了得，箭術高超，小可險些中計。咱祝氏三傑難逢敵手，但對上這班草寇，也只能勉強戰個平分秋色。」欒廷玉則說：「傳聞梁山人才輩出，高手如雲，如果他們採長期消耗戰或車輪戰，咱們可有克敵利器？」孫立仍是笑瞇瞇的嘴臉，語帶自信：「不急，莫慌！捉賊滅寇等閒事，來日看小弟擒幾個回來玩玩。」

第四日午牌，莊兵回報：「宋江軍馬又來了！」祝氏三傑披鎧戴甲，步出莊門。遠方傳來鳴鑼擂鼓，一片黑壓壓嘍囉正在搖旗吶喊；為首叫陣之人，七尺昂藏，手持丈八蛇矛。祝龍按捺不住，率先策馬奔出，與林沖展開風火雷電般的惡鬥，兩人大戰三十回合，未分勝負；兩邊鳴鑼，各自收兵。這時，祝虎提刀上馬，跑到陣前叫嚷：「宋江狗賊，前來受死！」話未了，宋江陣中衝出一將──當然不是黑面宋，而是沒遮攔穆弘，也是奮戰數十回合，不見輸贏。神鎗祝彪哪能冷眼旁觀，直衝上陣，對上楊雄，鎗來鎗往，纏鬥不休。城門上的孫立說：「這樣打下去不是辦法。孫新，取我的鞭來，看我擒捉這些強盜。」披盔甲，穿袍襖，腕上懸虎眼鋼鞭，綽鎗上馬，赫赫出陣：「你那賊兵營裡可有高手？出來決一死戰。」林沖、穆弘、楊雄、宋江等人勒馬退向兩邊，裡頭衝出一騎黑馬，一名拚命三郎，狂聲叫道：「石秀在此！」兩馬相交，雙鎗並舉，一個是鎗法精熟，一個是捨命一戰。約莫五十回合後，孫立賣了個破綻，讓石秀一鎗刺向空門，卻是擦身而過，一閃身，抓住石秀的腰帶，遠遠一拋，扔到莊門下，大喊：「將這賊子縛了。」宋江等人見狀，急忙撤兵。

5. 三打祝家莊

一擊得逞，祝家莊上下無不拜服。欒廷玉嘆道：「賢弟，昔日同門練功，不見這般高強，這幾年的歷練，讓你精進不少。」「哪裡哪裡！還不及師兄的萬分之一。」孫立轉問祝太公：「共是擒得幾名賊人？」祝太公笑呵呵道：「先前六人，再加上石秀，可以排個北斗七星陣了。最好是連捉廿八星宿，一網打盡，上奏朝廷。」孫立說：「對！但一個也不能殺，更不要虐待，最好養得肥肥胖胖，到時候送交官府才值錢。」祝太公猛點頭：「說得極是！咱們就每餐好酒好菜伺候，屆時擒宋江押晁蓋，整批運送，消滅梁山，誰不服我祝家莊？」

石秀雖入牢籠，可那解兄弟、鄒叔姪加上樂和夫妻，每日每夜探門問路，一窺莊內虛實；楊林、鄧飛看見鄒淵、鄒閏身影，心中有譜，暗自歡喜。還有機靈古怪的顧大嫂呢，早摸清了房戶出入的門徑，就等著暗號發動，內外夾攻。

第五天辰時，又見梁山大軍，而且兵分四路：林沖領東，花榮居西，穆弘、楊雄由南，李逵占北；四方圍攻而來。孫立冷哼道：「賊人苦頭吃得不夠？不用說四路，分十路也不怕他。準備撓鉤套索，咱們要捉活的，死的不要。」莊外戰鼓雷鳴，喊聲大舉。欒廷玉正色道：「今日之戰非同小可，梁山怕是傾巢而出。萬不可輕敵！我引人馬從後面殺出，破他西北方的大軍。」祝龍說：「行！我從正東門出，再和那林沖大戰三百回合。」祝彪道：「我自前門殺敵，捉宋江，擒賊首。」祝虎也說：「我負責西南方賊人，殺他們個片甲不留。」

擂鼓鳴炮，門戶全開，精銳盡出，四大戰將全面迎敵。祝龍一馬當先，直奔林沖。吼道：「今天非分個你死我活，才能罷手。」林沖緩緩伸出食指，微笑以對。殊不知，莊內鄒淵、鄒閏暗藏大斧，守在牢房左方；樂和分踞前門兩側；先前立功的孫立則領兵佇立橋頭，不進不退，不喊不殺。解珍、解寶揣著暗器，不離後門。顧大嫂雙刀在手，踅巡堂前，等「歌王」的天籟響起，一展酒店老闆娘的成名絕技：兩手迴旋刀削麵，一刀萬式黑白切。好事饕客贊曰：「嫂嫂入廚，百畜遭殃。信手揮刀渾閒事，斷盡豬羊驢蛋腸。平均下一碗麵、切盤小菜，只消一盞——不，是一口茶的時間。」

四路人馬衝出後，孫新忽然在門樓上插「孫」字旗，樂和則高唱暗號歌曲：「啊——啊啊啊——啊——」，嗓音嘹亮，振奮軍心；又似孤母嫠婦訴斷腸，如泣如怨。正是好音傳遍機關裡，款曲暗通傷心處。兩方人馬一陣愕然，陣前宋江乍聞此聲，頓覺且哀且怨，又喜又愁，百感迴腸。歌聲未歇，鄒淵、鄒閏呼哨幾聲，掄斧劈開牢門，放出秦明等七條好漢，各自拔刀、提鎗、舞棍，狂刺猛砍，殺盡莊客。樂和愈唱愈帶勁，拔高尖音，悠悠盪盪，迴轉巫山十二峰。解珍、解寶連放蠍子鏢、透骨釘，半數被音波震落，但也打得祝家僕奴滿臉豆花。顧大嫂收拾內室的女眷，一路殺將出來，蹭到樂和身後，低叱道：「你唱完了嗎？聽眾已死光了啦！這般愛唱，何不到酒樓賣唱去？」「歌王」眼睛一亮，彷彿尋得生涯指引，一頓足，花腔旋繞，人隨聲轉，再揮手抬腿擺臀扭腰，急停——猶自暗嘆：唉！此曲只應天上有，萬人殺戮演唱會。

再回眸，只見遍地死屍，以及，一具急忙忙奔向井邊（投井自盡？）的身影——祝太公，被石秀大步趕上，一刀斷首，身留原地，頭落深井，噗通一聲，是解脫？嘆息？

解珍、解寶在馬廄放火，一時間黑煙瀰漫，火光沖天，宛如人間煉獄。祝虎見莊內起火，策馬奔回，被守住吊橋的孫新攔截：「祝公子想去哪裡呀？用過飯否？」大驚之下，撥轉馬頭想溜，迎面撞上呂方、郭盛，後面又有鄒氏叔姪、顧大嫂殺出，一陣混亂，被郭盛的畫戟掤翻在地，顧大嫂大喝一聲，刀光掄舞似閃電，轉眼間將人體剁成肉泥。

宋江的中軍堂而皇之進入祝家莊。

東路的祝龍急攻猛刺，對手一逕閃身換位，只守不攻，而祝大公子竟是難傷分毫。百招將盡時，林沖又比出食指，說道：「我給你的一百招就要用完了，你還有一招機會。」祝龍狂吼一聲，全力一擊，落空同時被林沖反手矛刺傷大腿，驚駭調馬，望北而逃，暗道：「這廝如此難纏，不打緊，君子報仇三年不——」不是「不晚」，是不及措手，正面撞上黑羅剎，只見雙斧掄動，四蹄濺血，馬翻人倒，祝龍正要拾鎗回防，赫然發現自己抽搐的手距離雙眼達一丈之遙——落馬同時被李逵砍下腦袋，再一瞥，背後竟多出一口血窟窿，原來，早在策馬回身時，被丈八蛇矛，捅了個後背透前胸。

祝彪見大勢已去，急奔扈家莊求援，一進門，卻被刀棍鎗鞭撂倒，頓成階下囚——不，是階下鬼，猛追而來踹開大門的李逵一斧頭結束了「神鎗」傳說。眾莊客正要迎李逵上座，不料黑猩猩殺得興起，一斧一個，兩下一雙，逢人就砍，一路殺進廳內，老少咸宜，男女通吃，雞犬升九天，賓主下黃泉——唯一的幸運兒扈成，趁隙閃溜。再一把事後火，灰飛煙滅，又是一樁莫名其妙的滅門慘案。

6. 十全之數

慶「祝」勝利英雄宴，血池肉林饗饕餮。黑白分明是丈夫，恩仇不報非豪傑。屍骨未寒的祝家莊正廳，眾頭領暢飲歡樂，論功行賞：生擒四五百人，死傷者加倍；奪得好馬五百餘匹，活捉牛羊千頭，米糧食物、金銀財貨之類，更是不計其數。宋江雖然笑逐顏開，倒還掛念一人：「怎不見那教頭屍身？是死？是活？若能歸順梁山，咱們又添一員猛將。」郭盛答道：「混戰中便不見欒廷玉身影，怕是畏怯遁逃了。」這時嘍囉來報：「黑旋風燒了扈家莊，提了十數人頭來獻。」宋江一跤摔下座椅，驚道：「扈家莊早就向我們投誠了，扈三娘還在山上呢，搞什麼東西？」一陣烏煙瘴氣風，一身血汙、腰插板斧的李逵衝進來，唱個大喏，邀功說道：「祝龍是兄弟殺了，祝彪被兄弟砍了；扈太公全家殺得乾乾淨淨，只可惜扈成那廝走了。」「你……你……誰叫你殺扈家？日前扈太公牽羊擔酒前來，你也在場，你全不記得？」宋江忽感呼吸困難。「你便忘記了，俺也不會忘，那天鳥婆娘是怎麼迫殺你的？」黑猩猩眼一瞪，壓低音量：「哦！俺明白了，你又不曾和人家的妹子成親，便思量討保阿舅丈人。」「你……休得胡說，誰要和誰成親了？」臉色由黑轉紅再發青，宋江頓覺，唉！此生渺茫。「誰說你要成親？王矮虎說你只想和那婆娘上床。」有人得理不饒人，這位黑粗漢，不得理，也不饒人。

「鐵牛！你領我軍令，為兄有教你亂殺人嗎？」好不容易，舒緩了語氣，平復了情緒。

李逵一吐舌，嬉笑道：「誰鳥耐煩，見著活的便砍囉！」

無言望蒼天。還好，吳用一行人及時來到，把盞賀喜：「公明兄，照卦行事，依計用兵，真乃天意也。『生門在東』應驗否？『標新立異』不爽言？」

「何謂『標新立異』？」一旁的林沖問道。

「不就是孫立、孫新兩員頭領？孫立標舉大旗在外，孫新策應生變於內，如此成就『裡應外合』。」吳用一字一句對童蒙般的眾人講解，活像認真教學的私塾老師。

「『好事成雙』何解？『六六大順』為啥？」李逵搔著腦門問道。

「就是說，好事將近，有人要成親了……」

「誰？誰？哪個請喝喜酒？誰人鑽洞行房？」正在灌酒驅霉氣的王矮虎插嘴說道。「頭號戰犯」時遷也笑著說：「新郎只管醉酒，矮虎代替洞房。」

「休急！休急！時候一到，自有正解。」吳用笑看王矮虎，眸光閃爍，忽又轉開話題：「公明兄，此番征戰，我軍先有六名頭領被擒？」

「正是。」宋江頷首。

「您再算算，這回又增添幾位頭領？」

「孫氏兄弟、解氏伯仲、鄒淵叔姪……難道也是六位？」掐指撥算，喜形於色。

「哪有這般輕易？」奸臣臉又出現了。「還有樂和、顧大嫂加上即將歸順的另兩人，正是十全十美，『大順』之數。何謂『六六』、『好事成雙』也，您再算算，孫、解、鄒乃三對兄弟叔姪，孫新和顧大嫂為夫妻，孫立與樂大娘也是夫妻，再加即將歸順的一丈青嫁人之後，再成就一樁姻緣，豈非六六成對？」

「等等，你說『十全』之數，如何算法？孫夫人、樂大娘乃家眷，豈稱頭領？」宋江挑出了語病。

「大哉問！小生也是百思之後，豁然開解。」奸臣自稱小生？這位吳軍師還真是自我感覺良好。「三對兄弟叔姪為六人，母大蟲顧大嫂武功高強，當為頭領；加上鐵叫子樂和、一丈青扈三娘……」驀地，眼前浮現一整列血跡斑斑的泥偶，宋江領頭，梁山大廟的將佐神像。啊！那是夢中景象。吳用愣住，偷偷點數，又得驚心一算：一百八人出，三十六人還。（宋江「弄清究竟」的「六六之數」。）等等，我吳用在神像行列嗎？

「還差一人。」眾頭領同聲說道。

「不錯！盜可盜，非常盜；強可強，真能強。」回神，天機難測，吳用仍得妙算在手：「眾虎有情，為救偷雞釣狗——時遷兄，這話在說你；獨龍無助，難留餓狼撲雕。眾兄弟，咱們還得計議一番，智取那人……」

7.「李」應外合

話說李應在家養傷，閉門不出，一面派人打聽戰況。這日，傳來祝家莊被攻破的消息，李莊主驚喜相半，又有種說不出、辨不清的滋味。忽聞莊客來報：「本州知府駕到。」「趕快迎接！」開莊門、下吊橋，李應親自迎迓。那位知府下馬進大廳，居中一坐，側首是孔目，下面一個押番[33]，幾個虞候，階前一整排節級牢子——好一番來者不善的陣仗。李應拜

33 押番：宋代掌理押解人犯的吏卒。

首說道：「何事勞動大人前來？」那知府一拍桌，怒道：「祝家莊有狀子，告你勾結梁山泊強寇，陷害祝家莊。日前又受他鞍馬羊酒、彩緞金銀，你有何話說？」李應慌忙答辯：「冤枉啊！大人，梁山確有送禮，但小人分文不敢收。」「還想狡辯？那你左臂之傷從何而來？祝朝奉說你替草寇出頭，興兵上祝家莊討人，有沒有這回事？」「這……那只是……」「有話回到衙門再說！來人呀！拿下這廝。」十幾名牢子呼擁而上，繩索縛身，套上枷鎖，押回府內。

一行人離開李家莊，行不過三十餘里，路旁林子裡衝出宋江、林沖、花榮等人，林沖大喝道：「梁山泊好漢合夥在此！」說也奇怪，知府和官兵未戰先怯，丟兵棄甲而逃。宋江親自為李應解繩開鎖，說道：「一場戰事，拖累大官人至此，實在過意不去。有請李大莊主上梁山避鋒頭，如何？」李應搖頭如揮扇：「不不！劫囚的是你們，殺知府的也是你們，與在下無關。你們走吧。」宋江比出蓮花指，左右款擺，笑道：「那怎麼成？我們一走，你不是跳到黃河也洗不清？何況，沒有人說要殺知府，不用緊張，先上山作客，去留任憑定奪，如何？」還能如何，前有土匪，後有強梁；左右盡是綠林好漢。就這麼，半推半就半脅迫，一夥人簇擁著李應，迤邐回到梁山。

晁蓋居首，眾嘍囉擂鼓吹笛，下山迎賓。聚義廳上，自是接風把盞，眾頭領分列——哦不，不再是「七星聚義」時期的分列兩側，梁山草寇已是蛇鼠一窩，多如牛毛——呈扇圈狀層層入座，此番陣仗，誠非待客，而是邀約入夥。主酬客酢，幾番往來，李應先發制人：「此回官司纏身，怕是連累家屬，可否讓在下先行告退，回家探看？」宋江又笑了，嘴角微顫、髭鬚文動的笑：「大官人擔心家眷？不勞奔波，貴莊之人已在梁山，李家莊已成平地。不信？您到外面看看？」李應衝出廳外，赫見一隊人馬緩緩而來，正是自家莊客並老小人等。一位老僕趨前稟告：「莊主被帶走後，又來了兩巡檢、四都頭，抄家收產，命我們上車，再一把火燒了莊院。」瞠目，結舌，半晌說不出話，暗忖：這哪是幫派作風？簡直就是詐騙集團。「唯恐獨龍無助，又怕餓狼撲雕，出此下策，望祈見恕！」「知府」大人突現眼前，是一張比宋江笑臉更欠揍的奸臣嘴臉。「在下若料得不差，『知府大人』當是梁山頭號軍師吳用先生？」握緊的拳頭好不容易放鬆；咬斷的牙齒，可就，補不回來了。

「吳用無用，百無一用，正是在下。」

模仿變裝秀的角兒們一一現身：「孔目」裴宣，「虞候」金大堅、侯健，「巡檢」戴宗、楊林，「四都頭」李俊、張順、馬麟、白勝。

8. 好事成雙

喜宴上，觥籌交錯，笑語喧譁，眾頭領舉杯為賀，小倆口來回敬酒。新娘不勝嬌羞，新郎活似猛獸——又說又笑口水流；有道是：天龍地虎稱絕配，女上男下好夫妻。

不過，滿腦子機關的宋江還在跟鄰座的吳用咬耳朵：「所以，『裡應外合』一連三環：孫立救解家兄弟、大破祝家莊、李莊主的歸順？」沒說出口的是，這四字真言，不只是出自軍師之口，也來自天書授機。

宋江和吳用皆漏算一事：一事不只是一事，少算一事不如多算一事；但誤算一事，不如漏算千萬事。

「最後一環：『李』應外合，想要李莊主有回應，得借助外來的力量磨合。是故斗膽，出此下策。」吳用瞇覷著小眼，色迷迷、晶亮亮地睃著新人。不知情的人，還以為他在垂涎新娘或新郎。

十二個時辰前，宋江之父宋太公認扈三娘為義女，平添一喜；宋江打蛇隨棍上，逕自安排了義妹的婚事：王矮虎時不時在宋江耳邊吹氣：「唉！我這個可憐而立男，唯有三不立：功不成，名不就，一柱擎天沒人擦鎗桿。」

一丈青願意「下嫁」三寸丁？天知道！身在梁山，家毀親亡，又能如何？她想起師父的名言：一寸長果能一寸強？一分短但有一分險。罷了！人生在世，莫道長短，誰主浮沉？

再加上「六六大順」，堪稱諸喜臨門。眾好漢能不大吹大擂，一醉方休？連李逵都迸出此生僅有的詩興：「俺說，各位看官呀！隔縫猶能瞧人扁，上馬方知恨天高。矮腳虎，你可得先將娘子擺平了，否則，搆不著『門縫』啊！」一陣爆笑。廳外嘍囉來報：「朱貴頭領酒店裡有位貴客，自稱鄆城縣人士，特來拜訪梁山。」

宋江的心思還在卦文、天數，又問：「『好事成雙』意指王扈之喜和先前破祝之事？」「非也！非也！」吳用不知從哪弄來一只羽扇，輕搖慢道：「先前事已是過去事。另一喜就在公明兄的老鄉，這位『鄆城人士』、神祕嘉賓身上……」

驚夢之五

山東宋江　　　淮西王慶
河北田虎　　　江南方臘

素白屏風上御筆直書四個名號，皇帝眼中禍國殃民的四大寇？方臘、田虎不說，宋江哥哥身在草莽，心繫社稷，此乃眾所周知。不成！取出身上小刀，割下「山東宋江」汙名，總有一天，要讓皇帝知道：宋江，象徵「大宋江山」。

等等！我不是在高唐州的大牢？（啊！極目遠眺，似能覷見自己戴枷鎖銬的身影。）怎地跑到御書房來？瞧瞧！仔細瞧！另一端的畫面：天子與民樂，東京慶元宵。是了，宋江哥哥想接近皇上，帶著戴宗、李逵、我小旋風柴進和一名喚作燕青的年輕人，潛入京師。一方面拜訪名妓李師師，同時命我混進皇宮，一窺虛實。

俯瞰車水馬龍、花火燦爛的街巷，好不熱鬧。京城的「我」刻意結交一位班直官，在酒坊裡將他灌醉，偷他服飾、簪花，進入禁門，直到紫宸殿，轉過文德殿、凝暉殿（殿門深鎖，不能硬闖）再從殿邊廊廡來到一偏殿：牌上金書「睿思殿」的御書房。

御座兩邊几案上，放著象管、花箋、龍墨、端溪硯。書架上擺滿典籍。白屏風寫著四寇名字……正面的巨型屏風上，堆青疊綠，烽火赤地，山河社稷混濁變色的怪異繪圖。那是，山川蒙塵的讖景？生靈塗炭的預警？

趨前細辨，那天地風雲忽變，成為陰暗的大牢。牢裡是一位憔悴老者，對冒死前來探監的一對男女說：「啊！師師，燕青賢卿，寡人有負祖宗教訓、百姓寄望，淪為金人階下囚。更是對不起一百零八好漢的精忠報國。」那位燕青冷冷回話：「梁山英雄合該為國捐軀，死不足惜，但真正辜負『精忠報國』四字，不思匡復中原的人，是你趙家的賢子賢孫……」

這一段，看得忐忑，卻不明就裡。那是哪年哪月的事？背景再變，牢籠擴大、加深，又成黝暗不見五指的井底，蹲著滿臉血汗、兩腿潰爛的「我」……

氣血上衝，天旋地轉。
朱仝逢人便說那句自創的歇後語：請李逵顧小孩兒——一個頭，兩個大。

第五章

五雷轟頂

1. 插翅之虎雷都頭

「插翅虎雷橫？哎呀！不就是俺夢中『八虎』之一？」聽見嘍囉來報，酒至酩酊的李逵霍然起身，叫道：「虎背添翼之人，有何厲害？還是公明哥哥的同鄉？」

「如虎添翼非幸事，插翅難飛徒斷腸。」吳用笑道：「如此好手，梁山自當留用，但雷都頭身在官府，怕是不肯輕易就範。他會用盡理由推辭——譬如說，『家有老母』之類，但既敢上山討酒，終有結義之時。」「那就丟他老——不，『接』他母唄！」李逵插嘴說道。

「不成！是禍躲不過，是福不是禍。」

「最後二句說反了吧？」宋江又在蹙眉了。

「不反！不反！不造反如何能得道多助？接續此二語，才有好戲連三波。」語畢，抿笑微笑，不多置一詞。

2. 色藝雙絕白秀英

寶髻堆雲，羅衣疊雪。杏臉桃腮櫻紅嘴，蕙性蘭心楊柳腰。聲如枝上鶯啼，舞似花間鳳轉。笛吹紫竹篇篇錦，板拍紅牙字字新。

好一名絕色戲子，好一場開鑼戲，登時引動滿堂彩。「李小二說得不錯，真是位美人胚子。」坐在戲院前排的雷橫也忍不住鼓掌。

戲臺旁，一個老兒裹磕腦兒頭巾，穿茶褐羅衫，拿把扇子，開科道：「老漢是東京人氏白玉喬，如今年邁，教小女白秀英拋頭露臉，歌舞吹彈，服侍天下看官。」那女子接著說：「今日話本，是一段風流蘊藉的格範，喚作《豫章城雙漸趕蘇卿》。」說了開話又唱，唱了又說，喝采掌聲不斷。一曲唱完，白玉喬插科說道：「『雖無買馬博金藝，要動聰明鑑事人』，大家已經喝呼了，我兒且下去走一遭，看官們自有打賞。」白秀英拿起盤子，嬌聲巧笑：「財門上起，利地上住，吉地上過，旺地上行。手到面前，休教空過。」邊說邊走，來到雷橫前。雷橫摸摸身上，哎呀！竟忘了帶銀兩，赧然說道：「今天忘記帶錢出門，明日一發賞妳。」白秀英臉色條變，語氣也轉為尖刻：「『頭醋不釅二醋薄』，大官人坐在首位，怎可不出個標首？何況，哪有聽戲不帶銀兩？」雷橫臉脹得像罌粟花那樣紅：「就算賞妳三五兩銀子何妨？我是真的……」白秀英冷言冷語地說：「眼下是一文錢也無，甭說三五兩了，正是教小女子望梅止渴，畫餅充飢。」

粮！戲子謝幕討賞，觀眾下不了臺。白玉喬故意大聲說：「我兒啊！是妳不長眼，分不清鄉巴佬、城裡人，跟他糾纏什麼，趕快找個曉事客官，討個紅綃利頭。」雷橫也提高了音量：「我怎地不是曉事的？」老人家啐口痰，冷哼兩聲：「你若懂得憐香惜玉風流事，狗頭上生角。」哄堂大笑，甚至有人鼓掌叫好。雷橫忿然起身，怒道：「你這忤奴！敢侮辱我？」「就操你這三家村[34]使牛的，怎麼樣？」人群中有人出聲：「使不得，這位是本縣雷都頭。」白老頭又說：「只怕是軟骨頭癩痢頭驢筋頭！」

說得真順！可那都頭大人氣得想倒翻十八個跟頭，一步登上戲臺，揪住賤嘴老星爸，當面一拳；那老傢伙怎禁得起奔雷手，登時脣綻齒落，血花怒放。雷都頭正待補上一腳，眾人趕忙上來拉扶勸開，加碼的文武好戲總算收場。

3. 雨落旱地

「如何得知雷橫有難？」宋江忍不住追問：「先生窺得何機？卜出哪卦？」

「『雨落旱地，梁木轉枯；「秀」外穢中，霹靂環峰。』」

[34] 三家村：指人煙稀少的小村落。

4. 錯手摧花

一乘軟轎，幾聲鶯啼，逕往知縣衙內訴苦：「雷橫那蠻子看戲不給錢不打緊，還打傷父親，攪散戲院。大人哪！您可得替奴家作主。」不是升堂喊冤告大狀，而是枕邊細語暗通神。原來，白秀英和鄆城知縣是「舊識」，早在東京暗通款曲；這位知縣老爺新上任，那對父女便跟來賣唱。知縣欲火剛解，聞言後心火頓生，大怒道：「快寫狀來！整死這廝。」便教白玉喬驗傷遞狀，指定證見[35]。派官差將雷橫抓來，當廳責打，然後戴上木枷，押出去號令示眾。小娘子氣消了嗎？還沒！定要把雷橫公開鞭笞，當眾羞辱，方能稱心。

第二天清晨，公差們將雷橫押到戲院門口。白秀英知道這些人都是雷橫部下，故意放話說：「奴家知道你們和他有交情，放他自在，不忍下手。小心哪！要是知縣老爺知情……」公差們沒法，只好按規矩，連枷帶人當街鞭打。這時，雷橫的老母親前來送飯，見兒子慘狀，痛哭流涕說道：「你們這些好同僚，平日雷都頭待你們不薄，怎可如此折磨他？」公差壓低音量說道：「不關我們的事，是那婆娘白秀英要對付他。她和縣老爺有一

35 證見：即證據。

腿，一句話便可斷送我們。」老娘愈聽愈生氣，不顧一切上前解開繩索，忿忿罵道：「這賊賤人，恁的倚勢！」

「賊賤人」正在一旁茶坊裡飲茶，聽到自己的「封號」，袖一甩，臀一擺，衝出來大罵：「妳那老婢子，說什麼渾話？」老婆婆當然硬嘴回嗆：「妳這千人騎、萬人壓的賤母狗，做什麼倒罵我！」「妳……妳……」柳眉倒豎，星眼圓睜，兩手扠腰。「老咬蟲！乞貧婆！臭母雞！死人骨頭！」搶向前，一巴掌將老婆婆搧得金星直冒，老人家正要掙扎，卻是雙腳踉蹌，連吃耳光，被美女拳擊倒在地。雷橫見母親挨打，冤情猶待千年雪，怒氣直衝玉皇殿，扯起木枷便朝白秀英腦門敲下——只一下，顱蓋裂開，腦漿迸流，眼珠突出，就地癱倒。

一齣狗仗人勢的鬧劇，鬧出了人命，眾公差將雷橫押回官府，知縣當然是暴跳如雷，將雷橫押入死囚房。管牢的節級名喚美髯公朱仝，是雷橫的舊識，眼見故友落難，想幫忙疏通，又使不上力，只能吩咐小牢子好生對待，酒食伺候。六十天關押期滿，便移送州衙門問罪，押送之人正巧是朱仝。

朱仝帶著十幾名官差，押著雷橫離開鄆城縣，行了約十多里路，看見一間酒店，便說：「大夥進去喝兩杯，歇歇腳吧！」眾人喝得興起時，朱仝假裝要解手，把雷橫帶到店外僻靜處，開枷放人，叮嚀道：「賢弟快回去，帶著老母親逃命吧！這裡的官司，我幫你頂著。」雷橫搖頭說：「不成！這麼做豈不是連累你？」朱仝按住雷橫的雙肩，正色說道：「你打死知縣的婊子，他必定想方設法要你償命。我放了你，罪不及死，頂多判個怠忽職守，快去吧！」雷橫千拜萬謝，尋密林小徑奔回家裡，收拾細軟，帶著老母，星夜投往梁山。

一路上，雷橫的腦海裡不斷浮現那張似笑非笑的嘴臉：「雷都頭心有顧忌，實乃人之常情。只不過，是福實非禍，梁山大門永遠敞開，恭候都頭和令堂大人蒞臨。」

5. 刺配滄州

朱仝將木枷藏在草叢裡，回到酒店，故意緊張兮兮地說：「哎呀！不好了！雷橫逃走了。」眾人忙嚷著：「快去他家裡抓人。」朱仝又東磨西蹭拖延，料算雷橫走遠，才帶眾官差回衙門自首。知縣一向愛惜朱仝，雖然生氣，也只判他脊杖二十，刺配滄州牢城。

到了滄州，官差將公文呈上。知府見朱仝一表非俗，貌如重棗，美髯過腹，先有八分歡喜，便說：「這個犯人休發下牢城營裡，只留在本府聽候使喚。」當場解除枷鎖。

從此，朱仝待在府中，自由進出，努力拉攏押番、虞候，送人情給門子、承局[36]、節級、牢子，頗得人緣。一天，知府在廳上坐堂，朱仝在階下待立，兩人聊起雷橫之事。「這麼說，你乃重義之輩，自己擔罪，放了雷橫？」「小人豈敢私縱人犯？只因看管疏忽，被他走脫。」這時，屏風後跑出個小娃兒，正是知府親子，活潑可愛，見到朱仝，便伸手要他抱，還緊揪著美髯公的鬍子不放。知府皺著眉，卻是一臉笑意說道：「孩兒快放手！休要囉唕！」小朋友說：「不依！我只要這鬍子抱，一同去耍。」朱仝趕忙說：「沒關係，我就抱著小公子轉轉好了。」轉了一圈又一圈，還帶他上街買糖果，小孩子當然樂呵呵，知府卻有些過意不去：「怎可教你破費？」朱仝微笑答道：「聊表小人孝順之心，何足掛齒？」知府命侍婢準備酒菜，連賞朱仝三大杯，說道：「今後小兒若要找你玩耍，只管帶他去玩，不必通報。」「是！是！恩相臺旨，怎敢有違！」從此，犯人朱仝變成安親老師兼小兒伴遊。

6. 邀約上山

七月十五，盂蘭盆會之日。朱仝奉知府夫人之命，帶小朋友逛街看點放河燈。初更時分，鐘聲杳靄，幡影招搖，朱仝肩負著小衙內來到地藏寺水陸堂放生池邊，玩得興起時，

36 承局：官府差役。

背後有人扯了扯袖子，輕聲道：「哥哥，借一步說話。」回頭一看，竟是雷橫。朱仝趕忙放下孩子吩咐道：「你待在這裡不要亂跑，我去買糖給你吃。」將雷橫拉到一旁說話：「怎麼樣？你最近如何？」雷橫拜道：「自從哥哥救了性命，和老母無處歸著，只好投奔梁山。哥哥可曾記得昔日義助宋公明之恩？」見朱仝點頭，雷橫繼續說：「公明兄一直惦念哥哥，晁天王和眾頭領皆感激不淺，特派吳軍師同兄弟前來相探。」朱仝驚道：「吳先生在何處？上回一別，已是經年。傳聞他上梁山後大展鴻圖，經營擘劃，無不建功，又有未卜先知之能。」人群中鑽出一個鬼頭鬼腦的商賈漢子，顯然是喬裝而來，笑著拜道：「吳用在此。」朱仝答禮：「多時不見，先生一向安樂？」吳用說：「河清海晏，自當安樂。晁天王對足下青睞有加，特命我等前來相請，同聚大義，不知尊意以為……」

沉吟，思索，半晌答應不得，朱仝搖頭說道：「縱放雷橫，是因他身犯死罪；無處可歸，我亦贊成他投效梁山。但我是因他而流配至此，天可憐見，一年半載，掙扎還鄉，復為良民。兩位好意心領，休在此間惹出是非。」雷橫則極力遊說：「哥哥，我本也不想上梁山，但你看看現今世道，有何依戀之處？與其屈膝貪官，服侍他人，不如豁開一切，爭個英雄萬世名。」朱仝還是不肯，語帶慍怒：「兄弟！你說的什麼話？我為你犧牲至此，你反而要陷我於不義。」吳用趕忙打圓場：「無妨無妨！兄臺不願上山，我等自當告退，不敢叨煩。」語罷，掏出一紙朱墨，遞給朱仝，上面寫著八個大字：「惡『子』奪朱，殊途『同』歸。」

7. 惡「子」奪朱

急急趕回水池邊，已不見小朋友蹤影。東暫西尋，朱仝滿頭大汗，對尾隨身後的雷、吳二人叫嚷：「怎麼回事？才一會兒功夫，你們也幫我找找。」兩人互看一眼，神情曖昧。雷橫乾咳兩聲，上前說道：「哥哥休急，也許是兄弟們擔心哥哥不肯跟咱們走，自作主張抱走小衙內，我帶你去找。」

三人離開地藏寺，逕往城外。朱仝愈走愈心焦，便問：「你的兄弟到底在哪裡？」「快到了，就快到了。」腳步並沒有加快的意思。朱仝又問：「那位兄弟是誰？」雷橫聳聳肩，說道：「我跟他不熟，好像叫做什麼黑旋風……」慘！朱仝驚呼：「難道是那位『江州殺人狂』、『鄆州滅莊魔』，生平最愛放火，素來不留活口，見人砍人，遇鬼斬鬼的黑旋風李逵？」一直在旁掩嘴竊笑的吳用出聲了：「正是此人！」「那還不快走？慢一步，渣兒都沒了。」拔腿就奔，離城約莫二十里，只見一名黑大漢橫在前方，表情卻是行房飽餐後的模樣。朱仝搶上前便問：「小孩兒在哪裡？」李逵唱個喏道：「節級哥哥，小孩兒就在樹林裡，被俺『照顧』得好好的。」朱仝衝進樹林，只見孩子躺在草地上，趨近一看，拴兩條珠子頭鬚的小臉兒已分成兩半。

氣血上衝，天旋地轉。從那時起，直到死前，朱仝逢人便說那句自創的歇後語：請李逵顧小孩兒——一個頭，兩個大。

鼓脹，暈眩，就要爆腦了。朱仝奔出林子，不見那三個混蛋。四下張望，忽見李逵遠遠地拍著雙斧，叫道：「來！來！來追我啊！」朱仝拽扎起衣衫，向前急追，李逵不慌不忙回身便走。一路追趕，只見李逵越嶺穿山，如履平地；朱仝卻是氣喘咻咻，雙腿打顫。距離一旦拉遠，李逵就停步，回身嬉笑揮手：「來呀！快來呀！」朱仝恨不得一口氣吞了這王八蛋，只是趕他不上。就這麼，急追急走，慢趕慢行，不趕不動，折騰了一夜，來到一所大莊院前，忽然不見李逵身影。

莊門大開，朱仝探身而入，只見棟宇巍峨，兵器林立，想是官宦之家。停步，高聲叫道：「莊裡有人嗎？」

屏風背後轉出一個人來，趨走如龍，神儀照日，微笑說道：「請問閣下找誰？」朱仝施禮答道：「在下是鄆城縣當年節級朱仝，追趕殺人犯至此，請問官人高姓？」「小旋風柴進。」「啊！原來是有小孟嘗之稱的柴大官人。」朱仝連忙拜道：「不期今日得識尊顏。」柴進說：「在下亦久聞美髯公大名，且請後堂說話。」

轉進大廳，朱仝正想詢問李逵之事，但見柴進一抱拳，說道：「小可祖上有陳橋讓位之功，先朝曾敕賜丹書鐵券、免死金牌，若有做下不是之人，來到敝莊，官兵不得搜索。先生欲尋之人，正在莊內。今日之事，實乃出自敝友宋公明安排，若不絕斷足下後路，萬難商請山上，同聚大議。」朱仝漸漸張大的嘴雖容不下李逵，塞幾枚雞子還是可以的。柴進乾咳一聲，道：「吳先生、雷都頭，你們可以出來了。」

側首廂房走出兩個人，面有愧色拜道：「兄長，情非得已，望祈恕罪！」朱仝嘆口氣，說：「『惡子奪朱』就是殺害小孩奪我朱仝？唉！盛情可領，但手段太過殘忍。」

一道烏漆抹黑的人影從另一側廂房步出，唱個大喏：「哥哥！小弟也是情非得已。」一見此人，萬丈硝煙平地起，怒火燒盡九重天，朱仝二話不說，掄拳揮向李逵。柴進、吳用、雷橫當然是擋身勸架，李逵自知理虧，難得只躲不攻，邊嚷嚷：「教你咬俺鳥，宋江哥哥的將令，干我屁事！」朱仝火氣又起，怒道：「宋江有叫你殺小孩嗎？告訴你們，有這黑猩猩在，我絕不上山。」

「好！好！」柴進趕忙緩頰：「李大哥先留在我這裡，你們三人上山，解晁、宋之念。」重嘆一口氣，朱仝又說：「可是，犯下這等事，知府不會放過我家小，如之奈何？」輪到「詭計王」吳用發揮：「放心！宋公明早有安排，寶眷已在上山途中，可能比你還早到。」

酒食相待，當晚辭行。柴進命人配鞍備馬，送別到關外。臨走前，吳用特意向李逵咬耳朵：「你且小心，莫要惹是生非，等朱仝氣消，自可回山。還有呀！伺機而動，咱們的目的：『揪』柴進入夥。」咧嘴露牙，鼻孔噴氣，不知這頭猩猩是真懂？裝懂？

8. 接二連三

迎接雷橫，算是應驗了「好事成雙」。朱仝上山那日，宋江的天書內頁冒出篆體四字：接二連三。

「小可尋思頗久，終於想通：雨落旱地指『雷』，梁木轉枯『木黃』也，乃『橫』；秀外穢中指白秀英心思歹毒。吳先生又說：接連此二語，才有好戲連三波。」是試探，也是印證。宋江又找上吳用，論虛說實：「何解？」

「接連好事成雙，方有不反之人被迫造反。」

「哪些人？」

「豈不就是雷橫、朱仝加柴進。」

「柴進乃後周皇帝柴榮之後，又有丹書鐵券在身，何等尊榮？」欲言又止。意思是：他也會上梁山？

「公明兄莫忘一語，必有好戲可看。」

「何語?」

「『李』應外合。」

9. 伺機而「動」

李逵在柴家莊住了一個多月，每天晚起早睡，吃香喝辣，猛壯的身軀橫生肉脂，黑猩猩就快變成黑熊了。而他的言行表現，竟溫馴得像貓熊。轉性?當然不是，他早已心急如焚，手癢難耐，只想找人「練功」。

這一天，柴進收到一封十萬火急的信，來自高唐州的叔叔柴皇城。內容是：知府高廉(高俅的叔伯兄弟)縱容小舅子殷天錫為惡，企圖侵占柴皇城家產，並將柴皇城打成重傷。如今這位叔叔臥病在床，奄奄一息，只盼姪兒為他討公道。

柴進看完信，立即收拾行李，備選好馬，帶十數名莊客，準備出發，李逵也跟著湊熱鬧：「俺也跟大官人走一遭，如何?」柴進不假思索說道：「大哥肯去，就同走一遭。」

快馬奔馳，不一日便來到叔叔宅院。柴進進入房內，赫見——

面如金紙，體似枯柴。悠悠無七魄三魂，細細只一絲兩氣。牙關緊急，水米不沾唇；

心膈膨脹，藥丸難下肚。

悲情慘狀，讓柴進放聲慟哭。李逵問明了原由，氣得跳腳，怒道：「這廝好無道理，先教他吃我幾斧，再來商量。」說完就要出門砍人。柴進趕忙勸住他：「李大哥息怒！殷天錫雖仗勢欺人，我家也有護持聖旨，若與他理論不得，還可上京告御狀。」李逵說：「告狀若有效，天下就不會這麼亂了。還是先打人後商量，那廝若敢勾結官府，連那鳥官一發都砍了。」柴進感到哭笑不得，只好說：「不成！不成！這裡是禁城之內，不是梁山大寨。等我看了勢頭，用著大哥時，自會商請。」

這時，屋內侍妾慌忙出來，請柴進進去探視叔叔。只見柴皇城含著淚，對柴進訴說：「賢姪志氣軒昂，不辱祖宗。我今被殷天錫那廝欺凌至死，你可看叔姪之面，親往京師攔駕告狀，與我報仇？」言罷，兩腿一伸，便斷了氣。柴進抱著屍體痛哭了一場。

次日，柴府上下正忙著喪事，惡棍殷天錫策馬揚鞭，率眾而來，對身著孝服的柴進說：「你這廝，是他家什麼人？」柴進答道：「小可是柴皇城親姪柴進。」殷天錫冷哼一聲，傲然道：「我早說過，教他家搬出屋去，怎麼還不滾？」「叔叔身故，不敢移動，待頭七之日……」「放屁！」一揮鞭，直抽柴進面頰：「限你三天之內，舉家滾蛋，否則全部打入大牢。」柴進伸手，食、中指夾住鞭尾，冷然道：「殷大官人這般仗勢？我柴家也是龍子龍孫，擁有先朝御賜丹書鐵券，誰敢欺我？」眼見馬鞭如僵死之蛇，動彈不得，殷天錫也冒火了：「管你銀券鐵券，照打不誤，來人呀！上！」砰的一聲，門開戶落，一道黑影旋風般竄出，劈哩啪拉將未及動手的隨從撂倒，再一拳打癱殷天錫的坐騎。殷天錫還搞不清楚發生何事，整個人已被小雞般提起，一拳正中鼻梁，鮮血噴濺，眼冒金星，只聽得：「不吃鐵券是唄？那就吃俺鐵拳吧！」再一記鉤拳、肘拐加上迴旋踢，體格壯碩的惡霸竟然倒地不起，嗚呼哀哉，連被誰打死都不知道。正所謂「李逵猛惡無人敵，不見閻羅不肯饒」。

還沒死的人當然四散逃逸，只有一人愣在原地——柴進。

慘了，打死殷天錫，便是得罪高廉，得罪高廉，便是得罪高俅。柴進將李逵拉進後堂，小聲說：「這裡你不能待了，快回梁山，官司我來應付。」

李逵仍是一副不在乎模樣，說道：「我走，豈不連累你？管他娘的，來多少人一併砍了。」

柴進急道：「我自有辦法，你趕快走，事不宜遲！」

不到一個對時，只見數百官差，各執刀杖鎗棒，前來抄家捉人。柴進被押回州衙內，嚴刑逼供，打得皮開肉綻，鮮血迸流，只得招做：縱奴行凶，打死殷天錫。戴上二十五斤死囚枷鎖，關進大牢。

10. 大戰前夕

高唐州高潮迭起，梁山大寨亦上演全武行：火速回山的李逵和朱仝撞個正著，大打出手。你一記右鉤拳，我一趟掃堂腿，難捨難分。

眾頭領忙著拉開兩人，宋江說：「殺小衙內並非李逵自作主張，情非得已。既已上山，只盼盡釋前嫌，同心協力，共興大義，休教外人恥笑。」並吩咐李逵：「兄弟，與美髯公賠不是。」李逵睜著銅鈴眼，叫道：「他才剛來山寨，未有半點之功，俺可是戰功彪炳，憑什麼要我陪話？」宋江說：「好啦！冤家宜解不宜結，好歹他比你年長幾歲，就當他是哥哥，與他伏個禮吧！」李逵心不甘情不願拜了兩拜，朱仝冷哼一聲，喃喃道：「第一眼瞧見這黑大漢，我就感到天旋地轉，眼皮直跳，真所謂『五雷轟頂』。唉！接下來不知會發生什麼事……」

霹靂電閃，雷聲隆隆，照得天上地下霍亮一片。雷橫卻說：「梁山行道，萬鬼莫敵。神若阻我，便誅神；天若擋我，便轟天。」

前戲落幕，山雨欲來的主戲便要登場：大破高唐州，營救小孟嘗。

驚夢六之一

眼見階下囚變成座上賓，接受眾弟兄的施禮致歉，我便明白，殺妻毀家之仇，只能永遠埋藏心底。

戰事方歇，我軍告捷。但黑面哥哥卻慌忙下堂，扶住那猥瑣奸人，納頭便拜：「宋江死罪，安敢叛逆朝廷？奈緣積累罪尤，逼得如此。中間委曲奸弊，難以縷陳。萬望太尉慈憫，救拔深陷之人，得瞻天日，誓死圖報。」

太尉慈憫？那廝若有一絲人性，天下蒼生會淪劫至此？

丈八蛇矛在手中顫抖。兄弟們個個橫眉豎目，敢怒不敢言。和我同負血海深仇的楊志，緊握朴刀，隨時要發作的模樣。

奸人腆顏說道：「天朝大軍三度敗於梁山，各位好漢果然英雄猛烈。高某回朝，必當重奏，請降寬恩大赦，前來招安。大小義士，盡食天祿，以為良臣。」

「我知道你快要腦門爆血了。」吳用輕扯我的衣袖，附耳說道：「只是，『三敗高太尉，全夥受招安』的戲碼不能不演。林沖，你就，忍痛，朝遠處看，往大局想。你的事跡，不是那奸人能成之或敗之。且將，殺其堂弟那一刺，當作報仇吧。」

大吹大擂，大酒大肉，忠義堂上言歡眾人，竟是兩方將領，曾經仇敵。「哈！本官不但用兵如神，一身相撲功夫，天下無雙。」大醉的奸臣，寬衣裸體，到處找人比劃。沒人理他。我想：如果那廝找上我……不，他挑中一位唇紅齒白、笑中帶羞的小郎君，眾人高聲起鬨：「好！好！燕青，陪他玩一回。」只見兩人在剪絨毯上對峙，前撲……「好！摔得好！」那小郎君反手捉住奸人，扭捽急翻，將對方摔了個四腳朝天，再來個肘頂膝蓋壓……

「好！壓死他娼婆鴇母死娘臭奶奶的！」衝口而出的獨唱。

公孫勝拔出松文古定劍，劍指敵軍，口裡唸誦：「滿懷濟世安邦願，來作乘鸞跨鳳人。疾！」一道金光射去，黃砂落地，怪獸毒蟲紛紛墜於陣前。

第六章（上）

四計交征

1. 強梁神兵

繡旗飄號帶，畫角間銅鑼。三股叉、五股叉、點鋼鎗、蘆葉鎗，燦似秋霜瑞雪。強弓硬弩，鑾牌遮路；大戟長戈，火炮隨車。端的鎗刀流水急，果然人馬撮風行。

浩浩陣仗，往高唐州進發。梁山主動攻伐官府的首役。

宋江領軍。吳學究調度：「高唐州城池雖小，人物稠穰，軍廣糧多，不可輕敵。煩請林沖、花榮、秦明、李俊、呂方、郭盛、孫立、歐鵬、楊林、鄧飛、馬麟、白勝等十二頭領，率五千兵馬作先鋒；中軍主帥宋公明、吳用、朱仝、雷橫、戴宗、李逵、張橫、張順、楊雄、石秀等十頭領，引三千嘍囉策應。」

「依先生之見，此役結果如何？」中軍帳裡，宋吳論戰。

「尋一得二，二二得四。」吳用語帶保留。是不確定？沒把握？

宋江偷瞄手心的小抄——天書浮字：四計交征，四方開戰。

兵至高唐州界，遭遇擂鼓吶喊、整備完成的守軍。知府高廉親率中軍（號稱飛天神兵的三百名特種部隊），站在城門冷笑道：「這夥草賊，我本就要剿捕，今日倒來就縛，此乃天教我立功。」

林沖橫丈八蛇矛，躍馬出陣厲聲高叫：「姓高的狗賊，快快出來受死！」一時間，虛實莫辨，林沖只覺城樓上的高廉，竟和夢中仇人高俅合而為一，形同疊影。

高廉怒道：「誰人出馬拿下此賊？」「我來也？」軍官隊裡衝出一名統制官，姓于名直，拍刀掄馬，殺向林沖，但鬥不到三回合，被蛇矛一刺穿心，落馬身亡。

高廉大吃一驚，又道：「再有誰人出馬報仇？」「溫文寶來也！」這回出陣的是使長鎗的漢子，騎一匹黃驃馬，鑾鈴響，珂佩鳴，四隻馬蹄蕩起征塵，直奔林沖。「哥哥稍歇，看我的！」秦明策馬揚蹄，力戰溫文寶，你來我往約莫十回合，秦明故現空門，引長鎗深入，手起棍落，削去對手半個天靈蓋，又是墜馬而死。

高廉眼見連損二將，立刻拔出背上的太阿寶劍，口中唸唸有詞，喝聲：「疾！」空中忽然捲起一道黑氣，飛沙走石，撼天搖地，颳起怪風，逕掃向梁山大軍。坐騎驚嘶，軍士搖晃，眾頭領對面不能相顧。高廉把劍一揮，三百神兵宛如從天而降，熟銅面具似金裝，鑌鐵滾刀如掃帚，殺將而來。背後則是官軍掠陣。林沖等人一時措手不及，被殺得星落雲散，七斷八續，呼兄喚弟，覓子尋爺。五千大軍，折了一千餘人。直退回五十里下寨。

2. 神師奇計

「是何神術，如此厲害？」宋江驚問。

「想是妖法。那高家一門本是邪魔歪道，沒想到高廉竟練成如此邪術。」吳用說道：「不過，有法有破。若能回風返火，便能破敵。」

天書震動，宋江翻開一看，「回風返火破陣……」憬然赴目，宋江大喜，用心記下咒語、祕訣，整點人馬，下令五更天再度攻城。

天微明，城外又是鑼鼓喧天。守軍大開城門，放下吊橋，擺出陣勢。宋江帶劍縱馬出陣，望見高廉軍中一簇皂旗。身旁的吳用說：「那皂旗便是使『神師計』的軍法，如何迎敵？」宋江難得氣定神閒，悠然說道：「放心！我自有破陣之法。」這時，高廉一馬躍出，馬鞍上掛著面聚獸銅牌，刻上龍草鳳篆，手持寶劍，喝道：「疾！」又是衝天黑氣捲起怪風，宋江不等那風到，也口誦祕訣，右手提劍一指：「疾！」那陣風登時收勢倒捲，撲向高廉陣營，機不可失，宋江指揮大軍，殺向城門。卻見高廉高舉銅牌，舞出一套詭異劍法，並從神兵隊裡捲起一道黃沙，這時——

狻猊[37]舞爪，獅子搖頭。閃金獬豸[38]，奮錦貔貅[39]。豺狼作對吐獠牙，虎豹成群張巨口。帶刺野豬衝陣入，捲毛惡犬撞人來，如龍大蟒撲天飛，吞象頑蛇鑽地落。

鎧甲部隊竟成怪獸毒蟲，直衝而來。宋江瞠目，吳用結舌，所有的人都驚呆了。撇劍，撥馬，簇擁，逃命，高廉大軍一路衝殺，將梁山眾人逐退二十餘里，才鳴金收兵。

「唉！沒想到術外有術，連折兩陣，依舊破不了他的『神師計』，怎麼辦？」驚魂未定的宋江連喘大氣。

「留心高廉乘勝追擊，今晚必來劫寨。」吳用蹙眉道：「大軍再退十里，此處只留少許兵馬欺敵，咱們還他個空城計。」

果然，不到一更時分，留守的楊林、白勝等人忽見雲生四野，霧漲八方，風雷大作。高廉領三百神兵，吹風呼哨，突襲營寨，撲了個空，回身便退。楊林等人依計放出巨響，驚擾神兵，四散逃逸，再趁亂發射弩箭——其中一箭正中高廉左肩，算是扳回一城。

37 狻猊：音ㄙㄨㄢ ㄋㄧˊ。獸名。即獅子。也作「狻麑」。

38 獬豸：音ㄒㄧㄝˋ ㄓˋ。傳說中的獨角獸。能在訟案中觸撞理屈的人。也作「獬廌」、「解廌」。

39 貔貅：音ㄆㄧˊ ㄒㄧㄡ。傳說中的一種神獸。龍頭、馬身、麟腳，形體似虎，性凶猛。

「高廉受傷，暫時不會再來。咱們總算有了喘息時間。」吳用說道。

「可是，破不了妖術……」宋江面露憂急之色。

「這就是『尋一得二』的好時機。要除起霧興雲法，須請通天徹地人。」

「誰能通天徹地？」宋江的眼眸萌現一絲亮光。

「不就是前回戴宗苦尋未果的那位老兄？」

3. 神行大法

腳底有如雲催霧趲，耳邊盡是風雨之聲，路旁房屋樹木快速地倒退。「哈！俺就像是趕騎快馬，不！俺不是鐵牛，是寶馬。」剛開始覺得新鮮，一個時辰後，想止步卻停不住腳，彷彿有人在背後猛推自己。「哎呀！這可怎麼辦？腿已酸，氣將盡，肚又餓，這要跑到什麼時候？」

不該對撈什子神行鳥法好奇。前日帳中，吳用軍師指派戴宗尋回公孫勝，但無人願意陪行。「你作起那個鳥法來，誰趕得上你？」白勝等人推辭的理由。「不打緊！只要拴上我的甲馬，就可和我一般飛快。」正在回味「神師計」滋味的李逵眼睛一亮，喊道：「我與戴院長作伴走一遭。」戴宗正色道：「神行大法不能沾葷，與我同行，一路都要吃素，而且要聽我的話。你能做到嗎？」「能！俺是乖寶寶，什麼話都聽。」

當然不能。要黑猩猩不吃肉，不如勸貓兒不偷腥。白天勉強粗茶淡飯，到了夜裡……奇怪，這鐵牛哪裡去了？戴宗東趄西尋，發現李逵躲在旅店空房的角落裡大碗喝酒，大口吃肉——而且是行法時最忌諱的牛肉。不動聲色，戴宗回房安歇，但心中計議已定。

五更天，兩人收拾細軟上路。戴宗拴好甲馬，也替李逵縛上，說道：「昨日未用神法。從現在起，咱們要兼程趄往薊州，你準備好了？」李逵興奮地點頭。只見戴宗口誦密語，在李逵腿上吹口氣——咻的一聲，人未動，心不動，腳先動，展開了騰雲駕霧初體驗。

「怎麼樣？好玩唄！」紅日偏西，李逵「獨走」一整天，戴宗才趄上來。「不好玩！哥哥！餓殺鐵牛了。」戴宗從懷裡掏出一個炊餅，想遞給李逵，但兩人始終隔著半丈遠，搆不著。戴宗說道：「奇了！怎停不下來？莫非有人破我神法……」李逵大叫：「沒有！絕對沒有！」戴宗又說：「那就怪了，好吧！咱們就一路跑到薊州城。」「哎呀！不瞞哥哥，鐵牛昨晚偷吃了點肉。」「什麼肉？豬肉？羊肉？牛肉？」「有分別嗎？」李逵快哭出來了。「吃豬肉日行千里方止，羊肉夜行五百。牛肉嘛！比較麻煩，得一口氣狂奔到天山之巔，服下千年一開雪蓮子——萬一時候不對，蓮花未開，就要繞山跑到蓮開——再趄回東海之濱，登浪踏……」「救命啊！哥哥！」李逵當場嚎啕：「鐵牛再也不敢也。」「真的不敢？」「真的不敢！」戴宗乾笑兩聲，趄上前，對李逵腿上甲馬一指：「住！」

李逵應聲定在原地，正鬆了口氣，戴宗說：「我先走一步，你慢慢跟上來。」李逵正要舉步，發覺兩腿抬不起，拽不動，鐵鑄般杵在那裡，忙喊：「我苦！哥哥再救我一救。」戴宗回頭，裝出吳用使計時的表情：「你還敢不聽我的話，再偷偷破戒？」「不敢！打死也不敢！我再吃葷，罰我舌頭上長出碗大的疔瘡。」

竟日折騰，蠻牛李逵也已累癱。兩人投宿酒店，店小二上前招呼：「客官吃什麼？小店有上好花雕，新鮮滷牛肉……」李逵拍桌大叫：「不喝酒，不吃肉，我們吃素，全素……」

4. 請將高招

青山削翠，碧岫堆雲。兩崖分虎踞龍盤，四面有猿啼鶴唳。朝看雲封山頂，暮觀日掛林梢。流水潺漫，澗內聲聲鳴玉珮；飛泉瀑布，洞中隱隱奏瑤琴。若非道侶修行，定有仙翁煉藥。

迎望傳說中的二仙山，滿臉殺氣的李逵也不禁動容：「奶奶的！公孫鳥人就是躲在這鳥山修他的鳥術？」迎面來了個樵夫，戴宗施禮說道：「請問清道人家在何處？」樵夫指道：「只過這東山嘴，門外有條小石橋的人家便是。」「清道人」是公孫勝的道號。戴、李二人行甲馬來到薊州城多日，依然一無所獲，卻在無意間從一位老丈口中聽聞公孫勝的修練之處：九宮縣二仙山。

兩人來到小石橋邊，看見一位村姑，戴宗上前問道：「請問清道人在嗎？」村姑答道：「在屋後煉丹。」戴宗心中暗喜，吩咐李逵：「你的模樣太嚇人，先到樹後躲藏，見到人後，我會叫你出來。」便自行進屋，咳嗽一聲，蘆簾後方走出個鶴髮酡顏、青裙素服的老婆婆。戴宗當下施禮道：「小可戴宗，欲求見清道人一面。」婆婆說：「孩兒出外雲遊，不曾還家。」戴宗道：「小可和清道人是舊識，有緊要之事，求見一面。」婆婆揮揮手說：「不是說了不在家？等他回家再來吧！」「是是！小可告退。」戴宗兀自盤算，辭了婆婆，退出屋外，對李逵說：「輪到凶神惡煞登場了，明白我的意思？」見李逵咧嘴，揚眉，點頭，繼續說：「可以動粗，但千萬不要傷到老人家。」

兩手板斧，一隻猩猩，登堂踏戶而來，大叫：「公孫鳥人滾出來！」婆婆慌忙出迎：「請問貴姓大名？找我兒何事？」李逵道：「我乃梁山黑旋風，奉公明哥哥將令，有請公孫勝。他乖乖出來，佛眼相看；否則，一把鳥火燒了你的草屋。」婆婆急道：「這裡不是公孫勝家，我兒清道人雲遊在外……」轟然一響，李逵一斧頭砍翻一堵牆，怒道：「再不出來就砍人了。」老婆婆嚇得摔倒在地。「不得無禮！」忽見一道人影從內室奔出，攔住亮晃晃的板斧。正所謂「不是兇神來屋裡，公孫安肯出堂前」。屋外的戴宗，悠悠然走進來，假意斥責：「鐵牛！斧頭沒眼，你嚇到老人家了。公孫兄，好久不見！」

5. 砍頭絕技

斧頭真沒眼，辨不清真人假相？

秋殘初冬時分，日短夜長，來到半山，已是紅輪西墜，四周陷入一片漆黑。公孫勝引路，帶著戴宗、李逵快步前行，目的地是師父羅真人的紫虛觀。

走出松蔭小路，直到一所青梧翠竹的觀前。兩名童子見公孫勝領人而來，入內通報，傳法旨：教請三人入松鶴軒。公孫勝等人進屋時，正值真人朝真完畢，趺坐[40]雲床。公孫勝向前行禮，躬身侍立。戴宗趁機打量——

星冠攢玉葉，鶴氅縷金霞。長髯廣頰，修行到無漏之天；碧眼方瞳，服食造長生之境。

40 趺坐：結跏趺坐的省稱。即僧徒盤腿坐禪。趺，音ㄈㄨ。

每啖安斯之棗，曾嘗方朔之桃。氣滿丹田，端的綠筋紫腦；名登玄籙，定知蒼腎青肝。

好一名三更步月、萬里乘雲的修真之士。戴宗當下即拜，倒是李逵瞪著火眼，不為所動。

羅真人緩緩問道：「此二位所為何來？」

公孫勝說：「便是弟子昔日山東義友，今為高唐州之役，知府高廉通曉異術，教梁山義軍苦不堪言，特來請弟子下山襄助。」

羅真人道：「一清既脫火坑，學煉長生，何苦再管世事。」

戴宗趕忙說：「容乞暫請公孫先生下山，破了高廉便回山。」

羅真人閉目，搖頭：「萬萬不可！俗事終歸俗世人。」

說不過，三人只好暫時告退。李逵聽得不太明白，便問：「那老道士說什麼？」

戴宗嘆氣道：「不就是草繩拴豆腐——甭提了。」

公孫勝說：「兩位在此暫住一宿，待明日我再向師父求情。」

戴宗面有難色，說道：「前線吃緊，一天也拖不得，這……」

怎麼辦？很簡單，一旁的李逵咧嘴暗笑。

三更天，月朗星稀，李逵摸了板斧，悄悄出門，躡步上山，來到紫虛觀前，縱身一躍，跳過圍籬，推開大門，步步捱進松鶴軒。一窗熒亮，傳出唸誦之聲。李逵爬上欄杆，戳破窗紙，覷見羅真人獨坐雲床，案桌上兩根蠟燭點得通亮。「嘿嘿！這賊道該死，早先砍人老母不成，這回宰人師父抵數。」二話不說，閃進屋內，一斧頭砍下真人腦袋——奇了！不見腥紅，倒是流出白血來，莫非純陽童子之身？管他呢！砍了狗頭老道，看你公孫鳥人還要問誰？

穿戶出廊，一名青衣童子迎面而來，攔住李逵：「你殺我本師，往哪裡走？」「你爺爺不走！」手起斧落，一顆人頭一直滾下臺階。「殺一賠一，好不痛快！」李逵笑著出觀門，奔下山，閃進門——沒有動靜，戴宗、公孫勝猶自沉睡，然後一夜好眠。

6. 飛天術法

天明，三人循原路上山。公孫勝好奇問道：「李逵兄在高興什麼？」

戴宗瞧著李逵抿脣偷笑的模樣，也說：「鐵牛笑得忒怪，是為何事？」

「沒事！沒事！俺有預感，公孫勝會隨咱們下山。」噗哧一聲，李逵活像是剛辦完事的採花賊。

到了松鶴軒，採花賊忽然變成吊死鬼——伸出的舌頭半天縮不回去。

「汝等三人又來何幹？」雲床上的羅真人仍自閉目養神，一派悠然。

「特來哀告我師，慈悲拯救眾人免難。」戴宗伏首一拜。

睜眼，目光射向李逵：「這黑大漢是誰？」

戴宗答道：「姓李名逵，乃小可義弟。」

真人莞爾說道：「就看他的面子，一清，跟他們走一遭吧。」

戴宗再拜答謝，李逵卻暗自尋思：這老道明知我要殺他，卻肯放行？難道昨夜砍錯人？砍到他的鳥爺鳥祖宗？

真人又說：「我知軍情緊急，教你三人片刻便到高唐州，如何？」三人面面相覷，羅真人起身說道：「跟我來。」

走出觀門外，羅真人拿出一方紅手帕，鋪在岩石上，說道：「一清上來。」公孫勝兩腳踏上紅帕，真人一拂袖，喝聲：「起。」手帕化作紅雲，載著公孫勝，冉冉騰空。

「住。」那片紅雲便停止不動。

戴宗踏上青手帕，也停在半空不動。

輪到李逵，是塊白手帕。半是心虛半膽怯，李逵囁嚅道：「不要耍我，掉下來，會多個大疙瘩。」羅真人瞇眼笑道：「不放心？你看他兩人有事嗎？」

他兩人沒事，李逵有事。白雲直衝而起，離地十來丈，李逵大叫：「哎呀！怎麼飛這麼高？放我下來。」羅真人右手一招，青紅二雲穩穩降落，白雲卻在空中急轉。真人說：「我哪裡惱犯了你，半夜跑來劈我？若非有點道行，早已慘死你斧下。」「不是我，你認錯人了。」「是你砍錯了吧？雖然只傷我兩個葫蘆，但居心不良，又死不認錯，教你吃些苦頭。」一揮袖：「去！」狂風怒捲，將李逵吹進雲端，消失不見。

7. 詐混妙計

薊州府衙門，府尹馬士弘正在當廳審案，忽聞刮刺刺一聲爆響，半空中掉下一名黑大漢。眾人張口結舌，不及措手；馬府尹拍案叫道：「哪來的妖人？來人哪！將他拿下。」那黑大漢摔得頭破額裂，半晌說不出話來，彷彿不知置身何處，一任眾官差壓制綑綁。府尹下令：「去取法物，滅這妖人。」一名虞候端來一盆狗血，當頭一淋；一位捕快提來一桶尿糞，「提壺」灌頂。弄得黑大漢從頭到腳、口裡耳縫皆是穢物，忍不住大喊：「我不是妖人，我是……」靈機一動說道：「跟隨羅真人修法的徒弟。」「胡說！」府尹拍案怒道：「本官讀遍千卷之書，聽聞古今奇事，未見神仙、真人有像你這般粗黑醜怪徒弟。來人哪！用刑！」一頓痛打，黑大漢只得招做「妖人李二」[41]，枷鎖臨身，押入大牢。

府尹不信邪，可那押牢、節級、禁子都曾目睹「神蹟」，也都仰慕羅真人大名，忍不住齊聚牢前，探問：「你到底是何人？」「唉！」重嘆一聲，黑大漢目露凶光，說道：「我乃值日神將，因一時有失，被羅真人處罰，三兩日內就會迎我回去。爾等不可怠慢本尊，好酒好肉快拿出來招待，否則，嘿嘿嘿……」「否則如何？」眾人睜大了眼，面露懼色。「報應臨頭，全家死光光。」啊的一聲，備酒端菜，侍候尊者；還準備熱水，七手八腳幫他洗浴淨身，繼續探詢仙道之事。「這個嘛！瞧俺，活脫一丈身材，縱横千斤氣力。」黑大漢心中暗笑，愈發說起風話：「騰雲駕霧足胯下，劈天裂地指掌間。常在壇前護法，每來世上降魔。」一連日來，雖身在囹圄，倒也喝辣吃香，連他自己都要相信自己是天降神兵。

二仙山上，戴宗每日磕頭禮拜，苦苦哀求：「李逵雖是魯莽，但個性耿直，為人忠良，不阿諂不貪財，並無淫欲邪心，因此宋公明甚是愛他。求真人放他一馬，助我等成就大義。」羅真人笑道：「貧道已知此人乃上界天殺星之數，降下凡塵，妄行殺戮，是在懲治人間不義。吾亦安肯逆天，折損此人？放心吧！略施薄懲，自當還你。力士何在？」軒前颳起一陣風，一尊面如紅玉、一丈身材的黃巾力士赫然現身，接下法旨後，又憑空消失。約莫半個時辰後，從半空中扔下唸唸有詞的李逵（正說著「降魔之道……」），便行告退。戴宗上前扶起李逵，向羅真人拜謝。李逵猶在嘟嚷：「哎呀！我這值日神將正當過癮……」

41 禁子：獄卒。

瞥見真人，趕忙磕頭：「親爺爺，您夠厲害，鐵牛再也不敢了。」真人正色說道：「你的魔心太重，自當戒性修心，竭力扶持宋公明，明白嗎？還有，你們切記，石碣現天機，百八有奧窔。」點頭如搗蒜：「是！是！一定照真人吩咐。」眼珠子卻滴溜溜轉：藥什麼？上回摸不清你「葫蘆」裡的藥，下一次，等你疏於防備……嘿嘿嘿，看你還有幾個葫蘆？

8. 鐵鎚大秀

雖有葫蘆計，但瞧鐵瓜鎚。

李逵擠在人群中，看那面有斑點的七尺漢子舉起三十斤大鐵鎚，打在壓街石上，那大石立刻粉碎。「好！好氣力。」有人喝采道。

「好？好他奶奶的鳥槌子。」清晨拜別羅真人時，李逵滿嘴說好──不好也不行，誰教這些鳥道士懂法術，會整人？所以，當戴宗施神行法，先行回報宋江，只剩李逵伺候一清真人公孫勝──師父厲害，徒弟也差不到哪裡去。

公孫勝不沾葷腥，兩人在酒店落腳後，李逵便來到街上買素食。而巧遇這齣大力士鐵鎚秀。

李逵將剛買來的棗糕揣在懷裡，擠身過去掂那「鳥槌」。那大漢回身一瞪：「你是什麼鳥人？敢來碰我的鎚？」李逵笑道：「俺沒有鳥玩意兒，不是鳥人。你使得什麼鳥好？教人看了倒汗眼。瞧你爺爺怎麼玩鳥。」「好！我借你耍，你若使不動，吃我一頓拳頭。」單手接鎚，高舉，橫劈、掄揮，三十斤瓜鎚到了他手裡，彷彿變成了冰糖葫蘆。輕輕放下，臉不紅，氣不喘，全然不費工夫的模樣。大漢目瞪口呆，倒身便拜：「願求哥哥大名。」「你姓誰名啥？」「小人湯隆，父親原是延安府知寨官。近年老父亡故，我又貪賭，流落在此打鐵度日。因渾身長著麻點，江湖人士喚我金錢豹子。」「我便是梁山李逵。」湯隆再拜，說道：「哎呀！原來是鼎鼎大名黑旋風，小人仰望已久。」樂陶陶的滋味教李逵笑開嘴：「打鐵有啥搞頭？不如跟我上山入夥，好歹做個頭領。」湯隆千叩萬謝：「承蒙哥哥不棄，願隨鞭鐙。」當場拜李逵為兄，李逵認湯隆為弟。

兩人趕回酒店時，早已餓扁的公孫勝還有氣力開玩笑：「鐵牛，你幫本道買素食棗糕，怎麼多帶了個芝麻燒餅回來？」

高唐州營寨，欣喜若狂的宋江殷殷詢問：「公孫勝真答應回來？」見戴宗點頭，忽又轉向吳用：「先生曾云『尋一得二』……」

「『尋二』不就是尋得一清。」吳用輕揮羽扇。

「那『得二』……」

「得來全不費工夫。」搖頭，晃腦，眨眼，怪笑。「等他們回來，公明兄不就明白！」

9. 五雷罡法

「那高廉箭瘡已復，每日引兵叫戰，該當如何？」宋江見到公孫勝的第一句話。

「公明休慌！本師羅真人已傳授五雷天心罡法，必能破敵。明日一早，主動出擊。」

五更天，梁山兵馬全員出動，再度兵臨城下。城門大開，高廉亦率領三百神兵、大小將校出城迎敵。兩軍漸近，旗鼓相望，各擺陣勢。花腔鼉鼓[42]擂，雜彩繡旗搖。宋江陣裡分出十騎馬來，雁翅般展開，左翼五將：花榮、秦明、朱仝、歐鵬、呂方；右側五人：林沖、孫立、鄧飛、馬麟、郭盛。中間三騎馬，為首的是頭頂茜紅巾、腰繫獅蠻帶的宋江；左邊是羽扇綸巾的吳用，右方為仙風道骨、背懸松文古定劍的公孫勝。

高廉傲然出陣，喝道：「水窪草賊，又來送死！有種不要跑，跑的不是好漢。」宋江回頭一問：「誰人出馬，立斬此賊？」「我來！」小李廣花榮挺鎗躍馬，直至垓心。高廉的統制官隊裡也奔出一名將領，使兩口朴刀，迎戰花榮。不到十回合，花榮忽然策馬回營，

42 鼉鼓：用鼉皮做成的鼓。鼉，音ㄊㄨㄛˊ。獸名，似蜥蜴；背色暗褐，上有黃斑和黃條；腹灰，有黃黑色斑紋；尾部環紋灰黑相雜；四足。穴居池沼，主食魚、蛙、鳥、鼠等。產於長江下游、太湖流域一帶。

雙刀將縱馬舞刀急追，結果，當然是吃了回馬箭，當場陣亡。

高廉大怒，急去馬鞍轎前，取下聚獸銅牌，劍擊三響——黃砂吹捲，天昏地暗，一群豺狼虎豹、怪獸毒蟲衝殺而來。驚叫一聲，三路頭領不約而同策馬調頭。「休慌！看我的。」公孫勝拔出松文古定劍，劍指敵軍，口裡唸誦：「滿懷濟世安邦願，來作乘鸞跨鳳人。疾！」一道金光射去，黃砂落地，怪獸毒蟲紛紛墜於陣前。眾人趨前一看，竟是白紙剪裁的走獸。軍心大振，宋江鞭梢一指，大小三軍掩殺過去，人亡馬倒，旗鼓交橫。高廉急命神兵退走入城，拽起吊橋，閉門不出。宋江正想下令圍城，但見吳用嘰哩咕嚕幾聲耳語，梁山兵馬退回營寨。

深夜，高廉領軍，三百神兵躡步潛行，偷襲而來。高廉在半里遠處作起妖法：黑氣沖天，狂風大作，飛砂走石，播土揚塵，直撲營寨。三百神兵取火種，點焰硝，大刀闊斧，隨風而至——卻撲了個空。高埠處，公孫勝亦仗劍作法，空寨裡煙火陡升，霹靂環起，怒焰亂飛，形成圍困神兵的火舌陣。四面伏兵趁機殺入營中，手起刀落，一個都不放過。高廉慘叫一聲：「哎呀！中計。」急引殘兵餘騎奔逃回城，背後一支追兵快馬而來，回頭一看，雖不是豹虎豺狼，卻是如假包換的豹子頭林沖。登時牙關打架，屁滾尿流，只他一人退入城門，其他兵士，被林沖一矛一個，殺個盡絕。

10. 圍城之計

妖法被破，官兵又鬥不過草寇，高廉只好困守高唐州，形成四面圍城的局勢。次日深夜，西門乍開，兩個統制官帶著十數名勇士，殺出敵陣，奪路而去。眾頭領正要追趕，吳用揮手阻止：「冒險突圍，想是討救兵去了，放他們走。」宋江問道：「軍師有何用意？」「將計就計。」

等待救援的守軍，每晚在城中空曠處堆放柴草，引火為號。數日後，宋江軍營忽然不戰自亂，高廉登城一看，哈！西、北兩方冒出兩支軍隊，戰塵蔽日，殺聲震天，直衝敵陣——果然是援軍來到。點齊兵馬，大開城門，直取宋江——呵！那賊頭和花榮、秦明三騎馬往小路竄逃，高廉引兵急追，奔行一里多，忽聞山坡後連珠炮響，心中起疑，立刻收拾人馬轉回。這時，連番鑼響，左右兩方衝來兩票人馬，看清楚了，正是「援軍」，只是帶頭將領容貌陌生——梁山頭領冒充官兵，鎮三山黃信、錦豹子楊林是也。哎呀！急急回城，赫見城牆上滿是梁山旗號，再轉身，率敗卒殘兵走小路上山。「哪裡逃？」山背後出現孫立，攔住去路；拐進岔路，又見朱仝夾攻而來。丟盔，棄馬，連翻帶滾上山，拔出寶劍，舞起一片黑雲——「上臨之以天鑑，下察之以地祇。行凶畢竟逢凶，恃勢還歸失勢。」山頂的公孫勝同時動作，「破！」雲消霧散，真刀真鎗卻是直逼而來，插翅虎雷横一刀斷臂膀，林沖一鎗穿胸過——可憐五馬諸侯貴，化做南柯夢裡人。

11. 網「籮」之道

梁山大軍攻占高唐州，出榜[43]安民，釋放囚犯，卻遍尋不著柴進。

一位名喚藺仁的當牢節級前來稟告：「數日前，高廉命小人殺掉柴進，小人見他是條好漢，不忍下手，推說：『柴某病至八分，不必下手。』前天又要將柴進斬首，小人謊稱『囚犯已死』，其實是將他藏在後院枯井裡。只是他傷重瀕危，如今不知生死……」

眾人趕到井邊，向下窺望，只見一片漆黑，用繩索測量，約有八、九丈深。宋江一急，淚漣漣道：「柴大官人怕是沒命了。」

吳用說：「主帥暫勿煩惱，誰敢下去探探？便知有無。」李逵一拍胸：「我下去！」宋江說道：「禍是你惹出來的，也該由你下去。」

眾人找來個大籮筐，吊繩上繫著銅鈴，讓李逵坐進籮筐裡，下到井底。李逵爬出大籮

43 出榜：張貼告示。榜，舊稱張貼在公共場合的文書或告示。

筐，東摸西探，碰到一堆骨骸，驚叫道：「奶奶的！什麼鳥東西！」換個方向再摸，到處溼漉漉、黏膣膣，沒落腳處，再伸手，碰到一個蹲縮顫抖的人。李逵叫道：「柴大官人？」對方微哼一聲，李逵搖動銅鈴，上來訴說井底情況。

宋江點頭說道：「好！你再下去，先將柴進放入籮筐，救他上來；我們再放籮筐下去取你。」李逵吐吐舌頭：「你們一定要拉我上來。俺在薊州著了兩道兒，不可以再胡弄我。」宋江笑道：「快下去吧！我什麼時候胡弄過你？」

柴進重見天日的瞬間，滿臉血汙，兩腿潰爛，雙眼無力睜開，猶喃喃細語：「快……皇帝被擄！救皇上！」救皇上？這柴進是神智不清？噩夢乍醒？宋江抱著柴進，眼睛泛紅：「不要說話。快！找醫生來。」眾人就要散開，忽聞井底傳來咆哮：「喂！喂！趕緊拉我上來，你們這些壞東西。」

高唐州一役，總算落幕。李逵、雷橫先護送柴進一家上梁山，其餘頭領負責抄家掠貨、封賞行罰：賞謝藺仁，抄盡府庫財帛和高廉家私，並將高家老小三四十口，不分好壞，不問罪由，處斬於市。

12. 掐指神算

「尋一清，得公孫勝和湯隆二人，小可總算明白先生之意。」凱旋回山的路上，宋江又挑起話題：「可那二二得……？」

「二二不就得四？」吳大軍師點指撥算，彷彿天下之事盡在掌心。「此乃童蒙算術，婦孺皆解。公明欲問，『如何』得四？」

點頭。暗忖：神師計、術外術、突襲計、圍城計對上回風陣、空城計、五雷罡法和將計就計，算是應驗了「四計交征」，再來呢？

天書震動，照例偷瞄。哎呀！上回太過心急，原來「回風返火破陣」還有下文：二仙動法誅妖。

「以湯隆為引……」軍師抿脣，欲言……又止。

驚夢六之二

文德殿上，梁山好漢，錦袍金帶，頂盔掛甲，都來朝見天子。拜舞起居，三呼萬歲。斯情斯景，本在意料之中，不足為怪。倒是吳用、魯智深和武松，如我一般，著本身服色，不想拜侯稱將。

宋江上前，跪伏奏道：「臣等奉旨，平定淮西，將王慶獻俘闕下，候旨定奪。」淮西王慶？我等拜謝領賞，是因「平定」了和梁山英雄同等出身的另一號草莽人物？

天子大喜，說道：「寡人知卿等征進勞苦，剿寇用心，功在社稷，理當計議封爵……」

宋江等人喜形於色，一行人風光出城，直至行營安歇，聽候朝廷委用。有這麼順利嗎？大殿之上，童貫和蔡京一直在竊竊私語；高俅冷笑不語，時而目露凶光……

這些奸佞會給我們好日子過？不說未來，先解當下：高唐州一戰，高俅堂弟高廉擅使妖法，教梁山軍士吃足苦頭，若非我以本門道術破之，膠著戰況難解，高廉也不會死在林沖鎗下。

高俅那廝，會放過林沖？放過我？再來的戲碼，仍是借刀殺人、耗我精銳，最後鳥盡弓藏，各個擊破……唉，當初「三避茅廬」——多次迴避戴宗尋訪於深山草廬中——即是想去災避厄，遠離因果。師父羅真人曾告誡：「休逞韓信勇，但學留侯智。」是該穿麻鞋，繫包裹，望北登程，回山修隱。

「我說哥哥，這撈什子『正將軍』、『保義郎』的，俺鐵牛不習慣，還是一發回梁山，大秤金銀，大碗喝酒唄！」李逵突然叫道。

「不得胡言！那是皇上恩寵，我等生為大宋人……」

「死為大宋鬼。」另一位目光炯炯、虎背熊腰的兄弟說道：「食君之祿，擔君之憂。既為『將軍』，自當戰死沙場。」

「對不對？公孫一清兄。」燦燦笑靨轉向我。手上兩條水磨八稜銅鞭，光芒四射。實乃好漢子，果是真英雄！只是，唉！我已覷見未來征途上，英雄喋血的壯烈模樣。

此人是誰？

開國功臣後裔，先朝良將玄孫。
家傳鞭法最通神，英武熟經戰陣。
仗劍能探虎穴，彎弓解射雕群。

第六章（下）

四方開戰

1. 天子震驚

高唐州失陷，上動天聽。

五更三點，皇帝早朝。淨鞭[44]三下響，文武兩班齊。殿頭官喝道：「有事出班啟奏，無事捲簾退朝。」

龍椅上的皇帝，睡眼惺忪，呵欠連連，猶在回味昨夜凍骨沁心的溫存——師師最近研發的「冰火功」。

「敬稟皇上。」高俅出班奏道：「今有濟州梁山泊草寇，累造大惡，打劫城池，搶擄倉廒，聚眾行凶。在濟州殺害官軍，江州攻擊無為軍，今又將高唐州官兵屠戮一空。此乃心腹大患，若不早行誅剿，他日養成賊勢，難以制服。伏乞聖斷。」

宋江！皇帝腦中浮現的巨大名號，御書房裡「四大寇」之一。「是歹星？是魔君？或者……是貴人？您可要三思？」李師師的枕邊細語。

雖是震驚，卻因心思閃爍，反而沉吟難斷。

[44] 淨鞭：即靜鞭。舊時天子儀仗中用具之一，是一種用黃絲編成的鞭子，鞭梢塗蠟。皇帝上朝時，內侍先揮動靜鞭打在地上作聲，使百官肅靜無譁。又稱「鳴鞭」。

高俅又說：「滅此草賊，不必興舉大兵，臣保一人，可去收服。」

「何人？」總算開金口。

「此人乃開國之初，河東名將呼延贊子孫，單名喚個灼字。使兩條銅鞭，有萬夫不當之勇；現為汝寧郡都統制，手下多有精兵勇將。臣保舉此人，可授兵馬指揮使，征剿梁山。」

「准奏。」皇帝不得不點頭：「賜其踢雪烏騅一匹，日行千里，清掃山寨。」

2. 無敵鐵甲軍

「呼延灼何許人也？」聚義廳上，截獲軍情的宋江問道。

「開國功臣後裔，先朝良將玄孫。家傳鞭法最通神，英武熟經戰陣。仗劍能探虎穴，彎弓解射雕群。」上通天文的吳用撚鬚說道：「麾下有支三千人的馬隊，人穿層鎧，馬披重甲，刀鎗不入，號為『鐵甲軍』，傳說不下於高廉的三百神兵。」

「果非易與之輩，咱們真是觸怒朝廷了。」宋江面露憂色：「不出三天，大軍壓境，如何對付？」

「這回來攻，當不止三千鐵甲。既是高俅主事，肯定是弓箭火炮、長鎗滾刀傾巢而出，一報殺弟之仇。不才聽說，呼延灼麾下兩名大將：百勝將軍韓滔、天目將軍彭玘，皆是武舉出身的高手，若為此役先鋒，苦戰可期。」公孫勝蹙眉解說，非關眼前情勢，而是另有心事。

「那要怎麼辦？」宋江叫了起來。

「簡單！一斧斬百勝，兩斧劈天目。俺鐵牛的板斧久未舔血了。是唄！狗頭軍師？」一旁的李逵大笑道。

「怎麼辦嘛……呵呵！」狗頭軍師的目光閃動，話鋒一轉：「功名未上淩煙閣，姓字先標聚義廳。」

3. 紡車戰術

鞍上人披鐵鎧，坐下馬帶銅鈴。旌旗紅展一天霞，刀劍白鋪千里雪。人頂深盔垂護項，馬披重甲帶朱纓。開路人兵，齊擔大斧；合後軍將，盡拈長鎗。

正是前軍開路韓滔，中軍主將呼延灼，後軍催督彭玘，馬步三軍，浩浩蕩蕩，進逼梁山。而在山下曠野處遭遇早已擺布的宋江陣勢，兩軍對峙，各自紮營，當晚不戰。

拂曉，三通畫鼓，強將出陣。先鋒韓滔橫槊勒馬，怒言大罵：「天兵到此，不思投降，還敢反抗？直把你水泊填平，山寨踏破，生擒爾等，碎屍萬段。」一騎奔出，拍馬揮舞狼牙棍，直取韓滔，不是霹靂火秦明是誰？兩人激鬥二十餘合，呼延灼見韓滔力怯，縱馬揮鞭，上前策應，卻對上梁山「第二棒」林沖，又是鎗來鞭去花一團，鞭來鎗去錦一簇。大戰五十回合，不分勝負。呼延灼亦已氣喘力竭，轉馬回陣，改由彭玘出列叫陣，一方面暗忖：我雖有強兵，但對方悍將如雲，一個磨一個，終究不利……

果然，梁山「第三棒」輪到花榮，挺鎗力拚彭玘的三尖兩刃四竅八環刀，此乃「紡車戰術」。前夜大帳中，宋江偷瞄天書，定下絕妙戰法：「對方只有三名主將，應付不難。可請秦明打頭陣，林沖打二陣，花榮第三，扈三娘第四，湯隆第五；前五陣戰罷，如紡車般轉作後軍，後軍孫立、朱仝、雷橫、穆弘、黃信轉為前軍，打他個車輪大戰……」

再轉眼，彭玘漸漸不敵，呼延灼策馬再出，直奔花榮，卻遭孫立攔截。一丈青扈三娘亦與花榮交接，雙刀連擊，打得彭玘不得不退走——這一退，退到紅綿套索金鉤陣中，「第五棒」湯隆將套索望空一撒，彭玘措手不及，橫拖下馬，遭到生擒。

呼延灼驚呼：「不好！」奮力向前，欲救麾下。可惜他的對手是病尉遲孫立，橫鎗舞鞭，一將當先：

病尉遲孫立是交角鐵幞頭，大紅羅抹額，百花點翠皂羅袍，烏油戧金甲，騎一匹烏騅馬，使一條竹節虎跟鞭。呼延灼呢？沖天鐵幞頭，鎖金黃羅抹額，七星打釘皂羅袍，烏油對嵌鎧甲，騎一匹御賜踢雪烏騅，使兩條水磨八稜銅鞭。

兩人在陣前左盤右旋，激鬥不已。

「哇！各跨烏騅健似龍，呼延贊對尉遲恭。」宋江讚道。

「嘿！雙鞭遇敵真奇事，更好同歸水滸中。」吳用附和。

頑敵難馴，再抬頭，赫見宋江居中，吳用、公孫勝、秦明等十大頭領分列兩側。宛如天山高聳、泰山巍峨。

但梁山人馬亦難越雷池一步：呼延大軍馬帶堅甲，只露得四蹄懸地；人披鐵鎧，但現出一雙眼睛。「此乃『連環馬』、『鐵甲軍』，不可躁進。」吳用對宋江附耳說道。而梁山小賊們只是紅纓面具，銅鈴雉尾，吆喝嘶吼，小丑跳梁。這邊鳴金，那方也退兵。屯軍駐馬，伺機再攻。

4. 降敵降心

回寨後，左右群刀手、一票小嘍囉連拖帶打押著彭玘進帳。宋江起身喝退眾人，親自鬆綁，扶上賓坐，納頭便拜。彭玘一陣驚愕，連忙答拜道：「小可被擒之人，理當就死，將軍何故以禮相待?」宋江露出招牌笑容，說道:「某等無處容身，暫占水泊，權且避難。今負罪交鋒，誤犯虎威，敢乞恕罪。」一旁的林沖聽得頭昏眼花:一種未驗先證、預見之兆的熟悉感。彭玘則是一臉感動:「素知及時雨仗義行仁，果然如此義氣。倘蒙存留微命，當以捐軀報效。」宋江展臂，來了個大熊抱:「好!好!忠為君王恨賊臣，義連兄弟且藏身。眾兄弟只待聖主寬恩，赦宥重罪，忘生報國，萬死不辭。」

吳用悄悄靠近林沖，小聲說:「擒賊先擒王，降敵須降心。通權達變，方能成就霸業。謹記啊!」此番話語，是在暗示什麼?預告哪樁?

5. 連環甲馬

第二戰，宋江排出五路先鋒，後軍十將策應，兩路伏兵分列左右，正式對上甲馬連環陣。「每三十匹一連，鐵環連鎖，三千連環馬軍，分成一百小隊，直衝敵陣。任你金城湯池，也難擋其威。」雖有來自彭玘的軍情，但實地交鋒，仍教宋江大驚失色;三面鐵馬撲捲而來，兩邊用箭射，密密匝匝;中路使長鎗，摧枯拉朽。漫山遍野，橫撞直衝;不容你前，不許你退。轉瞬間梁山大軍死傷慘重。宋江大喊退兵，一時間鳥飛獸散，宋江策馬退至鴨嘴灘，幸得李逵、楊林等人接應，阻擋追兵;又有水軍頭領張橫、張順、阮氏三兄弟接駁上船，倖免於難。

其餘幾路軍，石勇、時遷、孫新、顧大嫂等人，也都狼狽而回：「我等若無號船接應，盡被擒捉。」也就是說，四面皆水的地形，正是梁山易守難攻的優勢。

官軍雖捷，仍有隱憂。「但恨四面皆水，無路可進；如何掃盡賊窟，拆巢毀穴？」韓滔問道。「一水遙隔，只宜火炮飛打。」呼延灼說：「久聞東京有位炮手，名為淩振，號稱轟天雷。此人善造火炮，射程可達十四五里，石炮落處，天崩地裂，山倒石碎。若得此人，不日可取賊巢。」隨即命人快馬入京，向高太尉請將。不消三日，便攜帶煙火、藥料、諸色炮石，來到梁山泊行營，整架備材，伺機炮攻。

6. 釜底抽薪

「強火發時城郭碎，煙雲散處鬼神愁。金輪子母轟天振，炮手名聞四百州。」鴨嘴灘小寨內，吳用解析淩振能為：「此番前來，必是三炮連攻：風火炮、金輪炮、子母炮。」

「如何應對？」宋江仍是緊張大師的模樣：「前有連環馬，後有轟天雷。這個……」

「無妨！梁山水泊寬闊，港汊甚多，宛子城離水甚遠，縱有飛天神炮，能奈我何？」吳用說道：「暫棄鴨嘴灘，回防聚義廳，看他設法施放，再做商議。」

果然，火炮三響，兩個落進水裡，一個命中鴨嘴灘無人寨。

宋江急問：「火炮在前，我等動彈不得。萬一那凌振研發出射程更遠的……」

「薪不盡，火不滅。」吳用莞爾說道：「咱們就來個釜底抽薪：怎許船軍便渡河，不施火炮卻如何？空說半天轟霹靂，卻愁尺水起風波。」召集眾頭領，嘰哩咕嚕一番。

於是，李俊、張橫帶了四十五個水軍，兩艘快船，從蘆葦深處潛行而去；背後則有張順、三阮率四十餘隻小船接應。李、張上岸後，摸到炮架邊，吆喝吶喊，推翻炮架。凌振見狀，帶了風、火二炮，率軍追趕，兵至灘邊，赫見四十餘隻小船一字排開。凌振奪下船隊，大軍登船，浩浩蕩蕩殺向梁山大本營。不料，水底暗藏水兵，拔掉船尾楔子，船身頓時進水，一干炮軍恍如船頭上跑馬——走投無路。那些水兵又興風作浪，順勢扳船，轉瞬間人仰船翻，統統揮進水裡，不是淹死，就是捅斃。凌振手忙腳亂想要游回岸上，被阮氏三兄弟兩手一腳死纏活抱，再由湯隆硬拖上岸，解上梁山。

抽薪計成，降心伺候。「哎呀！我教你們禮請將軍上山，如何恁地無禮。」又是親解其縛，又是把盞謝罪。一旁的吳用面露敬佩之色，心想：如果我吳學究是諸葛投胎，你宋公明肯定是玄德托世。

凌振始終閉口無言，直到看見彭玘，重嘆一口氣，說：「小人在此無妨，怎奈老母妻子都在京師……」宋江立刻說：「且請放心，已有頭領速往京城，迎接凌將軍家人上山。」

李逵也跟著耍幽默：「是啊！凡有老母老爹小兒小老婆的，一概接上梁山。咱山寨已成為親子樂園，晁頭領正準備興建遊樂設施，假日開放給一般民眾，闔家登覽……」

凌振當下跪謝：「若得頭領如此周全，當效犬馬，死亦瞑目。」

連收彭玘、凌振兩員大將，軍心大振，但連環甲馬仍是當頭難關。聚義大廳上，眾頭領你一言我一語，莫衷一是，湯隆忽然起身道：「小人不才，願獻一計，可破連環甲馬。」宋江說：「有何妙計，快說！」「只消一樣兵器、一位哥哥……」湯隆走到宋江、吳用中間，輕聲低語，微不可聞，只見吳用大笑說道：「好！好一招計就玉京擒獬豸，謀成金闕捉狻猊。」

7. 鉤鐮鎗法

湯隆的祖先以打造軍器為生，世代受朝廷重用，對於十八般武藝的優缺點、制剋之道，自有一番體會。「要破連環甲馬，須用鉤鐮鎗，我可提供畫樣給兵器部製造。但我會造不會使，想那鎗法，詭異絕倫，是我舅舅那一脈的祖傳祕招。當今天下，只有我表哥會耍。」湯隆細說從頭。

「莫不是京城金鎗班教頭徐寧？」林沖忽然問道。

「正是。」湯隆點頭。
「徐教頭的鎗法，聞名遐邇，常來找我切磋武藝。得他之助，如虎添翼。」林沖說：
「只是，如何將他弄上山？」
湯隆笑道：「徐家祖傳一副金甲，穿在身上，又輕又穩，刀鎗不入，水火不侵，人稱『雁翎砌就圈金甲』、『劍矢難透賽唐猊[45]』。此乃鎮家之寶，他看得比性命重要，供在羊皮匣子裡，直掛在臥房梁上，不肯輕易示人。」
「了解。」輪到吳用開口：「時兄弟，這可是你立功的大好機會。」噘噘嘴，並對時遷眨眼。
「有何難哉？」時遷拍胸脯保證：「莫說羊皮匣子，就算藏在大內寶庫或他老婆的肚兜裡，我也照偷不誤。只是，偷這玩意兒是為了……」
「騙人上山。」吳用答道。
「好！太好了！」宋江拊掌，總結：「時遷盜甲，湯隆偷人，戴宗、樂和配合行動，同時按圖樣趕造鉤鐮。就此議定。」

45 唐猊：一種凶猛的野獸。皮堅硬而厚，古時常用來製作鎧甲。也作「溏猊」。

8. 時遷盜甲

兩腳朝天，倒掛橫梁；腦門向地，一雙滴溜溜的賊眼，打量著各房各室的狀況。

時入初更，雲寒星斗無光，露散霜花漸白。整個下午，時遷藏身在徐家後巷的大柏樹上，趁天黑翻牆而入，溜過後院，伏在廚房外，見兩個丫鬟在收拾碗筷，悄悄攀上戧柱[46]，盤到搏風板[47]邊，隱身不動。等到丫鬟離開，四下無人，再施展絕頂輕功，一躍上梁——

主臥室裡，徐寧和老婆對坐爐火邊，懷裡抱個六、七歲孩兒。徐寧身後的梁上，懸著一具大皮匣，房門口掛著一副箭矢、一口腰弓；衣架上掛著各色衣服：紫繡圓領、官綠襯裡襖子、五色花繡踢串、雙獺尾荔枝金帶……盛裝待命，應是有任務在身。

二更天，徐寧上床就寢。娘子問道：「明日當值也不？」徐寧說：「明早皇上駕幸龍

46 戧柱：支撐房屋的柱子。戧，音ㄑㄧㄤˋ。

47 搏風板：即中國古代建築的屋翼。為了防風雪，設計時將屋簷角端向上，兩角端伸出山牆之外，用木條固定，架在房梁上支撐屋椽的橫木頂端。宋朝時稱「搏風板」，也作「搏風板」、「博風板」。

符宮，五更便要出發。」娘子便對丫鬟說：「你們四更起來安排點心，伺候官人。」時遷聽了，暗自盤算：我若半夜下手，必將引起鬧動，反而脫身困難，不如等到五更以後……三更，主僕皆睡，時遷溜下梁柱，用蘆管兒穿透窗櫺眼，將房裡唯一的燈火吹滅。四更，時遷起床，叫醒丫鬟準備早餐，丫鬟見室內一片漆黑，叫道：「哎呀！沒燈了。」開樓門，下胡梯，要到後屋取火。時遷趁隙溜進廚房，藏在桌子下方。

生火、燒湯、洗漱、用餐，丫鬟掌燈送走徐寧，回房倒頭就睡。「終於輪到我登場了。」時遷暗笑兩聲，再用蘆管熄燈，竄進主臥室，上梁，輕輕解開皮匣——徐寧的老婆忽一翻身，叫道：「什麼聲音？」時遷隱入梁上，學老鼠吱吱叫。門外聞聲而來的丫鬟應道：「夫人，是老鼠叫。」時遷又發出老鼠廝打的聲響，總算瞞過兩個女人。等她們再度入睡，背著皮匣，下梁，離屋，一路直奔到城外店棧。

9. 徐寧尋甲

「蜀王春恨，宋玉秋悲；呂虔遺腰下之刀，雷煥失獄中之劍。」徐寧又是頓足，又是搥胸，滿腹苦水，從丹田底直衝咽喉。「唉！祖傳四代之寶，竟在我的手上閃失。」

「樹大招風，也不知是何方小賊下的手……」娘子不解地說。

「更慘的是，為杜絕他人覬覦，我在兩年前便稱此甲已失，如今……唉！正是此地無銀……」

這時，門房通報，有位延安府湯知寨兒子湯隆，前來拜望。「趕快有請！」表兄弟見面，自是噓寒問暖，憶往話舊一番。湯隆見徐寧愁眉不展，起身問道：「哥哥可是有心事？」重嘆一聲，徐寧細說從頭，話至「紅羊皮匣子盛者，裡面又用香綿裹住」時，湯隆驚呼：「紅羊皮匣子？上面有白線刺著綠雲頭如意，中間則是獅子滾繡球？」徐寧的臉上現出一絲希望：「正是！兄弟，你在哪裡見到？」「我在城外一家酒店看見一個黑瘦瘸腿漢子，擔兒上挑著紅皮匣。我還故意探他口風，想知道裡面……」徐寧一躍而起，拉著湯隆的手：「快！帶我去追那漢子。」

兩人出了東郭門，急急趕路。來到一間酒店，湯隆見牆上畫著白圓圈，便對徐寧說：「在此歇歇腳，順便打聽打聽吧。」進了店，邊喝酒邊探詢。店主說：「咦？好像有這麼一個人，走路一瘸一瘸的……」二話不說，兩人立刻上路，趕了二十餘里，黃昏時來到一家店棧前，牆上也有個白圈圈。湯隆說：「小弟累了，在此投宿一晚如何？」吃過晚飯，兩人向店小二打探，小二搔著腦門說：「嗯！的確有這麼一個人，昨夜來投宿，睡到中午才離開。」湯隆問：「往哪個方向去了？」「山東。因為他問我前往山東的走法。」徐寧一拍腿，宛若吃下定心丸：「好！兄弟，咱們明早四更便動身，應該追得上。」

第二天，仍是「畫圈圈」的遊戲。湯隆看見白圈便入，逢人便問，所得結果相同：愈來愈接近真相，也就是，愈來愈接近，梁山泊。

當日黃昏，「終於」在一間古廟追上黑瘦漢子。徐寧快步上前，一把揪住對方衣領，怒道：「你這廝好大膽，竟敢偷我寶甲！」對方輕描淡寫說道：「偷你又怎樣？你先看看裡面再說。」打開皮匣一看，竟是空的。

「東西呢？弄到哪裡去了？」徐寧的心一沉，整個人差點摔到地上。

漢子說：「俺叫做張一，受人之託，偷你家那件『打死不賣品』。不料從梁上掉下去，閃朒了腿，只好先將貨辦交給同夥李三，留空盒在此。這樣吧！你若不追究，再給俺些好處，就幫你討回，如何？」

徐寧躊躇了半晌，湯隆說道：「哥哥，不怕他插翅飛去，先去討甲，若討不回來，再送官究辦。」嗯，有理。兩人追變成三人行，但那黑漢子以腿傷為由，磨蹭拖拉，一日程走了兩晝夜。直到第三天，來到一個三叉路口，黑漢子推說腳痛難行，徐寧急得五內俱焚，赫見一人趕著一輛空車而來。湯隆上前抱拳作揖：「兄弟欲往何方？可否載我等一程？」那人笑道：「只要有銀子，阿鼻地獄都去。」呼！徐寧大喜，催促眼神詭異的湯隆和黑漢子上車，快馬加鞭前行。行經一間酒店，趕車漢子買了些美酒、牛肉招待眾人，徐寧眼見目標在望，一陣輕鬆愜意，舉杯，一乾而——酒未盡，酒杯已落地，人也眼花癱軟。昏迷瞬間，彷彿聽到湯隆斥責趕車漢：「樂和，這麼快發作，是不是藥放多了？」瘦黑漢子接著說：「你在哪裡買的？送我兩包。下回俺鼓上蚤時遷迷姦大姑娘……嘿嘿！挺管用。」

十里外的吳用則是頻頻搖頭，嘆息：「唉！又是『智取生辰綱』的老梗，不成、不成，下回得換個新花樣。」

10. 大破連環馬

臂健開弓有準，身輕上馬如飛。彎彎兩道臥蠶眉，鳳翥鸞翔子弟。戰鎧細穿柳葉，烏巾斜帶花枝。

「六尺五長身體，團團一個白臉，三牙細黑髭髯，十分腰圍膀闊。果是一表好人物。」晁蓋對徐寧的讚嘆。

鉤鐮閃動，鎗法如神。八步四撥，蕩開門戶，十二步一變，十六步轉身。再分鉤、鐮、搠、繳，二十四步，挪上攢下，鉤東撥西；三十六步，渾身蓋護。「四撥三鉤通七路，共分九變合神機。」徐寧一路教演，輕聲曼吟：「二十四步挪前後，一十六翻大轉圍。」

「好！果然是制敵妙器。」眾頭領齊聲鼓掌。

「好？瞧他神情氣色，竟和前日判若兩人。」一旁的時遷，對湯隆咬耳朵。

「前日如何？」吳用也來湊熱鬧。

「今天威武樣，前日結屎臉。」時遷撝嘴說道：「唉！七竅生煙，五官噴焰，印堂發黑——」

「好意思說？」吳用的表情，像盯上老鼠的貓。「你們又偷又拐又行騙，佛都有火。」

「再加上栽贓嫁禍。」樂和笑瞇瞇擠進八卦圈：「湯隆趁徐寧昏迷時，穿上雁翎寶甲，到處攔路搶劫，報上名號『我乃京城金鎗班教頭徐寧』——」

「噓！小聲點。」湯隆眉飛色舞說道：「給當事人聽見，那鎗尖就要朝咱們使過來了。」

當日為始，排精布銳，曉夜習學。不消半月，陣法已成，準備開戰。

當然還得設炮架，埋伏兵，誘敵軍。平明時分，十隊步軍涉水強攻，中軍人馬擂鼓吶喊。呼延灼排開連環馬，和先鋒韓滔分別領軍迎戰南、北夾擊而來的賊寇。這時，西方又殺來大批兵士，正北面連珠炮響——一個母炮連帶四十九發子炮，正所謂「子母炮」。呼延灼罵道：「必是凌振降賊——」忙不迭地策動馬陣，捲地驅敵。而賊人似戰非戰，要走不走，東趕東奔，西趕西退；甲馬一發難止，盡往敗葦折蘆、枯草荒林跑去。忽聞呼哨聲響，鉤鐮閃動，血光飛濺；兩側馬腳遇伏倒地，中間甲馬咆哮自亂，狂奔踐踏，官兵非死即傷，潰不成軍。那撓鉤手、埋伏軍忙著套索縛人……

呼延灼見狀，趕往南邊支援韓滔。無奈火炮當頭落下，漫山遍野爆響哀號，好不容易與南軍會合，赫見草蘆深處韓滔落馬——被笑瞇瞇的湯隆撒網成擒。再環顧四周，密匝匝的梁山旗號，遍布山巒水澤，收捲而來。大勢已去，呼延灼舞鞭策馬，奪路而逃，遭遇穆弘、穆春攔路，刀鞭激鬥，見機遁走；又逢解珍、解寶鋼叉伺候，照打不誤，強攻退敵。再見王矮虎、一丈青夫妻當關，後有二十四把鉤鐮追殺而至，（山頭上觀戰的吳用興奮讚詩：「十路軍兵振地來，烏騅踢雪望風回。」）呼延灼暴喝一聲，雙鞭輪轉，震落王矮虎手中朴刀，衝散敵陣，往東北方直奔而去。

宋江看得搖頭晃腦，接續下文：「連環盡被鉤鐮破，剩得雙鞭出九垓。好！端的是好漢，六將合攻也擒不下他，了不起！」

吳用卻是乾笑兩聲，話鋒一轉：「公明兄可記得『尋一得二，四方開戰』？」

宋江拊掌，叫道：「哎呀！不就是烽火遍地——火炮連環響？等等，擒彭玘、韓滔，賺淩振、徐寧，都和湯隆有關，『以湯隆為引』——」

「再得四位方家，大開戰局，無役不勝。」吳用呵呵笑道：「我知公明兄惦念呼延灼，不急，還有位韓將軍等您親解其縛，叩頭謝罪。」

天書響動，宋江悄悄走開，獨自踱步樹下，展卷偷瞄：三山半落青天外……

驚夢之七

收軍鑼響千山震，得勝旗開十里紅；馬上將敲金鐙聲，三軍齊唱凱歌回——等等，那是宋江軍馬，班師回朝的景況。而在生還三十六將中，武松和魯智深脫隊而行，夜宿杭州六和寺，觀風清月白，聽潮聲雷響。

兩人步行於中庭，潮響愈烈。魯智深驀地掄起禪杖，便要殺出寺外。

「你要做什麼？」夜風颯颯，吹得武松左臂衣袖獵獵作響。

「豈不聞風雲動，戰鼓響，咱兄弟又要出征。」

寺裡小僧聽見魯智深的話，笑得闔不攏嘴：「師父！不是戰鼓響，是錢塘江潮信響。年年八月十五日，也就是今夜，三更見潮來，從不失信，故名『潮信』。」

「咱們的人事已了。我斷臂退隱，你一心雲遊；都不想加官進爵，被權臣擺布。哪裡還有風雲戰鼓？」形容憔悴的武松單臂高舉，不知是為掬月光、擷潮聲？抑或回味景陽崗打虎的氣概？

「啊！俺師父智真長老曾囑咐洒家四句偈言。」魯智深一拍禿腦袋，露出恍然大悟的神情：「後兩句：聽潮而圓，見信而寂。俺想既逢潮信，合當圓寂。兄弟、眾師父，俺家問，如何喚作『圓寂』？」

眾僧面面相覷，武松囁嚅說道：「就是……修得圓滿，究竟涅槃。」

魯智深偏頭想了想，咧嘴笑道：「圓寂就是死翹翹？哈哈！快燒湯給洒家沐浴淨身。」

燒水、洗浴，換了御賜僧衣。焚起一爐好香，趺坐禪椅，緩緩唸誦：「平生不修善果，只愛殺人放火。忽地頓開金枷，這裡扯斷玉鎖。咦！錢塘江上潮信來，今日方知我是我。」

緩緩閉目，忽又睜眼怪叫：「嘻！李逵那隻猩猩到頭來受人供奉，洒家如何不圓滿？」

漸漸，止息，不動。眾僧低語：「果真是修得圓滿。咦？那行者哪裡去了？」

智深修真；行者，繼續他的行腳之旅。

三山義重，雙鞭技高，
誰勝一籌？精彩可期。

第七章

三山歸附

1. 將軍失馬

身著團花宮錦襖，手持走水綠沉鎗。
聲雄面闊鬚如戟，盡道男兒賽霸王。

瞧！誰出場？不就是桃花山二頭目、人稱小霸王周通？雖非梁山陣仗，但百來個嘍囉一字排開，頗有當年搶親的威風。

這回對付誰？敗軍之將呼延灼。話說呼延灼倉惶逃出戰場，不敢回京，打算暫投青州舊識慕容知府，不料夜裡在酒店休憩時，弄丟了寶馬。店小二說：「應是桃花山強盜所為。小心哪！對方人多勢眾，還是報官處理吧。」全軍覆沒，又失坐騎，呼延灼一肚子悶氣無處宣洩，也只能呆坐到天明。

翌日，府堂階下，參拜行禮。慕容知府得知始末，想出言安慰，卻是喜形於色：「將軍有萬夫莫敵之勇，誤中奸計，非戰之罪。這樣吧，青州地面草寇為患，民不聊生。二龍山、白虎山和桃花山合稱『三山』。我給你兵馬，先掃平桃花，奪回御賜馬，再解決另兩座山頭；待立下奇功，下官自當一力保奏，教將軍引兵復仇，如何？」

「狗賊早來受縛！」厲聲高叫，一吐鳥氣，便是桃花山下呼延灼的回答。

「看誰先死？」小霸王不甘示弱，綽鎗出戰，但安逸許久加上縱欲過度（桃花莊強娶不成，倒讓他迷上「每日一房」的遊戲：隨興出動，但見順眼人家或姑娘，便在當晚強行洞房。若是不見黃花閨女，沒關係，老嫗皆可，壯男也上），鬥不過六七回合，氣力不繼，掉頭回山。呼延灼本想追趕，又怕再中賊計，急下山紮營立柵，伺機再動。

「怎麼樣？打不過別人？教你少沾姑娘，你自己就快變成娘們了。」山寨裡，大頭目打虎將李忠調笑周通。

「那傢伙武藝高強，聽說梁山連環殺陣也擒不了他。哥哥莫說笑，萬一他發兵仰攻，直衝寨門當如何？」周通苦笑道。

「這樣啊！只好向二龍山求援。魯智深坐鎮，青面獸楊志護法，菜園子張青、母夜叉孫二娘開了人肉包子分店，生意不錯。曹正擔任軍師；前陣子武松離開梁山，好像也在那裡。咱們修書一封，派嘍囉星夜送去。」

「可是……」可是，桃花莊一案，周通被魯智深揍得哭爹喊娘……

「放心吧！魯智深是直性之人，不會與你計較。況且，嘿嘿嘿！」李忠臉上現出周通行淫時的表情：「一夜夫妻百日恩。那花和尚怎忘得了和你『洞房』的滋味……」

2. 力戰群英

自從落髮萬禪林，萬里曾將壯士尋。臂負千斤江鼎力，天生一片殺人心。欺佛祖，喝觀音，戒方禪杖冷森森。不看經卷花和尚，酒肉沙門魯智深。

馬上和尚喝道：「哪個是梁山泊殺敗的撮鳥，敢來這裡嚇唬人？」呼延灼回罵：「先殺你這個禿驢，消我鳥氣。」二馬相交，兩邊吶喊，禪杖對雙鞭，激鬥四五十回合，不分勝敗。

之前，呼延灼已經歷周通和李忠的輪攻：三招敗霸王，十式退虎將，眼看就要拿下桃花山，忽見煙塵滾滾，二龍山的援兵及時趕到。

「這和尚恁地了得！」久攻不下，呼延灼心中讚嘆。雙方鳴金，回軍稍歇。但呼延灼的鬥志高張，不一會兒，又出陣叫戰：「賊和尚，出來分個高下。」刀光一閃，塵土飛揚，只見一人高喊：「大哥，看洒家捉拿這廝。」衝殺而來，又是交鋒五十回合，難分伯仲。呼延灼暗忖：「這個也如此厲害，他們真是綠林中人？」不由得問道：「請問高姓大名？」

「青面獸楊志，久仰將軍威猛，轉來領教。」楊志？不就是梁山下和林沖戰成平手的東京府制使官？這時楊志空門乍現，撥馬回頭，呼延灼正要追擊——不對！這是誘敵之計，趕緊勒住馬頭，大喊收兵。

明智之舉。呼延灼若是前進百步，三國演義「三英戰呂布」的段子就要重演：魯智深的禪杖、楊志的快刀，再加上，行者武松的超絕身手。很多年後，重傷的呼延灼對袍澤武松說：「桃花山之役，可知我為何戰志昂揚？因為我發現隱身陣中伺機出手的你……」

還有，孫二娘的吆喝：「怎麼不來了？蔥薑蒜末麵粉皮都切齊攪妥，人肉怎麼不來了？」

3. 三山合擊

和尚厲害，青面漢子藝高，以及，手握鋼刀、數珠爍目、戒箍光豔的行者……「本想勢如破竹，卻是棋逢敵手，江湖能人輩出，這條路愈來愈難走。」哀嘆間，又見知府探子來報：白虎山孔明、孔亮率眾攻打青州，請將軍回城協防。原來，這對兄弟曾遭一位財主迫害，家破人亡，聚集一千流民，占山為王，打家劫舍。慕容知府擒捉仍留在青州城的叔叔孔賓，引起他們不滿，興兵侵犯，直攻府牢劫囚。

呼延灼引軍回到城下，正逢白虎山人馬，又是一番激戰。呼延灼瞄見城牆上觀戰的慕容知府，心知想要翻身，必須拿出驚世駭俗的本領，於是暴吼一聲，策馬揮鞭，逼得孔明架隔失措，遮攔不及，不到二十招就被活捉。另一路的孔亮見大軍掩至，倉皇撤退，落荒而逃。

「三山義重，雙鞭技高，誰勝一籌？精彩可期。」梁山大寨，宋江一面展讀二龍山捎來的飛書，一面與吳用、孫立、林沖等人論戰。

「一勝一敗一平手。」孫立的看法。

「何解？」宋江問道。

「二龍山高手如雲，勝；桃花山花拳繡腿，敗。至於白虎山，傳聞毛頭星、獨火星智賽諸葛但武功稍差，勉強打平。」林沖代為解人。

「是嗎？各位頭領莫忘那呼延灼的身手，咱六將聯攻也擒不下他。何況，武松在信中點出膠著之處：一夫當關，無懈可擊。」宋江娓娓說道，心裡卻懸著天書浮字。

「豈不聞詩仙有云：『三山半落青天外。』」又是輕笑曼吟的奸臣臉：「孔明若為『孔明』，吳用便真是『無用』了。依小可之見，應是三山有半數淪落青州官軍：桃花山敗，白虎山一敗一走，二龍山強人盡出，也只能搏個和局。」

頭皮發麻，內心震驚。怎麼這廝除相命嘴，還有通天眼？能覷透我從不外露的祕笈？「你未讀武松來信，已斷出青州局勢？」為掩飾心慌，宋江提出蛇足之問。

「若非不利，何必修書？果有所求，應是求援。」吳用收住笑容，忽對宋江拜揖：「當初公明兄讓武松暫離梁山，想是待他發揮今日妙用：三山歸附，共襄大計。破青州府，降呼延灼，只是天道之上的必經過程。」

宋江笑了，笑得豁然槃然：「看官睜大眼了，有分教：梁山英雄，個個摩拳擦掌……」眾人齊聲附和：「青州百姓，家家瓦裂煙飛。」

4. 結盟之議

兵敗潰逃的孔亮，率餘眾往二龍山方向急奔，而在山下樹林撞見一夥人馬，為首之人披直裰、持鋼刀，一身行者模樣。孔亮下馬即拜：「來人可是武松大哥？白虎山有難，特來求援。」武松扶對方起身，慷慨說道：「足下休慌！近日青州府接連對附近山寨用兵，三山相依，脣亡齒寒，我等絕無坐視之理。發生何事？還請道來。」

孔亮便將叔叔入獄、兄長被擒之事細說分明，隨武松上二龍山，接受安置款待。席間，楊志說道：「獨木難支，眾志成城，咱三山聚義，聯手破青州，殺慕容，如何？」魯智深說：「俺也是這般打算，已派人接李忠、周通前來，共商大計。只是，青州府城池堅固，呼延灼又是難纏之輩，憑我等之力，奪取不易。」武松送上臨門一腳：「那就強攻豪奪兼智取，三山歸附梁山泊。那裡兵強馬壯，高手眾多，近來用兵如神，無堅不摧；宋公明是我最敬重的兄長，軍師吳用足智多謀，托塔天王豪情重義。與梁山結盟，何愁大敵不滅？各位以為如何？」

魯智深點頭稱是：「俺對及時雨傾慕已久，早想拜會。」楊志說：「我和林沖曾因投名狀機緣，大戰數百回合，可惜未分勝負。這下又有討教機會了。」孫二娘則是雙手扠腰，嬌笑道：「聽說那一丈青雙刀掄舞，斬斷多少是非根；顧大娘手起刀落，開膛破腹碎人肉。先說好，人肉包子鋪梁山分店的老闆娘是我。」

孔亮霍然起身，抱拳辭別：「小可與宋公明是舊識，這趟結義之路交給我。各位大哥先行布署、謀劃，時機一到，揮軍反攻。」

聚義廳上，運籌酒食之間。晁蓋笑問宋江：「公明兄，那夥人何時投懷送抱？」

宋江不知從哪兒找出一面紙扇，瀟灑輕搖：「快了，孔亮已在朝山途中。咱們可先調兵遣將，擘劃破敵之策。」忽然轉頭，瞠著一旁暗笑的吳用：「又要偏勞先生了。」

「青州強固，強在一人：呼延灼。」吳用說道：「梁山六將合擊，三山群英輪攻，皆不能傷他分毫。此乃公明兄慧眼識英雄，對其念念不忘之因。所以，要破青州——」

「先擒呼延灼？」晁蓋一拊掌，露出恍然之色：「只是，先前硬攻不下，此番……」

「此番智取，也就是再睹吳用先生的神機妙算。」宋江接話：「先生有何妙策？」

「大軍齊發，只為一人？」語氣一頓，環左顧右，吳用得意洋洋說道：「蛟龍淺困，插翅難飛。」

這時，寨前小嘍囉通報：「白虎山孔亮求見。」

5. 大破青州

初離水泊，渾如海內縱蛟龍；乍出梁山，卻似風中奔虎豹。五軍並進，前後列二十輩英雄；一陣同行，首尾分三千名士卒。繡彩旗如雲似霧，蘸鋼刀燦雪鋪霜。鸞鈴響，戰馬奔馳；畫鼓振，征夫踴躍。捲地黃塵靄靄，漫天土雨濛濛。寶纛旗中，簇擁著多智足謀吳學究；碧油幢下，端坐定替天行道宋公明。

「王師出動，弔民伐罪；所過州縣，秋毫無犯。切記！」臨行前晁蓋再三交代宋江。留守的林沖也說：「請務必迎回吾兄魯達。」

日夜兼程，抵達青州地界。梁山大軍會合三山人馬：魯智深與宋江英雄惜英雄，楊志逢人便問：「林沖呢？怎麼沒來？」張青夫婦、王矮虎伉儷交換床笫心得（小霸王周通熱情旁聽，並提供專業建議），謀士曹正找軍師吳用咬耳朵，不時發出「好！此計大妙！」

讚語。

酒宴大開，笑聲不斷；次日起軍，便是傾巢。擂鼓搖旗，吶喊搦戰，赫赫軍威，教城頭上的慕容知府震驚。「不必驚怕，這夥草賊不守梁山，跑到青州府來送死，見一個殺一個，見兩個殺一雙。」呼延灼披掛衣甲，叫開城門，領一千人馬出戰。慕容知府卻是驚疑難平：見一個殺一個？你已連番出擊沒拿下半個，會不會腰痠背痛、頭暈眼花？

車輪大戰輪到誰？「濫官！把我全家誅戮，今日正好報仇雪恨。」手拮狼牙棒，聲似轟天雷，不是霹靂火秦明是誰？慕容知府一見對手，睚眥欲裂，罵道：「你這廝是朝廷命官，竟敢造反？呼延將軍，將此人碎屍萬段。」

呼延灼大戰霹靂火，觀戰眾人火上加油。宋江讚道：「鞭舞兩條龍尾，棍橫一串狼牙，三軍看得眼睛花。」曹正接棒：「使棍的軍班領袖，用鞭的將種堪誇。」吳用結尾：「天昏地慘日揚沙，這廝殺鬼神須怕。」

鬥到五十回合，慕容知府忽然鳴金，收軍入城。呼延灼則是萬般不服氣，怨道：「小將正要擒那秦明，恩相如何喊停？」知府說：「不急！不急！將軍連番鏖戰，但恐勞困，不妨暫歇。秦明和花榮都曾是本官手下，武功了得，非易與之輩。我看梁山有備而來，咱們得另謀計策，一擊功成……」

這時，軍校來報：「城北門外土坡上，有三個鬼鬼祟祟的人影。一個是小李廣花榮，一個穿著道服，居中者披紅袍騎白馬。」「哈！中間那個是宋江，道士應是吳用，太好了！休要驚動他們，看我生擒賊首。」呼延灼急領一百餘騎軍馬，出北門，上土坡，悄悄挨近表情呆滯遠眺城內的三人。「哎呀！瞧不見呼延灼將軍，想他英勇身姿，連戰我軍頭領卻一勝難求，會不會想不開呀？」紅袍說道。「公明兄才要小心：相思成疾。」道士接著說：「那廝若知你愛他至此，早就丟盔棄甲逃之夭夭。」這兩個混蛋在說什麼？想我是不是？本將軍這就——一拍馬，急衝上前，卻是嘩啦一聲，塵揚土崩，連人帶馬掉進陷坑裡。兩旁竄出五六十個撓鉤手，鈎纏綁縛，活捉呼延灼。花榮引箭回馬，射倒隨後趕來的官兵，其餘人馬，嚇得一哄而散。

一個時辰後，營寨裡，照例上演那齣宋江獨角戲。就在花榮等人強忍睡意，吳用呵欠連連的奇異氛圍中，爆出呼延灼的慷慨陳詞：「非是呼延灼不忠於國，實感兄長義氣過人，願隨鞭鐙——」「好！太好了！」吳用緊握呼延灼的手，不讓他說話。「既是聚義一堂，喂！周通兄，先將踢雪烏騅馬還給將軍吧。」心裡想：再說下去，宋公明「愛心」發作，就要拖你進去玩「雙鞭」了。

接下來的任務，就是破青州救孔明叔姪。

二更天，呼延灼率十騎軍馬，來到城邊壕塹上，大呼：「開門！」軍士回報慕容知府：

呼延將軍回來了，那知府正為損失大將而扼腕，來到城牆上見呼延灼毫髮未傷，又感納悶；再見後方十人低頭掩面，看不清長相，不免質疑：「將軍如何走得回來？」呼延灼道：「我雖中伏被擒，卻有原本跟我的梁山頭領不忍見我枉送性命，盜了這匹馬，偷偷放我回來。」是嗎？到底是盜了一匹馬還是十一匹馬？你能回來，身後的十人呢？這麼明顯的破綻，知府不察，反而叫人開城門——哦不，是開門揖盜，被進城第一人——秦明——一棒子打爆腦袋。其餘九子分頭行事：呂方、郭盛解決知府隨從；解珍、解寶放火；花榮、燕順殲滅蜂湧而來的兵士；孫立、歐鵬登上牆頭插旗，引梁山大軍進城。落單的王矮虎左顧右盼，心急如焚找女人（他得搶在一丈青出現前辦完事）……

破城劫牢兼搶錢劫倉，也做點順水人情：將官廒米糧派給被戰火波及的百姓。青州府裡辦喜慶，聚義廳上排筵席：三山頭領同歸大寨。林沖和魯智深相擁而泣，互道信息：「阿嫂可有音訊？」「唉！拙荊被高俅那廝威逼，自縊而死，丈人也染病而亡。」楊志本想邀林沖再鬥，見氣氛不對，默立不語。孫二娘找顧大嫂切磋「廚藝」：「聽說男人那話兒挺滋補，蔥蒜薑末，椒油酒醋，剁碎了好入餡。」「那玩意兒，拿來用比用來吃好吧。」一旁的張青忽然正色說道：「不過，咱人肉饅頭店有三不殺：雲遊僧道、行院妓女、流配罪犯。皆為可悲世道可憐人……」周通對上黑猩猩李逵：「哇！李逵兄好壯碩威武的身材，你……不會喜歡跟男人洞房吧？」「誰要跟男人洞房？問這事幹啥？」張青又過來插嘴：「嘿嘿！

咱小霸王最愛讓人硬上弓唄。」

「哈！三山入夥，大勢底定。」宋江舉杯敬晁蓋。討人厭的吳用又說出掃興的話：「非也！佛門有云：『見山是山，見山不是山。』『三山聚義』有真義，卻是姍姍來遲時……」

6. 請君入甕

華州城裡，東踅西尋的魯智深逢人便問：「州衙在哪裡？快說！」有人指道：「過了州橋，往東便是。」魯智深來到橋上，瞻前顧後，赫見十餘個虞候執鞭持鎗，簇擁著一乘暖轎而來——

「九紋龍史進？小可傾慕已久，正好請魯提轄代我致意。」日前，宋江聽說魯智深欲前往少華山尋昔日舊識，立刻設宴餞行。

「洒家除找他敘舊，還要拉他和一撥好漢入夥：神機軍師朱武、白花蛇楊春、跳澗虎陳達。」魯智深拍拍胸脯，語氣自豪。

「跳澗虎？哎呀！也曾在俺夢中出現，真有其人？」李逵搔搔腦門，嘴巴張得可以塞進一粒大饅頭。「鐵牛陪你走一趟。」

「不成不成！你兩人同行，叫做乾柴遇上烈火，遇上官兵就變成火上澆油。」宋江搖頭說道：「這樣吧！花和尚配武行者，僧人裝扮不引人注目；請武松兄弟隨行，有個照料。」

就這樣，二僧來到少華山，卻不見史進：為打抱不平而身陷囹圄。朱武說：「知府賀太守正聚集軍馬，打算掃平山寨，我等卻是苦無對策。」「這撮鳥膽敢如此！看我一禪杖結果了他。」魯智深聞言大怒，拿起傢伙就要去「結果」知府。朱武、武松等人當然是哄慰兼勸阻，連灌魯智深十八杯黃湯，弄醉入睡。不料，四更天不到，眾人已不見魯智深蹤影。

「那轎中之人可是太守？」正狐疑間，但見兩名虞候迎面而來，說道：「太守相公請師父赴齋。」太好了！得來全不費功夫，我正愁找不到他，他反而來尋我。立刻跟隨入府，來到廳前，侍衛們命他放下禪杖、戒刀，赴堂後用齋。魯智深起先不肯，但轉念一想：單憑洒家一對拳頭，打不死那撮鳥？便在廊下棄禪杖、丟戒刀，深入後堂——忽然聽見一聲暴喝：「拿下這禿賊！」兩邊廂房竄出三四十個公差，散繩撒網，橫拖倒拽，生擒魯智深。「恁你火首金剛，難逃龍潭虎窟。」賀太守大笑說道：「你以為我不知道你是通緝在逃的魯達？妄想來行刺本官？」

羅網中的魯智深骨頭硬，嗓門也粗：「你這撮鳥狗官，有種殺了我，等到梁山大軍壓境，割了你的狗頭當夜壺。」

7. 城高壕闊

魯智深被擒，鬧動華州府，也驚動少華山上的武松、朱武等人。適逢戴宗前來策應，武松便委請戴宗將消息傳回梁山。結果當然是：宋江領頭，大軍出動，三隊而行，逢山開路，遇水疊橋，直抵少華山，與朱武等人會合。

帳內會議，宋江殷殷詢問：「史進和魯達現下如何？怎地救取才好？」

朱武說道：「監在牢裡，只待朝廷發落。而華州城郭廣闊，壕溝深遠，急取不易。」

吳用則說：「明日去城邊探查敵情，再做打算。」

翌日初更，宋江、吳用、秦明、花榮、朱武等五騎下山，在華州城附近高崗立馬觀望，果見城高池壯，塹壕深闊，易守難攻。眾人蹙眉不語，心念百轉，仍是無計可施，只好暫時回營，再作商議。而在華州城後方極目處，隱隱可見一座崒嵂[48]岩崖的大山：尖峰彷彿接雲根，怪石巍峨侵斗柄[49]，正是赫赫有名的西嶽華山。「啊！青如澄黛，碧若浮藍；上連玉女

48 崒嵂：音ㄗㄨˊ ㄌㄩˋ。山勢高峻的樣子。

49 斗柄：北斗七星中第五星至第七星。即玉衡、開陽、搖光三星。排列成弧狀，好像勺子的長柄。也稱「斗杓」、「斗綱」。

洗頭盆，下接天河分派水。入夜以觀，仍是高山仰止的氣派。」滿盤機關的吳用，也為之驚嘆。

回山後，宋江急得來回踱步：「哎呀！如何是好？」而竟忘了日前瞥見的天書浮字：遇宿重重喜，見龍師師歡。嘍囉來報：「朝廷派太尉宿元景，將領御賜金鈴吊掛前來西嶽降香[50]，從黃河入渭河而來。」吳用腦中猛地浮現「月光飛萬道金霞，日影動千條紫焰」的光燦圖案，一拍案，叫道：「哥哥休憂，計在這裡。」

8. 盜匪攔路

天明，渭河渡口，三艘官船緩緩駛來，船上插著杏黃大旗，寫著「欽奉聖旨西嶽降香太尉宿元景」。

忽然，河面橫出一隻大船，攔住官船。宋江、吳用立於船首，李應、朱仝執長鎗在側。吳用抱拳作揖，笑道：「梁山泊義士宋江，請見宿太尉，有事參議。」官船上的客帳司出來喝道：「太尉是朝廷命官，如何與爾等草寇商議？趕快閃開。」

50 降香：到寺廟進香，燒香祭拜。

宋江上前一步，笑臉盈盈地說：「哎呀！太尉若不肯賞臉，只怕孩兒們不聽話，驚動大人。」語畢，朱仝將令旗一招，岸上忽現密密匝匝，持弓搭箭的長蛇陣。船上梢公嚇得鑽入船艙，客帳司只好請出太尉。宋江又躬拜喝喏：「小可不敢造次，懇請太尉上岸商量，在少華山作客數日。」宿太尉急說：「我乃奉旨前往西嶽降香，怎可……」只見李應揮動長鎗，河邊灘頭竄出兩艘快船，李俊、張順持刀飛身跳上官船，將太尉身邊兩位虞候扔到河裡。宋江喝道：「休得無禮，驚了貴人！」兩人撲通跳進水裡，托著兩名虞候，輕輕一甩，又扔回船上。宿太尉看得目瞪口呆：「本官和各位英雄無冤無仇，你們究竟……」宋江的嘴咧得更開，腰彎得更低：「太尉放心，我等備妥好馬護送，絕不會用『扔』的。」

9. 智取華州

西嶽山腳下，忽然出現浩浩蕩蕩的降香人馬：身著太尉服的「宿元景」、兩位客帳司（一個獐頭鼠目，另一名假笑連連）、四大虞候（個個虎背熊腰，滿臉殺氣），以及，紫衫銀帶、執旌持儀、擎抬御香祭禮、金鈴吊掛的一干兵士。

雲臺觀觀主趕忙下山迎賓，卻見客帳司（獐頭鼠目那位）怒道：「太尉奉旨降香，來與聖帝供養；本州官員緣何怠慢，不來迎接？」觀主連連謝罪，答道：「已經派人去請，馬上就到。」

一個時辰後，賀太守派了一名推官，四五十個隨從，備果酒前來獻禮，並請見太尉。客帳司（假笑連連那個）說太尉舟車勞頓，身體微恙，正在休息，引推官遠遠在階下參拜，不得上前。推官雖感納悶，但見旌旗、儀仗都是內府所造，那七寶珍珠鑲嵌、中間點著碗紅紗燈籠的金鈴吊掛更是作假不得……這時，兩位客帳司同聲埋怨：「太尉是天子跟前的親信大臣，不辭千里而來，為何不見賀太守本尊？想是官做得比天子還大？」推官慌忙解釋：「有失遠迎，絕非太守怠慢，而是少華山賊人勾結梁山泊草寇，攻打華州，不敢擅離，特遣小官先來，太守隨後便到。」

兩位客帳司互看一眼，含情脈脈：假笑變成真情流露的奸笑，獐頭鼠目好似脫胎換骨，綻放出「頭目」的自信和光采。

黃昏，賀太守率領三百餘人，快馬前來。正要簇擁入廟，那位獐頭客帳司喝道：「朝廷貴人在此，閒雜人不許近前。」眾人止步，賀太守獨自進殿參拜。但見奸笑客帳司斥道：「太尉奉敕到此降香，如何不來遠接，你知罪否？」太守叩首道：「賀某先前不知太尉到來，伏乞恕罪。」客帳司道：「還敢狡辯？拿下！」兩名虞候——解珍、解寶兄弟——颼地抽出短刀，箭步上前，不是「拿下」，而是割下賀太守的頭顱。客帳司又喝道：「兄弟們！動手了。」另兩位虞候——花榮和石秀——連同門外埋伏的嘍囉，掄刀舞鎗殺向早已嚇呆的三百兵士，一鎗一個，兩刀一雙；高高在上的「宿太尉」也脫下官服、拔掉假鬍鬚（原來是位身強力壯的小嘍囉），衝進戰圍。轉眼間殺乾抹盡，一人不剩。

另一路大軍──呼延灼、林沖、秦明等人，則依計挺進失去主帥的華州，攻城掠池，放火劫貨，並救出牢中的史進、魯智深，眾人凱旋回到少華山。

正牌宿太尉如何？吳用建議此人不能動。宋江也覺得殺他就是向皇帝挑戰，而且，「重重喜」意味還有下文。結果呢，納還御香、旌旗和金鈴吊掛，再用一大盤金銀「謝罪」。數十名強盜頭子一字排開，拜辭恩相，並祝太尉一路平安。

「怎麼樣？吳客帳司，你覺得本官『斬太守』的官威如何？」奸笑連連的那位問。

「我說，殺雞焉用牛刀？那天宋客帳司『斬太尉』──不是宿太尉，是潑皮高太尉──才叫做大快人心。」獐頭鼠目的那位答。

兩人同聲大笑。

10. 見山才是三

「前有桃花、白虎、二龍來歸，如今又添少華山兄弟，『三山聚義』總該大功告成了吧？」聚義廳大宴，新、舊頭領排座論賞，宋江志得意滿地詢問吳用。

「不成！不成！桃、白、二龍地處一域，合稱一山，少華算一山，還有一山才是三。」吳用故意說得輕描淡寫。

「哪山？」宋江的眉頭一皺。

「芒碭山。」大座上的晁蓋緩緩說道：「徐州沛縣芒碭山中，冒出一夥強人，聚集三千人馬。首領名為混世魔王樊瑞，能呼風喚雨，用兵如神……」

「手下兩個高手，八臂哪吒項充、飛天大聖李袞。」吳用插嘴道：「兩人皆善使團牌，牌上飛刀、標槍能夠百步取人，無有不中。此三人結為兄弟，打家劫舍，鄉民聞之色變，官府避而不理，勢力迅速壯大。而那混世魔王又略諳妖法……」

「這麼厲害？」宋江搖頭沉吟：「他們會影響梁山霸業？」

「會！」晁蓋說：「就在爾等攻打華州時，他們已捎來招降帖，要併吞咱梁山泊大寨。」

「可惡至極！」宋江拍桌怒道：「讓小弟率兵掃平芒碭山。」

結果，由史進、朱武、陳達、楊春等「新人」請纓出陣，卻不敵無堅不摧的團牌陣，折兵損馬，大敗而回。幸遇宋江親自領軍馳援，免於全軍覆沒。梁山兵馬亦不敢再輕進，暫時紮營芒碭山下，觀測敵陣。

「奇了！那山寨上怎地盡是青色燈籠？」吳用瞇眼覷望，一手指點山上如青晶的光芒。

「是啊！有何玄機？」宋江亦感納悶。

公孫勝見狀，拊掌輕笑：「哈！此乃逆行妖法，山上必有妖人坐陣。不愁，我等軍馬暫退二十里，山人自有妙計，擺陣擒魔王。」

11. 陣圖破妖法

頭散青絲細髮，身穿絨繡皂袍，連環鐵甲晃寒霄，慣使銅鍾神妙。好似北方真武，世間伏怪除妖，雲遊江海把名標，混世魔王綽號。

魔王樊瑞騎一匹黑馬，手持流星錘，立於陣前。上首是項充，下首為李袞。眾部將依序排開，虎虎生風，頗有一方霸主之威。宋江這廂呢，一個看起來弱不禁風的黑面漢，一位滿臉奸臣笑的賊子，人馬雖多，團團密密，看得樊瑞暗喜：「你若擺陣，便要著我的道。」

這時，梁山大軍一聲銜，蜂擁而來。樊瑞仗劍作法，喝道：「疾！」狂風撲捲，飛沙走石，天愁地慘。項充、李袞大喊一聲：「破他的紙糊陣。」順勢各率五百滾刀手殺入陣中，卻忽然失了方向：那陣勢紛紛滾滾，形似長蛇，蜿蜒翻轉，虛實莫測。項、李人馬東趕西走，左盤右轉，覓敵無影，尋路不見……

「大軍後撤，要如何破他團牌陣、妖行法？」決戰前夕，宋江不安探問。

「他懂妖術，山人也有陣圖和道法。明日儘管前往叫戰。」公孫勝笑瞇瞇說道。

吳用的眼睛一亮，叫道：「莫非『功蓋三分國，名成八陣圖』？」

「正是諸葛孔明擺石為陣之法。」公孫勝說道：「四面八方，分八八六十四隊，中間大將居之。左施右轉，按天地風雲之機，龍虎鳥蛇之狀……」

「這個不難。咱梁山多是牛鬼蛇神烏龜王八和撮鳥，不用扮就很像了。」一旁的李逵突然插嘴。

「安靜！鐵牛。」宋江瞪李逵一眼：「先生請繼續說。」

「樊瑞仗恃妖法，以為能夠輕易破陣，必派項、李二將長驅直入。殊不知，魔高一尺，道高一丈……」

附近高崗上，七星旗迎風招搖，公孫勝拔出松文古定劍，唸動咒語，原先的妖風竟隨著李袞、項充亂捲，黑霧瀰天，百般迷途，二人急著出陣，胡亂衝撞，忽聞一聲驚雷，地層崩陷，五百兵馬四仰八叉掉進馬坑，被預先埋伏的撓鉤手悉數生擒。

這一頭的樊瑞見大勢不妙，慌忙撤軍回寨。宋江正猶豫要不要趁勝追擊，吳用建議：「窮寇莫追。此魔宜收不宜誅，不要逼他拚命。」同時，天書傳碼：魔王拱手上梁山，神將傾心歸水泊。

再來呢？又是「宋公明忠義降頭領」的段子：「小可久仰三位壯士大名，日夜思慕，恨不能同榻共眠，共聚大義……」那兩位敗將自然是拜伏在地，誓死效忠，並願回山勸降樊瑞。「若是不從，我等擒來，奉獻麾下。」

結果呢？混世魔王寧死不屈？「不！樊瑞喜見二將歸來，又發現那兩人一臉感動，眼藏殺機，也就順水推舟：『宋公明如此大義？我等萬不可逆天。來！咱三兄弟同歸梁山泊。』」上述為李逵、吳用對賭「預知後事如何」的吳用版，誰贏？當然是吳用，贏得李逵三個響頭，連稱三聲師父。

驚夢之八

驚濤裂岸，萬丈水花。風興，浪作，霞蔚，雲蒸。這雙龍搶珠的壯景，震懾三界，撼動乾坤。

金龍昂首，青蛟翻身，扶搖直上，舞扭盤旋。天上雷霆，海面霹靂，鬼出神沒，四野鳴動。

這是哪個境界？何等光景？抖擻精神，覷目眺望雲糾霧合的遠天，隱隱浮出煙跡霞字：大宋王朝、梁山天下。

而今而後，將是水滸英雄和朝廷弄臣「爭江山」的局面？哈！我晁天王豈能不挺起胸膛，迎接新時代的君臨。

不對！金青易位，似廝殺又像顛頏，那漫天霞光幻變為：黑宋保江山、金人揮鞭下。

改朝換代？異族入侵？

雙龍浮沉，又變出蜿蜒浮字：山東呼保義，河北玉麒麟。

此乃龍座之爭？宋江之才，引領梁山英雄圖謀大業，殆無疑義。我讓出首座，亦無不可。只是，玉麒麟是誰？取我而與宋公明角逐大位的霸主？我呢？我到哪裡去了？

心緒騷動，百感蝟集而不由分說。此時，那壯闊圖景翻轉為蒼松茂竹、夭桃翠柳的小徑，一座青石橋下僅來轟轟水響；待細看，翻銀滾雪，白浪滔天，仍是雙龍爭戲……

橋上一人披紅袍，騎白馬，憑欄眺望，唸唸有詞：「耗國因家木，刀兵水點工。縱橫三十六，播亂在山東。落土一扁擔，鵬鳥踝踱行。上山二交椅，東昌戰東平。天罡合地煞，個個真英雄。外夷及內寇，幾處建奇功。但云應天數，誰能說分明。直如黃粱夢，醒來萬事空……」不是宋公明是誰？

我呢？我晁蓋人在何方？霹靂再現，照出一頭金毛犬，一匹雪白駿馬。昏茫之際，赫見天上龍影化作金鍊，一道迅疾無比的飛箭，勁射而來。

二龍搶珠，真主上坐。

第八章（上）

二龍搶珠

1. 天王之死

聚義廳上，莊嚴肅穆，鮮花供果，白幡靈幃。中間的神主牌上寫道：「梁山泊主天王晁公神主」。

山寨頭領，披帶重孝；附近寺僧，追薦[51]頌經。大業未成，頓失舵手。一連數日，梁山上下瀰漫著悲戚氛圍。

晁蓋遭遇何事？為何亡故？

原來，宋江收服芒碭山後，回山途中，遇到一名自稱金毛犬段景住的漢子。此人是鎗竿嶺一帶的盜馬高手，仰慕宋江威名，特意偷了大金王子坐騎「照夜玉獅子馬」，當作上梁山的見面禮。不料，途經曾頭市的時候，被當地惡霸曾家五虎奪走。「小人極力表明此馬屬宋公明之物，您猜那撮鳥說什麼？」「說啥？」李逵問。「他們連說帶唱、吹拉彈跳：曾家生五虎，天下盡聞名。掃蕩梁山清水泊，剿除晁蓋上東京。生擒及時雨，剮碎智多星……」

「可惡！」宋江、吳用同聲罵道。吳用尤感不平：為什麼對付別人就是生擒，說到我

[51] 追薦：佛家語。為死者作佛事，以祈求冥福。

就剁碎？包餃子嗎？

李逵主張大軍轉進曾頭市，「滅了那五隻小貓。」被吳用攔阻，改派戴宗前去探虛問實。五日後，戴宗回到梁山，對眾頭領說：「曾頭市共三千餘戶，曾家是當地望族，自備兵甲武士約五、七千人，紮下寨柵，賊寇不敢輕犯。當家之人名為曾弄，原是大金國人，生下五子，喚做曾塗、曾密、曾索、曾魁和曾升。教師叫做史文恭，還有一名神祕教頭，負責操兵練馬、排布軍陣，尚未現身，不知其名……」

「大金國人？」吳用的眼神一凜，語帶不安：「雖是移居中原，安家立戶，但不知和那位執行格殺密令的『黃袍加身』趙應有何關連？」

宋江的神情亦隨之一變：「啊！那趙應是衝著宋某而來，軍師不會以為，曾頭市的兵馬武防是那強悍金人的暗棋？」

戴宗說道：「那廝確是詭異。整軍經武不為別的，而竟是市井流言，小兒傳唱的一句話。」

「什麼話？」眾人齊問。

「滅梁山。」

「大膽！梁山雄霸天下，我等威震八方。朝廷畏懼，官軍膽寒，誰敢輕犯？」拍桌而起，天王震怒，卻是埋下形移勢轉，風雲丕變的導火線。

2. 晁蓋中箭

主帥親征。啟請二十頭領，點齊五千人馬，浩浩蕩蕩壓境曾頭市，立寨下柵，與曾家軍對峙。

「哥哥是山寨之主，不可輕動，小弟願往。」臨行時，負責留守的宋江苦苦相勸。

「你南征北討，廝殺勞困，不妨休息一回。這些豎子，由我來教訓。」晁蓋打定主意，不為所動。

金沙灘前，把盞餞行，忽然狂風大作，吹折「晁」字軍旗。吳用趕忙諫道：「出師未捷……呃，旗先折，此乃不祥之兆。何不暫停征伐，日後再說？」

「天地風雲，何足為怪？不趁此時拿他，難道要等他們羽豐翼固？放心吧！我等承負天命，自有神祐。」語畢，逕自引兵渡水而去。

天命神祐。問題是，神在祐誰呢？

在晁蓋的盤算中，我這個隱居幕後的「大王」只是名虛位天王，從無戰功，終失威望。三打祝家莊、大破高唐州、陷青州、鬧華山，哪一樁不是宋、吳二人組的功勞？再不祭出晁字旗，梁山泊就要變成宋家軍。

樹林鬧動，奔出一彪人馬，當先好漢正是曾家第四子曾魁，高聲喝道：「你等反國草寇，還不束手就擒，教你爺爺解官領賞。」晁蓋大怒，正要回罵，但見銀光閃閃蛇矛動，林沖出馬戰曾魁。兩人刀來鎗往，激戰廿回合，曾魁力絀，收兵回營，林沖唯恐有詐，停馬不前，回寨商議。

「對手如何？」晁蓋詢問。

「不差。但曾家軍虛實如何，難以料定。」林沖皺眉答道：「明日大軍出動，直去市口搦戰，便可明白究竟。」

翌日，曾家五虎連同教師史文恭全員出動，與梁山大軍一場混戰，互有死傷，各自回營。而晁蓋眼見取勝不易，益發心急。

第三天，兩名僧人來到晁營，下跪投拜：「我等為曾頭市東邊法華寺監寺僧人，飽受曾家五虎蹂躪，現探知曾家兄弟今晚又要來寺索金討銀，特來求援，滅了那夥惡霸。」晁蓋喜出望外，就要出兵。但林沖懷疑有詐，極力勸阻，怎奈晁天王求功心切，親率十名頭領、半數人馬，隨兩僧直奔法華寺，準備攔殺對手。

不料，古寺裡空無一人。呼延灼問道：「怎麼堂堂法華寺不見半個和尚？」兩僧人辯稱：「大多數僧人受不了曾家侵擾，還俗去了。頭領暫且在此屯駐，我們知道曾家附近營寨位置，待三更時分，再去劫營。」呼延灼建議退兵回寨，但晁蓋不知吃錯什麼藥，堅持

「不破五虎誓不還」。結果呢？黃夜摸黑，被兩僧牽著鼻子走，當然就在路迷徑雜處遇伏：金鼓齊鳴，喊聲震地，火把耀天——也就是甕中捉鱉。梁山人馬慘遭刀手狙擊、亂箭射殺，潰不成軍。倉促之間，呼延灼、燕順死命斷後，劉唐、白勝護晁上馬；留守的林沖亦及時引軍前來接應——總算免於全軍覆滅。

但天外飛來一箭，鬼使神差又似應天順時的一箭，改變了歷史，也改寫梁山命運。一支塗上劇毒，咻咻如龍飛九天的金箭破空而來，正中晁蓋面頰，箭上刻著「史文恭」三字。

3. 宋江扶正

「賢弟保重，日後誰能捉住射我的人，便由他作山寨之王。」臨終時，面色發黑、渾身虛腫的晁蓋緊握宋江之手，殷殷叮嚀。

宋江哭得丟三魂、落七魄，連續七日夜，守在靈前，寸步不離。眾頭領雖同感悲痛，但曾頭市戰況未解，朝廷大軍亦可能兵臨山下，還是得扶策宋江出來主事。公孫勝勸說：「哥哥節哀順變，生死人之分定，何故痛傷？」林沖認為：「國不可一日無君，家不可一日無主。」吳用則是語透玄機：「晁頭領歸天去了。順天應時，方是王道。如今四海之內，皆聞大名；山寨事業，豈可無頭？何不擇定良辰，請哥哥坐上大位，眾人拱聽號令？」

宋江猛搖頭，搖得涕濺泗飛：「晁天王遺言，捉得史文恭者，立為梁山泊之主。言猶在耳，如何居得此位？」「如何」不是否定之意，而是要找臺階上。推托婉轉，吳用豈會不知，立即進言：「若哥哥不上位，其餘頭領，誰人敢坐？這樣吧！哥哥權且尊臨，暫坐一坐，待日後出現立功之人，再行計較，如——何？」還拉長、加重尾音。眾人當然是齊聲稱是，一旁的李逵起鬨叫道：「哥哥休說當個山大王，便是做個『宋皇帝』，如何不好？」語尾問句乃激問法：答案在問題的反面。

黑臉透紅，眼珠翻白，語氣嚴厲，但……嘴角微揚：「這鐵牛又在瞎說，再如此亂言，先割了你的舌頭。」

李逵邊吐舌頭邊嚥口水，不服氣嚷道：「奇怪了！請你當小小的賊頭，沒事；要你做天下的皇帝，倒反來割我？唉！好漢難當。」

宋江居中，座次重排：上首軍師吳用，下首法師公孫勝。左一帶林沖為頭，右一帶呼延灼居長。眾人參拜，分列兩邊；同心合意，共為股肱。

最重要的是，聚義廳，改為，忠義堂。宋江帶頭高呼：「忠義堂上忠義人，平夷滅寇忠義軍。」奇了，好端端平什麼「夷」？梁山草賊不就是「寇」？宋江打算滅誰？

4. 河北玉麒麟

坐上大位的宋江，本欲興兵攻打曾頭市，卻因喪期未滿，諸事不宜，只好暫守山寨，每日修設好事，只做功果，追薦晁蓋。

一日，北京大名府龍華寺高僧大圓法師遊方[52]來到梁山泊，為晁蓋做佛事。用齋時，宋江問起北京風土人物，大圓法師說：「頭領可聽得盧俊義員外大名？」

「對呀！河北玉麒麟，河北三絕之一，一身棍棒武藝堪稱無敵。我怎麼把這名好漢忘了？」宋江一拍桌，霍然起身。

「更兼生性仁厚，義薄雲天，無人不誇。」大圓法師充道：「名聲遠播，堪與頭領齊名。豈不聞『山東呼保義，河北玉麒麟』……」

「如此英雄若能商請上山，還有什麼問題不能解決？」宋江打斷和尚的話，一巴掌落在吳用的肩膀，語帶哀怨：「只可惜，堂堂盧員外，要他落草……」

吳用立刻接話：「有何難哉？小生略施小計，便教他撇卻錦簇珠圍，來試龍潭虎穴。」

[52] 遊方：僧道雲遊四方，透過漂泊以悟道並自我修行。

宋江以手為刃，在吳用的脖頭比劃（忍住一刀砍掉對方腦袋的衝動），問得心不甘情不願：「有何妙計？」

吳用似無所覺，也像不為所動，捻鬚輕笑：「計騙。誘擒。智賺。是安排也是天命。有分教：只為一人歸水滸，致令百姓受兵戈。」

5. 算命問災

喧鬧的北京大街，一名戴頭巾、穿道服、手搖鈴杵的算命師，邊走邊喊：「甘羅發早子牙遲，彭祖顏回壽不齊。范丹貧窮石崇富，八字生來各有時。若要問前程，先賜銀一兩。」

背後還有一名虎背熊腰、粗布短褐的道童，擔一條過頭木拐棒，悶不吭聲，一腳高一腳低地跟著。

這兩人的奇言異行，很快地吸引了十數名頑童，有的學道童走路的樣子，有的模仿算命師說話的腔調，一路尾隨，愈聚愈多。「哈！相命嘴，唬爛嘴。」「這麼烏漆抹黑的大個子，還扮作道童。他好像是個啞巴。」當這夥人來到盧家大門前，已經蝟集了五、六十人，又唱又跳又叫，好不熱鬧。正在前廳的盧俊義聽見喧鬧聲，喚當值的問道：「外面發生什麼事？」當值回報：「一個算命師在街上賣卦，算一命要銀一兩，貴得嚇死人；後面跟著一名醜道童，模樣滑稽，引來小孩兒隨行、捉弄。員外！這些江湖術士，別理他們。」盧俊義反而起了好奇心：「既出大言，必有廣學。請他們入府一談。」

目炯雙瞳，眉分八字，身軀九尺如銀，儀表似天神——算命師對盧俊義的第一印象。眼神閃爍，莫測高深；身後道童似金剛，殺氣沖天——盧俊義對算命二人組的打量。一番問候，賓主坐定。盧俊義二話不說，叫人奉上白銀一兩，說道：「君子問災不問福。先生不必說我如何顯貴，但云應為之事，當避之凶。」算命師問過八字，取出一把鐵算盤，撥拉搭算了一回，大叫一聲：「怪哉！」盧俊義大驚失色：「有何吉凶？」算命師又是掐指，又是皺眉，隨即猛搖頭：「員外必當見外，豈可直言？」盧俊義心急如焚：「正要先生指點迷津，但說無妨。」

算命師環左顧右，瞥了像木頭人般瞠目不動的道童一眼，唉聲連連：「嘖！唉！天機不可洩露，但救人一命……哎！不出百日之內，員外必有血光之災，家私不能守，死於刀劍之下。」

盧俊義笑道：「先生差矣！盧某身家清白，行事謹慎，非理不為，非財不取，如何能有血災禍端？」

算命師臉色大變，推還銀兩，起身便走：「分明指與平川路，卻把忠言當惡言。員外也是喜歡奉承之輩，小生告退。」

盧俊義見事有蹊蹺，趕緊挽留：「先生息怒！盧某偶然戲言，願聽指教。」

算命師停步，轉身，目現悲憫，神情嚴肅：「先生原是大富大貴之人，獨今年時犯歲星，正交惡限；恰在百日之內，要見身首異處。罷！罷！閻王要人三更死……」

「如何躲過此劫？請先生務必救命。」盧俊義慌了。

「這個嘛……」一陣沉吟，又在鐵算盤上劈里啪拉了半晌：「東南方的巽位是生門。此去千里外，自可免於難。驚險難免，災接厄連……這樣吧！再贈你四句卦歌，書寫於壁上，日後應驗真偽，如何？」

半個對時後，後堂小閣雪牆上，筆健勁遒四行楷字：

蘆花灘上有扁舟，

俊傑黃昏獨自遊。

義到盡頭原是命，

反躬逃難必無憂。

一個時辰後，北京大街上，怒目金剛的啞道童忽然開口：「俺說『吳半仙』，那撮鳥真會上你的當？」

吳半仙白了啞道童一眼，低聲罵道：「咱們還在北京城內，你就開口說話，不怕被人識破身分？宋公明一再擔心你這鐵牛壞大事，你就繼續憋著裝啞巴吧。」

原來，吳用巧計賺麒麟，想利用算命卜測的玄異之說，恫嚇對手。偏偏那李逵在梁山待得發慌，硬要跟去；幾番爭執商量，黑猩猩拍胸脯保證當個乖乖牛，並依吳用開出的三條件：不喝酒、不殺人、不說話。吳用說：「我知道，這一項最難，只要見我搖頭，你便動也不能動，大氣也不可呼一下。」終於成行。

出城後，吳用忍不住問：「這回你倒乖得很，心裡不怕？萬一咱們身分敗露，你打算怎麼做？」

「怕個鳥槌咧！」李逵脫短褐、甩枴棒、拔丫髻，哈哈大笑：「俺一直在等你露餡，少也砍他娘千百個鳥頭才罷。」

6. 浪子燕青

吳用的「擔心」並非無的放矢，那天若是燕青在場（剛好奉命出差），憑他精明的腦袋、豐富的學養，三言兩語就能盤倒相命嘴。再說，素未謀面的兩人一旦巧遇，怕有「一見如故」的驚心：曾在夢中相見，和宋江一起去拜會京城名妓李師師，目的是借由這條女性管道，說動皇帝，下令招安。吳用記得分明，那妖嬌娘們的一雙杏眼兒，直勾勾鎖在美少年闊膀細腰瓊瑤臉上；夢醒後，吳用一直後悔未能及時在夢中消遣美少年：「老弟，人家可是看不上老宋、老戴和老吳，你不介意當皇上的表弟吧？」

燕青是誰？自小父母雙亡，被盧府收養的孤兒。生性聰明，勤學好練，允文允武。盧俊義誇讚他：「吹得彈得，唱得舞得，拆白道字，頂真續麻，無有不能。」曾教一位刺青匠，在燕青雪練般的白肉上，刺了遍體花繡，宛如玉亭柱上鋪軟翠，若賽錦體。再加上閨秀傾慕，姑嫂疼惜，人稱浪子燕青，風月叢中第一名。

也算是幫盧員外分勞解憂的心腹。吳半仙離開後，盧俊義表面不動聲色，心裡暗自著急；黎明時倚閭[53]發呆，日暮後觀星沉思，人初定喃喃自語。不消五、七日，再也忍不住，命人備妥行李車輛，要去東嶽泰山祭神消災。

大總管李固極力勸阻：「俗話說：『賣卜賣卦，轉回說話。』休聽相士胡言，難道說君子家中坐，橫禍天外來？」

盧夫人則說：「相公氣血已衰，常常……力不從心。何苦惹災招禍？」

[53] 閭：音ㄌㄩˊ。里巷大門。

剛回府的燕青問明原委，也持反對意見：「主人在上，請聽小乙愚言：這趟祈福之路正好途經匪寇大本營梁山泊。凶險萬分，險阻難測。敢情是那群賊頭喬裝拐騙，計誘員外，來個甕中捉——」

「捉他娘個賊龜頭！」盧俊義迸出難得一聞的粗話：「梁山泊那夥賊男女有何可怕？不說他們捉我，我還想押他們上京，揚名天下呢！」

好了，眾諫不聞，屢勸不聽，盧俊義堅持一行。燕青想要隨行護主，卻被「留在府中看守」；李固百般推托（「啊！小人有腳氣病，不便行走。」「小人的痔瘡發作了。」）仍被固執的主子打鴨子上架，擔任「龍潭虎穴趄死隊」（李固私下起的名號）的隊長。

就這樣，備車輛，縛行貨，僱腳伕，提棍棒，告別了安全的家園和不安的燕青，一行人，糊里糊塗，奔赴泰山——哦不，應該說是「梁山」。

7. 鋪排打鳳牢龍計

慷慨北京盧俊義，金裝玉匣來探地。

一心只要捉強人，那時方表男兒志。

四面白絹，插在四根竹竿上，盧俊義打算招搖過山東的旗號。

李隊長、腳伕和酒店伙計齊聲尖叫：「我的老爺，萬萬不可！在梁山地界挑釁梁山，一萬條命也不夠送。」

原來，這行人夜宿曉行，不知不覺中已來到山東——臨近梁山不遠處。這天一大早，盧俊義不知吃了什麼藥，從衣箱裡取出四面字旗，再向店小二借竹竿，準備威風上路。見到白旗，李固登時臉色發白。

店小二忙說：「官人，您這麼做，會害苦小店。」

腳伕們也下跪求饒：「留咱們一條狗命回去吧，強似做羅天大醮。」

越激，盧俊義就越使性：「你們知道車上裝的是什麼？不是金銀珠寶，是一整袋熟麻索。做什麼？綁賊上路，解官領賞。那班賊子不來便罷，撞在我手裡，當死合亡……」

李固暗忖：很多人都說過「那班賊子不來便罷……」罷了！伸頭一刀，縮頭也是一刀，行一步，怕一步，巍巍見崎嶇，顫顫登山路。

晌午時分，隊伍來到一座樹林旁，忽聞一聲呼哨響，林裡竄出四、五百名嘍囉，吆喝吶喊。李固和眾腳伕嚇得躲在車下，又聽見後方傳來鑼聲炮響，同時冒出四、五百個披紅戴綠的小賊，形成夾擊包抄之勢。盧俊義面不改色，拔出朴刀，高喊：「來一個殺一個，來兩個縛一雙。」

「盧員外，多日不見，還認得啞道童李逵嗎？」一名手持雙斧的黑大漢昂然步出人堆。

哎呀！果真中計。不行，不能示弱。盧員外抬頭挺胸罵道：「上天派我來滅梁山。快叫宋江下山投拜，我可饒他一命；否則，教你們人人皆死，個個不留。」

噗哧一笑，黑大漢露出難得一見的和悅神情，低聲說：「真的嗎？哎呀！小生怕怕。不過，吳半仙今早幫你測了一字，椅子的『椅』。」

「什麼意思？」

「吳先生說：『國之棟梁，奇木可依。』」黑大漢居然搖頭晃腦，擺出吟詩作對模樣，還語帶抑揚：「『雨潤大地須及時，麒麟落草不嫌遲』，意思很簡單，趕快來坐交椅唄！」

「要我當強盜？休想！」盧俊義揮刀就砍，李逵只守不攻，兩三回合後就轉身隱入密林。盧俊義追進林中，不見人影，左趑右趄，又聽見一聲狂吼：「洒家特來拜會員外。」一名身穿皂直裰、倒提鐵禪杖的胖和尚從一旁跳出，舉杖直劈而來。一陣格擋後，盧俊義問：「你又是誰？」「花和尚魯智深是也！奉軍師將令，特來幫員外消災解厄。」「解你娘的褲頭！」盧俊義怒不可遏，掄刀急攻，對方仍是虛晃兩招，趁機遁走。盧俊義又想追趕，旁邊又跑出行者武松，手持念珠，喃喃唸誦：「阿彌陀佛！窮寇莫追，施主！請跟我來，可免血光之禍。」

就這樣，梁山好漢改扮人生導師，諄諄善誘，指點迷津。

赤髮鬼劉唐：「人怕落蕩，鐵怕落爐，八字怕落定。軍師論字排命，天機已定。您能到哪裡去呢？」

定？定你祖奶奶的水簾洞。

沒遮攔穆弘：「哎呀！堂堂北京府盧員外，如此口沒遮攔，是會教壞小朋友的。咱梁山正在推行不說髒話運動，要不要幫員外報名？」

你又是哪路軟腳蝦？先報上名來。

撲天雕李應：「裡應兼外合，何愁事不成？素仰員外宅心仁厚，吃軟不吃硬。小可願等員外喘過氣擦了汗再玩，保證不硬上。」

你硬？哼！老子我才是張飛賣刺蝟——人強貨扎手。

漫長的「前戲」將盧俊義弄得七葷八素，臭汗淋漓。而且，戲弄一番就走，搞得盧員外茫陷林中，想戰不能戰；想走，恐怕那夥草賊不會輕易放過他。

不對！不會是調虎離山吧？趕緊踅回原處，哎呀！十輛車子，人件頭口，全部不見。遠方山坡傳來喧譁聲，隱隱可見一夥嘍囉押著他的車隊、人馬往梁山大寨而去。好了，心頭火熾，鼻裡煙生，捉刀飛奔而去，等到氣喘吁吁趕到山坡，又不見人影。這時，山頂上傳來擊鼓吹笛聲，抬頭一看，一面杏黃大旗迎風招展，上面繡著「替天行道」四個大字。一名紅衣黑臉漢子站在一座紅羅銷金傘下，似笑非笑；左有「吳半仙」，右邊為道士裝扮的公孫勝。周圍還蝟集六、七十名大漢，一齊高聲問候：「員外，別來無恙。」

盧俊義指著黑臉漢子罵道：「你就是賊頭宋江？趕快過來送死。」宋江背後轉出一人，拈弓取箭。喝道：「員外休要逞能，先吃花榮一箭。」話猶未了，颼地一箭，正中盧俊義氈笠上的紅纓。盧俊義大驚失色，轉身便走，卻聽見山上鼓聲震地，林沖、秦明引一彪人馬從東邊殺出，呼延灼、徐寧率眾由西面殺來，嚇得盧俊義三魂飛，七魄散，慌不擇路，狼狽逃到山腳下一座湖邊。

此時，天色昏黃，一眼望去，滿目蘆花，茫茫煙水，盧俊義仰天長嘆：「是我不聽人言，今日果有禍事。」窸窣聲響，蘆葦裡盪出一隻小船，船上漁夫倚篙叫道：「客官好大膽，敢在梁山泊地盤徘徊，不怕丟了性命？」盧俊義忙說：「載我離開這裡，多少錢我都給。」一船行約四五里，忽聞蘆葦叢中櫓聲響，一隻小船飛也似竄出，一名赤條條大漢搖櫓高唱：

生來不會讀詩書，且就梁山泊裡居。準備窩弓射猛虎，安排香餌釣鰲魚。

盧俊義聽了，暗自吃驚，不敢作聲。卻聽見後方蘆葦叢也搖出一隻小船，船上之人也在唱歌：

雖然我是潑皮身，殺賊原來不殺人。手拍胸前青豹子，一心要捉玉麒麟。

盧俊義叫了聲苦，往周遭一看，當中又有一艘船急駛而來。船頭立著一人，倒提鐵鑽木篙，歌聲響遏行雲：

蘆花灘上有扁舟，俊傑黃昏獨自遊。義到盡頭原是命，反躬逃難必無憂。

慘！這不就是我家壁上的留詩？說時遲那時快，三艘船同時朝他衝撞而來，盧俊義不諳水性，央求漁夫攏船靠岸。不料那漁夫仰天大笑，連說帶唱：「上是青天，下是綠水；生在潯陽江，來上梁山泊。三更不改名，四更不改姓；要問咱是誰，混江龍李俊。」唱得荒腔走板，而且未押韻。但盧俊義哪管得了這些，狗急跳牆，揮刀猛攻；卻見對方一個鷂子翻身，跳入水中。盧俊義用朴刀往水裡亂搠，船的另一頭，又躍出一人，手扳船梢，腳踏戈浪，歌聲如烏鴉報訊，啞啞亂耳：「鋪排打鳳牢龍計，坑陷驚天動地人。抽刀搠水水更流，浪裡白條是張順。」雖前後不接，詞不達意，但動作俐落：一個翻船朝天，英雄落水；三隻小船上的阮小二、阮小五、阮小七同時躍入湖中，攔腰抱，制手腳，摀口鼻，綑縛上岸。

8. 落湯？落草？落難？

「不得傷害盧員外！」戴宗快步撥開人圍，彎腰扶起落湯麒麟，低聲說：「宋公明有請，請上轎。」

一袱錦衣繡襖，換溼衣裳；八個嘍囉抬轎，迎上梁山。前呼後擁，行至山腰，赫見更大的迎賓陣仗：二、三十對紅紗燈籠，七鼓八笙樂聲動天，五、六十名威風頭領——宋江帶頭，一齊下馬，跪迎英雄。

盧俊義傻眼，趕忙下轎，跪地還禮：「既被擒捉，只求早死。頭領何故行此大禮？」宋江向前陪話道：「小可久聞員外大名，早想結識。適才兄弟冒瀆，萬乞恕罪。」吳用也趨前解釋：「先前到府賣卦，如今設計相迎，只為共聚大義，替天行道。」殺牛宰馬，大開筵宴，把盞言歡，重排座次——不，沒這麼順利。盧俊義仰望新造的「忠義堂」牌匾，嘆道：「盧某一身無罪，薄有家私；生為大宋人，死為大宋鬼。若是落草為寇，如何對得起『忠義』二字？」

不想落草？那就等著落難吧。宋江笑瞇瞇敬酒：「當然！我等也不願強留員外身，留不住員外心。只是，難得員外駕到，兄弟們萬般不捨，何不暫住數日，先遣總管回府報平安？」

另一方面，吳用將李固等人送至金沙灘，神祕兮兮地說：「你家主人已決定留在梁山，坐第二把交椅。你們先回去收拾家私，待我等接你們上山。」

「我家員外真的成為頭領？」不是不信，而是確認，李固壓低音量問道。

「還記得我在貴府牆上留詩，正是『藏頭詩』，你取每句第一字瞧瞧。」

「哎呀！『蘆俊義反』，原來你和主人早有默契？」什麼藏頭詩，分明是「砍頭詩」，李大總管臉上，竟也浮現一抹詭異的笑。

9. 盧俊義反

一個月後，盧俊義終於擺脫「宋江熱情」，匆匆返家。卻在城外遇見一人：頭巾破碎，衣衫襤褸，伏地便哭。仔細瞧，竟是浪子燕青。「小乙，怎麼回事？」「李固從梁山回來後，和夫人賈氏去官府告發員外投山，侵吞全部家當。還將小乙趕出府外，並教親戚相識不許收容。小乙只好在城外求乞度日，候員外歸來。」

「豈有此理！」盧俊義氣得跳腳。想衝回去弄個究竟。

燕青扯著盧俊義衣服，哭著說：「萬萬不可回去！那裡已布下羅網。此時情勢，先往梁山，再作打算。」

「說什麼鬼話！誰敢動我玉麒麟？」一腳踢開燕青，大步回府，進門，入室，卻呆在當場：李固的嘴張得更大，吞吐說道：「啊！員外……幾時……」夫人賈氏則低頭赧顏，蹲跪大總管胯下，不知該吞？還是該吐？

盧俊義居然沉得住氣，轉身撂下一句話：「有什麼事，等我用過膳再說。」

大總管也恢復神色，命伙房準備六菜一湯，伺候老爺——就在盧俊義提箸舉杯，門外劈拍響，殺進來一百多個衙差，壓制綑綁，一步一棍，直打到留守司來。

朝廷要犯拿當面。左右兩行無情杖。奸夫淫婦跪側邊。廳上梁中書喝道：「大膽狂徒！勾結梁山草寇造反，該當何罪？」盧俊義大喊冤枉，一旁的李固忙搧風：「主人不必叫屈。是真難滅，是假難除。吳用親口說，您已坐上第二把交椅。」賈氏也急點火：「一人造反，九族全誅。你不要連累奴家。再說，有情皮肉怎挨得起無情棍子，你就招了吧！」盧俊義氣呼呼瞪著她，心想：妳是「挨棍」挨上癮了嗎？堅持不認。結果呢，當然是皮破肉綻，屁股開花，屈打成招，押牢監禁。

所幸，吳用「早就」派柴進帶了千兩黃金進城，千方百計為盧俊義疏通，總算從輕發落：脊杖四十，刺配沙門島。

只是，斬草不除根……李固深怕有朝一日，盧俊義回來找他報仇，趕緊買通押解公差，將他轉送地獄門。

說巧不巧，那兩名差人是誰？董超、薛霸是也。

很久以後，筵席之間，盧俊義找林沖抱怨：「那兩廝在野豬林險些害死你，為什麼不讓魯智深幹掉他們？留下來折磨我？」

「哎唷！那兩條狗畜若早死，盧員外豈不少了些樂子？」林沖難得擺出搞笑的表情：「野豬林驚險一日遊。」

這兩人收下重金，又能發揮專長，樂不可支。一路上，又是拳打，又是足踢；故意用開水燙傷犯人的雙腳。等到盧俊義腳痛難耐，再也走不動，偏偏又停在野豬林邊……兩人互望一眼，薛霸便將犯人拖至樹林內，董超負責把風。「太好了！這碼子事又過癮又有錢賺，比上床還爽俐。」靠在樹幹閉目假寐的董超想。

首先，他聽到盧俊義的啜泣聲。「呿！貪生怕死。」接著，是薛霸的宣判聲：「休怪我兩個，是你家李固教我們結果你。明年今日便是你的周年……」再來，嗯，肯定是求饒聲哭叫聲哀號……噗的一聲，再無響動，這傢伙倒死得乾脆。走進林子一看，盧俊義還綁在樹上，眼珠子骨碌碌看著他，而薛霸仰臥地上，水火棍落在一邊。怎麼回事？再細看，咦？不對！薛霸的胸窩上插著一支三四寸長的弩箭。董超驚慌四顧，颼的一聲，著地一響——發自自己的胸口，一陣天旋地轉，仰面倒下。「好準……好箭法。」闔眼之際，彷彿瞥見樹上坐著一個搭弓瞄準的人影……

那人是誰？當然是不離不棄死忠死守的浪子燕青。

10. 俊義，聚義

後來，英雄好漢排座次，梁山完成大聚義，卻出現路線之爭：對抗朝廷？接受招安？官僚出身的宋江一心主和，渴望皇帝詔令，又礙於奸佞當權，苦無管道，幾經商議，決定從皇帝的地下夫人李師師下手。

「為什麼要帶燕青去？只因他『射』得準？」宋江問得酸溜溜。他對自己的「美色」本有三分把握——和李逵比較，見過燕青——而且是蓬頭垢面的模樣——後，開始慼嘆蒼天不公，人間不平。

「這問題嘛！得和公明的另個質疑兜起來講。」吳用笑得賊兮兮。

「你是指，梁山兵多將廣，不缺一人。為何堅持教玉麒麟上山？」幾經鬥智，宋江也變得靈光起來，雖然事前偷看小抄：天書浮字「六六雁陣連八九」。他算過，六六得三十六，八九成七十二，合計為一百零八之數。

「燕青生得俊，正合美男計；麒麟為天數，印證百零八。此乃天罡地煞之祕。」吳用瞧覷宋江的眼神，好像偷看大姑娘洗澡的色狼：「有『俊』有『義』，完成聚義。而且，你不覺得，玉麒麟曲折遙迢的上山途，正是及時雨的老路子？」

11. 在劫難逃

主僕逃亡，一個身無分文，一個傷重難行，能去哪裡？

燕青主張投梁山，但盧俊義心意未定，躊躇間，在一間小店遭人通報，失風被捕。出外覓食的燕青則幸運地逃過一劫。

殺差潛逃，死罪難饒。燕青明白主人此去性命不保，急奔梁山求援。「哎呀！大名府怕是速斬速決，怎麼個援法？」宋江聞訊大驚。「事不宜遲，先派石秀前往，必要時再演『江州法場』那齣劫囚戲。」吳用說得不是很有把握，面露罕見的憂色。

12. 劫囚被捕

雨聲破鼓響，一棒碎鑼鳴。犯由牌前引，白混棍後隨。押牢節級猙獰，仗刃公人勇猛。

監斬官勝似活閻羅，掌法吏猶如追命鬼。

酒樓上，窗臺邊，不斷灌酒的石秀正在發愁：皂纛旗、柳葉鎗、刀劍林，赫赫陣仗。援軍未至，如何救人？

「午時三刻已到，斬！」當案孔目高聲宣刑，眾人齊和一聲。開枷，法刀揚起，就要人頭落地。

「梁山泊好漢全夥在此！」一道黑影從酒樓第二層躍下，腰刀上手，見人就砍。現場登時一片哄亂。負責行刑的一對兄弟，一枝花蔡慶、鐵臂膊蔡福深諳玉麒麟蒙冤，本就舉刀遲疑；見亂，順勢揮刀，割斷繩索，讓石秀拖著盧俊義逃離現場。只是，石秀初來乍到，不識南北，盧俊義又負傷在身；一陣左衝右突，出不了高城峻壘，反而落進層層人牆，撓鉤套索，被押解到梁中書面前。

梁大人一臉惱色，怒言未出，卻聽見石秀高聲大罵：「你這敗壞國家賊害百姓的狗官，有種殺了我！待哥哥宋江引軍攻城，踏為平地，把你砍成三截，腦袋塞進屁股眼子裡，屁股塞進嘴裡……」愈罵愈興奮：「你老婆的三十寸金蓮塞進你鼻孔裡……」

廳上眾人面面相覷，梁中書反而沉吟半晌，叫衙差將二人押入囚牢，吩咐蔡福小心看管，不得有失。蔡家兄弟一直想結識梁山好漢，在刑場已放兩人一馬，此後更是餐餐好肉、頓頓好酒，玉麒麟養成胖麒麟，拚命三郎變為拚酒三郎。

梁中書在顧忌什麼？當然是梁山的報復。不出數日，城裡城外出現數十張署名宋江的告示：倘若故傷羽翼，屈壞肢胲，便當拔寨興師，同心雪恨。大兵到處，玉石俱焚……梁中書看了，魂飛天外，魄散九霄，急召兵馬都監聞達、李成會商。此時，梁山大軍已兵臨城下，大名府派出急先鋒索超應戰。索超的金蘸斧雖勇，哪擋得住名將如雲、多方進襲的梁山軍？很快地敗回城裡，不敢再去，被宋江三路圍城。

梁中書束手無策，又不能坐以待斃，只好向朝廷發出告急文書，請求救援。

13. 大刀關勝

漢國功臣苗裔，三分良將玄孫。繡旗飄掛動天兵，金甲綠袍相稱。赤兔馬騰騰紫霞，青龍刀凜凜寒冰。蒲東郡內產豪英，義勇大刀關勝。

「好！將軍英雄，勇猛無比，名不虛傳。」宋江一時忘情，竟為敵將喝采。身旁的吳用輕扯他衣袖，提醒他不可太忘形。

兩軍對峙，非是兩情繾綣，豈有讚美對方，誇稱「勇猛」的道理？

關勝是誰？關雲長的嫡派子孫，熟讀兵書、智勇過人，使一口青龍偃月刀，面如重棗，身形、面貌都和祖先武聖十分相似。他是太師蔡京派來支援大名府的領兵指揮使，帶著兩員大將——醜郡馬宣贊、井木犴郝思文——和一萬五千人馬，直驅——不是北京城，而是後防空虛的梁山泊，小贏數陣，挫賊寇銳氣，又計擒夜探敵營的水軍頭領張橫、阮小七。迫使前線主軍回防，在金沙灘一決勝負。

「好個圍魏救趙之計！避敵之鋒芒，攻敵之必救。如何退敵？」早在聽說關勝大名時，宋江就是一副閨女思春的德行。

吳用冷看宋江的口角春風，笑說：「公明真想退敵？不是想騙他上床——哦不，是上山？」

果然，林沖氣沖沖叫道：「我等兄弟，自上梁山，未曾挫了銳氣，何故滅自己威風？」挺鎗就要單挑關勝，關勝則揮刀喝道：「叫宋江出來，和本將軍決一死戰。」宋江笑瞇瞇出陣，欠身施禮：「鄆城小吏宋江參拜將軍，特邀將軍一起……」「汝為小吏，何故背叛朝廷？」「朝廷昏昧，奸佞當道，民不聊生。宋江等替天行道，並無異心。」「分明草賊，替何天？行何道？天兵在此，還不下馬受縛？」

霹靂火秦明早已兩耳冒煙、鼻孔噴火，大吼一聲，揮舞狼牙棒，急取關勝；林沖亦挺鎗入陣。三匹馬攪作一團，三道人影快速移動，百千星點漫天飛舞，教人看了眼花撩亂。宋江瞠眼旁觀，嗯啊唉唷，急死太監的模樣。他不是在擔心兄弟，而是怕關勝受傷；一見苗頭不對，便教鳴金收兵——硬拖著心不甘情不願的林沖、秦明回營。

「那廝敗象已現，兄長何故收軍罷戰？」兩人齊聲抗議。

「我等忠義自守，不殺忠義之人；縱使一時擒他，其心必然不服。」宋江神情懇切，語聲帶咽：「關勝義勇之將，世本忠臣，乃祖為神，家喻戶曉。若得此人上山，宋江情願讓位。」

吳用也為宋江緩頰：「昔時孔明收服蠻將孟獲，謂之『七擒七縱』。以退為進，反收奇效。」

另一頭的關勝也在納悶：「我明明落居下風，宋江為什麼不乘機進擊？」叫人將張橫、阮小七帶出，問道：「宋江無權無勢，只是一名鄆城押司，你們為何服他？」

阮小七回答：「俺哥哥仗義疏財，山東、河北馳名，人稱及時雨、呼保義，你這種不明禮義的人哪裡會懂？」關勝沉吟不語，命人將他們押下。心裡，可是產生了漣漪。

夜裡，坐臥不安，走出帳外，但見寒色滿天，霜華遍地，不由得興起嗟嘆。這時，小校來報：「有位髯鬚將軍匹馬單鞭求見。」

那人是誰？呼延灼是也。奉宋江「密令」，前來會知關大將軍：明日夜間，輕弓短箭，從小路直入賊寨，生擒「強硬派」賊寇，解走京師，以立軍威。

呼延灼說：「我本是朝廷命官，誤中奸計，不得不屈身詐降。宋江也早有歸順之意，無奈林沖等人極力反對。適才火急收軍，誠恐誤傷將軍。」

關勝聽了，喜出望外，置酒款待呼延灼，並商議夜襲之計。

第二天，宋江帶兵前來叫陣。關勝和呼延灼一起出面迎敵，宋江看了大罵：「好個呼延灼！山寨不曾虧待你半分，為何夜奔敵營？」呼延灼回答：「我本是朝廷之人，怎可與草賊同流合汙？」

宋江氣得跳腳，命鎮三山黃信出馬，和呼延灼鬥不到十回合，便被打落馬下，狼狽而逃。關勝見狀，命大小三軍一起衝殺，呼延灼趕忙勸阻：「切勿躁進！吳用那廝詭計多端，小心有詐！」

回營後，關勝詢問黃信的來歷。呼延灼答道：「此人原為青州都監，與秦明、花榮同時落草，也是『強硬派』一員。宋公明故意教他出戰，是要假我之手將他剷除。不過，殺不殺他無關緊要，重點是今晚……」

「對！二更起身，三更直搗敵營。」關勝舉杯豪飲，心花怒放：「炮響為號，裡應外合，一舉功成。」

14. 外應裡合

「怎麼又是『裡應外合』？」十里外，口水快要滴落衣襟的宋江故意找吳用的碴：「不能玩點新花樣嗎？」

吳用搖頭，說道：「不是『裡應外合』，是『外應裡合』。」

宋江傻眼，問道：「有分別嗎？」

「當然！前者是派人深入敵營，瓦解後防，再發動大軍，攻破敵陣。」吳大軍師得意地晃腦。「後者是誘使對方入吾彀中，包抄圍擊，好讓你宋公明和『勇猛』將軍百年好合。」

月光如晝，馬摘鸞鈴，人披軟戰，軍卒銜枚疾走。呼延灼領頭，轉林繞徑，約莫半更後，路邊暗影裡冒出四、五十個嘍囉，低聲問：「呼延灼將軍嗎？宋公明派我們在此接應。」「閒話休提，跟著我走。」眾人繞過一個山嘴，呼延灼指著遠方一盞紅燈說：「那裡就是中軍大營。」關勝帶領人馬，悄悄殺進營帳，卻是撲了個空；再回頭看，呼延灼亦不見蹤影。「哎呀！中計！」關勝跳起一丈高，和郝思文、宣贊各領一路軍撤退。跑得掉嗎？才轉出山嘴，忽聞樹林邊一聲炮響，四面撓鉤齊出，將關勝等人拖下雕鞍，奪了刀馬，前推後擁，押往大寨。

接著，主角宋江登場，獨唱「喝退軍卒，親解其縛，叩首謝罪」的戲碼。不消說，敗軍之將「感激涕零，願效犬馬」，梁山又得三頭領。

老調重彈，林沖、李逵、秦明、呼延灼等人彼此勸酒，互乾為敬。唯獨吳用細心觀摩，暗自驚嘆：「哎唷！公明兄的演技已臻『不打草稿』的化境。」一旁的晁蓋亡靈接著說：「也不必『粉墨』，他的臉夠黑了。只是……」

只是什麼？晁蓋的殷殷話語，有人聽見了嗎？

15. 天王託夢

安身靠此物，道險重重阻。

全憑奴家合，定六成順數。

一覺醒來，宋江頭痛欲裂，神思恍惚，身體發熱，竟至足不能行，一臥不起。「怎麼了！是不是操勞成疾？」眾頭領紛紛來到帳中探視。吳用說：「應是牽掛陷在令圄的盧員外和石秀，大名府久攻不下，教人不得不急。」

宋江喃喃說道：「晁蓋顯靈，示我吉凶。」

眾人急問：「晁頭領說什麼？」

爍爍閃閃。影影綽綽。辨不清真夢虛實。回想起來，心憂如焚，獨坐帳中，陰風忽起——抬頭，赫見周身發光的托塔天王，開口便說：「兄弟，留心背上之事——」宋江趨前，想問清究竟，但見晁蓋身形急退，吟下讖詩一首。再一推，宋江已猛然清醒。

「痛！背上又熱又痛。」宋江輾轉呻吟。眾人幫他解衣，翻身一看，竟是一枚大如雞卵的毒瘡。

「哎呀！此疾非癰即疽。醫書記載，綠豆粉可以護心，毒氣不能侵犯。」吳用驚道：「『安身靠此物』，應指這個。可惜軍帳中沒有大夫……」

浪裡白條張順湊近一看，說：「家母曾患背疾，百藥不解。幸得建康府一名巧手大夫安道全的診治，方得痊癒。小弟願前往尋醫，只是路途遙迢，須費些時日……」

「道險重重阻」？吳用的額頭冒汗，難道這又是宋公明的劫數？再一想，前三句第一字正是：安、道、全，呵！好一首藏頭詩。「定六」、「順數」、「奴家」又指什麼呢？

李逵也擠進人堆，口沒遮攔：「哎唷！托塔天王變成託夢天王。生前不見他寫詩，死後倒懂咬文嚼字。還真是死者為大呀！」

16. 千里求醫

時值冬盡，凍雲低垂，六出紛飛，狂風大雪。

張順救人心切，連夜趲行，好不容易來到揚子江邊，一片白茫，幾乎看不見船隻。沿著江邊一路尋找，忽聞蘆葦叢裡簌簌響動，走出一個戴笠披簑的梢公。

「梢公，快載我渡江，多少錢都給。」情急無智，張順脫口而出，只顧央求。

那梢公打量他一會兒，料定是隻肥羊，假意說：「天色已晚，過了江也沒處歇腳。這樣吧，客官，先在我船裡休息，待四更天，風靜雪止，我載你過去，正好天亮。」

船尾有位瘦高的年輕人，正是梢公的同夥。張順一上船，他就緊盯著張順的包袱，和梢公使了個邪惡的眼色。張順連日奔波，睏倦已極，一進艙就呼呼大睡，迷迷糊糊醒來時，發覺自己手腳被綁，梢公的刀子正架在他的脖子上。「好漢饒命！銀兩全歸你，饒我一命！」連聲哀求，那梢公卻瞇覷著眼，惡狠狠說：「錢要，命也要。」「請留我一個全屍吧。」「這個容易。」便和那瘦漢合力抬起張順，往江心一扔，搖櫓揚長而去。

別忘了張順的封號：浪裡白條，進水便是魚，尤其擅長「河底逃生術」。但見他扭身曲體，款擺腰腹，不一會兒就咬斷繩索，脫困而出。可惜，迎接他的是寒天凍地的江岸，而非熱烈掌聲。

溼漉漉，冷颼颼，張順勉強游到對岸，哆嗦個不停。還好，林子邊上有間破舊的小酒館，張順趕忙上門求援。店主人是個老人，一看便知究竟：「又是那截江鬼張旺幹的好事，唉！世道不寧，聽說梁山宋頭領從不打劫過往行人……」一面烤火取暖，一面喝酒禦寒的張順立即表明身分和此行任務。老人一聽，喜出望外，叫兒子出來拜見英雄，說：「小犬名叫王定六，喜好使鎗弄棒，人稱活閃婆，希望有機會為英雄效力。」張順看著眼前機伶活潑的年輕人，答應找到安道全後，再求相會。

張順當然沒想到此行機緣：定六成順數。同一時間，徹夜守護宋江的吳用打了個小盹，一會兒驚呼：「哎呀！」時而夢囈：「原來如此！機裡藏機，玄之又玄。」「哈？安能道癟又全身？又是娘們！成也女人，敗也女人。」天知道，他在發什麼夢？

17. 奴家巧合

翌日，天晴雪消。張順進城，來到安道全藥鋪。「兄弟多年不見，什麼風把你吹來？」寒暄過後，張順道明原委，安道全卻對「上山醫人」面有難色，推說：「拙婦亡過，家無親人，離遠不得。」其實呢，是迷上「六朝脂粉」——建康府第一名妓李巧奴。那娘子生得如何？丹臉笑回花萼麗，朱弦歌罷彩雲停。害咱老醫匠天天報到，夜夜銷魂，千金伺候，萬方補腎——當地浪遊詩人有云：「魂蕩神搖精氣弱，安能道癟又全身？」

拗不過央求，老醫匠當晚就帶著張順同赴伊人館。三杯五盞，酒至半酣，才對佳人說：「巧兒啊！今夜過後，我和這位兄弟要去山東地面走一遭，月內便回……」誰知李巧奴撒嬌撒痴：「你要去，我偏不讓你去；若不依我，再也休上我門。」又倒酒灌酒，倒懷呢喃：

「不要走……嗯……」張順看得牙癢癢，很想「幫忙」安道全，「擺平」臭娘兒。可惜，被擺平的是不勝酒力的老醫匠，被巧兒攙進房裡，嗯啊哎唷，死相討厭……張順只好賴在一旁廂房「守夜」，暗自祈禱安道全早日酒醒，不要搞到人仰馬翻腿虛軟。

半夜，忽聞敲門聲。張順從門縫偷看，赫見截江鬼張旺拎著他的包袱，一閃而入，對老鴇子說：「我有一包銀兩，送給姐姐打些釵環，請老娘行個方便。」奶奶的，拿我的銀子裝孝子？老鴇子笑瞇瞇收錢：「哎唷！大爺，您好些時日不來，如今鵲巢裡可是有另一隻鳥歇著。不過他喝醉了，您若不棄嫌，我叫巧奴溜出來陪您。」

臭婊子，恁的好胃口？狗男女，就讓你們享受最後一頓夜宵吧。張順打定主意，體腔腹下升起一股沒處發洩的欲火。

四更天。呻吟漸止，鼾聲連連。張順瞠著一對睡不飽、欲難消的火眼，執行非法正義：一刀殺了打瞌睡的老鴇，再砍翻兩名打雜的伙計；房中婆娘聽見動靜，開門一看，手起刀落，肚破膛開。驚醒的張旺見相好的慘死，推開後窗，跳牆就走。張順追之不及，懊惱跺腳，但不打緊，你有跳牆梯，俺有梁山計——栽贓嫁禍。張順撕下衣襟，蘸血在粉牆上寫著：殺人者，安道全也！見牆就寫，血不夠，就在死人身上多劃幾刀。不一會兒，屋裡屋外處處是留字。等到安道全酒醒，嚇得渾身麻木，顫做一團。張順卻是殺興剛止，詩興又發：「紅粉無情只愛錢，臨行何事更流連。安大夫，兄弟給你兩條路走：其一，坐在這裡等死或姦屍；其二，回家拿藥箱，跟我上梁山救人。」

18. 六六順數

等等，滅頂之仇尚未報，還有個王定六小兄弟，等著和他齊上梁山。

兩人來到小酒鋪，商議報復之法。王定六說：「張頭領不妨易裝改扮，我騙張旺有兩個親戚要過江，重金請他幫忙，他見錢眼開，一定答應。」果然，張旺磨刀霍霍，準備再幹「截江打劫」勾當。船至江心時，船艙裡披斗篷戴斗笠的張順怪聲怪氣喊道：「哎呀！船裡流血了，莫不是梢公的大姨媽來報到？」「船艙怎會流血？客官休要說笑。」探頭一看，被張順逮個正著，七手八腳痛扁一頓，五花大綁縛成一團，怒喝：「船艙不流你會流，還記得我嗎？你那該死的同夥哪裡去了？」「大爺饒命！那小子貪得無饜！被我宰了餵魚。」「饒命？這樣吧！我也給你個機會，看你造化如何？你有練過『河底逃生術』嗎？」「什麼……？」話未說完，噗通一聲，倒栽入江。截江鬼真的變成江中之鬼。

上岸後，張順點算從張旺那裡討回的銀兩，再加上李巧奴和老鴇身上「拿回」的錢：來時五十二兩，幾天下來利滾利，總計六十六兩。哎呀！「定六成順數」，六六大順之數，我張順應得之數。頓悟玄機，靈光丕現，張順的漿糊腦得到空前未有的滿足。

19. 火燒翠雲樓

元宵。張燈結綵，鬧熱非凡。往來商賈，雲屯霧集。巧樣煙火，時髦男女。街道巷弄歌舞昇平，家家戶戶聯歡同慶。

翠雲樓，笙歌鼓樂、雕梁繡柱的河北第一名樓，更是遊樂賞玩的焦點。樓前紮起一座鰲山，盤著一條舞爪大白龍，燈火鑲點，不計其數，熠熠生輝。

樓下，一條鬼鬼祟祟的人影來回踱步，不為賞燈，只為放火。

「殺人放火交給俺，鐵牛全包了，保證殺得他北京城一個不留。」忠義堂上，李逵第一個跳出來請纓。

安道全上山，解了宋江疾患，但仍須休養將息。梁山好漢立刻整軍經武，由吳用計議「血洗大名府，救出盧俊義」。擬定的策略：元宵火攻，趁亂救人。

「只可放火造亂，不能胡亂殺人。」不理李逵的抗議，吳用指定鼓上蚤時遷：「得找個古靈精怪、身輕如燕的兄弟。時遷，聽說你去過北京城？對那裡熟門熟路，就是你了。切記！點火為暗號，各路來會師……」

安排解珍、解寶、孔明、孔亮、魯智深、公孫勝、武松等人喬裝進城，伺機而動（還是不用李逵的叫嚣：「這個好！見人就砍，大殺八方。」）。

點撥八路軍馬，由關勝、林沖、呼延灼、秦明、穆弘、雷橫、樊瑞、李逵等頭領帶隊，分批進發，正月十五二更天為期，兵臨城下。

吳用再三叮嚀李逵：「你率領第八路軍，外圍的外圍，任務是支援接應；若非前線危急，不准妄動。」

正月十三，柴進和樂和已悄悄入城，私會蔡福兄弟，確保盧俊義、石秀的安全；並在十五日下午換上差服，混進衙牢。張順和燕青埋伏在盧府附近，監視李固、賈氏動靜。

當日酉時，時遷假扮賣鬧蛾兒（剪紙飾物）的小販，竹籃白布下藏著硫磺火藥，來到翠雲樓下。初更，王英、扈三娘、孫新、顧大嫂、張青、孫二娘三對夫婦，扮成鄉下人進城看燈，往東門而去。「鄉巴佬就是鄉巴佬，不用裝也像。」時遷嘀咕評論。公孫勝扮道士，魯智深扮和尚，武松扮行者……「唉！梁山什麼玩意兒都有，就是少了點新意。」這時，四個細皮嫩肉、脣紅齒白的「乞丐」揚長而來，不就是解氏兄弟、孔家昆仲？「媽媽呀！你們要氣死唱戲的？專業點行不行？」一陣頭暈腳軟，時遷差點笑場……樓上鼓打二更，前街鬧動，有人高喊：「梁山兵馬到西門外了。」時遷飛竄登上樓頂，點火燃信，登時火光耀天，爆聲隆隆，整棟翠雲樓像支噴焰連響的巨型炮仗。

留守司內的梁中書早就耳聞異動，命守將李成帶領鐵騎軍，日夜巡城，不得怠忽。而在元宵歡慶最高潮，流星探馬連報噩耗：「梁山兵馬正在打東門。」「草賊快要攻破西門。」梁中書聽得膽戰心驚，正待上馬，又見翠雲樓烈焰沖天，火光奪目，街上一片混亂。慘！梁中書騎馬來到東門，見兩大漢橫車擋路，喝聲：「李應、史進在此。」轉向南門，一路上卻聽見衙差哀叫：「救命啊！一個胖大和尚，掄動鐵禪杖，一位虎面行者，掣出雙戒刀，見人就殺。」策馬回州衙門，又見一對乞丐手撚鋼叉，獰笑逼近：「狗官！嘴嘴解家的……」同時，王太守從另一方向奔逃而來，梁中書正要叫他回身，暗巷中飛出兩道人影，齊吼：「看劉唐降魔棒！」「楊雄八卦棍！」兩條水火棍，打得王太守腦漿迸流，當場死亡。

「哎呀！吾命休矣。」急奔西門。城隍廟裡火炮齊響，動地驚天。鄒淵、鄒閏手拿竹竿，在房簷下放火；矮腳虎夫婦殺上戲臺。孫新、顧大嫂拿著短刀、暗器，一旁掠陣；張青、孫二娘爬上鰲山，點火兼放炮。一時間怒焰遍地，硝煙瀰天，難辨方向。

「萬鬼齊出，這哪是上元夜？簡直是中元節！」走投無路的梁大人總算遇到援軍：李成的鐵騎兵，「大人！跟我來。」帶著梁中書來到北門，卻見林沖率軍攻城。西邊是「大刀關勝」的旗幟，左有宣贊，右立郝思文；東面人馬雜遝，殺聲震天，是穆弘的先鋒部隊破門兼屠城。南門呢？吊橋邊火把閃亮，一名黑大漢手持雙斧，強忍呵欠；見到迎面奔來的敗軍，眼睛一亮——卻見敗將李成抖擻精神，施逞驍勇，護住梁中書，左擋呼延灼，右敵韓滔，不顧背後威脅（花榮一箭射死李成的副將），渾身掛彩，迂迴殺出一條血路，逃逸無蹤。

馬嘶蹄揚，背後傳來比利箭更嚇人的吼叫：「奶奶的！跑什麼跑？俺鐵牛一個撮鳥都沒砍著。」旁邊還有一道聲音：「軍師交代，大軍進城，不傷百姓；不砍撮鳥也不准溜鳥。鐵牛兄『只能』鎮守城外，甭說俺曹正沒提醒你。」

大軍進城，搜刮金銀，同時出榜安民；開倉取糧，部分賑濟貧民。早在火訊燃起，柴進、樂和會同蔡福、蔡慶打破牢籠，救出獄囚。埋伏盧府後巷的張順、燕青，眼見李固和賈氏趁亂逃走，先發制人，將狗男女押上梁山，交給盧員外親手處決。

城破。血流。煙迷。火燎。遠天黎明猶帶一抹紅影。

對黎民而言，災厄陡生，悲劇無由，佳節場面翻成地獄魘景。

遠方，側臥在床氣血猶虛的黑面漢頻頻問道：「血洗大名府？真的如此？救出盧員外不就是功德圓滿？」

身旁的羽扇先生說得爽俐：「血洗大名府，府名大洗血。仙府洞天的名號，證印千厄百劫。我只能做到不濫殺，不能不以殺止殺。」

「真要流那麼多血？」仰躺，嘆息。

「真正的血腥戲碼還未翻頁咧。」扇輕搖，人微笑：「『以殺止殺』只是上文……」

「下半部？」

斬釘截鐵的回答：「兵解證道。」

二把交椅，天命定奪。

第八章（下）

二把交椅

1. 讓座風波

「我等欲請員外上山同聚大義，不料蒙難，幾致傾送，寸心如割。幸皇天垂憐，化險為夷，教員外率領大夥，替天行道……」忠義堂上，宋江一見盧俊義，便要讓出首座。盧俊義嚇了一跳，說：「盧某何人？敢為山寨之王？只想執鞭隨鐙，做一小卒，報答救命之恩。」

宋江再三拜請，盧俊義卻是步步後退。

李逵忍不住叫道：「哥哥若讓別人做主，俺第一個不答應。」武松也說：「山寨事業，方興未艾；眾人齊心，無堅不摧。若是讓來讓去，兄弟們只怕熱臉貼上冷屁股，心都寒了。」宋江斥道：「你們懂什麼？」卻不見怒意。盧俊義慌忙再拜：「兄長勿再相讓，盧某食不下咽，睡不安穩。」

「你們」當然不懂：天書浮出「二龍搶珠，真主上坐；二把交椅，天命定奪」，真的假不了，假的真不成。但若未經「搶珠」過程，真主怎麼驗證？眾人如何齊心？眾人不能齊心，「大業」如何圖謀？

誰能明白，黑矸瓶裡的醬油，黑臉裡的心思？

「讓什麼讓？」李逵再度發難：「晁天王曾說：『不當一寨之主，要做天下之王。』教哥哥做皇帝，盧員外做丞相，我們都做大官。殺去東京，奪了鳥位，勝過在這裡鳥亂。」

「鐵牛！休得胡說。」罵歸罵，緊繃的嘴角似有細微的彎曲變化，就快，上揚了。

有人搶先一步，露出不識相的詭笑：「且教盧員外暫歇！賓客相待。待日後有功，再談座次。公明兄，就算你想和員外洞房，一見面就上床？哎唷！總也得給人家梳洗打扮的時間，是不？」

「軍師所言極是！」這回，笑臉中透著被識破的微惱：「傳令下去，大設筵宴，犒賞馬、步、水三軍……」

2. 新仇舊恨

大軍出動，五路進發。

前日，探聽軍情的時遷回報：「曾頭市嚴陣以待：總寨由教師史文恭坐鎮，北寨是曾塗與副教師蘇定，南寨是曾密，西寨是曾索，東寨是曾魁，中寨由老么曾升、父親曾弄和那位神祕教頭把守。並一再放話：不怕梁山來，就怕草賊不敢來……」

「可惡至極！」宋江拍桌怒道：「兩度奪我馬匹，又有晁天王一箭之仇，如今還

敵……」

原來，被曾家奪走照夜玉獅子馬的金毛犬段景住奉命往北地買馬，選了二百多匹駿馬，回到青州一帶，被一名喚作險道神郁保四的惡棍劫下，解送到曾頭市。

宋江本打算揮軍直攻，吳用認為曾家動作頻頻，必有陰謀，改派時遷一探虛實。

「他設五柵寨，我出五路軍。」軍機會議上，吳用指揮調度，分派人馬。

秦明、花榮率軍主打南寨，魯智深、武松、孔明、孔亮負責東寨，楊志、史進進攻北寨，雷橫、朱仝兵臨西寨。

總寨，當然由宋江、吳用、公孫勝率領的中軍對付，隨行副將則有呂方、郭盛、解珍、解寶、戴宗、時遷等。李逵、樊瑞、項充、李袞則引兵馬五千居後掩護。新入夥的盧俊義和燕青，帶五百步兵在西邊小路埋伏，伺機前後接應。

兩軍對壘，五方布陣，一連三日，只守不攻。

「你們在等天降紅雨，老娘嫁人嗎？」李逵手持板斧，想後軍變前軍，第一個衝殺敵陣。

「不急！此中有詐，等時遷摸清門路再說。」吳用捻鬚笑道。

他在盤算什麼？「新仇舊恨遇險道，保四定六能通神。」

果然，史文恭料準宋江復仇心切，容易輕進，早在曾頭市四周挖了陷坑，埋下蒺藜，就等梁山兵馬自投羅網。

孰料，五路大軍安營紮寨，一動不動。曾家眾人正感納悶，忽聞東寨來報：「一個和尚、一名行者，揮動禪杖、戒刀，似將攻打而來。」（只是「似將」）西邊也報：「一個長髯大漢，一名虎面漢子，率眾欲襲。」（只是「欲襲」）北方的楊志、史進也將馬軍一字排開，搖旗吶喊（只有吶喊）。正前方寨前炮聲響起，史文恭心頭一樂：果然中計！分撥眾軍協防東、西、北三寨，中軍按兵不動，就等……

等到吳用的軍馬從山後包抄而來，將守軍趕落到自己挖的陷阱中，一陣兵慌馬亂，史文恭率軍而出，又見百餘輛大車（上面堆滿蘆葦、乾柴、硫磺、焰硝）直衝而來，擋住去路。遠方的公孫勝揮劍作法，颳起大風，火燒南門，嚇退挺鎗而出的曾塗、眉毛著火的史文恭，牌樓排柵盡行燒毀。曾家的請君入甕計，破功！

3. 驕兵必躁

次日，灰頭土臉的曾塗請戰：「老師！使計弄險，咱們玩不過吳用。不先斬賊首，難以滅敵。」

披掛上馬，出陣搦戰：「宋江草賊，快來受死！」

宋江動口不動手：「大膽！誰去捉拿這廝，報梁山之仇？」

呂方出馬迎敵，方天畫戟大戰曾家鎗，激鬥三十回合，漸漸不敵，只能遮架躲閃；郭盛見情勢不妙，飛出陣來，揮舞手中畫戟，夾攻對手。鎗、戟交擊，殺得天昏地暗。這時，兩支畫戟上的豹尾竟和鎗上紅纓絞成一團，花榮唯恐兄弟有失，縱馬出陣，一箭射中曾塗左臂。曾塗悶哼一聲，落馬，呂方、郭盛雙戟齊下，刺死曾塗。

長子慘死，曾弄哭得唏哩嘩啦，那神祕教頭極力主張「兄仇豈可不報」，老么曾升咬牙切齒喝道：「備馬，我要報兄仇。」全身披掛，綽刀上馬，直奔前寨。秦明見曾升馬隊，舞起狼牙棍，準備迎敵——一道黑影率先衝出，不用看，赤身李逵邊跑邊吼：「吃你爺爺一板斧！」曾升命人放箭，咻咻聲中，一箭射中李逵大腿，當場倒地。曾升喜出望外，叫道：「殺！殺掉他。」宋江急喊：「救！快救回鐵牛。」秦明、花榮策馬向前，馬麟、鄧飛、呂方、郭盛亦從四方接應而來，拉李逵上馬。曾升見對方人多勢眾，不敢再進，先行退兵。

第二天，史文恭被曾家兄弟逼上前線。這位總教頭架勢如何？

頭上金盔耀日光，身披鎧甲賽冰霜。
坐騎千里龍駒馬，手執朱纓丈二鎗。

宋江遠遠瞧見那匹照夜玉獅子馬，怒火中燒，命秦明出陣。無奈霹靂火這趟沒火，一陣激戰後，大腿被刺一鎗，摔下馬來，雖在呂方、郭盛等人搶救下，逃過一劫，但這回合的交戰，曾頭市占了上風。

「那史文恭果非凡俗之輩，連霹靂火都列入傷兵名單，怎麼辦？」宋江派人將秦明送回山寨休養，急令關勝、徐寧下山助陣。

「咱們兵多將廣，不怕傷兵？」吳用輕笑道：「倒是今夜，回送他們一份死亡名單。」

「今夜？」宋江黯淡的眼睛又亮起來。

「驕兵必躁！等著看他們自動送上腦袋。」

吳用說得沒錯。史文恭首戰得利，便想趁勝追擊，哦不，是趁夜劫營。二更天，潛地出哨，馬摘鸞鈴，人披軟戰，摸黑來到宋江中軍帳內——哎呀！空無一人，中計！轉身欲走，左邊殺出解珍，右側竄出解寶，後方衝來小李廣花榮。一片混戰中，史文恭奪路而逃，但隨行的曾家老三曾索，被解珍一鋼叉捌死。

4. 計中有計

連失兩子，曾老爸心生畏怯，教史文恭寫了封「遣使請和，願將原奪馬匹盡數納還」

的投降書，送至宋江大寨。

宋江把信撕個粉碎，指著來人大罵：「殺兄之仇，不共戴天。血洗曾頭市，才能解我心頭之恨。」信使嚇得伏地哆嗦。吳用在一旁唱白臉：「兄長不要生氣。曾家既來求和，豈為一時之忿，失了大義？」並回書一封，交信使帶回，表明立場：還馬，並交出奪馬惡徒郁保四。

曾弄答應梁山的條件，但要求談判期間雙方各派一人為質。曾家願讓曾升帶著「元凶」郁保四赴宋江大寨；梁山這廂呢？吳用一口氣派出時遷、李逵、樊瑞、項充、李袞等五人前往，臨行前對時遷附耳嘰咕了一番。

要一個，給五隻。史文恭直覺有詐，勸曾弄小心。李逵大怒，揪住史文恭便是一陣亂拳，曾弄慌忙勸架，時遷則說：「李逵雖粗魯，卻是宋公明的心腹。有他做人質，你還擔心什麼？」曾弄立刻設宴招待眾人，隨後安置在法華寺大營內，派五百兵士「圍護」。

可是，曾家歸還的失物中，少了那匹獅子馬。曾升說那馬是史文恭的坐騎，不願割愛，但宋江說死說活，要定那匹馬。曾升只好修書一封討馬，得到的回信：「梁山先退兵，我便奉還寶馬。」

宋江看信後，猶豫難決，找吳用商量。此時，探子來報：「青州、凌州有兩路官兵朝曾頭市而來。」吳用一拍掌，說道：「果然是以拖待變之計。」「怎麼辦？」「不慌！他有兩路軍，我有保四計。」一面派關勝、花榮前去攔截那兩路援兵，一面把郁保四叫來，好言安撫，威逼利誘：「你若肯歸附梁山，戴罪立功，不但前嫌盡釋，日後還可讓你做個頭領。否則，曾頭市破滅之日，嘿嘿嘿……」郁保四早就擔心自己淪為犧牲品，立刻滿口答應。

問題是，立什麼功？

當晚，郁保四「逃回」曾頭市，稟告軍機：「宋江只想要那匹馬，並非誠心議和。如今青州、淩州援軍將至，宋江兩面受敵，十分慌張。不如趁其不備……」史文恭本就不願交馬，順勢說道：「嗯！劫其本寨，殺他個措手不及。」一旁穿黑衣、戴黑笠的神祕教頭亦點頭附和。曾弄說：「可是，我兒曾升還在他們手上……」史文恭拍胸脯保證：「放心！今夜破寨救人，殺掉宋江，如斬蛇首，眾賊無用。回來再殺李逵等五人，梁山滅矣！」

說得比唱得好聽。想得比做得容易。史文恭忘了自己曾質疑宋江「要一個給五隻」的用意。是夜，月黑風高，史文恭率領蘇定、曾魁、曾密和一千兵士，低調潛行，快速來到宋江軍帳（因為已來過一次）——又撲了個空。「糟糕！速回本寨救援。」來得及嗎？曾頭市那方傳來鑼鳴炮響，鐘聲大作——時遷爬上法華寺鐘樓撞鐘。東西兩門，火炮齊發，喊聲大作，大批梁山兵馬殺進城中。法華寺裡的李逵等人同時破圍而出，一時間刀光血影，死傷遍地。史文恭被兵馬阻隔，回防不及。曾弄眼見大勢已去，在軍寨裡自縊而死。曾密直奔西寨，被朱仝一朴刀捌死；曾魁想回東寨，被亂軍中的戰馬踏為肉泥。蘇定死命奔出北門，前有無數陷坑，後有魯智深、武松追殺，又逢楊志、史進攔截，最後死於亂箭之下。與此同時，一騎頭戴黑笠的黑衣人殺出重圍，輕易躍過陷坑，往北揚長而去。武松、魯智深和楊志亦策馬急追，漠漠戰野捲起濁濁煙塵……

史文恭呢？得獅子馬之利，獨身衝出西門，眾人追之不及。奔了二十多里路，以為擺脫了追兵，忽聞樹林裡傳出鑼響，衝出四五百個伏兵，當先一將持棍直掃馬腿，卻見那龍駒一個飛躍，跳過伏擊。這時，陰雲冉冉，冷氣颼颼，黑霧漫漫，狂風颯颯，史文恭恍如掉進陣法祕境。虛空之中，赫然浮現晁蓋的怒顏，擋住去路，史文恭大驚失色，掉頭，浪子燕青正緊追而來；再轉身，晁蓋的陰魂已變成盧俊義的暴喝：「惡賊！哪裡走？」史文恭閃躲不及，大腿挨了一刀，跌下馬來，活捉就逮，押往大寨。

大破曾頭市，又得獅子馬。另一方面，關勝領軍殺散青州官兵，花榮率眾擊退凌州軍馬，梁山可謂大獲全勝。

浩浩蕩蕩，凱旋回山。先斬曾升，再上忠義堂，率大小頭領，人人掛孝，個個舉哀，將史文恭剖腹剜心，告祭晁蓋在天之靈。

臨刑前，史文恭說了一段令宋江側目、吳用驚心、眾頭領不解的「遺言」：「史某悔不當初，鬼使神差射中晁蓋。非關殺人償命，而是不該一箭成就命定之數。我那位好友說，天王不死，天機難論，天道混沌，天下如何？」

「你的好友，就是那位戴黑笠穿黑衣之人？前來協助你們對抗梁山？為何棄戰而逃？」吳用想起晁蓋興兵進發時，曾暗自卜得一卦，解曰：天罡地煞數，歷「史」而「蓋」棺。這碼子事，他遲疑著，要不要，告訴宋江？

「就是魯智深、武松、楊志往北追去的那廝？他們會不會有危險？」宋江急問。

「哈！他們殺不了好友，他可是深藏不露的超級高手！否則，我怎會請他援手？放心！我那好友也不會動他們，以免壞了『梁山大聚義』。」史文恭閉上眼：「我們都，中計了。」

5. 未來戰場

黑影朝北直去，武松等三人亦緊追不捨。漫天沙塵中，穿州過界，穿時越空，來到幽冥之境：不久未來，殘兵敗將浴血苦拚精銳之師，大宋王朝覆滅之戰。

兵馬雜遝，人影綽綽。武松等人瞠視虛形蜃影，不明所以。待定神，赫然發現已將黑衣人圍在三角陣中。

「欒廷玉！你是祝家莊教頭欒廷玉。上回被你逃脫，今天看你往哪裡走？」楊志認出斗笠下的面孔，揮刀攻向黑衣人。

輕輕一擋，反手一格，楊志連人帶馬被震退數步。欒廷玉仰頭笑道：「我不想殺你們。想那趙應誤算天機，一心消滅宋公明。錯了！依我之見，保護你們，猶恐不及。『外夷及內寇，屢處建奇功』，我們用沙字靈數測得的『天意』，爾等注定淪為殘敗王朝的犧牲品。晁蓋領頭，你們也許會造反；如今宋江登位，那就合該當我大金國的馬前卒！」

楊志愣住，武松震懾，花和尚摸摸丈二金剛腦，喝道：「趙應、曾弄都是大金國人，你也是大金國的間諜？」

欒廷玉眉揚色舞，語露不屑：「他們只是二等賤民，不值一提。我是誰？不值得對你們一提。至於那匹照夜玉獅子馬，是我向皇兄獻計，以之為餌，教笨賊段景住偷走，分化、消滅中原的力量。利用那楞小子郁保四再次奪馬，果然挑起火併……」

「好個金皇族！好個火併！吃我一禪杖。」魯智深掄杖就劈，武松舞動戒刀，楊志亦舉刀揮砍，鏗鏘連響，欒廷玉架格躲閃，倏忽間，連人帶馬滑出戰圍，大笑而走：「留住你們的氣力，我的梁山英雄哪！等你們幫昏君奸臣破大遼、滅方臘後，再接大金國的戰帖吧。」

6. 歹戲拖棚

新仇舊恨遇險道——這回戰役的關鍵人物險道神郁保四，在吳用薦保之下，也坐上頭領之位。

頭領大位呢？宋江又在獨唱讓位戲碼：「晁天王遺言：『誰能捉住射我的人，便由他作山寨之王。』如今盧員外生擒此賊，報仇雪恨，正當為尊，不必謙讓。」盧俊義當然是再三推辭。李逵仍是第一個反對：「我在江州，捨身拚命跟隨你，你現在卻叫俺『改嫁』？」武松說道：「哥哥手下許多軍官，皆受過朝廷誥命，他們只願聽命於你。」劉唐也表明態度：「我們七星聚義，一起上山，當時便有奉哥哥為尊的打算。晁天王常說，他只是暫代其位……」魯智深則大叫：「你們若要讓來讓去，洒家們各自散開，我回我的二龍山也罷。」

吳用嘖聲連連，不得不出來打圓場：「兄長為尊，盧員外居次，其餘眾兄弟，各依舊位，順天意，行正道，如何？」眾人一致叫好，鼓掌表示通過。宋江卻是面有難色，沉吟半晌，才說：「說到『天意』，這樣吧，梁山泊東，有兩個州府，東平和東昌，錢多糧富。我和盧員外各領一軍，攻打一處，看誰先得手，勝者為王。」

7. 雙東之爭

天意如何？

不由盧俊義不從，宋江命鐵面孔目裴宣寫下兩個鬮兒[54]，焚香祈禱，兩人各抓一鬮：宋江負責東平府，盧俊義抓到東昌府。

調撥人馬時，宋江有意禮讓盧俊義，將關勝、呼延灼、朱仝、雷橫、楊志、燕青、楊林、歐鵬、白順等廿五員「悍將」派給對手，附贈軍師吳用、公孫勝；自己率領林沖、花榮、徐寧、韓滔、燕順、呂方等人和王矮虎等三對夫妻檔、孔解兩家兄弟幫（不像「率隊出征」，而似「帶團出遊」），輕鬆愜意下山。傷兵，譬如說，嚷著要「帶傷上陣」的李逵，看守山寨。至於兩位「實習頭領」，王定六和郁保四，宋江本要他們留守，吳用卻說：「兄長不妨帶在身邊，說不定派得上用場。」

要問天意，宋江實則抽中上上籤。東平府的狀況較為單純，首要之敵：太守程萬里和兵馬都監董平。這位董將軍雖有萬夫之勇，但只要搞定他（不管用計用騙或任何手段），就

54 鬮：音ㄐㄧㄡ。手抓取決定勝負或卜定結果的紙條、器具。

能擺平東平府。而宋江心中的戰爭最高境界：不戰而屈人之兵，最好你蹶角[55]受化或簞食壺漿以迎王師，省得我老宋動手。

於是，當大軍逼臨城外，安營紮寨，宋江寫了封「借糧戰書」（大意是說，我們不是來打你，只是來借錢糧；你若不借，我們便打），問道：「誰要去下戰帖？」

「我去！」部屬中走出一位昂藏大漢，身高一丈，威似金剛，正是險道神郁保四。「小人認得董平，由我當使者，定不辱命。」

「我也去！」又冒出個活閃婆王定六。「小弟初上梁山，也想幫哥哥分憂解勞。」

「好！很好！」宋江頷首，微笑：「記得，不卑不亢，好言相勸，教他們自動投降，方為上策。」

東平府內，正在開緊急軍情會議。兵士報稱：「宋江差人前來借糧。」程太守展信一讀，氣得鬍鬚倒豎：「借糧？借錢？要不要借我的女人哪？」下令將二人推出去斬首。董平立刻勸阻：「不可！自古兩國相戰，不斬來使，留些餘地，或有……」沉吟思忖，沒將「或有後路」說出口，只命人各打二十大板，再送回宋江營寨，當作「回信」。

雖被打得屁股開花，但兩人謹記「不卑不亢」的軍令，昂首忍痛，絕不出聲。董平好

[55] 蹶角：音ㄐㄩㄝˊ ㄐㄩㄝˊ。額角叩地。表示恭敬誠懇。

奇問道：「郁保四，過去的你強奪擄掠，專事宵小，不似如此堅忍之人，何故改變？」郁保四啐一口血，傲然回答：「宋江哥哥行天道，走大路，豈是爾等區區太守、小小都監所能領會？哥哥不想興兵流血，才派我們……」「住嘴！來人哪！用力打。」文弱的太守跳腳怒罵，一旁的武將，反而沉默不語。

8. 借糧？借錢？借將？

英雄雙鎗將
風流萬戶侯

兩面旗牌耀日明，鍍銀鐵鎧似霜凝。型男儀表，將相氣概。箭壺中插一面小旗，旗上寫著英雄自許、風流稱羨的對聯。

「真是氣宇軒昂，瞧那對子，瞧那兩支鎗……」宋江又在流口水了。郁保四說：「那董平心思靈敏，雖是武將，頗有文才。三教九流，無所不通；品竹調弦，無有不會，人稱風流雙鎗將。」王矮虎避開老婆，扮演吳用的角色，對宋江附耳說：「那廝的『雙鎗』怎麼使？一根刺奸人？一根捅淫婦？哥哥，你的表情……不會又想『納妾』了吧？」宋江不吭聲不否認，盈盈笑臉，熠熠生輝。

雙將出馬，韓滔戰董平，鐵槊鬥銀鎗。十數回合下來，韓滔力絀，漸感不支。「哎呀！哦虛吰！『鐵管』勝不了『銀鎗』。」王矮虎嘰咕亂叫。宋江反而目露喜色：「那就派『金牌』出馬唄！」金鎗手徐寧揚起鐮鎗，飛馬而出，接替廝殺，和董平激戰五十回合，不分勝負。一旁的燕順、呂方、林沖、孔明、孔亮等人也在摩拳擦掌，準備車輪戰或大圍攻。宋江卻突然鳴金收兵，笑呵呵回營。

「興頭正起，打得火熱，兄長怎麼又喊停？」眾人抗議。

唯有王矮虎心猿意馬，怪腔怪調說：「好一招『中斷法』，用得緊要及時，就能收放自如，『金鎗』不倒。我得學下來，下回渾家就不會罵我是『梁山的軍師』了。」

宋江想用「求偶」之心收服董平，咱們的風流雙鎗將卻是心心念念在娶妻：程太守花容月貌的女兒。可惜，小生有意，泰山無情，屢求不允。這夜趁收軍進城，又請人去太守府說親。得到的答覆：「賊寇臨城，事在危急，待退得賊兵，再議不遲。」說得有理，明顯推拖，董平心中躊躇，怏怏不樂。

當晚，宋江發動攻城，太守催請出戰。董平滿懷不悅，披掛上陣，又聽見宋江的渾話：「獨木難支，憑你一人，怎當我雄兵十萬，猛將千員？不如趁早投降……」「你這文面小吏、該死狂徒，納命來！」董平怒極，手舉雙鎗，直奔宋江。「來得好！」又是那氣死人的，介於獰笑和淫笑間的奸笑，因為左有林沖、右有花榮幫他招擋。一陣格鬥後，兩將退走，宋軍佯敗，四散奔逃。董平立功心切，急追宋江，離城十數里，追到一個小村鎮前，宋江突然停馬，回眸一笑，董平不假思索向前衝——「勿傷吾主。」一旁傳來孔明、孔亮的大叫，同時一聲鑼響，路上扯起數條絆馬索，將董平絆倒，左邊屋舍衝出一丈青、王矮虎，右側草房竄出張青、孫二娘，七手八腳齊上，奪雙鎗、卸衣甲、剝頭盔，層層綑綁。再由兩女將手執鋼刀，押到宋江面前。

「哎唷！我叫你們『請』董將軍來，沒教你們綁他過來。」「親解其縛」的老梗又上演了。兩位女流還不熟悉宋江的腳本，誠惶誠恐，唯唯諾諾向董將軍賠罪。宋江長揖及地，用喉下抖音說道：「小可斗膽，向天借將，望將軍恕罪。」

董將軍怎麼想？敗軍之將，一無所有；即使回城，論罪及誅。況且，連郁保四這種強盜都被收服，還能義正詞嚴吐出一番大道理。另外那個什麼六的，獐頭鼠目，卻有一身傲骨。嗯……我唯一放不下的是太守千金，嗯，或許……

「喂！你想好了嗎？哥哥正向你施禮呢。」王矮虎賊兮兮湊近他耳畔。

「小將被擒之人，萬死猶輕，若得安身，已為萬幸。哪敢侈言山寨頭領……」沒說出口的是：「那郁保四都能當頭領，想我風流雙鎗將……」於是，梁山又添一猛將。

大聚義排座次前夜，宋江忽然想通一件事，立即找來吳用，問道：「你是不是早已算到郁保四和王定六能幫咱們收服董平，故意派給我？」

「『新仇舊恨遇險道』，遇者，郁也。意指曾頭市戰役的關鍵人物為險道神郁保四。」迂迴蜇繞，夸夸而談：「『保四定六能通神』，通神就是會通天意，也就是小兵立大功。」

「嗯……有理。天命所歸，吾等豈能逆天？」輕撫大座扶手，宋江滿足地嘆口大氣，忽又起疑：「等等，那回抓鬮兒，你該不會，從中作手？」

輕搖羽扇，笑而不答。

9. 搶錢！搶糧！搶女人！

擺平董平，外合裡應。夜裡，城上兵士見董都監回城，不疑有他，大開城門，放下吊橋。董平拍馬先入，砍斷鐵鎖，宋江人馬隨後湧來，長驅直入，破守軍，奪錢糧，殺掉程太守一家——「啊！這娘們，殺了可惜。不如……」王矮虎見到花容失色的程千金，雙眼直瞪，口水猛流。「你想做什麼？」一丈青的鋼刀架在他脖上。「誰說要殺？她是我將過門的妻子。」董平收起雙鎗，一手摟著絕色佳人：「妳依不依？」能不依嗎？那楚楚可憐的女兒睖著董平身上短短長長的鎗，能不依嗎？

東平府告捷，大位之爭，勝負已分。只是，大小將校風光回山的途中，赫見白勝飛奔前來求援：「哥哥速往東昌府。盧頭領已連輸兩陣，戰況危急……」並附上軍師吳用的字條：「重驅水泊英雄將，再奪二虎東昌城。」

10. 飛石難敵

「東昌府守將張清，人稱沒羽箭，虎騎出身，善用飛石打人，百發百中。手下兩員副將，花項虎龔旺，渾身刺著虎斑，會使飛鎗傷人；中箭虎丁得孫，面頰頸項遍布疤痕，會使飛叉取命。三人聯手，萬夫莫敵。已打傷郝思文、項充兩員大將……」兩軍會合，盧俊義一五一十稟告軍情。

「花項虎、中箭虎……很耳熟的名號。」宋江眼睛一亮。

「李逵夢中八虎的最後二虎，意味梁山大聚義就要完成。此三人雖扎手，對咱們而言，卻是證道的考驗，黎明前的黑暗。」吳用說得輕鬆愜意。

「兩隻老虎嘛……那就得小心應戰，生擒誘降，不能有失。」宋江鄭重吩咐。

「別急！公明兄的口水，等見了『錦袋石子，輕輕飛動似流星』的主將張清再流唄。」吳用搖頭，一副「吾未見好德如好色」的神情。

這時，小軍來報：「張清前來叫戰。」

領眾而出，擺開陣勢，人排一字，旗分五色。三通鼓罷，宋江見那東昌馬騎將，頭巾掩映茜紅纓，狼腰猿臂體彪形，騎一匹青驄玉勒馬出陣，忍住喝采的衝動，淡淡問道：「誰可去戰此人？」「我去！」手舞鏮鎗，一騎躍出，正是金鎗手徐寧鬥沒羽箭張清。兩馬相交，雙鎗並舉，不到五回合，張清撥馬就走，徐寧緊緊追趕，忽見回身一飛石，正中徐寧眉心，仰栽落馬，金鎗倒下。幸好宋江陣營人多勢眾，呂方、郭盛衝進戰圍，救回徐寧。

「好！」宋江拊掌叫道：「誰再去挑戰張清？」眾人來不及回味宋江那聲「好」的涵意，錦毛虎燕順已和張清殺成一團。十數回合後，燕順招架不住，回馬而走，那飛石從後方襲來，鏗鏘一聲，還好，打在鎧甲護心鏡上，燕順吐兩口血，伏鞍而回。

第三棒，百勝將韓滔，提槊拍馬而出——結果，摀著口鼻、鮮血迸流而回。

第四棒，天目將彭玘，手舞三尖兩刃刀，飛馬直取對手。可惜人未至，已被飛石擊中面頰，負傷而回。

「哎唷！不用強弓硬弩，何須打彈飛鈴，但著處命須傾。好個沒羽箭，好個流星石。誰能再戰？」宋江眉飛色舞，滿臉通紅。

第五棒，雙鞭呼延灼，手腕中彈，鋼鞭不舉。

第六棒，赤髮鬼劉唐，步軍頭領，徒步出陣。張清見了哈哈大笑：「馬軍尚且輸我，何況步卒？你死定了！」結果呢，劉頭領的額頭中招，眼冒金星，頭髮被血水染紅，而且列入「俘虜名單」。

第七、八棒齊上。朱仝先發，雷橫後援，兩把朴刀，左右夾擊。「一個不濟，兩人輪攻？你們全部一起來吧！」暗石在手，一個擊中雷橫腦袋，一個打腫朱仝頸項，兩人先後落馬。危險！第九棒提前上陣，關勝掄起青龍刀，縱開赤兔馬，前來掩護朱、雷兩人。咻的一聲，一記飛石朝腦門而來，關勝舉刀一擋，正中刀口，迸出火光。救人為先，關勝也只能徒呼負負，勒馬回陣。

「好個破天石！好個……」眼睛噴火，嘴角流涎，就快要登入著魔之境。

「我說哥哥須留意，咱們的傷兵名單可是愈來愈長了。」吳用湊近宋江身邊，低聲說：「再打下去，就要由你親自出馬。」

這時，一字陣中又竄出銀光赫赫的雙鎗，正是急欲立功的菜鳥董平，策馬叫道：「別人怕你飛石，我可不怕！」張清大聲回罵：「你和你鄰州近府，脣齒相依。你不思滅賊，竟敢背叛朝廷？看石！」一石飛來，被董平用鎗撥開；二石又至，董平頭一閃脖一縮，又被他躲過。連擊不中，張清訝異之餘，不免心慌，而長鎗正霍霍逼來……連遠觀的宋江、吳用都張口瞠目，神情緊張。但見馬尾接銜，董平對準張清後心一鎗刺去，也撲了個空。兩馬並行，張清索性丟掉鎗，用雙手抱住董平，兩人展開近身肉搏戰。

林沖見狀，舞動丈八蛇矛，上前支援。對陣二虎龔旺、丁得孫亦縱馬奔出，攔截林沖。

此時，張清、董平如膠似漆，一時片刻分不開，林沖和二虎的三匹馬也攪作一團；四騎再出，花榮、孫立、呂方、郭盛，兩鎗雙戟，殺進戰圍。張清見苗頭不對，撇下董平，跑馬回陣。董平在後緊追不捨，卻忘了提防對方暗招，被張清回身一石，貼耳根擦過，不敢再追。倒是呂方直衝而去，又被飛石打得臉頰噴血，唉唷而回。

主將落跑，副手難逃。龔旺被林沖、花榮截在一邊，左支右絀，心一慌，飛鎗出手，卻落空；手上沒有兵器，被丈八蛇矛打趴在地，當場被逮。郭盛、孫立圍攻丁得孫，燕青在陣裡邊瞧邊想：「我們連傷十數員大將，若不能擒他一、二人，有何面目可言？」取出弩弓，一箭射出，正中丁得孫坐騎，馬傾人落，也被活捉。

回營後，宋江慨然嘆道：「傳說五代時，大梁王彥章，日不移影，連打唐將三十六員；今天，那張清不到一個時辰，就傷我十多人，真是名不虛傳的猛將啊！」

吳用笑說：「兄長放心！我們已擒下他的左右手。再來，就看山人妙計，如何？」

11. 計賺張清

雖然又贏一陣，仍然滿懷忐忑，張清和太守商量：「賊勢根本未除，隨時大軍反撲，可使人探聽虛實，預作準備。」

一天，探子回報：「宋江大寨西北邊，出現一百多輛運糧車；附近河裡也有運糧船，大大小小總計有五百多艘。水陸兩路，同時運糧，沿途都有頭領監督。」太守質疑：「真是運糧？恐怕其中有詐？」

翌日，探子又報：「車上確是糧食，因為一路上有米粒撒下來；船上貨物雖用布蓋住，但邊上仍有米袋露出來。」張清興奮地說：「好！今晚出城，搶車劫糧，奪船取米，賊營必亂。」謹慎的太守偏頭長考，也不得不承認「今夜良機，此計甚妙」。

夜裡，月色微明，星光滿天。張清帶領一千多人，悄悄出城。行不到十里路，看見一個車隊，旗上寫著：水滸寨忠義糧。為首的頭領，是一名持禪杖的胖大和尚。張清偷偷跟蹤車隊，那和尚假裝沒看見，昂首大步走。可能是頭抬得太高，又忘了提防天外飛來一石；忽聞「著」的一聲，胖和尚頭破血流，倒在地上。張清大喊一聲，眾軍衝出，要奪車糧。一位持戒刀的行者死命護住和尚撤退，總算，糧丟，人無恙。

張清打開車上布袋一看，果然都是白晶晶的米糧。太好了！趁勝再搶船糧，看你梁山泊得意到幾時？上馬，轉過南門，望見河港裡運糧船隻星羅棋布，不計其數。張清吆喝一聲，領軍衝向船隻——咦？陰霾滿布，視線不明，如墜五里霧中（他不知道有位公孫勝先生正在作法）。眼暗心慌，想要撤兵，已是進退無路。四面喊聲驟起，林沖率領鐵騎兵，將張清連人帶馬趕下水，還補上一句：「你的飛石厲害？看你水中怎麼使？」張清縱有三頭六臂，怎敵得過八位水軍頭領——李俊、張橫、張順、三阮、兩童——的纏綿伺候：搗鼻、襲胸、抱手、綁腳，就這樣，硬拖上船，解送大寨。

張清被擒，梁山大軍再無顧忌，一夜未竟就攻破城門，活捉太守，救出劉唐。開庫搶糧是免不了的，唯一例外的是放過太守，因為他為官尚稱清廉，素無惡名。

壓軸好戲在宋江大寨。當水軍頭領將張清押解上來，眾人一陣叫罵，一票傷兵持棍拿刀呼擁而上，要殺張清。宋江立刻以身擋眾怒，為張清鬆綁，陪話說：「誤犯虎威，請勿掛意。」「哥哥！這廝太可惡，非打不可。」徐寧、韓滔、朱仝、雷橫等「苦主」同聲抗議。一個頭上包滿白布的胖和尚掄著禪杖說：「奶奶的！暗石傷人？俺魯智深定要打破他的頭。」宋江以臂隔住禪杖，喝退眾人，折箭為誓：「戰場之上，死傷難免。若要結夥聚義，過去的事不准再提。若有違反，當如此箭。」張清見宋江如此義重「情」深，立刻掙脫他的熊抱，叩頭下拜，表示願意歸順。

另外兩虎，龔旺和丁得孫，也跟著歸降梁山，成為新頭領。梁山聚義的宋江時代，或者說，大宋王朝的「小宋」插曲，正式降臨。

始終一言不發的吳用笑呵呵開口：「嗯！天罡地煞符定數，八虎會聚梁山泊。咱們的故事，凡間的傳說，早已寫好的歷史，就要翻頁了。」

驚夢之九

光耀飛離土窟間，天罡地煞降塵寰。……空中浮字灰濛霧隱，看得不甚清楚。耳旁又傳來吟詩聲：「略地攻城志已酬，陳辭欲伴赤松遊。時人若把功名戀，只怕功名不到頭。」

攔馬拉韁，跪在鞍前，竟是燕青阻我前行：「員外啊！前方凶險，皇上的封賞不能要。不如納還官誥，隱跡埋名，避禍端保全身，小乙願隨主人尋個僻淨去處，以終天年。」

這是什麼話？大聚義以來，咱們兄弟千辛萬苦，流血送命，所圖為何？

「小乙，不要攔我。此時正要衣錦還鄉，圖個封妻蔭子，何故言退？」

抓韁的手不肯輕放，吃了秤砣的燕青說：「昔年韓信戰功彪炳，落得未央宮裡斬首；彭越醢為肉醬；英布弓弦藥酒。為什麼？兔死狗烹，鳥盡弓藏。」

「韓信等人是咎由自取。我不存異心，豈會受此罪過？」

「唉！主人不聽小乙之言，定當後悔。」邊說，邊拉著我的馬往回走。

罷了，今天拗不過他，明日清晨，再偷偷上路。

眨眼，又是黎明。我躡手躡腳牽馬出廄……啊！天色微明的門口，燕青已經等在那裡。難道，到手的烏紗帽，白白丟了不成？白天難行，我就趁夜進京。三更天，摸黑出營，正要跨馬上路，突然一陣刮喇響，燕青那廝竟拖著口棺材來觸我霉頭：「員外堅持送死，此去再無相逢。小乙只好備妥後事，近日之內，便進京幫您收屍。」

鼻孔噴火，汗毛倒豎，極度憤怒混雜三分驚恐，教我忍不住破口大罵：「來人啊！將這大膽奴才拖出去斬了。」

吼聲震天，但不見軍士出來執行命令，倒是驚動了夢中兄弟：宋江、吳用、李逵、戴宗、柴進、林沖……以及，不在帳內的公孫勝、武松、魯智深等人，從各自夢境轉醒，瞠著睡眼，瞅著我。

眼神迷離。而宋江，遠在梁山大寨東廂房內，一燭熒照，手裡像捧寶物般捧著個黃羅袱子，袱裡窸窣響動，彷彿另有乾坤。

跪在地上的燕青猛抬頭，眼眶潮紅，目光堅定：「主人啊！豈不聞，宋江哥哥的書中所載，後人有云：『偶開天眼覷紅塵』……」

光耀飛離土窟間，天罡地煞降塵寰。
說時豪傑侵肌冷，講處英雄透膽寒。
仗義疏財歸水泊，報仇雪恨上梁山。
堂前一卷天文字，休與諸公仔細看。

第九章

一字成書

1. 詰曲象徵

偶開天眼覷紅塵，可憐身是眼中人。

天機一瞬，魘夢乍醒。盧俊義呆坐床沿，氣喘吁吁，大汗淋漓，猶在回想夢中碣文：

光耀飛離土窟間，天罡地煞降塵寰。
說時豪傑侵肌冷，講處英雄透膽寒。
仗義疏財歸水泊，報仇雪恨上梁山。
堂前一卷天文字，休與諸公仔細看。

瞧分明了嗎？斑斑血路，哀哀世途，或因報仇雪恨，或被逼上梁山，或謂替天行道，一串鏗鏘鐵鍊，貫穿、綑縛、連結眾人運命，並朝向不可測的未來延展。

上首三十六環，下首七十二眼，細看之下，那環扣節眼竟非鐵器，而是鐵打肉身。

鎖鍊詰曲彎繞，自行鋪排成碩大的紅字：怒。因何而怒？為誰而怒？無由的悲愴、隱然的不安漲滿五內，盧俊義對這無端夢兆，既迷惑又驚心。

雙東戰役告捷，凱旋回山。忠義堂上大擺筵宴，全夥頭領不醉不歸。歡鬧聲中，盧俊義猶兀自納悶：林沖為高俅所害，宋江有官司委屈，武松的公仇私恨糾葛難分……董平、張清等人，也因戰敗而不能不降。眾人皆有「不得不」上梁山的故事。我呢？閒居無事，養尊處優。比武，勝不了關勝、花榮；論智，贏不過吳用、公孫勝。如今莫名其妙坐上天下第一強盜山的第二把交椅，為什麼？

「梁山要我何用？」夢裡夢外，皆作如是想。

「如果說，宋公明是梁山的領袖，那麼，玉麒麟堪稱水滸的象徵。」身旁的吳用好像看透盧俊義的心思，舉杯為敬。

把盞，回敬一杯，盧俊義問道：「象徵？此話何解？」

吳用捻鬚，笑道：「梁山本以晁蓋為尊，意味著另一番發展，另一種故事。但天意歸『宋』，而宋江不欲稱『王』，所以天王必死，讓位而出。宋公明為什麼堅持迎你上山，要你上座？他知，我知，你也心知：盧員外正是頂替晁天王，圓滿一百零八數之人，但只是副座而已。」

盧俊義愈聽愈迷惘，正要再問，卻見宋江霍然起身，向眾人敬酒，朗聲說：「宋江自從鬧江州，上梁山，托賴眾兄弟扶助，稱我一聲『哥哥』，如今聚集一百零八位頭領，甚是完滿。而且，連番戰役，幸無缺損，縱使負傷陷囚，且都無事。如此福澤，非人之能，乃是上天護佑，我等當思謝天。想想兵刃到處，生靈塗炭，無可禳謝，我想建一座羅天大醮，報答天地神明眷佑之恩，祈求朝廷早降恩光，赦免逆天大罪。並發願竭力捐軀，盡忠報國……」

「早降恩光？」眾人議論紛紛。「赦啥鳥罪？那鳥皇帝只管嫖妓，管不好自己的鳥……」八分醉的李逵搖頭晃腦起身，口齒不清地說。

「鐵牛！休得胡言。」宋江瞪李逵一眼，繼續說：「三則，上薦晁天王，早生天界，世世生生，再得相見；超度橫亡惡死、水溺火燒、無辜被害之人，俱得善道。各位兄弟意下如何？」

「昔有洪天師奉旨禳災，今日宋公明建醮祈福。」吳用搶先附和：「此為善果好事。這樣吧，先請公孫一清主行醮事，再廣邀四方得道高士前來共襄盛舉。」

商議選定，四月十五日為始，連續七晝夜，行辦好事：掛長旛，紮三層高臺，鋪設七寶三清聖像；同時廣施錢財，賙濟貧苦百姓。

2. 連環夢境

道士宣懺，真人誦章。香騰瑞靄，花簇錦屏。而在畫燭流光、煙篆裊裊中，拈香祭禱的盧俊義陷入重重夢境：

刮剌剌連聲爆響，掀簷廊塌殿角，直衝雲霄，化作一百零八道金光，往四面八方散去……此乃宋江的伏魔夢。

「皇上說俺『義勇可嘉』，哥哥要我『替天行道』，誰擔心那鳥事？」這是李逵的天池夢。只是，這番豪氣言語究竟指什麼？何時說的？

「二八佳人體似酥，腰懸月鏟殺愚夫。雖然不見人頭落，暗裡教君骨髓枯。」……戴宗的神女夢。咱們梁山好漢行殺不行淫，且視女流為敝屣。但吳用曾說，宋公明以為「遇女並非禍」，搞得好，還能「送功名」。所以，在未來某個時刻，借助一代名妓接引，上達天聽？我家小乙也派上用場？

「軍師當知，江山百代，不過彈指。」……吳用的未來夢，這位智多星不但智賽諸葛，還能和遙遠未來死後的宋江、李逵通靈？

白屏風寫著四寇名字……正面的巨型屏風上，堆青疊綠，烽火赤地，山河社稷混濁變色……柴進的丹青夢。丹心寫汗青？又是預言性質的讖夢？這位小旋風名堂更大，來今往昔，進出監獄，還能直闖「牢龍」：皇帝蒙塵的時空……

「宋江死罪，安敢叛逆朝廷？……萬望太尉慈憫，救拔深陷之人，得瞻天日，誓死圖報。」……這齣，唉！該說是林沖的吐血夢？爆腦夢？

「休逞韓信勇，但學留侯智。」……公孫勝的退隱夢。原來，這位道長無心於仕，亦無意於世。今生一回，梁山一遭，如我這閒居局外人一般，乃在完成天命？只是啊！我等齊聚一堂，喋血效命，真能有益於世？

「錢塘江上潮信來，今日方知我是我。」……魯智深和武松的合夢。方知我是我，我非我；武既是魯，魯恍如武，兩身一心的異床同夢？而我這位盧員外，也就是「圓外」，大圓滿的旁觀者，穿梭異夢，連結同心，聚眾行義。

金龍昂首，青蛟翻身，扶搖直上，舞扭盤旋……托塔天王晁蓋的雙龍夢。生平不識天王，山上緣慳一面，可惜哪！一如夢中的「我」仰望天地異變而不明所以。晁蓋如何下位？俊義緣何上山？朝野之鬥、兩國之戰、大座之爭……難道如吳用所言，還有第二把交椅之替：天王不下位，俊義難上山？

大聚義以來，咱們兄弟千辛萬苦……連環夢境最後一夢，也是盧俊義的第一夢：烏紗帽夢。不必醒來，結局已現，萬事成空？

3. 天外落石

一聲爆響。睜眼，赫見天空裂開一道巨縫，縫眼裡霹靂閃閃，雷霆震震，那是神龍現蹤？「這該不是夢境吧？」盧俊義暗忖。「啊！天眼開，照塵寰。神龍現，因果來。」壇上作法的道士驚呼。公孫勝亦轉頭，對瞠目結舌的宋江等人解說：「此為『天門開』，又喚作『天眼開』，兩頭尖，中間闊，金盤直豎，正在西北乾方天門上。此乃上蒼示現，必有大事發生。」

豪光射人眼目，雲彩繚繞幻變。宋江以袖遮眼，喃喃說道：「吉兆！正是天現祥瑞。」驀地，裂縫中央噴捲出一團火球，朝地面直撲而來，在醮壇四周滾了一遭，鑽進正南方的地下。

此時，巨縫密合，雷霆不再。眾道士下壇，趨前觀視。宋江命人掘開泥土，尋找那塊天外落石。挖不到三尺深，就看見一塊石碣，正面兩側，各有龍章鳳篆的文字。

「寫啥？看不懂哪！」李逵一頭鑽出人堆，對著石頭怪叫。

「你這顆石頭腦看得懂什麼？那是天書文字。」吳用低聲說。

宋江倒是一目瞭然，猶環左顧右，詢問眾道士：「誰能解石碣文字？」

盧俊義也看懂了。他不明白自己為何無師自通？就像夢中的他，潛入東廂房，偷窺黃羅袱子裡的天書浮字。（奇怪！那些篆文到他眼裡自動翻變為楷字。）三卷天書，一卷寫歷史（往古來今，還可通向未來，教人半信半疑。）一部現機略（三打祝家莊、大破高唐府、雙東戰役……甚至，算計我老盧的各種謀略，都來自書上小抄。）還有一本，封面鐫著「滿紙荒唐言」（好像引自一部名為《紅樓》的夢書），頁頁詩詞，篇篇妙作，舉凡李太白、杜工部、七步子健、全才東坡、廣陵絕響、金聖不嘆（等等！這是啥名堂？誰的名號？）……悉數收進書中，宛如一部無所不包的文學大書：讀唐詩，倏忽直通楚辭；吟詞牌，哀哀接上元曲（這又是什麼時代的音樂？）……

有些詩（詞）句令盧俊義拍案叫絕，卻是作者不詳：

萬里江山酒一杯。

偶開天眼覷紅塵，可憐身是眼中人。

蓮子心中苦，梨兒腹內酸。

難道，是夢中小乙所言：後人之作？

盧俊義瞄了站在壇下「眾小頭目區」的燕青一眼，燕青亦若有所思回望他。這時，有名道士上前說道：「小道家中有一冊祖傳寶典，盡是蝌蚪文字，專能辨認天書，堪稱『天書辭海』。小道可代為翻譯，便知究竟。」

「好！天示機理，豈能不知？」宋江命人捧來石碣。

那道士正面反面瞧了瞧，驚道：「唉呀！這上面都是義士大名，頂上皆有星辰南北二斗，下面是封號。側首一邊鐫著『替天行道』，另一邊則是……」

忠義雙全。盧俊義強忍脫口而出的衝動，眼睛已瞄到自己的歸屬：天罡星玉麒麟盧俊義。

「啊！原來我是『天罡星三十六員』的代表，吳用口中的『象徵』？」豁然開朗，盧俊義解開了自己和梁山不解之緣的祕密。

「各位英雄全是天意所屬。」道士繼續說：「若不見怪，請容小道從頭說起，一一敷宣。」

宋江喜形於色，高聲說：「幸得高士指點，我等得窺天命，實感大德。唯恐上天見責之言，萬望盡情剖靈，休遺片言。」

於是，那道士口述，聖手書生蕭讓用黃紙謄寫。

石碣前面書天罡星三十六員：

天魁星——呼保義宋江　　天罡星——玉麒麟盧俊義

天機星——智多星吳用　　天閒星——入雲龍公孫勝

天勇星——大刀關勝
天雄星——豹子頭林沖
天猛星——霹靂火秦明
天威星——雙鞭呼延灼
天英星——小李廣花榮
天貴星——小旋風柴進
天富星——撲天雕李應
天滿星——美髯公朱仝
天孤星——花和尚魯智深
天傷星——行者武松
天立星——雙鎗將董平
天捷星——沒羽箭張清
天暗星——青面獸楊志
天佑星——金鎗手徐寧
天空星——急先鋒索超
天速星——神行太保戴宗
天異星——赤髮鬼劉唐
天殺星——黑旋風李逵
天微星——九紋龍史進
天究星——沒遮攔穆弘
天退星——插翅虎雷橫
天壽星——混江龍李俊
天劍星——立地太歲阮小二
天平星——船火兒張橫
天罪星——短命二郎阮小五
天損星——浪裡白條張順
天敗星——活閻羅阮小七
天牢星——病關索楊雄
天慧星——拚命三郎石秀
天暴星——兩頭蛇解珍
天哭星——雙尾蠍解寶
天巧星——浪子燕青

背面寫地煞星七十二員：

地魁星——神機軍師朱武
地勇星——病尉遲孫立
地雄星——井木犴郝思文
地英星——天目將彭玘
地猛星——神火將軍魏定國
地正星——鐵面孔目裴宣
地闔星——火眼狻猊鄧飛
地暗星——錦豹子楊林
地會星——神算子蔣敬
地佑星——賽仁貴郭盛
地獸星——紫髯伯皇甫端
地慧星——一丈青扈三娘
地默星——混世魔王樊瑞
地狂星——獨火星孔亮

地煞星——鎮三山黃信
地傑星——醜郡馬宣贊
地威星——百勝將韓滔
地奇星——聖水將軍單廷珪
地文星——聖手書生蕭讓
地闊星——摩雲金翅歐鵬
地強星——錦毛虎燕順
地軸星——轟天雷凌振
地佐星——小溫侯呂方
地靈星——神醫安道全
地微星——矮腳虎王英
地暴星——喪門神鮑旭
地猖星——毛頭星孔明
地飛星——八臂哪吒項充

地走星——飛天大聖李袞
地明星——鐵笛仙馬麟
地退星——翻江蜃童猛
地遂星——通臂猿侯健
地隱星——白花蛇楊春
地理星——九尾龜陶宗旺
地樂星——鐵叫子樂和
地速星——中箭虎丁得孫
地羈星——操刀鬼曹正
地妖星——摸著天杜遷
地伏星——金眼彪施恩
地空星——小霸王周通
地全星——鬼臉兒杜興
地角星——獨角龍鄒閏
地藏星——笑面虎朱富
地損星——一枝花蔡慶

地巧星——玉臂匠金大堅
地進星——出洞蛟童威
地滿星——玉幡竿孟康
地周星——跳澗虎陳達
地異星——白面郎君鄭天壽
地俊星——鐵扇子宋清
地捷星——花項虎龔旺
地鎮星——小遮攔穆春
地魔星——雲裡金剛宋萬
地幽星——病大蟲薛永
地僻星——打虎將李忠
地孤星——金錢豹子湯隆
地短星——出林龍鄒淵
地囚星——旱地忽律朱貴
地平星——鐵臂膊蔡福
地奴星——催命判官李立

地察星——青眼虎李雲
地惡星——沒面目焦挺
地醜星——石將軍石勇
地數星——小尉遲孫新
地陰星——母大蟲顧大嫂
地刑星——菜園子張青
地壯星——母夜叉孫二娘
地劣星——活閃婆王定六
地健星——險道神郁保四
地耗星——白日鼠白勝
地賊星——鼓上蚤時遷
地狗星——金毛犬段景住

一氣呵成，揮筆寫就；渾渾灑灑，渾然天工。眾人目瞪口呆（事實上，已超過一個時辰未闔嘴了）。宋江抖擻精神說：「鄙猥小吏原來上應星魁。咱弟兄原來不叫做『聚義』，應稱『聚精會神』。如今，上天顯應，天數已足，自當分定次序，各守其位，不可違逆天意。」

眾人同聲說道：「替天行道，誰敢違拗。」

「再謝高人，指點迷津。咦？人呢？」宋江環左顧右，三層高臺眾頭領亦七張八望，面面相覷，人呢？眨眼之瞬，人已消失。

唯有盧俊義看清楚那道士「去向」：翻袖轉身，尋常道袍變為星冠攢玉葉，鶴氅縷金霞；腰繫兩顆渾似人頭的葫蘆。回眸，衝盧俊義一笑，倏忽遁入霓彩雲海中。

盧俊義當然不識此人，只能疑神，或，疑鬼。若是李逵瞧見，肯定叫囂：「哈！什麼真人？又拿葫蘆扮人；呿！俺見一個砍一個，瞧你葫蘆裡賣什麼藥？」

4. 眾星歸位

忠義堂更換新牌匾，大書金字，赫赫入目。斷金亭亦翻修重構，前面冊立三關，後方建雁臺一座。頂上大廳，正廳供奉晁天王靈位。東廂房歸宋江、吳用、呂方、郭盛等人；西廂房則住進盧俊義、公孫勝、孔明和孔亮。

其餘頭領，分派六關八寨，各有執事。

一切完備，選定吉日良時，殺牛宰馬，獻祭天地神明。

金鉞皂蓋，青幡白旌，緋纓黑纛[56]；山頂一面杏黃大旗，書著「替天行道」四字，獵獵作響，舞捲天地風雲。

當日大設筵宴。宋江親捧兵符印信，頒布號令：「諸多大小兄弟，各各管領，悉宜遵守，不得違誤，有傷義氣。如有故違不遵者，定依軍法治之，決不輕恕。」

纛[56]：音ㄉㄠˋ。此指古時軍中或儀仗隊所持的大旗。

也就是說，這夥人，不再是任意而為的土匪，而是紀律嚴明的鐵血部隊。

大吹大擂，徹夜笙歌。抱罈擊掌，相擁醉臥。這一夜，舉杯邀明月，對飲上百人；喝掉的美酒、宰殺的牲口、預支的快樂、動用的高潮……誰說天堂難覓？且就地獄裡尋？翻越這座山，雲深霧隱，歧路橫生，梗概錯纏，枝葉密布……下一步，當如何？

歡宴、招安、征戰……似實似虛的疊影，就在人聲雜遝的大廳上，幻浮，幻沉，活靈，活現。「咦？」盧俊義揉著惺忪醉（睡？）眼，不能確定眼見耳聞鼻嗅舌嚐以及，身受。場景倏變，酒肉大廳變成宋江的東廂房；一燈如豆，臥榻之上放著個黃羅袱子，窸窣響動。屏氣凝神，上前，解開包袱，天書開卷，只見一字：怒。

憤懣謂之怒，仇怨謂之怒；貪嗔易成怒，委屈不平亦生怒。

「民怨亦是怒，但民氣可用。」突然出現一人，身長體瘦，手挽寶弓，冷笑說道：「怒者心奴也。人心一旦被駕馭役使，便得不到自由與快樂。爾等真能自在酒肉，快活稱王？」

「你是何人？」盧俊義敲自己的頭，掐臂，打臉，這分明是夢境，可是，痛哪！

「我是嵇康，奉命來此收捕賊人。你呢？以為是南柯一夢？束手就縛吧！不論你的夢如何彎繞迴轉，死局不變。」那人取箭，拉弓，待發。「哎唷！怎麼了？盧頭領，瞧你滿臉大汗。」

「廣陵絕響」的嵇康？欸！三國人物跑到大宋來做什麼？等等！嵇康反對權臣弄政，

遭陷而死，怎麼還會為虎作倀，對付咱們這班好漢？

一箭射來，盧俊義左肩中招。嗚！未見流血，但痛徹心扉。

「你是奉了皇上之命？奸佞之令？」反握朴刀，大步上前迎敵，刀揚，卻驚見，鋒刃已折。

那人腳步一動，已到背後，盧俊義握拳轉身，劈面打去，落空。那人揮弓當劍，輕易砍下盧俊義右臂，再一拳一腳，將盧俊義撂倒在地，層層綑綁。再一路拖行，穿廊過庭，來到一間法堂。

「究竟怎麼回事？為何不是高俅，童貫前來擒我？而是你這不相干之人？」盧俊義邊掙扎邊發問。

「不相干？哈！人說『天意難違』，我道『皇命難受』。皇命就是天命？盧員外，皇帝在上，咱們就只能跪在陛下，永遠見不了天。還有問題嗎？」

「有！為何我上梁山後，驚夢連連？還能穿梭進出兄弟們的夢境？」想要勉強起身，赫見身上繩索已化為環扣節眼的血鍊，鏗鏘作響。

「呵！『天眼開，照塵寰』。」仍是譏諷口吻：「所謂『天眼』，乃是你的昏花老眼，後人稱作『見事眼睛』，一齣故事的敘述觀點。唉！〈廣陵散〉淪為絕響，就是少了個關鍵人物。了解唄！你們的事跡口耳相傳、道聽塗說，總得有個目擊證人吧。」

「哦……」似懂，非懂。原來那嵇康是託夢神明，還是座丈二金剛。

「大膽反賊！人、證俱在，還不認罪？」一聲高喝，堂上一人，南面而坐，容貌模糊，但威儀赫赫。

背後傳來一連串哀號聲。回頭一看，啊！宋江居首，一共一百零七人，綁縛跪地，膝行前進。「怎麼回事？你們怎麼全部被擒？」正待急問，排在最後的金毛犬段景住一個翻滾，到盧俊義身邊，小聲說：「宋頭領知道員外被捉，萬分焦急。苦無計策，便與軍師商議這條苦肉計：全夥歸順朝廷，保住員外性命。」

這是，哪齣接哪檔，什麼跟什麼？

只見堂上人拍案罵道：「萬死狂賊！造下彌天大罪，還想搖尾乞憐，希圖逃脫刀斧？何況狼子野心，如何可信？我那劊子手何在？」

一聲令下，兩側冒出行刑劊子二百一十六人，兩個服侍一個，舉刀，砍下——

「啊！」一聲透九霄的驚呼，雷霆破天，震碎了幻境結界。

回到現實的場疆，臨時的天堂。

觥籌交錯聲戛然而止，所有的目光集中在一人身上。

「怎麼了？盧頭領，瞧你滿臉大汗。」宋江關切的表情。

「頭兒正與軍師商議未來大計，員外不同意？」不知何時，段景住已來到身邊。

瞠目，舌頭打結。盧俊義大口大口吐氣。

「我看是藥癮上頭，神鬼附身，連連唉唷呵哈……」一旁的李逵放渾話。

「還啊咦嗚欸哦呢！」王矮虎也來湊一腳：「九成九是鬼壓床，坐著也能壓，厲害！」

「你們儘管閒言閒語，豈知員外擔驚害怕？」吳用口出警語，神情卻是淡然：「也許，員外瞧見咱們看不見的事物。」林沖、武松和柴進雖不言不語，但眉心微蹙。

「看不見的管啥？咱們自在酒肉，快活稱王。」魯智深抱起一罈酒，大聲說：「來！乾了！」

「對！喝酒！」眾人同時舉杯，一飲而盡。

歡笑叫鬧聲像銀瓶爆裂水漿迸，彌漫全場。

大碗吃酒肉，大秤分金銀。凜凜眾好漢，斑斑忠義堂。

前方果真死路？歷史仍有轉圜？

酒蟲充腦，醉意襲心，紛紛擾擾忙過境。盧俊義眼花撩亂，忽覺周遭兄弟——鐵錚錚、硬磊磊的真實肉身——惚惚爍爍，化為捉摸不定的虛影。而在影影綽綽，笑語喧譁的大堂中央，那身長挽弓之人，面無表情，冷然而立，衝著他，投來，哀哀寂寂的睖視……

水滸傳（上／下）

施耐庵／撰　羅貫中／纂修　金聖嘆／批　繆天華／校訂

梁山泊一百零八條好漢嘯聚的故事，自南宋以來即流傳於世，後經文人綴集成長篇小說《水滸傳》。書中最大的特色，在描寫事件、人物深刻佳妙，栩栩如生，且情節鋪陳布局極為緊湊，引人入勝。讀《水滸傳》，看草澤英雄行俠仗義，為世人發不平之鳴，是何等大快人心！本書採用通行最廣的七十回本，頁端及頁末分別附有金聖嘆批語和詞語方言注釋，陪您一路痛快地造訪水滸英雄！

兒女英雄傳

文康／撰　饒彬／標點　繆天華／校注

本書是平話體的小說，作者摹擬說書人口吻，使得小說中的對話流利、詼諧。內容旨在揄揚勇俠，讚美粗豪，以智勇兼具的十三妹為主角，前段行俠仗義，英姿煥發，義救為解父難的公子安驥及姑娘張金鳳一家，同時綰合二人結成連理；後天作姻緣亦成安驥之婦，始顯出其兒女情態，英雄與兒女之概，備於一身。是一部難得的俠義寫實、才子佳人小說。

三俠五義（上／下）

石玉崑／著　張虹／校注　楊宗瑩／校閱

本書是敘述包公斷案、安邦保民及眾多俠士除暴安良的故事。它結合了公案小說與俠義小說的特點，藉由流暢的口語文字，生動刻劃每個人物的性格，情節則回回環環相扣，跌宕起伏，達到引人入勝的藝術效果。本書以光緒五年北京聚珍堂活字本為底本，並參照其他版本更正了原文訛誤錯漏之處，同時做了一些注釋和考證。欲知包公如何明察秋毫、俠士如何鏟奸除惡，決不能錯過此書。

七俠五義

石玉崑／原著　俞樾／改編　楊宗瑩／校注　繆天華／校閱

《七俠五義》改編自石玉崑的《三俠五義》，它以「正義」為主線，敘述包公斷案及江湖豪傑之士行俠仗義的故事。小說一反過去俠客行事背離法律的形象，著力刻劃俠客和清官相輔相成的關係，奠定了俠客的社會地位，對往後的俠義小說具有深遠影響，是一部不容錯過的公案俠義小說。

小五義

清・無名氏／編著　李宗為／校注

本書是三俠五義的續書，前四十回情節主要是描述白玉堂誤入銅網陣而死，蔣平、智化等人到君山盜取其骨殖，並用計收服了君山寨主鍾雄；四十一回之後以破銅網陣為綱，而又穿插沈仲元挾持巡按顏查散而眾俠分頭找尋的故事，在這過程中依次引出小五義。最後諸俠找回了顏查散，聚集襄陽，一起去破銅網陣。武打場面驚心動魄；鬥智情節扣人心弦。全書精彩不斷高潮迭起，值得一讀。

續小五義

清・無名氏／編著　文斌／校注

《續小五義》是《忠烈俠義傳》三部曲的最後一部，故事接續了前面二部曲——《三俠五義》、《小五義》，白玉堂死於襄陽王的銅網陣，眾俠欲破陣的情節高潮。故事結構綿密，情節曲折，峰迴路轉，跌宕多姿。在語言運用上，保留了平話習氣，多用方言且雜行話，親切明白，摹情狀物，聲口畢肖。欲知徐良、艾虎眾小俠如何剷奸除暴，奸惡的襄陽王有何下場，看完本書，讓您一切了然。

楊家將演義

紀振倫／撰　楊子堅／校注　葉經柱／校閱

楊家將故事如穆桂英掛帥、四郎探母、三岔口等早已廣泛流傳，家喻戶曉。書中以楊繼業祖孫五代與入侵的遼和西夏人英勇戰鬥、前仆後繼的事跡為主軸，雖然事件紛繁，但鏡頭集中，人物形象突出，情節描述有條不紊、生動傳神，值得再三玩味。本書以明清諸多刊刻本詳為參照校注，內容嚴謹可靠。

七劍十三俠（上／下）

張建一／校注

本書是一部以明代武宗年間，寧王朱宸濠叛亂一事為背景架構，寫七子十三生如何鏟奸除惡，並助明武宗平定宸濠之亂的歷史俠義小說。作者採用虛實交錯的手法，將歷史與想像結合，書中人物各各靈活生動、性格鮮明。故事高潮迭起，尤其七子十三生與妖道鬥法，場面刺激、變化萬千，讀來讓人不忍釋卷。本書以善本相校，難解詞語注釋詳盡，書中所提歷史制度、人物事件則皆有說明。

包公案

明・無名氏／撰　顧宏義／校注　謝士楷、繆天華／校閱

《包公案》是部專講宋朝名臣包拯斷獄故事的公案小說，樹立起包拯廉潔奉公、明察秋毫的清官形象，廣為流傳，歷久不衰。作為中國第一部公案小說集，本書為清朝大量出現的公案俠義小說開了先河，對研究公案小說與公案劇的故事演化，有著重要的參考價值。本書以清代翰寶樓刊本為底本，校以藻文堂刻本等，多所補闕訂正，冷僻詞語、典故並有注釋，便於讀者閱讀理解。

長生殿

石德華／著

本書以唐明皇與楊貴妃之間的愛情故事為主軸，描述安史之亂使天地一夕裂變，將皇家與小民捲入生死離散的命運中，演繹人世間的成住壞空。作者以史事為本，改寫原典的劇情，跳脫既有的劇曲形式，添加許多織就與發揮，以多視角的敘述手法，賦予全新的詮釋，既體現古典文學的精華，亦鋪陳了書中人物的精神與風範，讓讀者以人的觀點切入，體察《長生殿》中的情至思想。